BESTSELLERWORLDBOOK 48

페스트

알베르 카뮈 지음 | 유혜경 옮김

소담출판사

유혜경

1960년생. 성심여자대학교 경영학과 졸업.
스페인 마드리드 국립언어학교 스페인어과 수료. 영국 옥스퍼드 Godmer House 영어 연수.
한국 외국어대학교 통역번역 대학원 졸업. 동 대학원 통역번역학 박사과정 수료.
역서로 『내 일생의 단 한번』『사랑의 충동』『아침 7시, 그 남자의 불행』『위대한 이혼』 등이 있다.

BESTSELLER WORLDBOOK 48

페스트

펴낸날 | 1994년 5월 15일 초판 1쇄
2013년 2월 28일 초판 36쇄

지은이 | 알베르 까뮈
옮긴이 | 유혜경
펴낸이 | 이태권
펴낸곳 | (주)태일소담
서울시 성북구 성북동 178-2 (우)136-020
전화 | 745-8566~7 팩스 | 747-3238
e-mail | sodam@dreamsodam.co.kr
등록번호 | 제2-42호(1979년 11월 14일)
홈페이지 | www.dreamsodam.co.kr

ISBN 978-89-7381-048-2 00860

• 책값은 뒤표지에 있습니다.
• 잘못된 책은 구입하신 곳에서 교환해드립니다.

BESTSELLERWORLDBOOK 48

La Peste

Albert Camus

"내가 확실히 알고 있는 것은,
사람은 제각기 자신 속에
페스트를 지니고 있다는 것입니다.
왜냐 하면 세상에서 그 누구도 그 피해를
입지 않는 사람이 없기 때문입니다."

La Peste

차례

1

이 기록의 주제를 이루고 있는 괴 사건은, 194×년에 오랑(역주—알제리아 북서부의 오랑 주 북부의 주요 도시)에서 일어났다. 일반적인 의견으로는, 보통의 경우에서 좀 벗어나는 사건치고는 일어난 장소가 어울리지 않는다는 것이었다. 오랑은 언뜻 보기에는 사실 평범한 도시이며 알제리아 해안에 있는 프랑스의 한 도청 소재지 이상의 아무것도 아니다.

솔직히 말해서 거리 자체는 초라하다고밖에 할 수 없다. 그저 평온한 도시이고, 지구 위 어디에나 있는 다른 많은 상업 도시와 다른 것을 깨닫기 위해서는 다소 시일이 걸린다. 가령, 비둘기도 없고 나무도 공원도 없는 도시, 거기에서는 날개를 퍼덕이는 새도, 한들거리는 나뭇잎도 볼 수 없는 거리, 한마디로 말해서 중성지대(中性地帶)인 그 도시를 어떻게 설명하면 상상이 될까? 여기에서는 계절의 변화도 하늘을 보고 알 수 있다. 봄은 오직 공기의 질에 따라, 또는 어린 장사치들이 교외에서 가지고 오는 꽃바구니를 보고서야 알게 될 뿐이다. 말하자면 봄은 시장에서 매매되는 격이다. 여름에는 태양이 건조한 집들을 지나치게 내리쬐어 벽돌을 뿌연 재로 덮어놓는다. 그래서 사람들은 덧문을 닫고, 그 그늘에서 지낼 수밖에 없다. 가을에는 이와 반대로 진흙의 홍수다. 아름답게 갠 날은 겨울에만 찾아온다.

어떤 한 도시를 제대로 알기 위한 적절한 방법은 거기서 사람들이 어떻게 일을 하고 있고, 어떻게 사랑하고 있으며, 어떻게 죽어 가고 있는가를 관찰하는 것이다. 우리의 이 작은 도시는 기후 때문인지는 몰라도 그 모든 것이 동시에 그리고 열광적이고도 무심하게 벌어진다. 말하자면 사람들은 지루하고 따분해서 습관을 들여 보려고 그러한 것에 열중하는 것이다. 우리들 시민들은 일을 열심히 하지만, 언제나 그것은 부자가 되려는 욕심에서 하는 일이다. 그들은 특히 장사에 관심이 많기 때문에, 그들은 그들 자신의 말을 빌리면 사업하는 데 우선 전념하는 것이다. 물론 그들은 단순한 기쁨에 대한 취미도 가지고 있어서 여자와 영화, 해수욕을 좋아한다.

하지만 매우 분별이 있는 그들이라 그런 즐거움은 토요일이나 일요일을 위해서 아껴 두고 주중에는 돈을 많이 벌려고 애쓰는 것이다. 저녁때 그들은 퇴근을 하고 일정한 시간에 카페에 모여 앉는다거나 늘 같은 거리를 거닌다거나, 그렇지 않으면 자기 집의 발코니에 나가 있는다. 아주 젊은 패들의 욕망이 거칠고 무뚝뚝한 데 비해서, 나이가 든 이들의 취미란 볼링클럽이나 친목회의 모임에 참석하거나, 카드 노름에 큰 돈을 거는 정도의 선을 넘지는 않는다.

아마 사람들은 그것이 우리들의 도시에서만 특별하게 그런 것이 아니라, 현대인은 모두 그렇다고 할 수 있을지도 모른다. 아마도 오늘날의 사람들은 아침부터 저녁까지 일을 하고 나서 남는 시간은 카드놀이나 카페에, 그리고 잡담에 소비하고 있는 것을 보는 것보다 자연스러운 일은 없을 게다. 그러나 사람들이 간혹은 또 다른 것의 존재를 슬며시 느끼고 있는 듯한 도시와 나라도 있다. 대체로 그런 것이 그들의 생활을 변하게 하지는 않지만, 그렇더라도 그런 의혹을 가졌을 뿐이고, 그만큼 늘 득을 보고 있는 셈이다. 이와 반대로 오랑은, 분명히 의혹이 없는 도시, 즉 아주 근대적인 도시이다. 그러므로 이 고장에서는, 사랑하는 방식을 설명할 필요가 없다. 남자들과 여자들은, 이른바 애욕의 행위라고 하는 그런 행동을 통해서 이내 서로를 마멸시키거나 그렇지 않으면 두 사람만의 오랜 습관 속에 빠져 버리거나 한다. 이 양극단 사이에 중용(中庸)이라고는 흔하지 않다. 그것도 역시 특이한 것은 못된다. 다른 곳과 마찬가지로 오랑에서도 시간과 반성의 여지가 없기 때문에 사람들은 사랑이란 무엇인가를 알지도 못하고 사랑하게 되는 것이다.

이 도시에서 더 독특한 것은 죽음에 이르러서 직면하는 곤란이다. 하기는 곤란이라는 것은 좋은 말은 못되고, 더 정확히 말해서 쾌적하지 못하다고 말하는 편이 더 적절한지 모른다. 병이 들면 유쾌한 것이라고는 결코 없지만, 어떤 도시나 나라에서는 병중에서라도 의지할 곳이 있어서 거기에서는 어쨌든간에 그럭저럭 견디어 나갈 수도 있다. 병자란 빠른 회복을 바라며 그 무엇에 의지하려고 하는데, 그것은 극히 자연스러운 일이다. 그러나 오랑에서는 극단적인 기후라든가, 경영하는 사업의 중요성이라든가, 무의미한 겉치레, 황혼의 덧없음, 쾌락의 성질 등 그 모든 것이 건강을 요구하고 있다. 병자는 여기서 완전히 외톨이다. 더위에 말라 터질 듯한 수백 개의 벽돌 뒤에서 덫에 걸려 죽어 가는 사람을 상상해 보라. 그러는 동안에 다른 한편에서는 전화로 혹은 카페에서 어음이니 선하증권이니 할인이니 하는 이야기를 주고받고 있는 것이다. 아무리 근대적이라도, 그 죽음이 그런 무미건조한 도시에 그렇게 들이닥칠 때, 거기에 쾌적하지 못한 것이 있을수도 있다는 것을 사람들은 이해할 것이다.

이상과 같은 몇 가지 지적만으로도 이 도시에 대한 분위기는 충분히 파악할 수 있으리라, 그렇지만 그 어떤 것도 과장해서는 안 된다. 강조해야 할 것은 이 도시와 생활의 평범한 모습이다. 그러나 습관만 들이면 사람들은 그날 그날을 어렵지 않게 보낼 수가 있다. 그런 습관만 들이면 우리들의 도시는 모든 것이 안성맞춤이라고 말할 수 있다. 그런 각도에서 보면 아마도 삶이란 그리 정열을 북돋우는 것은 아니다. 그러나 적어도 이 고장에서는 혼란이란 것을 모른다. 그리고 솔직하고 동정심이 많고 활동적인 우리 주민들은, 늘 걸맞은 경의를 여행객들의 마음속에 불러 일으켰다. 경치도 좋지 않고 초목도 없고 넋도 없는 이 도시는 마침내 아늑하게 보여 결국 사람들은 거기서 잠들어 버린다. 그러나 이 도시가 완전한 선을 이룬 만(灣) 앞에서 반짝이는 언덕에 둘러싸여 벌거숭이 평지 위에 우뚝 서서 비길 바 없는 경치와 접하고 있다는 것을 덧붙여 두는 것이 공평할 것이다. 단지 이 도시가 만에 등을 돌리고 건설되어 바다를 보려면 일부러 가야 한다는 게 유감이다.

이쯤 하면 그 해 봄에 사건들이 생겨서 그것들이 내가 여기서 그 기록을 만들려고 뜻을 품은—우리도 나중에야 알았지만—일련의 중대 사건들의 첫 조짐이 되리라는 것을 이곳 사람들이 전혀 예상하지 못했다는 것은 쉽게 납득이 갈 것이다. 이러한 사실들이 어떤 이에게는 아주 자연스럽게 보일 것이고, 또 어떤 사람들에게는 반대로 믿을 수 없는 것으로 보일지도 모른다.

그러나 어쨌든 기록 작가란 사람이 그러한 모순을 고려할 수는 없다. 그의 임무란 실제로 그런 일이 일어났고, 그것이 국민 전체의 생활에 관계가 있으며, 따라서 그의 입에서 나온 말의 진실성을 자기들의 마음속에서 인정해 줄 수 있는 수천 명의 목격자가 있다는 것을 알고 있을 때 단지 '이런 일이 생겼더라.' 고 말하는 것뿐이다.

어디 그뿐인가. 때가 오면 언제고 인정받게 되겠지만, 그 필자가 어떤 일로 얼마만큼의 진술 내용을 기록할 수 있는 상황에 놓여 있지 않았다면, 또 사건의 압력에 의해 그가 이야기하려고 하는 모든 일에 휩쓸려 들게 하지 않았던들 이런 종류의 일에 내세울 수 있는 직함 등은 거의 없어지지 않았을 사람이다. 이것이 바로 그로 하여금 역사가처럼 행세할 수 있게 하는 연유이다. 물론 그가 역사가라면, 비록 전문가가 아닌 경우라도 항상 자료는 가지고 있다. 그러므로 이 이야기의 필자도 자신의 자료를 가지고 있다. 즉, 우선 자기가 목격한 것과 다음에는 남이 목격한 것—왜냐 하면 그의 직분 때문에 이 기록에 나오는 모든 인물들이 털어놓는 이야기를 모두 수집해야 했기 때문에—그리고 마지막으로 마침내 그의 수중에 들어오고야만 서류들이다. 그가 적당하다고 판단할 때는 거기서 잘라 내어서 그것들을 마음껏 이용할 작정이다. 그는 또한…… 그러나 이제는 아마도 주석이나 머리말은 그만두고 이야기 자체를 시작할 때인 성싶다. 처음 며칠 동안의 경위는 좀 자세한 설명이 필요하다.

4월 16일 아침, 의사 베르나르 리외는 자기의 진찰실에서 나오다가 층계 한복판에 죽어 있는 쥐 한 마리를 밟을 뻔했다. 그는 즉각, 아무 생각 없이 그 쥐를 치워버린 다음 층계를 내려왔다. 그러나 거리에 나왔을 때, '쥐가 나올 곳이 못되는데……' 하는 생각이 떠올라서, 그 길로 발길을 돌려 수위에게 주의를 주었다. 그러자 늙은 미셸 씨의 반발에 부딪쳐, 리외는 자기의 발견이 예삿일이 아니라는 것을 뚜렷이 느끼게 되었다. 죽은 쥐가 있다는 것이 그에게는 그저 이상하게 생각될 뿐이지만, 한편 수위에게는 그것이 수치스러운 일이었던 것이다. 어쨌든 수위의 태도는 명백했는데, 이 건물 안에는 원래 쥐는 없었다는 것이다. 의사가 2층의 층계에 쥐가 있는데 아마도 죽은 것 같다고 아무리 말을 해도 미셸 씨의 신념은 확고부동했다. 이 건물에는 쥐가 없다는 것이었고, 그러니 누가 밖으로부터 가지고 들어왔을 것이며, 요컨대 무슨 장난이라는 것이었다.

그날 저녁에도 베르나르 리외가 그 건물의 현관에 서서 자기 방으로 올라가기 전에 열쇠를 찾고 있었는데, 그때 그는 복도의 어두운 안쪽에서, 털이 젖은 커다란 쥐 한 마리가 비실거리며 나타나는 것을 보았다. 그 쥐는 멈칫거리며 몸의 균형을 잡으려고 애쓰는 듯하더니, 갑자기 의사에게로 달려오다가 다시 멈추어 작은 소리를 지르며 제자리에서 뱅뱅 맴을 돌다가, 마침내는 벌어진 주둥이로부터 피를 토하며 쓰러지고 말았다. 의사는 한동안 그것을 바라보다가 자기 방으로 올라갔다.

그는 쥐 생각을 하고 있는 것이 아니었다. 쥐가 토한 피로 인해 자신의 걱정거리로 되돌아온 것이다. 병든 지 1년이 되어 가는 자기 아내가 그 다음날 어느 산중에 있는 요양소로 떠나기로 되어 있었다. 아내는 그가 하라는 대로 침대에 누워 있었다. 아내는 장소를 옮기는 데에서 오는 피로에 이렇게 대비하고 있었다. 아내는 미소를 짓고 있었다.

"기분이 참 좋아요." 라고 말도 했다.

의사는 침대머리의 등잔불 빛을 받으면서, 자기 쪽으로 향하고 있는 아내의 얼굴을 바라보았다. 나이 삼십에 병색이 뚜렷한 아내의 얼굴이 리외에게는 여전히 젊었을 적의 얼굴로 보였다. 아마 다른 모든 것을 지워 버리는 그 미소 때문일지도 모른다.

"잠을 자도록 해요." 그가 말했다. "간호원이 11시에 오면, 12시 기차를 탈 수 있도록 데려다 주겠소."

그는 약간 땀이 밴 그녀의 이마에 입을 맞추었다. 아내의 미소가 방문까지 그를 바래다주었다.

이튿날인 4월 17일 8시에 수위는 지나가던 의사를 붙들고, 못된 장난을 하는 녀석들이 죽은 쥐 세 마리를 복도 한가운데 갖다 놓았다고 푸념을 했다. 쥐들이 피투성이인 것을 보니 틀림없이 큰 쥐덫으로 잡은 모양이라며, 수위는 쥐의 발목을 붙잡고 얼마 동안 입구에 서서 범인들이 필시 빈정거리러 나타나지나 않을까 하고 기다리고 있었다.

"아! 그놈들." 하고 미셸 씨가 말했다. "놈들을 기어코 잡아야지."

불안해진 리외는 그의 환자들 중에서 제일 가난한 사람들이 사는 시의 외곽 지역부터 왕진을 시작했다. 그 지역에서는 쓰레기 수거가 훨씬 늦게야 실시되는 까닭에, 먼지투성이인 그 동네의 곧은길을 따라서 굴러가고 있는 자동차는 인도에다 내놓은 쓰레기통들을 스칠 듯이 지나가는 것이었다. 이렇게 천천히 달리고 있던 어느 거리에서 의사는 지저분하게 우거진 푸성귀의 누더기 위에 팽개쳐진 쥐를 열두어 마리나 보았다.

그가 제일 먼저 찾아간 환자는 거리를 향해 있는 침실 겸 식당으로 쓰는 방에 누워 있었다. 그는 표정이 무뚝뚝하고 볼이 푹 꺼진 늙은 스페인 사람이었다. 그는 자기 앞의 테이블 위에 완두콩이 가득 담긴 냄비를 놓고있었다. 의사가 들어갔을 때, 마침 침대에서 반쯤 일어난 늙은 병자는 그렁그렁

하는 숨결을 다시 진정시켜 보려고 몸을 뒤로 젖히며 애를 쓰고 있었다. 그의 아내가 세숫대야를 가지고 왔다.

"그런데, 선생님. 그놈들이 나오는 걸 보셨어요?" 주사를 맞는 동안에 그가 말했다.

"정말이에요. 이웃집에서는 세 마리나 쓸어 냈대요." 그의 아내가 말했다.

노인은 두 손을 비비면서 말했다.

"어지간히 나와야 말이죠. 쓰레기통마다 보이거든. 이건 기근이에요."

리외가 온 동네가 쥐 이야기를 하고 있다는 것을 확인하는 데는 힘이 들지 않았다. 왕진을 마치고 그는 집으로 돌아왔다.

"선생님께 전보가 왔습니다. 저 위에 갖다 놓았습니다." 미셸 씨가 말했다.

의사는 혹시 또 쥐를 보았느냐고 물었다.

"아! 아닙니다." 수위가 말했다. "내가 단단히 감시하고 있거든요. 그러니 그놈들이 감히 그런 짓을 못하는 거지요."

전보는 그 이튿날, 그의 어머니가 오신다는 것을 알리는 것이었다. 며느리가 병으로 집을 비우는 동안, 아들의 집안일을 보살펴 주러 오는 것이었다. 의사가 자기 집에 들어갔을 때, 간호원은 이미 와 있었다. 리외는 자기 아내가 일어나서 옷을 갈아입고 화장까지 끝내고 있는 것을 보았다. 그는 아내에게 미소를 지었다.

"좋아?" 하고 그가 말했다. "참 좋아."

잠시 후에 그는 역에서 침대차에다 아내의 자리를 잡아 주었다. 아내는 침대차 안을 둘러보았다.

"우리 처지로는 너무 비싸지 않아요?"

"그래도 필요한 일이니까." 리외가 말했다.

"그런데 쥐 이야기는 대체 뭐예요?"

"나도 모르겠어. 심상치 않은 일이지만, 이제 곧 끝나겠지."

그리고는 빠른 어조로 아내에게, 진작 신경을 썼어야 하는데 너무 오래 내버려둬서 미안하다고 했다. 그녀는 아무말 말라는 듯이 고개를 흔들었다. 그러나 리외는 덧붙여 말했다.

"당신이 다시 돌아올 때는 모든 것이 좋아질 거요. 그때는 새 출발을 하는 거야."

잠시 후 아내는 리외에게 등을 돌리고 유리창 밖을 내다보았다. 플랫폼에서는 사람들이 바쁘게 오가며, 서로 부딪치고 야단들이었다. 칙칙하는 기관차의 소리가 그들의 귀에까지 들려 왔다. 리외는 자기 아내의 이름을 불렀다. 뒤돌아보는 그녀의 얼굴은 눈물로 뒤범벅이 되어 있었다.

"그러면 못 써요." 그가 부드럽게 말했다. 눈물 젖은 얼굴에 다소 찡그린 미소가 다시 떠올랐다. 아내는 한숨을 깊이 내쉬었다.

"잘 다녀와요. 모든 일이 잘 될 거요."

그는 아내를 껴안아 주고 플랫폼으로 내려섰다. 그러자 유리창 너머로 미소 짓는 아내의 얼굴만이 보이는 것이었다.

"제발 몸조리 잘해요." 그가 말했다.

그러나 그녀에겐 리외의 음성이 들리지 않았다.

리외는 출구 근처의 플랫폼에서 어린 아들의 손을 잡고 오는 예심판사 오통 씨와 마주쳤다. 의사는 그에게 여행을 가느냐고 물어 보았다. 키가 후리후리하게 크고 머리카락이 검은 오통 씨는 어떻게 보면 예전의 사교계 인사와 비슷했고, 또 어떻게 보면 장의사의 인부와 비슷했는데, 무뚝뚝한 목소리로 짧게 대답했다.

"본가에 문안드리러 갔던 아내를 기다립니다."

기관차가 기적을 울렸다.

"아 저, 쥐들이……." 판사가 말했다.

리외는 기차 쪽으로 약간 몸을 움직였지만 다시 출구 쪽으로 돌아섰다.

"네." 그가 말했다. "아무일 없겠죠."

이 순간이 기억에 남는 일이 있다면, 그것은 죽은 쥐가 가득 찬 상자 하나를 겨드랑이에 낀 역부가 지나간 사실뿐이었다.

바로 그날 오후, 리외가 진찰을 시작할 무렵에 어떤 젊은 남자의 방문을 받았는데, 그는 신문기자이며 아침에 한 번 다녀갔다는 것이었다. 그의 이름은 레몽 랑베르였다. 작달막한 키에, 튼튼한 어깨, 그리고 윤곽이 뚜렷한 얼굴에 밝고 총명한 눈을 가진 그는 간편한 스타일의 옷을 입고 있었고, 생활도 여유가 있어 보였다. 그는 단도직입적으로 말문을 열었다. 그는 파리에 있는 어떤 큰 신문에 기고하기 위해 아랍인들의 생활 상태를 취재하고 있는데, 그들의 보건 상태에 관한 자료를 제공해 달라는 것이었다. 리외는 보건 상태가 좋지 못하다고 말해 주었다.

그러나 자신은 더 깊이 들어가기 전에 신문기자란 진실을 그대로 보도할 수 있는가를 알고 싶다고 말했다.

"물론입니다." 라고 랑베르는 대답했다.

"내 말은, 당신네들이 과연 철저히 고발을 하실 수 있는가 말입니다."

"철저하게는 못합니다. 그것은 말씀드려 두어야 할 일입니다. 그러나 제 생각으로는, 그 고발이라는 것이 근거가 없는 것 같은데요."

리외는 부드러운 어조로, 사실 그런 고발이란 근거가 없는 것이겠으나, 그런 질문을 함으로써, 자기는 랑베르의 증언이 기탄 없는 것인지 아닌지를 알고자 했을 뿐이라고 말했다.

"나는 기탄 없는 증언 이외에는 인정하지 않습니다. 그러니 당신의 경우에도 기삿거리를 제공할 수는 없습니다."

"그야말로 냉혈 정치가 생쥐스트 같은 말투군요." 미소를 지으면서 신문기자가 말했다.

리외는 이에 대해 별로 언성도 높이지 않고, 그런 것은 자기는 모르겠으나, 자기의 말은, 자신이 살고 있는 세상에 진저리가 나 있으면서 그래도 인류에 대한 관심은 가지고 있으며, 자기 자신에 관한 한 부정을 거부하기로 결심한 사나이의 말이라고 대답했다.

"무슨 말인지 알아들었습니다." 마침내 일어서며 그가 말했다.

의사는 그를 문까지 바래다주면서 말했다.

"그렇게 받아들여 주셔서 나도 기쁘군요."

랑베르는 약이 오른 모양이었다.

"네, 알겠습니다. 바쁘신데 폐를 끼쳐서 죄송합니다."

의사는 그와 악수를 하며, 지금 이 도시에는 죽은 쥐들이 많이 발견되고 있는데, 이것에 관해 흥미 있는 보도를 쓸 수 있을 것이라고 말했다.

"아! 그래요? 그거 재미있겠군요." 랑베르가 외쳤다.

의사는 오후 5시에 다시 왕진을 가려고 밖으로 나가는 길에, 계단에서 아직 젊고 무게가 있는 얼굴에 혈색이 좋고 다부지게 생긴, 굵은 눈썹이 수북이 난 어떤 남자 곁을 지나갔다. 리외는 그 남자를 가끔 그 건물의 맨 꼭대기 층에 살고 있는 스페인 무용가들의 집에서 만난 일이 있었다. 장 타루는 연신 담배를 빨면서, 자기의 발 밑 층계 위에서 죽어 가고 있는 쥐의 마지막 경련을 바라보고 있었다. 그는 흐리멍덩한 눈을 치뜨고 침착한 눈길로 의사를 보고 인사를 하고는, 이 쥐들의 출현은 좀 흥미 있는 일이라고 덧붙여 말했다.

"그렇죠. 그러나 결국은 시끄러워지겠지요."

"어떤 의미에서, 선생님, 어떤 의미에서 그렇다는 겁니까? 이런 일은 본 적이 없었습니다. 그뿐이죠. 그러나 나는 좀 흥미 있는 일이라고 봅니다. 그럼요, 아주 흥미 있습니다."

타루는 손을 들어서 머리카락을 뒤로 쓸어 넘기고는, 지금은 움직이지 않는 쥐를 보고 있다가 리외에게 미소를 지었다.

"그러나 선생님, 결국 이런 것은 특히 수위가 걱정할 일이지요."

바로 그때, 의사는 아파트 앞 현관 벽에 등을 기대고 서 있는 수위를 발견했는데, 평소엔 혈색이 좋던 붉은 얼굴이 피로가 쌓여 있었다.

"네, 압니다. 이제는 두 마리, 세 마리씩 발견되니까요. 그러나 다른 아파트에서도 마찬가지지요." 또 나타났다고 눈짓으로 말하는 리외에게 미셸 씨는 말했다.

그는 기운이 없고 근심스러운 눈치였다. 그는 기계적인 동작으로 연신 목을 비비고 있었다. 리외가 그에게 몸은 괜찮으냐고 물어 보았다. 수위는, 물론 좋지 않다고 말할 수는 없었다. 다만 개운하지 못하다고 했다. 내심으로는 속을 태운 탓인 것 같았다. 그 쥐라는 놈들이 그에게 충격을 주었던 것이며, 그놈들만 없어지면 만사가 훨씬 순조롭게 될 것처럼 생각되었다.

그러나 이튿날인 4월 18일 아침에, 역에 나가 어머니를 모시고 돌아온 리외는, 미셸 씨의 얼굴이 더욱 수척해진 것을 보았다. 지하철에서부터 고미

다락에 이르기까지 계단에는 여남은 마리의 쥐들이 흩어져 있었다. 집집마다 쓰레기통에는 쥐로 가득 찼다. 의사의 모친은 그런 말을 듣고도 놀라지 않고,

"여러 가지 일들이 있게 마련이지."라고 말했다.

그녀는 눈이 까맣고 부드러웠으며, 키가 작은 은발의 부인이었다.

"너를 보니 반갑구나, 베르나르야. 쥐든 무엇이든 그런 것은 상관할 바 없지 않니?"라고 어머니는 말하는 것이었다.

그도 그 말에 끄덕였다. 아닌게 아니라 어머니하고라면 모든 것이 수월할 듯싶었다.

그래도 리외는 시청의 서해대책과(鼠害對策課)에 전화를 걸었다. 그 과장인 메르씨에를 그는 알고 있었다. 과장은, 수많은 쥐들이 바깥으로 나와서 죽는다는 이야기를 들었느냐고 물었다. 그러면서 과장은 들었을 뿐만 아니라, 부두에서 멀지 않은 곳에 있는 자기 청사에서만도 오십여 마리나 쓸어 냈다는 것이었다. 그러면서도 그는 그것이 과연 진지하게 대책을 강구해야 할 사건인지 어떤지 언뜻 판단을 내리지 못하고 있었다. 리외도 그러한 판단은 내릴 수가 없었으나, 아무래도 서해대책과에서 나서야할 문제라고 얘기를 했다.

"그렇고 말고." 메르씨에가 말했다. "명령이 있어야지. 만약 자네가 그렇게 할 만한 일이라고 생각한다면 명령을 내리도록 노력하겠네."

"물론 할 만한 일이지." 리외가 말했다.

그의 가정부가 들어서며 일러 준 바에 따르면, 자기 남편이 일하는 큰 공장에서는 죽은 쥐를 수백 마리나 쓸어 냈다는 것이었다.

어쨌든 우리 시민들이 불안을 느끼기 시작한 것은 그 무렵부터이다. 왜냐

하면, 18일부터 공장들이며 창고들에서 실상 수백 마리의 쥐의 시체가 쏟아져 나오기 시작한 것이다. 어떤 경우에는 너무 오랫동안 고통스럽게 숨을 질질 끄는 쥐들의 명을 끊어 주어야만 했다. 더구나 변두리지대부터 시의 중심부에 이르기까지 리외가 지나다니는 곳마다, 또 우리의 시민들이 모여 있는 도처에 쥐들이 오물 통에서나 도랑 속에서 길게 열을 짓고 자빠져 있었다. 석간 신문은 그날부터 이 사건을 다루어, 과연 시청에서는 행동을 개시할 용의가 있는가 없는가, 또 이 불쾌한 사건에서 시민의 안전을 보장하기 위해 어떠한 긴급 대책을 검토했는지를 문제로 삼았다. 시로서는 아무런 계획도 없었고 아무런 대책도 없었지만, 그 문제를 의논하기 위해 회의를 열기로 했다. 매일 아침 일찍 죽은 쥐를 모으라는 명령이 서해대책과에서 내려왔다. 다 모아 놓으면 서해대책과의 차 두 대가 그것들을 쓰레기 소각장에 싣고 가 태워 버리기로 했다.

그러나 며칠이 지나도 사태는 악화되기만 했다. 쥐들은 점점 더 많이 죽어 갔고, 매일 아침 수거되는 양은 엄청나게 많아졌다. 나흘째 되는 날부터 쥐들은 떼를 지어 거리에 나와 죽었다. 집의 구석진 곳이나 지하실, 창고, 수채 구멍 등으로부터 쥐들은 비틀거리면서 줄을 짓고 올라와, 밝은 햇빛 속에서 비실거리고 제자리에서 맴을 돌다가 사람들 곁에 와서 죽어 버리는 것이었다. 밤에는 복도나 골목길에서 최후의 발악을 하는 작은 소리가 뚜렷이 들렸다. 아침이 되면 변두리 지역에서는 뾰족한 코쭝배기에 피거품을 묻히고, 어떤 놈은 퉁퉁 부어서 썩어 가고, 어떤 놈은 빳빳이 굳은 몸에 아직도 수염만은 꼿꼿한 채로, 도랑 가득히 나자빠져 있었다. 시내에서조차도 층계나 안마당에서, 작은 산더미를 이룬 것을 보게 되는 것이었다. 그것들은 또 시청의 홀에서, 학교의 체육관에서, 때로는 카페의 테라스에서, 간혹

한두 마리가 호젓이 죽어 있는 경우도 있었다. 시민들은 가장 왕래가 빈번한 장소에서까지 그것들을 발견하고는 질색하곤 했다. 연병장이며 한길이며 프롱 드 메르의 산책길마저도, 이따금 쥐들로 더럽혀졌다. 새벽에는 그 죽은 쥐들을 깨끗이 치워 버렸건만, 낮 동안에 다시 그것들이 조금씩 보이게 되다가, 해지기 전에 벌써 수두룩해 지는 것이었다. 밤에 산책을 하는 사람들이 보도에서 죽은 지 얼마 되지 않는 쥐의 탄력 있는 몸체를 발로 밟는 일도 있었다. 마치 그 광경은 우리들의 집이 서 있는 바로 그 대지 자체가 곪은 고름을 짜고 여태까지 그 내부에서 곪고 있던 응어리와 더러운 피를 내뿜고 있는 듯이 보였다. 마치 건강한 사람이 갑자기 검붉은 피를 마구 쏟아내는 듯이, 지금까지는 그렇게도 잠잠하다가 며칠 내에 발칵 뒤집힌 이 자그마한 도시의 당황한 모습을 상상하고도 남음이 있으리라.

사태는 드디어 랑스독크 통신사(정보 · 자료 수집 등 모든 문제에 대한 모든 정보의 수집을 담당하는)가 스폰서 없는 라디오 방송을 통하여 25일 하루 동안에 육천이백서른한 마리의 쥐가 수집되어 불살라졌다고 보도하기까지에 이르렀다. 우리들이 시가지에서 매일같이 보고 있는 광경에 대해 명백한 의미를 제시해 주었던 그 숫자가 혼란을 더 증대시켰다. 그때까지도 사람들은 다소 기분 나쁜 사건이라고 불평을 하는 정도였다. 그러나 사람들은 이제 그 전모를 명백히 파악하지도, 그 원인을 규명치 못하고 있는 그 현상에는 무엇인지 심상치 않은 점이 있다는 사실을 알아차리기 시작했다. 그 천식 환자 스페인 영감만은 여전히 손을 비비면서 "나온다, 나와."라고 망령이 든 노인답게 좋아하며 되뇌고 있었다.

그러나 4월 28일에 랑스독크 통신사는 약 팔천 마리의 쥐가 수거되었다고 발표함으로써, 시중의 불안은 그 절정에 달했다. 사람들은 근본적인 대책을 요구하면서 당국을 비난했고, 해변에 별장을 가지고 있는 일부 사람들은 이미 그리로 피해 갈 생각을 하고 있었다. 그러나 그 이튿날, 통신사는 그 현상이 돌연 그쳐서 서해대책과에서는 죽은 쥐를, 무시해도 좋을 만한 숫자밖에는 수거하지 못했다고 보도했다.

그런데 바로 그날 정오, 의사 리외가 자기 집 앞에다 차를 세웠을 때, 길모퉁이에서 수위가 고개를 숙이고 팔다리를 늘어뜨린 채 마치 인형 같은 모습으로 가까스로 걸어오는 것을 보았다. 그 노인은 의사도 아는 어떤 신부의 팔을 붙들고 있었다. 판느루 신부라고 불리는 그는 박학하고 적극적인 제주이트파의 신부였는데, 리외도 전에 가끔 만난 일이 있었으며, 이 도시에서는 종교 문제에 대해서 무관심한 사람들까지도 그를 대단히 존경하고 있었다. 리외는 그들을 기다리고 서 있었다. 미셸 영감은 눈을 번득이며 숨이 차서 헐떡이고 있었다. 영감은 몸이 별로 개운치가 않아서 바람을 쐬려고 나왔던 것이었다. 그러나 목과 겨드랑이와 사타구니에 심한 통증이 일어나서, 견디다 못해 돌아와야 했으므로, 판느루 신부의 도움을 청하지 않을 수 없었던 것이다.

"종기들이 터지나 봐요. 참느라고 아주 혼이 났습니다." 그가 말했다.

자동차의 창문으로 팔을 내밀어서, 리외는 이쪽으로 내민 미셸 영감의 목밑을 손가락으로 만져 보았다. 일종의 옹 같은 딱딱한 것이 느껴졌다.

"누워서 체온을 재 보세요. 오후에 가서 봐 드릴 테니."

수위가 떠나자, 리외는 판느루 신부에게 쥐 소동에 대해 어떻게 생각하느냐고 물었다.

"뭐 그저 전염병일 겁니다." 그렇게 신부가 말하며 그의 눈이 둥근 안경 너머로 미소 짓고 있었다.

리외는 점심을 먹고 나서 아내가 잘 도착했다는 내용의 전보를 다시 읽고 있었는데, 그때 전화벨이 울렸다. 전에 치료해 준 환자 중의 한 사람으로, 시청에 다니는 사람에게서 온 전화였다. 오랫동안 대동맥 협착증으로 고생한 사람인데, 가난했기 때문에 리외는 무료로 그를 치료해 준 일이 있었다.

"네, 저를 기억하시는군요. 그런데 이번엔 다른 사람 때문에 전화했습니다. 빨리 좀 와 주세요. 제 이웃에 사건이 생겼습니다." 그가 말했다.

숨가쁜 목소리였다. 리외는 수위가 걱정되었으나 일단 나중에 가기로 마음을 먹었다. 몇 분 후에 그는 변두리 지역에 있는 페데르브 가의 나지막한 집의 문을 들어섰다. 썰렁하고 악취가 풍기는 계단의 중간쯤에서, 그는 마중하러 내려온 서기인 조세프 그랑을 만났다. 그는 오십대의 남자였는데, 길게 턱까지 내려오는 콧수염을 길렀고, 어깨는 좁고 팔다리는 여위었다.

"좀 괜찮아진 것 같습니다. 그러나 그 사람이 꼭 죽는 줄만 알았습니다." 그가 리외에게로 다가오면서 말했다.

그는 자주 코를 풀고 있었다. 마지막 층인 3층에서 왼쪽의 문턱에 선 리외는 붉은 분필로 쓴 (들어오시오. 나는 목을 매달았소.)라는 글자를 읽었다.

그들은 안으로 들어갔다. 테이블은 한구석으로 치워져 있고, 뒤집힌 의자 위로 천장에서부터 밧줄이 느슨하게 걸려 있었다. 그러나 그 밧줄은 그저 허공에 드리워져 있을 뿐이었다.

"때마침 제가 와서 풀어 주었지요. 제가 외출을 하려던 바로 그때, 소리를 들었어요. 저 글자를 보았을 때, 뭐랄 까요, 저는 장난인 줄만 알았거든요. 그런데 그때 묘한 신음 소리가 나는 거예요. 말하자면 불길하다고 해도 좋을 만한……." 가장 단순한 말을 하면서도 늘 적절한 말을 찾기 위해 더듬거리는 그랑이 그렇게 말하는 것이었다.

그는 자기의 머리를 긁적이며 말을 이었다.

"내 생각으로는 그 행동이 고통스러울 것 같았어요. 물론 들어와 봤죠."

그들은 문을 열고 밝긴 하지만 살림살이가 초라한 방 문턱에 섰다. 얼굴이 뚱뚱하고 작달막한 남자가 구리로 만든 침대 위에 누워 있었다. 그는 거칠게 숨을 쉬면서 충혈된 눈으로 그들을 바라보는 것이었다. 의사가 멈춰섰다. 그가 숨을 내쉬는 사이사이에 간간이 쥐의 울음소리가 들리는 듯했다. 그러나 방구석에는 아무것도 움직이는 것이 없었다. 리외가 침대 쪽으로 갔다. 그 사나이는 그다지 높은 곳에서 떨어진 것도 아니었기 때문에 척추는 무사했다. 물론 다소의 질식 증상은 있었다. 뢴트겐을 찍을 필요는 없을 것 같았다. 의사는 강심제 주사를 한 대 놓고 2, 3일이면 회복할 것이라고 말했다.

"고맙습니다, 선생님." 사나이는 짓눌린 듯한 목소리로 말했다.

리외는 경찰서에 알렸느냐고 그랑에게 물었더니, 그 서기는 당황한 기색을 보이며, "아니오! 아닙니다. 내 생각으로 보다 급한 것은……."라고 말했다.

그러나 그때 환자가 몸을 움직이더니, 침대 위에 일어나서, 이젠 괜찮으니 그럴 필요가 없다고 항의조로 말했다.

"진정하세요. 그리 대단한 일은 아니니 안심하세요. 그리고 내가 신고를 해야 할 의무가 있으니깐요."

"아!" 환자가 고통스러운 소리를 내질렀다.

그리고 그는 반듯하게 눕더니 흐느껴 울었다. 조금 전부터 콧수염을 만지작거리고 있던 그랑이 환자 곁으로 다가서며 말했다.

"자, 코타르 씨 생각 좀 해 봐요. 의사에겐 책임이 있는 법이오. 이를테면 만약 당신이 또 그런 짓을 하는 경우……."

그러자 코타르는 울음 섞인 목소리로 다시는 그런 짓을 안 할 터이고, 그것은 다만 일시적인 착란으로 그랬던 것이며, 자기를 가만히 내버려두기만 했으면 좋겠다고 말했다. 리외는 처방을 썼다.

"알았습니다." 리외가 말했다. "그 얘기는 이제 그만하고 2,3일 후에 다시 오겠어요. 다시는 어리석은 짓을 하지 마시오."

리외는 층계에서 그랑에게, 자기로서는 신고를 해야만 하겠으나, 그 대신 경찰서장에게 그에 대한 조사는 이틀 후에나 해달라고 부탁하겠다고 말했다.

"오늘밤에는 누군가 옆에 있어 줘야 할 텐데요. 그 사람 가족은 있나요?"

"모르겠습니다. 하지만 제가 지킬 수 있습니다."

그는 고개를 끄덕이고 있었다.

"저 사람을 잘 모릅니다. 말하자면 잘 안다고 할 수가 없습니다. 그러나 서로 도와야지요."

리외는 그 집의 복도에서 기계적으로 구석구석을 둘러보며, 그랑에게 이 동네에서는 쥐들이 완전히 없어졌느냐고 물었다. 서기는 전혀 아는 바가 없었다. 사실 그런 이야기를 듣기는 했으나, 그는 원래 동네 소문에는 그다지 주의를 기울이지 않는 편이었다.

"다른 걱정이 있어서 그렇답니다." 그가 말했다.

리외는 그때 이미 그랑의 손을 잡고 있었다. 아내에게 편지를 쓰기 전에 수위를 봐 주어야 했기 때문에 급히 서둘렀다.

석간 신문의 가두 판매원들이 쥐들의 소동은 완전히 중지되었다고 외치고 있었다. 그러나 리외는 환자가 상반신을 침대 밖으로 내밀고, 한 손은 배에, 또 한 손은 목덜미에 대고 몹시 신음하면서, 불그스름한 담즙을 오물 통에 게우고 있는 것을 보았다. 오랫동안 고통에 시달린 끝에 허덕이며 그는 다시 누웠다. 체온이 삼십구 도 오 부였으며, 목의 임파선과 사지가 부어 올랐다. 게다가 옆구리의 거무스름한 반점 두 개가 점차 번지기 시작하고 있었다. 이제 그는 뱃속이 아프다고 호소하고 있었다.

"막 쑤시네." 그가 말하는 것이었다. "그놈들이 콕콕 쑤셔."

거무튀튀한 입 밖으로 말도 잘 안 나왔다. 두통 때문에 눈물이 글썽글썽한 두 눈을 의사에게로 돌렸다. 수위의 아내가 잠자코 있는 리외를 불안한 듯 보고 있었다.

"선생님, 대체 무슨 병입니까?" 그 여자가 말했다.

"여러 가지로 볼 수 있겠는데요. 그러나 아직 정확한 병명은 알 수가 없습니다. 오늘 저녁은 굶기고 청정제를 쓰십시오. 물을 많이 마시도록 하고요."

마침 수위는 목이 말라붙을 지경이었다.

리외는 집으로 돌아오자, 시내에서 가장 권위 있는 의사들 중의 한 사람인 리샤르에게 전화를 걸었다.

"아니오." 리샤르가 말했다. "특별한 징후라곤 발견하지 못했는데요."

"국부적으로 발생하는 염증과 더불어 열을 수반하는 환자를 못 봤습니까?"

"아! 그리고 보니 몹시 염증이 심한 임파선 환자가 두 명 있었군요."

"비정상적이었던가요?"

"저, 당신도 아시다시피 보통 그런 환자란……." 리샤르가 말했다.

수위는 그날 저녁에 줄곧 헛소리를 했고, 열은 40도까지 올라서 그놈의 쥐들에게 계속해서 원망을 퍼부었다. 리외는 농창고착(膿瘡固着) 치료를 해보았다. 테레빈 주사의 타는 듯한 통증에 수위는 소리쳤다. "아! 망할 것들 같으니."

임파선은 아직 부어 있었고, 만져 보니 딱딱하면서 줄이 서 있었다. 수위의 마누라는 넋을 잃고 있었다.

"밤새 지키십시오." 그녀에게 의사가 말했다. "그리고 무슨 일이 있거든 나를 불러 주시오."

이튿날인 4월 30일, 벌써 푸르고 습기 찬 하늘에서 훈훈한 산들바람이 불고 있었다. 산들바람은 가장 먼 교외로부터 오는 꽃향기를 날라다 주었다. 거리에서 들리는 아침의 소음은 여느 때보다 더 활기 있고 더 즐거워 보였다. 한 주일 동안 겪었던 그 무거운 걱정을 떨쳐 버리고, 이 조그만 우리의 도시는 봄날을 맞았다. 리외는 자기 아내의 편지를 받고 마음이 놓여서, 아주 경쾌한 마음으로 수위의 방으로 내려갔다. 그의 체온은 아침에 38도까지 내려가 있었다. 기력이 없는 환자가 침대에 누운 채로 미소를 짓고 있었다.

"괜찮을 것 같군요. 그렇죠, 선생님?" 수위의 마누라가 말했다.

"더 두고 봐야죠."

그러나 낮이 되자 열은 갑자기 40도까지 다시 올라갔다. 환자는 끊임없이 헛소리를 했고, 다시 구토가 시작되었다. 목의 임파선이 닿기만 해도 아파서, 수위는 가능한 한 목을 몸과 멀리 떼어 놓으려고 하는 듯이 보였다.

그 마누라는 침대 가에 앉아서, 두 손을 이불 위에 얹고 환자의 두 발을 살며시 누르고 있었다. 그녀는 리외를 보고 있었다.

"아주머니!" 리외가 말했다. "주인을 격리시켜 가지고 특수한 치료를 해야만 됩니다. 전화로 구급차를 불러 환자를 옮겨야겠습니다."

2시간 후, 구급차 속에서 의사와 마누라는 환자를 들여다보고 있었다. 종기가 뒤덮인 환자의 입 속에서 말이 단편적으로 새어 나왔다. "쥐들!" 이렇게 그는 말하는 것이었다. 밀랍 같은 입술은 푸르죽죽했고, 속눈썹은 무겁게 아래로 처지고, 숨은 거칠면서 가빠졌다. 임파선 때문에 몸이 제멋대로 놀고 있었다. 몸 위에 이부자리를 덮고 싶은 듯, 혹은 땅 밑에서 들리는 그 무엇이 쉴 새 없이 그를 부르기나 하듯이, 수위는 자리 속 깊이 몸을 쪼그리고 그 어떤 보이지 않는 무게에 짓눌려 허덕이고 있었다. 마누라가 울고 있었다.

"이제는 가망이 없나요. 선생님?"

"죽었습니다." 리외가 말했다.

* * *

수위의 죽음은 숱한 징조들로 가득 찬 어떤 기간에 종지부를 찍었고, 초기의 놀라움이 점점 공포로 변해서 비교적 더 어려운 시기로의 진전을 암시했다고 말할 수 있다. 우리 시민들은 나중에야 알게 된 사실이지만, 우리의 이 조그만 도시가 하필, 쥐가 한낮에 많은 사람들이 보는 가운데 죽고, 수위가 괴상한 병으로 죽는 그러한 도시로 특별히 지정되리라고는 꿈에도 생각해 보지도 못했다. 그런 점으로 보아서, 시민들은 잘못 생각하고 있었고, 그들의 생각은 바뀌어져야 했다. 모든 일이 거기서만 끝났더라도 아마 그 일은 습관 속에 묻혀 버리고 말았을 것이었다. 그러나 시민들 중에서 그 밖에도 몇몇 사람, 그것도 반드시 수위나 가난뱅이가 아닌 사람들이, 미셸 씨가 먼저 밟은 길을 그대로 더듬어 가게 되었다. 그때부터 공포와 더불어 반성이 시작되었다.

그러나 이 새로운 사건들을 상세하게 언급하기 전에, 필자는 앞에서 얘기를 끝낸 그 시기에 관해, 다른 또 하나의 목격자의 견해를 피력하는 것이 유익하다고 생각한다. 이 이야기의 첫머리에서 이미 만난 일이 있는 장 타루는 수주일 전에 오랑에 거처를 정했는데 그때부터 번화가에 있는 커다란 호텔에 살고 있었다. 분명히 그는 여러 가지 수입으로 제법 여유 있게 살고 있는 듯했다. 그러나 그의 얼굴이 오랑 시에서 조금씩 익숙해 졌음에도 불구하고, 그가 어디서 온 사람인지, 무엇 하러 왜 온 것인지를 아는 사람은 하나도 없었다. 모든 공중이 모이는 장소에서 사람들은 그를 보았다. 이른 봄부터, 그것도 분명히 즐거운 듯한 기색을 보이며 종종 해변에서 헤엄치고 있는 것을 보게 되었다. 호인이며 항상 웃는 낯인 그는 정상적인 오락이라면 무엇이든지 그것에 사로잡히지 않고 그저 알맞게 즐기는 듯이 보였다. 사실 사람들이 알고 있는 그의 유일한 습관이라고는, 우리 도시에 있는 수많은 스페인 무용수와 악사들의 집에 열심히 드나들고 있다는 것뿐이었다.

어쨌든 그의 수첩에도 그 어려웠던 시기에 관한 일종의 기록이 남아 있는 것이다. 그러나 이 기록은 사소한 일만을 다루기 위한 계획인 듯이 보이는 특수한 것이다. 언뜻 보기에 타루는 일부러 궁리해서 사물과 존재를 유난히 미시적으로 바라보려 했다고도 여겨질 것이다. 일반적인 혼란 속에서, 그는 결국 이야기가 없는 거시에 대한 얘기꾼이 되려고 애썼던 것이다. 우리는 아마도 그 계획을 유감스럽게 여기고 그 마음의 고갈상태를 의심할 수도 있으리라. 그러나 그 기간에 대한 기록으로써 그 수첩이 제2차적인 사소한 일들을 무수히 제공할 수 있다는 것은 변함이 없고, 따라서 그 기묘함 자체가 이 흥미 있는 인물을 경솔히 판단하기를 방해할 것이다.

장 타루가 적은 초기의 기록들은 그가 오랑에 도착한 날부터 시작되어있다. 그 기록들은 서두에서부터 도시로서는 이렇게도 누추한 곳에 왔다는 점에 대한 야릇한 만족감을 표시하고 있다. 시청을 장식하고 있는 두 마리의 청동으로 된 사자 상에 대한 세세한 묘사와 나무들이 없는 점, 무미건조한 집들, 도시의 부조리한 면에 대한 호의적인 고찰을 거기에서 읽을 수 있다. 타루는 또한 설명도 붙이지 않고 전차나 거리에서 주워 들은 대화도 거기에 삽입하고 있는데 다만 좀 후에 가서 캉이란 사람에 관한 대화들 중의 하나에는 예외로 주를 붙여 놓았다. 타루는 두 사람의 전차 차장이 주고받는 이야기를 듣고 있었던 것이었다.

"자네도 캉을 잘 알지 왜?"

그 중의 하나가 말했다.

"캉? 키가 크고 검은 콧수염이 난 사람 말인가?"

"맞았어. 전철 쪽에서 일하고 있었지."

"그런데, 그 사람이 죽었대."

"저런! 대체 언제?"

"그 쥐 소동이 난 다음이지."

"허, 그거! 도대체 무슨 병이었는데?"

"아마도 열병이라지. 게다가 그 사람, 몸도 튼튼하지도 못했어. 겨드랑이에 종기가 났었는데, 그만 견뎌낼 기운이 없었던 모양이야."

"그래도 보기에는 여느 사람하고 다를 게 없었는데."

"천만에. 그는 폐가 약했지. 그러면서도 그대로 남성 성가대에서 나팔을 불었어. 줄곧 나팔 불기란 못 견딜 일이지."

"거 참!" 후자가 말끝을 맺었다. "병이 있을 때는 나팔을 불어서는 안 되지."

이런 몇 행인가의 보고에 이어, 타루는 왜 캉은 명백하게 자신의 이익에 상반되는 성가대에 들어갔으며, 일요일의 의식에다가 자기의 생명을 걸도록 그를 이끈 진정한 이유는 무엇이었는지를 문제로 삼고 있었다.

이어서 타루는 자기의 창문과 마주 보고 있는 발코니에서 종종 벌어지는 광경에 좋은 인상을 받은 듯했다. 사실 그의 방은 작은 옆 골목을 향하고 있었는데, 거기에서는 벽의 그늘 밑에서 고양이들이 낮잠을 자고 있었다. 그러나 매일 점심을 먹은 후 도시 전체가 뜨거운 열기 속에서 반쯤 잠드는 시각이 되면 길 저편의 발코니 위에 자그마한 노인이 나타나는 것이었다. 백발을 말끔히 벗어 올리고 군복 같은 옷을 입고 근엄하고 꼿꼿한 자세를 하고 있었는데, 그 노인은 쌀쌀하면서도 부드러운 목소리로 "나비야, 나비야……." 하고 고양이들을 부르는 것이었다. 고양이들은 아직 몸은 움직이지 않은 채 졸리는 듯한 멍한 눈길을 던지는 것이었다. 그러면 노인은 거리에다 작은 종이 조각을 뿌리는 것이었다. 그것을 본 고양이들은 그 흰 종이 나비에 끌려 맨 마지막 종이 조각들을 향해서 주춤거리다가 한 발을 내밀면서 길 한가운데로 걸어나오는 것이었다. 그러면 그 작은 노인은 고양이를 향해 정확하게 겨냥해서 힘껏 가래침을 탁 뱉는 것이었다. 가래침 하나가 목표물에 명중하기라도 하면 그는 웃어대는 것이었다.

결국 타루는 그 도시의 외관, 경기, 심지어는 쾌락까지도 상거래의 필요에 의해서 움직여지고 있는 듯이 보이는 그 상업 도시로서의 성격에 완전히 매료된 모양이었다. 그 특이성(이것은 그 수첩 속에서 사용되고 있는 용어다.)은 타루의 찬사를 받았는데, 그의 찬사로 가득 찬 고찰 중의 하나는 '마침내!' 라는 감탄문의 외침으로 끝맺어져 있기까지 했다. 그것은 그 시기에 여행자들의 기록이 개인적인 성격을 띠는 것같이 생각되는 유일한 구절이었다. 그 말의 의미와 성실성을 판단하기란 어려운 일이다. 죽은 쥐 한 마리의 발견이 호텔의 회계원으로 하여금 계산서에 계산 착오를 일으키게 했다는 것을 상세하게 기록한 다음에, 타루는 여느 때보다 명료하지 못한 필적으로 다음과 같이 덧붙여 놓았다. '물음—시간을 허비하지 않으려면 어떻게 해야 되나? 답—시간이 길다는 것을 남김없이 맛볼 것. 방법—치과 병원 대기실의 불편한 의자에 앉아서 한나절을 보낼 것. 일요일 오후를 자기 방 밖의 발코니에서 보낼 것. 자기가 모르는 외국어로 하는 강연을 들을 것, 가장 길고 제일 불편한 기차 여정을 선택, 물론 서서 여행할 것, 극장 매표구 앞에 줄을 서서 기다리다가 표는 사지 말 것 등등' 그러나 그 언어 혹은 사고 방식의 탈선에 뒤이어, 수첩에는 우리들 도시의 전차, 그 조각배 같은 모양, 그것들의 빛깔, 시종일관 지저분하다는 점을 상세한 묘사로 시작해서 아무 설명도 될 수 없는 '그것은 주목할 만한 일이다.'라는 구절로 그의 관찰이 끝난 글이 적혀 있었다. 어쨌든 쥐 문제에 대해서 타루가 적어 놓은 내용은 다음과 같다.

오늘 맞은편 집의 늙은이는 난감한 듯싶다. 이젠 고양이들이 없는 것이다. 거리에서 수없이 발견되는 죽은 쥐들에게 자극을 받은 고양이들이 자취를 감춰 버렸다. 내가 보기에 고양이들이 죽은 쥐들을 먹는다는 것은 있을 수 없는 일이다. 나는 기억하고 있지만 우리 집에서 기르고 있던 고양이는 그것을 몹시 싫어 했었다. 아무튼 고양이들은 거리가 아니라 지하실 속에서 뛰어다니고 있을 거라고 생각하니 그 노인은 난감할 수밖에 없었을 것이다. 빗질도 제대로 하지 못한 채 풀이 죽은 노인은 어딘지 불안한 기색이다. 잠시 후에 그는 허공에다 가래침을 뱉고는 안으로 들어가 버렸다.

오늘 시내에서 전차 한 대가 돌연 멈추었다. 어떻게 거기에 기어 들어 왔는지 모를 쥐 한 마리가 눈에 띄었기 때문이다. 부인들이 두어 명 전차에서 내렸다. 사람들은 쥐를 밖으로 내던졌다. 전차는 다시 떠났다.

호텔에서 방범대원—그는 신뢰할 만한 사람이다—이 자기는 쥐들로 인해서 어떤 불행한 일이 생기리라 예상한다고 내게 말했다. "쥐들이 배에서 달아날 때엔……." 나는 그에게 배에서는 그런 일이 있는 것이 사실이나, 도회지에서는 그런 일이 검증된 적은 한번도 없었다고 대답했다.

그러나 그의 확신은 이미 굳어져 있었다. 나는 그에게 어떤 불행이 우리 앞에 있느냐고 물었다. 그는 모른다는 것이었다. 불행이라는 것을 예측하기란 불가능한 일이기 때문이다. 설령 지진이 일어난다 하더라도 자기는 놀라지 않을 것이라고 말했다. 나는 그것도 있을 수 있다고 인정했더니, 그것이 불안하지 않느냐고 물었다.

"내가 관심을 갖는 것은 단 한 가지입니다." 이렇게 나는 그에게 말했다. "그것은 마음의 평화를 찾아내는 일이지요."

그는 나를 완전히 이해했다.

호텔 식당에 아주 흥미로운 한 가족이 있었다. 아버지는 키가 크고 여윈 체격에 빳빳한 칼라를 단 시커먼 옷을 입고 있었다. 머리 한 가운데는 벗겨지고 좌우에 흰머리가 한 움큼씩 있었다. 작은 눈은 둥글고 위엄이 있어 보였고, 코는 훌쭉하고, 입은 한일자로 다물고 있는 모습이 마치 점잖은 올빼미 같은 인상을 주었다. 그는 언제나 앞장서서 식당 문 앞까지 다가와서는 까만 생쥐처럼 호리호리한 자기 아내를 먼저 들여보내고 다음에 훈련 견처럼 옷을 입혀 놓은 어린 아들과 딸을 뒤에 거느리고 들어온다. 자기 식탁에 가서도 그는 아내가 앉기를 기다렸다가, 아내가 앉은 다음에 자기도 앉는다. 그러면 그 두 꼬마들도 마침내 자기 의자에 새들처럼 걸터앉을 수 있다. 그는 아내와 아이들에게도 존댓말로 이야기를 하고, 아내에게는 예의바른 핀잔을 주고 자식들에게는 근엄한 잔소리를 한다.

"니콜로, 그대의 말투는 더없이 기분 나쁘게 느껴져요."

그러면 어린 딸아이는 눈물을 글썽거린다. 이것이 틀에 박힌 습관처럼 되어 있는 것이다. 오늘 아침에 어린 사내아이는 쥐 이야기를 듣고 흥분해 있었다. 그는 식탁 앞에서 한마디하고 싶었다.

"필립, 식사 때는 쥐 이야기를 하지 않는 법이에요. 앞으로도 절대 이런 얘길 하지 말아요."

"아버지 말씀이 옳아." 생쥐 부인이 거들었다.

두 꼬마들은 접시에 코를 디밀고, 올빼미 씨는 별로 진지하지도 않게 고갯짓으로, 일용할 음식을 주셔서 감사하다는 마음을 표시했다.

그런 훌륭한 본보기가 있음에도 불구하고, 시내에서는 쥐 이야기가 화제에 오르고 있었다. 신문도 거기에 휩쓸렸다. 지방 소식란은 평소에 다채로웠던 것이, 이제는 시청에 대한 논쟁으로 독점되어 있었다. '우리 시의원님들은 서족(鼠族)들의 썩은 시체들이 야기할지도 모를 위험을 생각해 본 일이 있는가?' 라는 식으로 비난을 퍼부었다. 호텔 지배인은 다른 이야기는 하지 않게 되었다. 그러나 그것 또한 난처해서 그러는 것이다. 이름난 호텔의 엘리베이터 속에서 쥐가 발견된다는 사실이 그에게는 도저히 생각할 수 없는 일이다. 나는 그를 위로하기 위해서 "그러나 세상이 온통 그 지경인 걸요."라고 말했다.

“바로 그 말씀입니다.” 그가 나에게 대답했다. “우리가 이제는 남들처럼 되었으니 말씀입니다.”

사람들이 차차 불안을 느끼게 된 돌발적인 열병의 첫 케이스를 나에게 말해 준 사람이 바로 그 지배인이다. 자기네 호텔의 하녀 하나가 그 열병에 걸렸다는 것이다.

“그러나 물론 이건 전염성은 아닙니다” 이렇게 그는 황급히 덧붙였다.

나는 그에게 그런 것은 아무래도 좋다고 말했다.

“아! 알겠습니다. 선생님은 저와 마찬가지로 운명론자이시군요.”

나는 그런 생각은 해 본 적이 없으며, 게다가 나는 운명론자도 아니다. 나는 그에게 그렇지 않다는 것을 설명했다.

그 무렵부터 타루의 수첩은 사람들 사이에서 이미 불안의 대상이 되어있는 원인 불명의 열병에 대해서 좀더 자세하게 얘기하기 시작한 것이다. 그 작은 노인은 쥐가 자취를 감추게 되자, 마침내 고양이를 다시 보게 되었고, 여느 때와 같이 가래침 사격을 꾸준히 되풀이하게 된 것을 특기하면서, 타루는 그 열병에 걸린 환자의 수가 이미 십여 명을 헤아리게 되었고, 그 중의 대부분이 사망했다는 것을 덧붙이고 있었다.

하나의 참고 자료가 된다는 구실로, 타루가 묘사한 의사 리외의 모습을 여기에 그려 보아도 괜찮으리라. 필자의 판단으로는 상당히 정확했다.

35살쯤 돼 보인다. 중간 키에, 다부진 어깨, 장방형의 얼굴, 거무스름하고 반듯한 두 눈, 그러나 턱은 튀어나와 있다. 듬직한 코는 모양이 반듯하다. 아주 짧게 깎은 검은머리, 활처럼 휘어진 입매, 꽉 다물고 있는 두툼한 입술, 그의 햇볕에 그을은 피부와 검은 머리털, 항상 어두우면서도 그에게는 잘 어울리는 양복 빛깔 같은 것이 어딘지 시실리의 농부를 연상케 한다.

그는 걸음이 빠르다. 그는 자세를 바꾸지 않고 보도를 걸어 내려간다. 그러나 세 번이면 두 번은 껑충 뛰어서 반대편 보도로 올라간다. 그는 자동차의 핸들을 잡고도 방심하기가 일쑤여서, 종종 길모퉁이를 돈 후에도 방향 신호등을 켜둔 채로 있다. 언제나 모자는 안 쓰고, 매사에 달관한 듯한 태도다.

* * *

타루의 숫자는 정확했다. 의사 리외는 그것에 대해서 어느 정도는 알고 있었다. 수위의 시체를 격리시킨 다음, 그는 리샤르에게 사타구니에 생기는 열병에 관해서 물어 보기 위하여 전화를 걸었다.

"전혀 모르겠는데요."라고 리샤르가 대답했다. "두 사람이 죽었는데, 하나는 이틀 만에 죽었고, 하나는 사흘 만에 죽었어요. 나중 사람은 그날 아침만 해도 회복기에 들어간 것 같아서 그냥 두었었죠."

"혹시 또 그런 예가 있거든 알려 주세요." 리외가 말했다.

그는 다시 몇몇 의사에게 전화를 걸었다. 이렇게 조사해 본 결과, 그는 2, 3일 사이에 약 스무 건의 유사증세(類似症勢)가 있었다는 사실을 알게 되었다. 거의 전부가 사망했다. 그래서 그는 오랑 시 의사회의 간사인 리샤르에게 새로운 환자의 격리를 요구했다.

"하지만 나로서는 속수무책이오." 리샤르가 말했다.

"현청으로부터 어떤 조치가 필요합니다. 그건 그렇고, 전염될 위험이 있다거나 무슨 사정이 있는 건가요?"

"그런 사정은 아무것도 없지만 나타나는 증세로 보아 불안스럽습니다."

그래도 리샤르는 '자기는 그럴 자격이 없다.' 고 생각하고 있었다. 자기로서 할 수 있는 조치는 고작해야 지사에게 그 말을 전할 수 있다는 것이었다.

그러나 사람들이 설왕설래하고 있는 동안 날씨는 사나워지기 시작했다. 수위가 죽은 다음날, 짙은 안개가 하늘을 뒤덮었다. 억수같이 쏟아지는 호우가 단속적으로 이 도시를 덮쳤다. 그리고는 그 갑작스러운 폭우에 이어서 푹푹 찌는 더위가 계속 되었다. 바다조차도 그 짙은 푸른빛을 잃고, 짙은 안개에 가려진 하늘 아래서, 눈이 아프도록 은빛 또는 무쇠 빛으로 반짝이고 있었다. 이러한 봄의 끈적끈적한 더위보다는 여름의 불볕더위가 더 낫다고 생각될 정도였다. 언덕 위에 나선형 계단식으로 건설되어, 바다와는 거의 등지고 있는 이 도시를 무겁고 흐릿한 마비 상태가 넘쳐 있었다. 개흙을 바른 기다란 벽의 한복판에서, 먼지가 낀 진열장이 있는 거리거리에서, 지저분한 황색의 전차 속에서, 사람들은 어딘지 모르게 자신들이 하늘 아래에 갇혀 버린 죄수 같은 느낌을 갖는 것이었다. 단지 리외의 그 늙은 환자만은 천식이 떨어져서 그러한 날씨를 즐기고 있었다.

"푹푹 찌는군." 하고 그가 말하곤 했다. "기관지에는 좋은 날씨야."

사실 찌는 듯한 더위였고, 열병보다 더하지도 덜하지도 않은 무더위였다. 도시 전체가 열병에 걸려 있었으며, 그것은 적어도 코타르의 자살 미수 현장 검증에 입회하기 위해서 페데르브 가에 갔던 날 아침에 의사 리외의 머리에서 떠나지 않고 따라다니던 인상이었다. 그러나 그러한 인상이 그에게는 부당한 것같이 여겨졌다. 그는 이것을 신경과로와 여러 가지마음 쓰는 일에 시달리고 있는 탓으로 돌리고, 우선 자기 생각을 정리하는 것이 급선

무라는 것을 시인했다.

그가 도착했을 때, 경감은 아직 와 있지 않았다. 그랑이 층계 난간에서 기다리고 있기에 둘이서 일단 그랑의 방으로 들어가서 방문을 연 채로 놓아두었다. 이 시청 직원은 방을 두 개 쓰고 있는데, 가구가 매우 소박했다. 눈에 띄는 것이라고는 두어 권의 사전이 꽂혀 있는 책장과 칠판 하나뿐이었는데, 그 위에는 반쯤 지워진 채 '꽃이 풍성한 오솔길들' 이라는 글이 씌어져 있는 것이 눈에 띄었다. 그랑의 말에 의하면 코타르는 밤에 상태가 매우 좋았다는 것이었다. 그러나 아침에 깨더니 그랑은 피곤하고 신경이 예민해진 듯이 보였고, 방안을 이리저리 거닐다가 탁자 위에 있는, 원고 용지가 가득 차 있는 커다란 서류철을 펼쳤다 덮었다 하는 것이었다.

그러면서도 그는 의사에게, 자기는 코타르를 잘 모르지만 아마 약간의 돈은 가지고 있는 것으로 생각한다는 것이었다. 코타르는 약간 색다른 사람이고, 그랑과의 관계는 오랫동안 계단에서 인사나 나누는 정도에 그쳤었다는 이야기였다.

"나는 꼭 두 번 그 사람하고 이야기를 해 봤어요. 며칠 전에 나는 집에 가지고 오던 분필통을 층계에서 엎어 버렸지요. 그때 코타르가 층계로 나오더니, 줍는 것을 도와 주었어요. 그는 그 가지각색의 분필을 무엇에 쓰느냐고 내게 물어 보더군요."

그래서 그랑은 라틴어를 다시 좀 공부해 보려 한다고 설명해 주었다는 것이다. 그는 고등학교를 마친 후로 라틴어가 희미해져 가고 있었기 때문이었다.

"그럼요." 그는 의사에게 말했다. "불어 단어의 뜻을 더 잘 알려면, 라틴어가 확실히 도움이 된다는 말을 들었지요."

그래서 그는 칠판에다 라틴어를 써 놓고, 동사의 변화와 활용에 따라 변화하는 부분을 푸른 분필로, 전혀 변화하지 않는 부분은 붉은 분필로 베껴 써 보곤 했다는 것이다.

"코타르가 제대로 납득했는지 모르겠어요. 그러나, 그는 흥미를 느낀 모양인지 붉은 분필을 하나 달라더군요. 나는 좀 놀랐지만, 어쨌든……. 그런데 그것이 그런 일에 사용될 줄은 상상하지도 못했지요."

리외는 두 번째 대화는 어떤 것이었느냐고 물었다. 그러나 이때 경감이 서기를 데리고 와서 우선 그랑의 진술을 듣겠노라고 말했다. 의사는 그랑이 코타르 이야기를 하면서 항상 그를 '절망에 사로잡힌 그 사람'이라고 부르는 것을 깨달았다. 심지어 어떤 때는 '숙명적인 결론'이라는 표현도 썼다. 그들은 자살의 동기에 관하여 토론을 했는데, 그랑은 어휘의 선택에 세심한 주의를 기울였다. 마침내 '내적인 비탄'이라는 말로 결정이 되었다. 경감은 코타르의 태도에서 '그의 결심'을 예상하게 할 만한 것은 아무것도 없었느냐고 물었다.

"어제 내 방문을 두드리더니," 그랑이 말했다. "성냥을 빌려 달라더군요. 그래서 한 갑을 주었지요. 그는 이웃끼리……, 운운하며 미안해 하더군요. 그리고는 꼭 돌려주겠노라고 다짐을 하기에, 나는 그냥 가지고 있으라고 말했죠."

경감은 코타르의 태도가 이상하게 보이지 않더냐고 그에게 물었다.

"이상하게 보였던 것은, 자꾸 말을 걸려고 하는 눈치였더란 말씀이에요. 그러나 나는 일을 하고 있는 중이었지요."

그랑은 리외를 돌아다보며 쑥스러운 듯한 기색으로 덧붙였다.

"개인적인 일이죠."

경감은 어쨌든 환자를 보자고 했다. 그러나 리외는 이 방문에 대해서 코타르로 하여금 마음의 준비를 시켜 두는 것이 낫다고 생각했다. 리외가 방에 들어갔을 때, 코타르는 뿌연 회색 플란넬 잠옷만 입은 채로 침대에서 일어나 앉더니 불안에 사로잡힌 표정으로 문 쪽으로 시선을 돌렸다.

"경찰이군요, 그렇죠?"

"그렇소." 리외가 말했다. "하지만 염려할 건 없소. 두서너 가지 형식적인 심문만 끝나면, 그걸로 마음을 놓을 수 있을 거요."

그러나 코타르는, 그런 건 아무 도움도 되지 못하며, 자기는 경찰을 좋아하지 않는다고 대답했다.

리외는 짜증스런 기미를 보였다.

"나도 경찰은 싫소. 문제는 그들의 물음에 빨리, 그리고 정확하게 대답해 버리는 것이오. 그래야 한번에 끝나니 말이오."

코타르는 입을 다물었다. 그래서 리외가 문 쪽으로 되돌아가자, 그 작은 사나이는 다시 리외를 불렀다. 그는 침대 옆으로 온 리외의 손을 쥐고 말하는 것이었다.

"환자를, 그것도 목을 매어 죽으려 했던 사람을 건드리지는 않겠죠? 그렇죠, 선생님?"

리외는 잠시 그를 지켜보고 있다가, 결국은 그런 종류의 일은 문제도 되지 않는 것이고, 또한 자기는 환자를 보호하려고 와 있는 것이라고 그를 안심시켰다. 코타르는 그제서야 겨우 긴장이 풀리는 모양이어서 리외는 경감을 들어오게 했다.

그는 코타르에게 그랑이 한 증언을 읽어 주고, 그에게 그의 행위의 동기를 명확하게 밝힐 수 있느냐고 물었다. 그는 경감을 쳐다보지도 않은 채 "내적인 비탄 때문에 그랬지 다른 이유는 하나도 없어요."라고만 대답했다. 경감은 또 그런 짓을 하고 싶으냐고 추궁했다. 코타르는 흥분해서, 다시는 그럴 생각은 없으며, 다만 가만히 놓아 두기를 바랄 뿐이라고 대답했다.

"주의해 두겠지만," 경감이 좀 화난 어조로 말했다.

"지금 남의 평화를 어지럽히고 있는 것은 바로 당신이오."

그러나 리외가 눈짓을 하자 그쯤 해 두었다.

"어떻게 생각하는지 모르지만," 방에서 나오면서, 경감은 한숨을 쉬었다. "그 열병의 말썽이 생긴 후로는 정신없이 바쁜데……."

그는 의사에게 사태가 심각하냐고 물었다. 리외는 전혀 모른다고 말했다.

"순전히 날씨 탓입니다. 그뿐이죠." 경감이 결론을 내렸다.

아마 날씨 때문일지도 몰랐다. 날마다 시간이 흘러감에 따라서 모든 것이 손에 끈적끈적하는 것이었다. 그래서 리외는 한 집 한 집 회진을 할 때마다 불안이 커지는 것을 느꼈다. 바로 그날 저녁, 교외에 있는 그 늙은 환자의 이웃 사람 하나가 사타구니를 누르고 헛소리를 하면서 토사를 하고 있었다. 임파선의 응어리들은 수위의 것보다 더 컸다. 응어리 중의 하나는 고름이 나오기 시작하고 있었고, 이내 썩은 과실처럼 짝 갈라졌다. 자기 집에 돌아온 리외는 주(州) 의약품 보관소에 다가 전화를 걸었다. 그날의 임상 일지에는 다만 '부정적인 회답'이라고만 적혀 있었다. 그런데 이미 비슷한 증세 때문에 다른 지역에서 왕진을 청하러 온 사람들이 있었다. 곪은 것은 절개할 필요가 있었다. 그것은 명료한 일이었다. 메스를 두 번 놀려서 열십자로 째니, 응어리에서는 피가 섞인 걸직한 고름이 흘러나왔다. 환자들은 피투성이가 되었고 만신창이가 되었다. 그러나 배와 다리에 반점이 나타나고, 어떤 임파선은 나오던 고름이 멎자 다시 붓기 시작했다. 대개의 경우, 환자는 무서운 악취 속에서 죽어 갔다.

쥐 사건에 대해 그토록 말이 많던 신문도 이젠 아무 소리도 없다. 쥐들은 눈에 띄는 거리에서 죽었고, 사람들은 방안에서 죽었으니, 그것은 당연하다고나 할까. 어쨌든 신문은 거리에서 일어나는 일밖에 다루지 않는다. 그러나 현청과 시청은 의혹을 품기 시작하고 있었다. 의사들이 제각기 두서너 경우를 알고 있을 때만 해도, 누구 하나 움지이려 들지 않았다. 그러나 결국 누군가 합계를 내 보려고 생각하기만 하면 되었던 것이다. 합계를 내 보니 놀랄 만한 숫자였다. 불과 며칠 사이에 사망 건수가 곱절이 되었고, 그 해괴한 병을 다루고 있는 사람들에게는 그것은 틀림없는 전염병이라는 사실이 분명해졌다. 바로 그 무렵에 리외와 같은 동업자이지만 훨씬 나이가 많은 카스텔이라는 사람이 리외를 만나러 왔다.

"물론." 그는 리외에게 말했다. "자네는 이것이 무엇인지 알고 있겠죠, 리외?"

"분석의 결과를 기다리고 있습니다."

"나는 그 병을 알지. 그러니 분석 따위는 필요도 없단 말이오. 나는 지금까지 해 온 의사 생활의 일부를 중국에서 보냈소. 그리고 파리에서도 몇몇 경우를 겪었소. 이십여 년 전의 일이오. 다만, 그것에다 감히 병명을 당장에 붙일 용기가 없었소. 여론이란 신성한 것이오. 냉정을 잃지 말아야죠. 그건 매우 중요한 문제예요. 게다가 어떤 동료는 '그럴 리가 있나. 그것이 서양에서 자취를 감췄다는 것은 누구나 알고 있는데.' 라는 거요. 과연 그렇소. 모든 사람들은 그것을 알고 있었소. 죽은 사람들만 제외하곤 말이오. 자, 리외, 당신도 이 병이 무엇인지 나만큼 잘 알고 있을 거요."

리외는 잠시 생각에 잠겨 있었다. 그는 멀리 만을 막고 있는 절벽의 바위

등성이를 바라보고 있었다. 비록 푸르기는 하지만 흐릿한 광채를 가지고 있는 하늘은 한낮이 지남에 따라 점점 그 광채가 부드러워지고 있었다.

"그렇죠, 카스텔." 그가 말했다. "정말 믿을 수가 없습니다. 그러나 아무래도 페스트같습니다."

카스텔이 일어서서 문 쪽으로 발길을 돌렸다.

"거기에 대해 어떤 말을 듣게 될지 알고 있을 테죠?" 그 늙은 의사가 말했다. "그 병은 기후가 온난한 나라에서는 이미 오래 전에 없어졌소."라고 말할 거요.

"없어지다니, 말도 안 됩니다." 어깨를 추스르면서 리외가 되물었다.

"물론 말도 안 되는 소리지요. 어쨌든 파리에서도 약 이십여 년 전에 그런 일이 있었다는 사실을 잊지 맙시다."

"좋습니다. 그때보다 더 심각하지 않기를 바랍시다. 그러나 정말 믿을 수가 없는 일입니다."

* * *

'페스트' 라는 말이 지금 처음 나왔다. 이제 베르나르 리외가 그의 창가에 앉아 있는 데까지 이 이야기가 진행되었는데, 여기에서 필자가 그 의사의 의아심과 놀라움을 정당화하는 것을 용서해 주기를 바란다. 왜냐 하면, 여러 가지 뉘앙스가 있더라도 그가 보인 반응은 대부분의 시민들이 나타낸 그것이기 때문이다. 사실 천재란 흔히 있는 일이지만, 그것이 우리의 머리 위에 떨어졌을 때는 믿기 어려운 것이 된다. 이 세상에는 전쟁만큼이나 페스트가 흔했다. 그러면서도 페스트나 전쟁이 터졌을 때, 사람들은 언제나 속수무책인 것이다. 의사 리외도 모든 시민들이 그랬던 것처럼 속수무책이었다. 따라서 그의 망설임도 그렇게 풀이해야 한다. 또한 그가 불안한 신념 사이에서 엉거주춤하고 있었던 것도 이해해야 할 것이다. 전쟁이 발발하면 사람들은 이렇게 말한다. "오래 가지는 않겠지. 너무나 어리석은 일이니까." 전쟁이라는 것은 확실히 어리석은 짓일지는 모르지만, 그렇다고 해서 오래 계속되는 데 아무런 방해도 되지 않는다. 어리석은 일은 항상 끈질기기 마련이고, 만약 사람들이 늘 자기 생각만 하지 않는다면, 그 사실을 깨닫게 될 것이다. 그런 점에서 우리 시민들은 모든 사람들처럼 자기들 생각만 하고 있었다. 다시 말하면 그들은 휴머니스트들이었다. 즉, 그들은 천재 같은 것을 믿지 않고 있었다. 천재는 인간의 힘으로 해결할 수 있는 것이 아니다. 그래서 사람들은 천재가 비현실적인 것이고, 이내 지나가 버리는 악몽으로 여기고 있었다. 그러나 천재는 항상 사라져 버리지는 않는다. 악몽에서 악몽으로 계속되며, 사라지는 것은 오히려 인간들이다. 특히 휴머니스트들이 맨 먼저 사라져 버린다. 왜냐 하면 그들은 스스로 조심하지 않았기 때문이다. 우리의 시민들이 다른 사람들보다 더 조심하지 않은 것은 아니고 그들은 겸손할 줄 몰랐다는 것뿐이다. 그래서 그들은 모든 것이 자신에게는 가능하다고 생각하고 있었으며, 그랬기 때문에 천재란 있을 수 없는 일이라고 단정하고 있었던 것이다. 그들은 사업을 계속했고, 여행을 떠날 준비를 했고, 제각기 의견을 내놓았다. 미래라든가 이동이라든가 토론 같은 것을 막아 버리는 페스트를 그들이 어떻게 생각할 수 있었단 말이냐? 그들은 스스로 자유롭다고 믿고 있었다. 그러나 천재가 있는 한 누구도 자유로울 수는 없을 것이다.

그래서 의사 리외가 자기 친구 앞에서 여기저기에서 발생한 수많은 환자들이 아무 예고도 없이 방금 페스트로 죽었다는 것을 인정한 후에도, 위험은 그에게 있어서 여전히 비현실적인 것으로 여겨졌다. 다만 의사이기 때문에 고통에 대한 개념쯤은 대강 터득하고 있었고, 좀더 풍부한 상상을 할 수 있었던 것이다. 창 밖의 변함없는 거리를 내다보면서, 의사는 이른바 불안이라는 미래에 당면한 희미한 답답함을 느꼈지만 대수로운 것은 아니었다. 그는 그 병에 관해서 알고 있는 바를 머릿속에서 정리해 보려고 애썼다. 여러 가지 숫자들이 그의 기억 속에서 뱅뱅 돌았다. 그리고 그는 역사상으로 알려진 약 삼십 회에 걸친 대대적인 페스트가 약 일억의 인명을 빼앗아 갔다고 속으로 생각하는 것이었다. 그러나 일억의 사망자란 무엇을 의미하는 것일까? 전쟁 중에 한 사람의 사망자가 무엇을 의미하고 있는지 아는 것은 거의 불가능하다. 그리고 인간의 죽음이란 죽는 것을 누가 보지 않는 한 전혀 의미가 없는 것이고 보면, 역사를 통해서 뿌려진 일억의 시체라는 것은 상상 속의 한 줄기 연기에 지나지 않는다. 의사는 콘스탄티노플의 페스트의 기억을 더듬었다. 프로코프에 의하면 하루 동안에 만 명의 희생자가 났다는 것이다. 만 명의 사망자라면 커다란 영화관 관객의 다섯 배이다. 이런 식으로 하는 것이 더 알기 쉬울 것이다. 다섯 군데 극장이 문을 닫아서 나오는 사람들을 모아서 그들을 시의 광장으로 끌고 가서, 무더기로 그들을 죽여 버린다. 그러면 적어도 낯익은 사람의 얼굴을 이름 모를 시체 더미 위에 올려놓을 수 있을 것이다. 그러나 물론 이것은 실현 불가능한 이야기일 뿐만 아니라, 누가 만 명씩이나 남의 얼굴을 알고 있단 말이냐? 게다가 프로코프 같은 사람들은 계산하는 방법을 몰랐다는 것도 주지의 사실이다. 광동(廣東)에서는 칠십 년 전에 사만 마리의 쥐가, 그 재화가 주민들에게 던져지기 전에 페스트로 죽었다. 그러나 1871년에는 쥐의 수효를 계산하는 방법이 없었다. 모두들 주먹구구로 대강대강 계산했고, 그래서 오차가 생길 가능성이 많았다. 그래도 쥐 한 마리의 길이를 30센티미터라고 한다면, 사만 마리를 잇대어 줄지어 놓는다면…….

그러나 리외는 그런 심정에 반발을 했다. 그는 돼 가는 대로 보고만 있었으나, 이제는 그래서는 안 될 판이었다. 몇몇 증세로 전염병이라고는 할 수 없으니 조심만 하면 충분하리라. 마비와 허탈, 눈의 충혈, 입의 오염, 두통, 가래톳, 심한 갈증, 정신착란, 전신의 반점, 내부적인 상처 파열, 그리고 마침내는……, 자기가 알고 있는 그런 것들에 만족해야만 했었다. 마침내는 어떤 구절이 리외의 뇌리를 스쳐 갔다. 그것은 바로 증세가 열거되어 있는 의서(醫書)의 맨 마지막에 적혀 있는 구절이었다. '맥박이 극히 희미해지고, 눈에 띄지 않게 꿈틀거리다가 숨이 끊어진다.' 그렇다. 그런 증세 끝에 마침내는 실 한 올에 매달리게 되어서, 그 4분의 3은—이것은 정확한 숫자였다—자기들의 죽음을 재촉하는 이 알 수 없는 동작을 하려고 꽤 애쓰는 것이었다.

의사는 여전히 창 밖을 내다보고 있었다. 유리창 저편에는 봄의 상쾌한 하늘이 있었고, 반대편에는 아직도 방안에서 쩡쩡 울리고 있는 단어, 즉 페스트가 있었다. 그 말에는 과학이 거기에 담으려고 했던 사실이 내포되어 있을 뿐 아니라, 이맘때면 적당하게 활기를 띠어 소음이라기보다는 차라리 윙윙거리는, 만약 인간이 동시에 행복하고 우울할 수 있다면 결국 행복하다 할 수 있는, 그 누렇고 뿌연 도시와는 어울리지 않는, 일련의 이상한 갖가지 환영의 긴 행렬을 내포하고 있었다. 그리고 그렇게도 평화롭고 그렇게도 무관심한 평온 상태는 그 옛날의 재화들을 거의 힘도 안 들이고 부정해 버리는 것이었다. 페스트에 짓밟혀 새 한 마리 볼 수 없게 된 아테네. 소리도 없이 단말마에 허덕이는 환자가 들끓는 중국의 도시들. 썩은 물이 뚝뚝 떨어지는 시체들을 구덩이 속에 처넣고 있는 마르세이유의 복역수들. 페스트의 무서운 광풍을 막기 위한 프로방스 지방의 거대한 토벽의 건축. 자파와 그 도시의 추악한 거지들. 콘스탄티노플 병원의 봉당에 밀착하여 습기에 썩어가는 침대들. 음울한 페스트가 창궐하고 있을 때 볼 수 있는, 갈고리로 끌려나오는 환자들과 마스크를 한 의사들의 혼란, 밀라노의 공동 묘지에서 있었던 아직 살아 있는 사람끼리 벌이는 교합, 공포에 휩싸인 런던 시의 시체 운반차들. 그리고 도처에서 끊임없는 아우성으로 가득 찬 낮과 밤. 아니다, 그 모든 것이 그 한나절의 평화를 말살하기에 넉넉할 만큼 강렬하지는 않았다. 유리창 저편에 문득 보이지 않는 전차의 종소리가 울려서 순식간에 그 잔인성과 괴로움을 반증해 주는 것이었다. 오직 바다만이 집들 사이에 생긴 음울한 바둑판 무늬 끝에서 불안한 것과 결코 안정되지 못한 것이 이 세상에 있다는 것을 증명해 주고 있었다. 그런데 의사 리외는 물굽이를 바라보면서 류크레시우스가 말한 바 있는, 페스트에 휩쓸린 아테네 사람들이 바다 앞에 세워 놓았다는 그 화장터를 생각하고 있었다. 그들은 한밤중에 거기에 시체를 운반해 갔지만 장소가 비좁아서 생존자들은 자기들과 친근했던 사람들을 먼저 화장하려고 서로 횃불을 가지고 때리고 싸웠으며, 자기들이 메고 온 시체를 버리고 갈 바엔 차라리 피투성이의 싸움을 계속하는 편을 택했다고 한다. 고요하고 어둠침침한 바다 앞, 시뻘겋게 타오르는 화장터와 불꽃이 반짝이는 어둠 속에서의 횃불싸움, 그리고 유심히 내려다보고 있는 하늘을 향해서 솟아오르는 독기에 찬 짙은 연기, 이런 것들을 누구나 상상할 수 있었다. 그리고 두려운 것은…….

그러나 그런 망상은 이성 앞에서는 항거하지 못했다. '페스트'라는 말이

입 밖에 나온 것도 사실이고, 바로 그 순간에도 재화가 두서너 명의 희생자를 괴롭히며 쓰러뜨리고 있었던 것도 사실이다. 그러나 그것은 여기서 머물러 버릴지도 모르지 않는가. 지금 해야 할 일은, 인정해야 할 것은 단호히 인정하고, 결국에는 쓸데없는 망령은 쫓아 버려 적당한 대책을 강구하는 일이었다. 그렇게 하면 페스트는 멎을 것이다. 왜냐 하면 페스트라고 생각하지 못했던 탓이요, 또는 그렇게 생각되었더라도 대책이 없을 테니 말이다. 만약 페스트가 멎는다면 그것은 가장 가능성 있는 일이지만 모든 일은 잘 될 것이다. 반대의 경우에는 페스트가 어떤 것인지를, 그리고 그것에 먼저 대처하고 그 다음 그것을 극복하는 방법이 있나 없나를 사람들은 알게 될 것이다.

의사는 창을 열었다. 그랬더니 일시에 거리의 소음이 크게 들려 왔다. 이웃에 있는 공장에서 짤막하게 반복되는 기계톱 소리가 들려 오는 것이었다. 리외는 몸을 움직여 기운을 냈다. 매일매일의 노동, 거기야말로 확실성이 있었다. 나머지는 하찮은 연계와 충동에 얽매여 있어, 그런 것에 말을 멈추고 있을 수는 없는 일이었다. 중요한 것은 자기의 직무를 완수해 나가는 일이다.

* * *

의사 리외가 그런 생각에 잠겨 있을 때, 조세프 그랑이 찾아왔다. 시청 직원으로서 그가 맡은 일이 비록 잡다하기는 하지만, 그는 정기적으로 통계국이라든가 호적 사무에 관한 조사도 했다. 그래서 그는 사망자의 집계를 내게 된 것이었다. 그리고 그는 일을 좋아하는 성격인지라, 조사한 결과의 사본을 한 벌 리외에게 갖다 주기로 했던 것이다.

의사는 그랑이 자기 이웃인 코타르와 함께 들어오는 것을 보았다. 그 시청 직원은 종이 한 장을 쥐고 흔들었다.

"숫자가 상승하고 있어요, 선생님." 그는 이렇게 말을 꺼냈다. "48시간에 사망이 11명 꼴입니다."

리외는 코타르에게 인사를 하고, 기분이 어떠냐고 물어 보았다. 그랑은 코타르가 의사에게 감사를 드리고, 자기 때문에 폐가 된 것을 사죄하고 싶어하기에 데리고 왔다고 말했다. 그러나 리외는 통계표를 보고 있었다.

"자아," 리외가 말했다. "이제는 이 질병을 제 이름대로 부를 결심을 해야 될 것 같군요. 여태까지 우리는 주춤거리고 있었어요. 어쨌든 나하고 같이 나가시죠, 연구소에 가는 길이니까요."

"네, 그렇게 하죠." 그랑이 의사 뒤를 따라서 계단을 내려오면서 말했다. "무엇이건 간에 제 이름으로 불러야죠. 그런데 그 병명이 무엇인가요?"

"말해 드릴 수가 없습니다. 설사 아시더라도 도움이 되지 못할 테니까요."

"그야 물론 그렇지요." 그 서기는 미소를 지었다. "그게 그렇게 쉬운 일이 아니거든요."

그들은 연병장으로 향했다. 코타르는 여전히 잠자코 있었다. 길거리는 인파로 붐비기 시작하고 있었다. 이 고장의 그 짧은 황혼은 벌써 밤에 밀려서 물러나갔고, 아직도 선명하게 보이는 수평선에 샛별이 나타나고 있었다. 잠시 후 거리거리에 가로등이 켜지자 온 하늘이 더욱 어둡게 느껴졌고, 사람들의 주고받는 말소리도 한 가락 높아진 듯했다.

"죄송하지만." 연병장의 한 모퉁이에서 그랑이 말했다. "나는 전차를 타야겠습니다. 나의 저녁 시간은 신성 불가침 하답니다. 우리 고향에서 말하듯이, '결코 다음날로 미루지 말고…….'"

리외는 이미 그랑의 그런 버릇을 알고 있었다. 몽텔리 마르 출생인 그는 자기 고향의 격언들을 끄집어내는 버릇이 있었고, 게다가 '꿈 같은 날씨'라든지, '선경 같은 불빛들'과 같이, 아무 데서도 쓰지 않는 케케묵은 표현을 덧붙이는 버릇이 있었다.

"아!" 코타르가 말했다. "정말 그래요. 저녁 식사 후엔 아무도 이 사람을 집에서 끌어낼 수가 없거든요."

리외는 그랑에게 밤에도 시청 일을 하느냐고 물었다. 그랑은 아니라고 대답하고, 자신을 위해서 일한다고 말했다.

"아!" 하고 리외는 마지못해서 말했다. "그래, 잘 되어 가나요?"

"일을 시작한 지 몇 년이 되니깐 진척은 아무래도 되지요. 그러나 어떤 의미에서는 과히 진전이 없기도 해요."

"아니, 도대체 어느 쪽의 일인데요?" 리외가 걸음을 멈추고 말했다.

그랑은 둥근 모자를 자기의 커다란 두 귀까지 다시 눌러 쓰면서 빠른 말투로 중얼거렸다. 그런데 리외는 그것이 일종의 개성이 너무 강한 탓이라는 것을 아주 막연하게나마 이해할 수 있었다. 그러나 그 서기는 이미 그들에게서 멀어졌으며, 마르느 가의 무화과나무 그늘을 총총걸음으로 거슬러 올라가고 있었다. 연구소의 문턱에서 코타르는 리외에게 언젠가 찾아 뵙고 조언을 들었으면 한다고 말했다. 호주머니 속에 손을 넣고 통계표를 만지작거리고 있던 리외는 그에게 진찰 시간에 오라고 말했다가 다시 생각을 바꿔서, 자기가 그 이튿날 그 동네에 갈 일이 있으니 오후 늦게 들르겠다고 말했다.

코타르와 헤어지면서 리외는 자신이 그랑의 생각을 하고 있는 것을 깨달았다. 그는 페스트의 와중에 있는 그랑을 상상하고 있었다. 그것도 짐작컨대 대수롭지 않은 페스트가 아니라 역사에 남을 대대적인 페스트의 한복판에 있는 그랑을 말이다. '그런 경우에도 무사히 재앙을 피할 수 있는 종류의 사람이지.' 그는 페스트가 허약한 체질을 가진 사람은 가만두고, 특히 건강한 체질을 가진 사람을 쓰러뜨린다는 글을 읽은 생각이 났다. 그리고 계속해서 그런 생각을 하고 있는 중에, 리외는 그랑에게서 어떤 신비스러운 모습을 발견하는 것이었다.

언뜻 보기에 조세프 그랑은 그 행동 거지가 시청의 하급 서기 이외에는 아무것도 아니었다. 후리후리하고 마른 몸에다, 옷이 커야 오래 입는다는 착각에서 언제나 지나치게 큰 것을 골라서 옷 속에서 몸이 따로 놀고 있었다. 아래 잇몸에는 대부분 이가 그대로 있었지만, 그 대신 위쪽에는 하나도 남아 있지 않았다. 웃을 땐 윗입술이 유난히 젖혀지기 때문에 마치 무슨 유령의 입 같았다. 이런 모습에 신학교 학생 같은 몸가짐이며, 벽에 바싹 붙어 걸어가다가 문안으로 살짝 들어가 버리는 버릇, 지하실과 담배연기의 냄새, 보잘것없는 인간의 모든 풍모, 그런 것들을 덧붙여 보면, 시내의 목욕탕 요금을 검토한다든가, 젊은 상관에게 넘길 오물 청소의 새로운 세법에 관한 보고 자료를 수집한다든가 하는, 책상 앞이 아닌 다른 곳에서 그의 모습을 본다는 것은 상상할 수 없다는 것을 시인하게 되리라. 아무 선입견 없는 생각으로 보더라도 그는 일당 62프랑 30상팀을 받는 시청의 임시 보조 서기의, 보잘것없으면서도 불가결한 직책을 수행하기 위해서 이 세상에 태어난 듯이 보였다.

그 일당 이야기는 그랑의 말인데, 사실 사령장의 '자격' 란에 기재되어 있다는 것이었다. 22년 전에 대학을 나올 때, 돈이 없어서 더 이상 진학하지 못하고 그 직책을 수락해 버렸을 때, 사람들은 단시일 내에 '정식 발령'을 받게 될 것이라는 암시로 그에게 희망을 갖도록 만들었다는 것도 그 자신의 이야기다. 다만 우리의 시 행정상 여러 가지 미묘한 문제 처리를 하는 데 있어, 얼마 동안 그의 능력을 입증해 보이기만 하면 그 다음에는 틀림없이 풍족하게 살 수 있게 될 편집자의 지위까지 올라갈 수 있다는 확언을 하더라는 것이었다. 물론 야심에 의하여서 움직이는 조세프 그랑은 아니라고, 그는 우울한 미소를 띠면서 장담하는 것이었다. 그러나 착실한 방법으로 물질적으로 보장받는 생활, 그럼으로 해서 자기가 즐겨하는 일에 유감없이 골몰할 수 있는 가능성이 크게 그의 마음을 풀었다. 그가 자기에게 제공된 자리를 받아들였던 것은 바로 영예로운 이유에서였다. 이렇게 말할 수 있다면 어떤 이상에 대한 충실성에서였다.

그러한 임시적인 사태가 결속된 지 오랜 시일이 되었다. 물가는 어처구니없는 비율로 올라갔는데, 그랑의 봉급은 수차에 걸쳐서 총체적인 인상이 있었는데도 불구하고 아직도 적은 액수였다. 그는 리외에게 그것을 하소연했었다. 그러나 아무도 그 문제를 진지하게 생각해 보는 기색은 없었다. 그랑의 특이한 점이랄까, 혹은 적어도 그 특징의 하나가 바로 그런 데에 있었다. 사실 그는 떳떳하게 권리라고까지는 내세울 수 없었지만, 적어도 그가 받은 확약을 실행하라고 주장할 수 있었다. 그러나 우선, 자기를 채용해 준 국장은 오래 전에 죽었고, 피채용자인 자기부터가 약속을 받은 정확한 조항조차 기억하고 있지 못했다. 어쨌든 무엇보다도 문제는, 조세프 그랑 자신이 자기의 할 말을 생각해 낼 수가 없는 사람이었다.

그러한 특성이야말로 리외도 주목했듯이, 우리의 시민인 그랑의 면모를 가장 잘 나타내고 있는 점이었다. 또 바로 그런 점 때문에 그가 생각하고 있는 요구서를 써 보낸다든가, 경우에 따라서 요구되는 필요한 조치를 늘 망설이게 되는 것이었다. 그의 말이 사실이라면, 늘 확고한 자신이 없는 '권리' 라는 말이라든가, 자기의 몫을 요구하며, 또 그렇게 함으로써 좀 당돌한 성격을 띠어서 자기가 수행하고 있는 직무의 그 겸손성과 거의 양립할 수 없는 '약속' 이라는 말 같은 것을 특히 사용하기가 어려울 것같이 느낀다는 것이었다. 한편 '호의', '탄원', '감사' 같은 용어들은, 자기의 인격적인 위엄과 조화되지 않는 것같이 생각되어서 입 밖에 내지 않는다는 것이었다. 그리하여 적합한 용어가 생각나지 않아서, 우리들의 그 시민은 나이가 지긋이 들 때까지 눈에 띄지 않는 직무를 계속해 왔던 것이다. 게다가 이것도 그가 늘 의사 리외에게 하는 말이었는데, 그는 어쨌든 자기의 물질적 생활이 아쉬운 것을 감당해 나가기에 충분하므로 뭐니뭐니해도 자기의 물질적인 생활은 보장되어 있다는 것을 습관에 의해서 알았다는 것이다. 이처럼 그는 시장이 즐겨 쓰는 말 가운데 하나가 옳다는 것을 인정했는데 우리 도시의 거대한 실업가인, 그는 결국에는 (그리고 시장은 자기 이론의 무게를 지니고 있는 이 말에다 힘을 주는 것이었다.) 여태껏 우리 시에서 배가 고파서 죽은 사람은 본 적이 없다고 강력히 단언하는 것이었다. 어쨌든 간에 사실 조세프 그랑이 영위하고 있었던 거의 금욕적인 생활은, 마침내는 이런 종류의 번거로움에서 그를 해방시켜 주었다. 그는 여전히 자기가 할 말을 모색하고 있었다.

어떤 의미에서 그의 생활은 모범적이었다고 할 수 있다. 그는 어디서나 마찬가지로 이 도시 안에서 좀처럼 볼 수 없는 항상 자기의 선한 감정에 대해서 거리낌없이 드러내는 사람들에 속해 있었다. 자기에 관해서 털어놓은 약간의 일도, 사실 오늘날 사람들이 감히 고백하지 못하는 선의와 애착성을 의미하는 것이었다. 그에게 남아 있는 유일한 친척이며, 2년에 한 번씩 프랑스로 찾아가서 만나곤 하는 자기 조카들과 누이를 사랑하고 있다는 것을 시인하면서도 부끄러워하지 않는 것이었다. 그는 그가 아직 젊었을 때 죽은 양친의 생각을 하면 슬퍼진다는 것을 분명히 인정하고 있었다. 또 오후 5시쯤에 조용히 울리는 그 근처의 어떤 종소리를 듣는 것이 무엇보다도 좋다고 했다. 그러나 그렇게 단순한 감동을 표현하려고 사소한 말을 꺼내는 데도 무척 고심하는 것이었다. 결국 그 힘겨움이 그의 가장 큰 근심거리가 되었던 것이었다. "아! 선생님." 하고 그가 말하는 것이었다. "마음먹은 것을 시원하게 말할 수 있는 법을 배우고 싶습니다." 그는 리외를 만날 적마다 그런 말을 하곤 했다.

그날 저녁, 의사는 그 서기가 사라지는 모습을 보고 문득 그가 하려던 말을 이해하게 되었다. 그는 모름지기 책을 한 권, 그렇지 않으면 그와 유사한 것을 쓰고 있는 것 같았다. 연구소까지 가서도 그 사실은 리외를 떠나지 않는 것이었다. 그 생각이 터무니없다는 것을 알고 있었지만, 그럴 듯한 괴벽에 몰두하고 있는 겸손한 관리들을 볼 수 있는 이런 도시에 페스트가 퍼지리라고 믿기는 어려운 일이었다. 정확하게 말하자면, 그는 페스트의 도가니 속에서 이러한 도락이 도사리고 앉을 여지를 상상하지 않았으며, 그래서 그는 실지로 페스트는 우리 시민들 사이에서는 오래가지 못하리라고 단정하고 있었던 것이다.

* * *

그 이튿날, 리외는 당치도 않은 주장이라는 말을 들어가면서도 고집한 덕분으로, 현청(縣廳)에 보건위원회를 소집할 수 있게 되었다.

"시민들이 불안한 것은 사실이죠." 리샤르가 시인했다. "게다가 지껄여대는 얘기라는 게 만사를 과장시키고 있어요. 지사가 나더러, '아무튼 조속히 끝내도록 합시다. 그러나 말이 안 나가게 해야지요.' 라고 그러더군요. 어쨌든 지사는 속으로는 시민들이 공연히 법석을 떠는 거라고 생각하고 있죠."

베르나르 리외는 현청으로 갈 때 카스텔을 자기 차에 동승시켰다.

"아시는지요?" 그가 리외에게 말했다. "현청 관내에는 혈청이 없답니다."

"압니다. 의약품 저장소에 전화를 해 보았어요. 소장은 대경 실색을 하더군요. 아무래도 파리에서 가져오도록 해야만 되겠어요."

"오래 걸리지 않았으면 좋겠는데."

"벌써 전보를 쳐 놓았습니다." 리외가 대답했다.

지사는 친절했으나 신경질적이었다.

"시작합시다, 여러분." 그가 말하는 것이었다. "사태를 요약해서 말씀드릴까요?"

리샤르는 쓸데없는 일이라고 생각했다. 의사들은 이미 사태를 알고 있었다. 다만 어떤 조치를 취하는 게 적당한가를 명확하게 해 두는 일이었다.

"문제는," 카스텔 노인이 퉁명스럽게 말했다. "페스트냐 아니냐를 판단하는 일입니다."

두세 명의 의사들이 탄성을 내질렀다. 다른 사람들은 주저하는 기색이었다. 지사는 이 말을 듣더니 펄쩍 뛰면서 반사적으로 문 쪽을 돌아다보며, 마치 그 어처구니없는 말이 복도로 새어 나가는 것을 막기라도 할 자세로 문단속을 확인하려는 듯이 말이다. 리샤르가 자기 생각으로는 냉정을 잃어서는 안 된다고 단언했다. 사타구니에 발생하는 열병이 문제이며, 가설이라는 것은 과학에 있어서나 생활에 있어서 항상 틀릴 가능성이 있다는 것을 지적했다. 카스텔 노인은 그 누런 콧수염을 말없이 빨고 있다가, 그 맑은 눈을 리외에게로 돌렸다. 그리고는 호의에 가득 찬 눈길을 일동에게 돌리고, 자기는 그것이 페스트라는 사실을 잘 알고 있으며, 물론 공공연하게 인정이 되는 마당에는 가차없는 조치를 취하지 않으면 안 된다고 단언했다. 그는 자기 동료들이 주춤거리고 있는 것도 사실은 그런 점에 있다는 것을 잘 알고 있었다. 따라서 그들이 안심하도록 페스트가 아니라고 인정하고도 싶었다. 지사는 흥분해서 어쨌든 그것은 좋은 의논 방법은 아니라고 선언했다.

"중요한 것은," 하고 카스텔이 말했다. "이런 의논 방법이 좋으냐 하는 문제가 아니라, 그 방법이 무엇을 우리에게 생각케 하느냐입니다."

리외가 입을 다물고 있었기 때문에, 사람들은 그의 의견을 물었다.

"장질부사 같은 열병이지만, 임파선 종창과 구토증이 따르는 것입니다. 저는 임파선 종창 수술을 했습니다. 그래서 저는 그것으로 병리 검사를 요청할 수 있었는데, 거기에 대해서 연구소에서는 확실한 페스트균을 발견할 수 있었다고 합니다. 좀더 정확한 결과를 말씀드리면, 그래도 그 균의 몇몇 특수한 변화들이 과거의 기록과 반드시 일치하지 않습니다."

리샤르는 그것이 주저할 여지가 있음을 강조하고, 적어도 며칠 전부터 시작한 일련의 분석 시험의 통계 결과를 기다릴 필요가 있다고도 말했다.

"어떤 세균이," 하고 잠자코 있다가 리외가 말했다. "사흘 동안에 비장(脾

臟)의 임파선이 오렌지만큼 커지고 죽처럼 끈적끈적한 액체 상태로 만들었다면, 더 이상 주저할 수만은 없는 것입니다. 전염의 중심은 시시각각으로 확대되어 가고 있습니다. 병세가 전염되고 있는 속도로 보아, 만약 저지시키지 못한다면 2개월 이내에 온 도시의 반 이상이 사멸될 위험이 있습니다. 그러므로 여러분이 그것을 페스트라고 부르건 전염성 열병이라고 부르건, 그런 것은 중요하지 않습니다. 다만 중요한 것은 시민들의 절반을 죽음으로부터 구하는 일입니다."

리샤르는 무엇이고 어두운 면으로만 보아서는 안 되며, 게다가 자기 환자들의 가족이 아직 무사한 것을 보면 전염성도 확실하지는 않다고 말하는 것이었다.

"그러나 다른 사람들은 사망했는걸요." 라고 리외는 지적했다. "그리고 물론, 전염은 결코 절대적은 아니지요. 그렇지 않으면 환자의 끝없는 수학적 증가로 전격적인 인구 감소를 초래하게 될 것입니다. 자꾸 더 어두운 면을 보자는 것이 아니라, 즉시 경계 조치를 취하자는 것이지요."

그래도 리샤르는, 그 병을 종식시키기 위해서는 병 자체가 종식하지 않는 한 법률에 규정된 엄중한 예방 조치를 적용해야 하는데, 그러자면 문제가 바로 페스트라는 것을 공식적으로 확인할 필요가 있겠으나, 그 점에 대한 확실성이 절대적이 아닌 이상 신중한 고려를 해야 한다는 것을 상기시키면서, 이 사태에 대한 결론을 내리려 했다.

"문제는," 리외가 고집했다. "법률에 규정된 조치의 중대성이 아니라, 이 도시 인구의 반이 죽어 가는 것을 막기 위해서 그 조치가 필요하냐 아니냐 하는 것입니다. 이 밖의 일은 행정적인 문제인데, 마침 현행 제도에는 그런 문제를 처리하기 위해 지사라는 직위가 마련되어 있습니다."

"그건 그렇지요." 지사가 말했다. "그러나 나는 여러분이 그것은 페스트라는 전염병이라고 공식적으로 인정해 주시는 것이 필요합니다."

"만약 우리가 그것을 인정하지 않더라도," 리외가 말했다. "역시 그것은 시민의 반수를 죽일 위험성이 있습니다."

리샤르는 신경질적으로 말을 가로챘다.

"사실 이 친구는 페스트라고 생각하고 있거든요. 아까 증후군을 설명한 말투가 그것을 증명하고 있지요."

리외는, 자기는 증후군을 설명한 것이 아니라 자기가 본 대로를 말했던 것이라고 대답했다. 그리고 그가 본 것은, 임파선 종과 반점과 착란성 고열인데, 그런 것들이 48시간 이내의 죽음을 초래한다고 말했다. 그리고 나서 그는 리샤르 씨 에게, 이 전염병이 엄중한 조치 없이도 종식되리라고 주장한 데 대해 책임을 질 수 있다는 말인가? 하고 따졌다.

리샤르는 주저하다가 리외를 보고 말했다.

"솔직하게 당신 생각을 말해 주시오. 당신은 그것이 페스트라는 확신을 가지고 계시오?"

"문제를 잘못 생각하시는군요. 병명 같은 것이 문제가 아니라 시간이 문제입니다."

"당신 생각은 결국," 지사가 말했다. "비록 이 질병이 페스트가 아니더라도 페스트가 발생했을 때에 지정되는 예방 조치가 적용되어야 한다는 것이로군요?"

"제 생각을 꼭 말하라고 하신다면, 사실 제 의견은 그런 것입니다."

의사들이 의논을 한 끝에 마지막으로 리샤르가 말했다.

"그러므로 우리는 마치 이 병이 페스트인 것처럼 행동한다면 우리는 책임을 져야 됩니다."

이 표현은 열렬한 동의를 얻었다.

"이것도 역시 당신의 의견이시죠, 리외 씨?" 하고 리샤르가 물었다.

"표현에는 아무런 상관이 없습니다."라고 리외는 말했다. "다만 우리는 시민의 반수의 생명이 위태롭지 않은 듯이 행동해서는 안 된다는 것만은 말해 두고 싶군요. 머지 않아서 그렇게 될 테니까요."

분위기가 어수선해진 가운데 리외는 물러 나왔다. 잠시 후, 튀김기름 냄새와 오줌 냄새가 나는 변두리 동네에서 사타구니가 피투성이가 되어 죽을 듯이 소리치는 어떤 여인이 그를 향해 몸을 돌리고 있었다.

* * *

회의가 있은 다음날, 열병은 한 단계 더 발전했다. 그것은 신문에도 났으나 가볍게 다루었다. 거기에 대해서 몇 마디로 언급하는 정도로 만족했을 뿐이니 말이다. 어쨌든 그 다음날 리외는, 현청에서 시내의 가장 으슥한 골목골목에 신속하게 붙여 놓은 작고 흰 벽보를 볼 수가 있었다. 그 벽보를 보고, 당국이 사태를 올바르게 보고 있다는 증거를 끌어내기는 어려웠다. 조치는 준엄한 것이 아니었고, 여론을 불안하게 하지 않으려는 의도로 무척 애를 쓴 모양이었다. 포고문의 머리말은 사실 다음과 같은 내용이었다. 즉, 아직 전염성이라고 단언할 수 없는 악성 열병이 오랑 시에서 몇 건 발생했다. 그 증상들이 실제로 불안을 줄 만큼 특징이 나타나 있지는 않으며, 또 시민들이 냉정을 유지할 수 있으리라는 것은 의심할 여지가 없는 바이다. 그럼에도 불구하고, 전 시민이 이해해 주리라 믿으며 신중을 기하기 위해

지사는 몇 가지 예방적인 조치를 강구하기로 했다. 시민들이 깊은 양해와 협조를 다하면, 그 조치들은 모든 전염병의 위협을 철저히 저지시킬 수 있는 것들이다. 그러므로 지사는, 시민 여러분이 지사 자신의 개인적인 노력에 대해서 가장 헌신적인 협조를 아끼지 않으리라는 사실을 조금도 의심하지 않겠다는 것이었다.

이어서 벽보에는 총괄적인 조치들이 고시되어 있었다. 그 중에는 하수구에 독가스를 주입하는 과학적인 쥐의 구제라든가, 물의 공급에 대한 엄격한 경계라든가 하는 조항이 있었다. 시민들에게 철저한 청결을 요구하고, 벼룩이 있는 사람들은 무료 진료소에 출두하라고까지 되어 있었다. 한편 의사의 진단이 내려졌을 경우, 가족들은 의무적으로 신고를 해야 하며, 그 환자들은 병원의 특별 병실에다 격리하는 데 동의해야 한다는 것이었다. 그 병실들은 또한 최소 한도의 입원 기간 중 최대의 완치의 가능성이 있도록 설비를 갖추고 있다는 것이었다. 몇 가지 세부 조항에는 환자의 병실과 환자 운반용 차량의 의무적인 소독을 규정하고 있었다. 나머지는 환자 주변 사람들에게 위생상의 주의를 하도록 권고하는 데 그치고 있었다.

의사 리외는 벽보에서 발길을 돌려 자기 진료실로 향해 길을 걸어갔다.

조세프 그랑이 기다리고 있다가 그를 보고 두 팔을 들어 올렸다.

"네." 리외가 말했다. "숫자가 증가하고 있지요, 알고 있어요."

그 전날 밤에 시내에서 십여 명의 환자가 쓰러져 죽었던 것이다. 의사는 그랑에게, 자기는 저녁에 코타르를 방문할 생각이니 아마 다시 만날 수 있으리라고 말했다.

"그것 좋은 일이군요." 그랑이 말했다. "틀림없이 기뻐할 겁니다. 사람이 많이 변했으니까요."

"그래 어떻게 변했나요?"

"아주 붙임성이 생겼습니다."

"전에는 그렇지 못했나요?"

그랑은 망설였다. 코타르가 붙임성이 없었다고 말할 수는 없었다. 그런 표현이 정당치 않을지도 몰랐다. 그는 자신을 드러내지 않고 말이 없는, 어딘지 산돼지 같은 모습을 한 사나이였다. 그의 방, 허름한 식당, 그리고 제법 의문에 싸인 그의 외출, 그것이 코타르 생활의 전부였다. 표면적으로는 포도주와 리큐르의 대리 판매원으로 되어 있었다. 이따금씩 그의 고객인 듯한 사람이 두서너 명 찾아오는 일이 있었다. 저녁때, 가끔 자기 집 맞은편에 있는 영화관에 가곤 했다. 그 시청 서기는 코타르가 갱 영화를 즐겨 보러 간다는 것까지도 알고 있었다. 언제나 그 대리 판매원은 혼자 있기를 좋아하고 사람들을 경계하고 있었다.

그런 모든 것이 그랑에 의하면, 무척 많이 달라진 것이다.

"뭐라고 말해야 좋을지 모르겠지만, 제가 보기에는 말이죠, 그는 사람들과 타협을 하려고 애쓴달까, 이 세상 사람들 모두를 자기편으로 끌어들이려는 것 같습니다. 그는 나한테 자주 말도 걸고, 함께 외출하자고도 합니다. 그러니 번번이 거절할 수만도 없더군요. 게다가 나도 그에게 흥미를 느끼고, 또 말하자면 내가 그의 목숨을 구해 준 것이니 말이에요."

그때의 자살 미수 사건 이후로 아무도 코타르를 찾아오는 사람이 없었다. 거리에서나 도매상에서나, 그는 한껏 호감을 얻으려고 애를 썼다. 식료품 상인들과 그렇게 정겹게 이야기하는 사람도 없었고, 담배 가게 여주인의 이야기를 그렇게 흥미진진하게 듣는 사람도 없었다.

"그 담배 가게 여자는," 그랑이 설명했다. "그야말로 악질이에요. 코타르에게도 그 말을 건네 주었지만, 그는 내가 잘못 봤다고 대답하면서, 그 여자에게도 좋은 점이 있으니 그걸 찾아낼 줄 알아야 한다고 대답하더군요."

더구나 코타르는 두서너 차례 그랑을 시내의 호화로운 식당이며 카페에 데리고 간 일이 있었다. 사실 그는 그런 곳에 자주 출입하기 시작했던 것이었다.

"그런 곳은 기분이 좋더군요."라고 그는 말하는 것이었다. "게다가 손님들이 다 호감이 가지요."

그랑은 그가 각별히 융숭한 대접을 받는 것을 보았는데, 그가 놓고 가는 엄청난 팁을 보았을 때 그 이유를 알았다. 코타르는 그 대가로 종업원들이 자기에게 베풀어 주는 친절에 매우 민감한 반응을 보이는 것 같았다. 어느 날 지배인이 배웅을 나와서 그가 외투 입는 것을 거들어 주었을 때, 코타르가 그랑에게 이렇게 말한 일이 있었다.

"참 좋은 친구지요. 이만하면 증인이 되어 줄 수 있는데."

"증인이라니, 뭘 증언한단 말입니까?"

코타르는 우물거렸다.

"아니! 그저 내가 나쁜 놈이 아니라는 것 말이에요."

그 외에, 그는 기분이 돌변하는 일도 있었다. 어느 날 식료품 가게 주인이 여느 때처럼 상냥하게 굴지 않자, 그는 엄청나게 화가 나서 집에 돌아왔다.

"다른 놈들하고는 정답게 지낸단 말이야, 너절한 영감 같으니."

이렇게 뇌까리는 것이었다.

"다른 사람들이라뇨?"

"누구든지 모두 말이에요."

그랑은 그 담배 가게 여주인 집에서 묘한 장면을 목격한 일도 있었다. 한

참 신바람이 나서 이야기를 주고받고 있었는데, 그 여자가 알제리아에서 소문이 자자한 최근의 어떤 체포 사건 이야기를 했다. 그것은 어느 무역 회사의 젊은 직원이 바닷가에서 어떤 아랍인을 살해한 사건이었다.

"그런 악당들을 모조리 감옥에 집어넣으면, 정직한 사람들이 안심하고 살 수 있을 거예요." 그렇게 그 여주인은 말했다.

그러나 이렇다는 말 한마디 없이 가게 밖으로 뛰어나가 버리는 코타르의 돌발적인 태도를 보고 그 여자는 말을 중지하지 않을 수 없었다. 그랑과 여주인은 멍하니 그저 보고만 있었다는 것이다.

후에, 그랑은 그 밖에도 코타르 성격의 또 다른 변화를 리외에게 알려주게 되었다. 코타르는 매우 자유로운 의견을 가지고 있었다. 그가 즐겨 쓰는 '약자는 항상 강자에게 잡아먹히기 마련이다.' 라는 문구가 그것을 잘 보여주고 있었다. 그러나 얼마 전부터는 오랑의 온건파 신문만 사보게 되었고, 게다가 그것을 공공 장소에서 읽고 있는 것을 어딘지 우쭐해 하고 있다고 생각지 않을 수 없을 정도였다. 또한 병석에서 일어난 지 며칠 안 돼서, 그는 막 우체국에 가려던 참인 그랑에게 먼 곳에 있는 자기 누이동생에게 매달 보내고 있는 백 프랑짜리 우편환을 좀 부쳐 달라고 부탁한 일이 있었다. 그러나 그랑이 떠나려던 순간,

"이백 프랑을 보내 주세요."라고 코타르가 부탁했다. "그렇게 하면 그 아이는 무척 기뻐할 거예요. 내가 제 생각은 전혀 안 하는 줄 알고 있어요. 그러나 사실은 나는 그 아이를 사랑하고 있어요."

결국 코타르는 그랑과 묘한 대화를 나눈 적이 있었다. 그랑은 자기가 저녁마다 붙들고 있는 사소한 일에 대해서 궁금해 하고 있는 코타르의 질문에 대답을 할 수밖에 없었다.

"그렇군요." 코타르가 말했다. "책을 쓰고 있었군요."

"그렇게 말해도 좋지만, 그것보다는 더 복잡합니다!"

"아!" 코타르가 외쳤다. "나도 당신처럼 그런 일을 했으면 좋겠어요."

그랑이 놀란 표정을 하자, 코타르는 예술가만 되면 모든 일이 잘 될 것 같다고 얼버무렸다.

"어째서요?" 하고 그랑이 물었다.

"그건, 예술가는 다른 사람들에게 없는 권리가 있으니 말이에요. 누구든지 아는 일이죠. 그에게는 남들이 할 수 없는 일이 허용되어 있어요."

"그러면," 벽보가 나붙은 날 아침에, 리외는 그랑에게 이렇게 말했다. "쥐 사건 때문에 머리가 좀 이상해진 모양이군요. 그런 사람이 많으니깐, 그저 그렇겠죠. 그렇지 않으면 열병이 무서운 거예요."

그랑이 대답했다.

"저는 그렇게 생각하지 않습니다, 선생님. 제 의견을 말씀드리자면……."

쥐 청소차가 엔진 소리를 요란하게 내면서 창문 아래로 지나갔다. 리외는 말소리가 그랑에게 들릴 수 있을 때까지 입을 다물었다가, 무심히 서기의 생각을 물어 보았다. 그는 신중하게 리외를 보고 있었다.

"그는," 그가 말했다. "마음속에 무엇인가 가책을 느끼고 있는 사나이 입니다."

의사는 어깨를 으쓱했다. 경관의 말마따나, 부질없는 일에 관여하고 있을 겨를이 없는 것이다.

리외는 오후에 카스텔과 상의를 했다. 혈청은 아직 도착하지 않았다.

"그건 그렇고," 리외가 물었다. "혈청이 쓸모가 있을까요? 이번 균은 아주 다릅니다."

"오!" 카스텔이 말했다. "나는 선생처럼 생각하지 않아요. 그놈들은 언제나 색다른 점이 있는 법이오. 그러나 근원은 같은 거예요."

"선생은 그렇게 추정하시는군요, 사실은 우리가 그 모든 것을 모르고있는 거예요."

"물론 추정하는 거죠. 그러나 모든 사람이 그 정도밖에 모르니까요."

온종일 의사는 페스트 생각을 할 때마다 매번 일어나는 가벼운 현기증이 더 심해지는 것을 느꼈다. 나중에는 자기가 공포에 사로잡혀 있음을 인정했다. 그는 사람들이 빽빽하게 앉아 있는 카페에 두 번이나 들어갔다. 그도 역시 코타르처럼 인간적인 따뜻한 정이 필요했던 것이다. 리외는 어리석은 일이라는 것을 알았다. 그러나 그 바람에 자기가 그 대리 판매인을 방문하겠다고 약속한 일이 생각났다.

저녁때, 의사는 코타르가 제 방의 식탁 앞에 앉아 있는 것을 보았다. 그가 들어섰을 때, 식탁 위에는 탐정소설이 한 권 펴놓은 채로 있었다. 그러나 이미 날이 저물어서, 짙어 가는 어둠 속에서 책을 읽기란 어려운 일이었음이 분명했다. 어쩌면 코타르는 조금 전까지도 어둠침침한 속에 앉아서 생각에 잠겨 있었을 것이다. 리외가 건강은 어떠냐고 물어 보았다. 코타르는 앉으면서, 몸은 괜찮고, 이제는 아무도 자기 일에 참견을 하는 사람이 없다는 확신만 얻을 수 있으면 더 좋아질 것이라고 중얼거렸다. 리외는 인간이란 항상 혼자서만 살 수 없다는 것을 말해 주었다.

"오! 그런 게 아닙니다. 제 말씀은 귀찮게 구는 못된 녀석들 얘기지요."

리외가 잠자코 있었다.

"제 얘기는 아닙니다만, 분명히 말해 둡니다. 저는 이 소설을 읽고 있었어요. 한 불행한 사나이가 어느 날 아침에 갑자기 체포를 당했습니다. 누가 그의 일에 참견하고 있었는데, 그는 전혀 모르고 있었어요. 관청에서는 그의 이야기가 퍼져서, 카드에 이름이 올려졌지요. 그것이 정당하다고 생각하세요? 한 인간에 대해서 그런 짓을 할 권리가 있다고 생각하십니까?"

"경우에 따라 다르겠지요." 리외가 말했다. "어떤 의미에서는, 사실 절대로 그럴 권리가 없지요. 그러나 그런 것은 전부 이차적인 문제지요. 너무나 오래 집안에 처박혀 있으면 안 됩니다. 바람도 좀 쐬어야죠."

코타르는 화가 난 모양으로, 자기는 그저 그 모양으로 살고 있으며, 만약 필요하다면 온 동네 사람들을 자기의 증인으로 세울 수 있다고 말했다. 동네 사람들 외에도 교제하는 상대자는 얼마든지 있다고 말했다.

"리고 씨를 아십니까? 건축가 말씀이에요. 그 사람도 제 친구입니다."

방안은 어둠이 짙게 깔렸다. 이 변두리의 거리들이 활기를 띠고, 가벼운 감탄의 소리가 밖에서 터져 나왔다. 리외가 발코니로 걸어갔다. 코타르도 그 뒤를 따라 갔다. 이 시내에서 매일 저녁 그렇듯이, 근처의 온 동네로부터 불어오는 가벼운 미풍이, 수런거리는 소리와 불고기 냄새와 떠들썩한 청년들이 차지한 거리에 점차로 흘러 넘치는 즐겁고도 향기로운 자유의 지저귐 같은 것을 실어 오는 것이었다. 밤, 보이지 않는 배에서 들려오는 요란한 고동 소리, 바닷물처럼 흐르는 군중으로부터 새어 나오는 소음, 리외가 잘 알고 있고 전에는 좋아했던 이 시각이, 오늘은 그가 알고 있는 모든 것 때문에 무섭게 가슴을 내리누르는 것 같았다.

"불을 켤까요?" 코타르가 말했다.

방안이 밝아지자, 그 작은 사나이는 눈을 깜박거리며 의사를 보았다.

"저, 선생님, 만약 제가 병이 들면 선생님 병원에 입원시켜 주시겠어요?"

"물론이죠."

그러자 코타르는, 진료소나 병원에 입원한 사람을 체포한 전례가 있느냐고 물었다. 리외는 그런 일도 있었지만, 모든 것은 병세 여하에 달렸다고 대답했다.

"저는," 코타르가 말했다. "선생님을 믿습니다."

그러다가 그는 시내까지 차를 태워다 줄 것을 의사에게 부탁했다.

도심지에 다다르니, 거리에는 이미 사람들이 드물었고 불빛도 드문드문 보일 뿐이었다. 아이들은 아직도 문 앞에서 놀고 있었다. 코타르가 부탁하기에, 의사는 아이들이 몰려 있는 앞에 차를 세웠다. 아이들은 소리를 지르면서 돌 차기를 하며 놀고 있었다. 그런데 그 중에서, 착 달라붙은 검은머리에 단정하게 가르마를 내고 얼굴에는 때가 묻은 어떤 아기가 그 맑고 겁난 눈초리로 리외를 물끄러미 바라보고 있었다. 의사는 눈길을 돌렸다. 코타르는 인도에 서서 의사와 악수를 나누었다. 판매 대리인은 두서너 번 등뒤를 돌아보더니 목이 쉬어 듣기에 거북한 목소리로 말했다.

"사람들이 전염병 이야기를 하던데요. 그것이 정말인가요, 선생님?"

"사람들은 늘 그런 소문을 퍼뜨리지요. 당연한 일입니다."라고 리외가 말했다.

"옳은 말씀입니다. 그리고 십여 명만 죽게 되면, 이 세상도 종말이 온 것같이 떠들어대지요. 당면한 것은 그런 것이 아닐 텐데요."

엔진이 벌써 부르릉거리고 있었다. 리외는 기어에 손을 올려놓고 있었다. 그러나 그는 다시 신중하고 침착한 태도로 자기에게서 눈을 떼지 않고 빤히 바라보는 어린아이를 또 바라보았다. 그러자, 그 어린이는 갑자기입을 있는 대로 벌리고 웃었다.

"그러면 우리에게 필요한 것이 대체 어떤 것인가요?" 그 어린이에게 미소를 던지면서 의사가 물었다.

코타르는 갑자기 자동차 문을 열고 눈물과 분노에 가득 찬 소리로,

"지진입니다. 그야말로 굉장한 지진……." 라고 외치고는 달아나 버렸다.

그러나 지진은 일어나지 않았고, 그 이튿날은 리외가 시내를 이곳 저곳 돌아다니면서 환자들의 가족들과 상의를 하고 환자 자신들과 옥신각신하는 동안에 한나절이 다 지나가고 말았다. 리외가 자기 직업을 이토록 답답하게 여긴 일은 결코 없었다. 지금까지는 환자들이 그가 쉽게 일할 수 있도록 도와 주었고, 몸을 완전히 그에게 맡겼다. 처음으로 의사는, 환자들이 증세를 사실대로 말하지 않고, 일종의 불신에서 오는 놀라움으로 병의 내면 깊숙이 피해 있는 듯이 느껴졌다. 그것은 그가 아직 익숙해지지 못한 투쟁이었다. 그리고 그날 밤 10시쯤, 마지막 회진에서 돌아오는 길에 그 늙은 천식 환자의 집 앞에 차를 세웠을 때, 리외는 좌석에서 몸을 일으키는 것조차 무척 힘겨웠다. 그는 어두운 거리를 보면서, 또 캄캄한 하늘에서 명멸하고 있는 별들을 쳐다보면서 머뭇거렸다.

그 늙은 천식 환자는 자기 침대 위에 일어나 앉아 있었다.

호흡이 전보다 나아진 것 같았고, 콩을 골라서 이 냄비에서 저 냄비로 옮겨 담고 있었다. 그는 자못 기쁜 얼굴로 의사를 맞이했다.

"그런데 선생님, 역시 호열잔가요?"

"어디서 그런 말을 들으셨어요?"

"신문에서도 그러고, 라디오에서도 그러더군요."

"아니에요, 호열자가 아닙니다."

"아무튼" 하고 그 노인은 몹시 흥분해서 말했다. "건강한 사람들까지도 걸린다던데요!"

"그런 건 믿지 마세요." 하고 의사는 말했다.

그는 노인의 진찰을 마치고, 그 보잘것없는 식당 한가운데에 앉아 있었다. 그렇다, 그는 무서웠다. 바로 이 지역에서도, 이튿날 아침이 되면 십여 명의 환자들이 임파선 종창 때문에 허리를 구부리고 자기를 기다릴 거라는 사실을 그는 알고 있었다. 겨우 두서너 건만이 절개 수술에서 효과를 보았을 뿐이었다. 그러나 대부분의 사람들로서는 그것은 곧 입원을 의미하는 것이었다. 그는 가난한 사람들에게 있어서 입원이 무엇을 의미하는지 알고 있었다. "의사들의 실험 재료가 되기는 싫어요."라고 어떤 환자의 아내가 그에게 말한 일이 있었다. 그 환자는 의사들의 실험 재료가 된 것이 아니라 죽어 가고 있었다. 그것으로 끝나는 것이다. 결정된 조치들은 불충분한 것이었는데, 그건 아주 명백한 일이었다. '특수 시설을 갖춘' 병실들이란, 리외는 그 실상을 잘 알고 있었다. 허둥지둥 입원 환자들을 이동시키고 창들을 밀폐하고 그 주위에 격리 차단선을 설치해 놓은 두 개의 부관이었다. 전염병이 저절로 종식되지 않는 한, 당국이 생각해 낸 조치로는 퇴치될 수가 없는 것이었다.

그래도 저녁때 있었던 공식 발표를 보면 여전히 낙관적이었다. 그 이튿날 랑스독크 통신사는, 현 당국의 조치는 평온한 가운데 시행되고, 이미 삼십여 명의 환자들이 신고를 해왔다고 보도했다. 카스텔이 리외에게 전화를 걸어왔다.

"분관에는 수용 능력이 얼마나 되나요?"

"80명입니다."

"물론 시내의 환자 수가 30명 이상이겠죠?"

"겁이 나서 신고하지 않는 사람들도 있겠고, 나머지 대부분은 신고를 할 여유조차 없는 사람들이겠죠."

"매장하는 데는 조사를 받지 않는가요?"

"안 합니다. 저는 리샤르에게 전화를 걸었어요. 말뿐이 아니고 완벽한 조치를 취해야 하며, 전염병에 대해서 정말 완전한 방벽을 쌓지 않으면 아무것도 안 하니만 못하다고요."

"그랬더니 뭐랍디까?"

"자기는 그럴 권한이 없다고 하더군요. 내 생각에는 병균의 세력이 더욱 커질 것 같군요."

사흘 동안에, 과연 두 채의 분관은 가득 찼다. 리샤르는 당국이 어느 학교를 접수해서 임시 병실을 만들 예정일 것이라고 생각하고 있었다. 리외는 왁친을 기다리면서 가래톳 절개를 계속하고 있었다. 카스텔은 낡은 책을 다시 펼쳐 보느라, 오랫동안 도서관에 처박혀 있곤 했다.

"쥐들은 페스트, 또는 그것과 대단히 흡사한 어떤 병균 때문에 죽었습니다." 이렇게 그는 결론을 짓는 것이었다. "그 쥐들이 수만 마리의 벼룩을 퍼뜨려 놓아서, 일각도 지체하지 말고 그것을 막지 않으면, 그 벼룩들이 기하급수적으로 병균을 전파시킬 것입니다."

리외는 잠자코 듣고만 있었다.

그 무렵에 날씨는 평온을 되찾은 듯이 보였다. 태양은 소나기가 연거푸 와서 생긴 웅덩이의 물을 빨아 올리고 있었다. 노란 광선이 넘쳐 흐르는 맑고 투명한 하늘, 고개를 들기 시작한 더위 속에서 붕붕대는 비행기들, 계절의 모든 것들이 맑고 화창한 느낌을 주었다. 그래도 나흘 동안에 열병은 네 단계의 놀라울 만한 비약을 보였다. 사망자가 16명에서 24명, 28명, 32명이 되었던 것이다. 나흘째 되는 날엔 어떤 유치원에 임시 병원을 열기로 결정했다는 사실이 보도되었다. 그때까지 농담으로 여김으로써 불안을 숨겨 왔던 시민들은 한층 더 풀이 죽어 묵묵히 거리를 걷고 있었다.

리외는 용기를 내어 지사에게 전화를 걸기로 결심했다.

"이런 조치로는 불충분합니다."

"숫자를 보고 받았는데요." 하고 지사가 말했다. "정말 걱정하지 않을 수 없는 숫자입니다."

"걱정 정도가 아닙니다. 아주 명백합니다."

"총독부에 보고해서 지시를 요청하겠습니다."

리외는 카스텔 앞에서 전화를 끊었다.

"지시를 기다리다니! 어떻게든 해 볼 생각을 해야지."

"그래 혈청은 어떻게 됐나요?"

"금주 내로 올 것입니다."

현청에서는 리샤르를 통해서, 지시를 요청하기 위하여 식민지의 총독부로 보낼 보고서 작성을 리외에게 의뢰해 왔다. 리외는 거기에다 상세한 임상적인 설명을 하고 환자 수를 추가로 적었다. 바로 그날, 약 40명의 사망자가 생겼다. 지사는 자기 말대로 자신의 책임하에 당장 그 다음날부터 소정의 조치를 강화하기로 결정했다. 의무적인 신고와 격리는 여전히 계속되었다. 환자가 생긴 집들은 폐쇄되고 소독되었으며, 가족들은 일정한 기간 동안 안전 격리에 응해야 되고, 매장은 근일 밝혀질 조건하에 시에서 시행하기로 되었다. 하루 늦게 혈청이 비행기편으로 도착되었다. 그것은 현재 치료중인 환자들에게는 충분했다. 그러나 만약 전염병이 더 만연하다면 그것으로는 불충분했다. 리외가 친 전보에 대해서, 구급용 저장품은 이미 떨어졌고, 새로 제조에 착수했다는 회답이 왔다.

이 경황 중에도, 인접한 모든 교외로부터 봄은 시장으로 찾아 들고 있었다. 수천 송이의 장미꽃들이 인도를 따라서 늘어서 있는 꽃장수들의 바구니 속에서 시들어 가고 있었으며, 그 감미로운 향기가 온 거리에 감돌고 있었다. 언뜻 보기엔 하나도 달라진 것이 없었다. 출퇴근 시간이면 전차는 여전히 만원이었고, 낮에는 텅 비고 지저분했다. 타루는 그 작달막한 노인을 관찰하고 있었고, 여전히 그 노인은 고양이들에게 가래침을 뱉고 있었다. 그랑은 그의 수수께끼 같은 일을 계속하기 위해서 저녁마다 집에 돌아가곤 했다. 코타르는 시내를 배회했고, 예심 판사인 오통 씨는 여전히 그의 애완동물을 데리고 다녔다. 그 늙은 천식 환자 역시 콩을 옮겨 담고 있었고, 냉정하고 매사에 호기심을 가지고 있는 신문기자 랑베르도 이따금 볼 수 있었다. 저녁때면 늘 똑같은 군중들이 거리거리에 가득 찼고, 영화관 앞에는 사람들이 줄을 짓고 모여 들었다. 아닌게 아니라 전염병도 쇠퇴한 듯싶었다. 며칠 동안에 불과 십여 명밖에는 사망자가 없었다.

그러더니, 갑자기 병세는 기승을 부리기 시작했다. 사망자의 수가 다시 삼십여 명이 되던 날, 베르나르 리외는 "그들이 겁을 내고 있소." 하며 지사가 보여 준 관용 전보를 보고 있었다.

전보에는 '페스트 사태를 선포하고, 시가를 폐쇄하라.' 고 적혀 있었다.

2

이 순간부터 페스트는 우리들 모두의 관심사가 되었다고 말할 수가 있다. 여태까지는 그 이상한 사건들이 빚어 놓은 공포와 불안에도 불구하고, 시민들은 각자가 자기의 직장에서 불완전하나마 저마다의 일들을 보고 있었다. 그리고 모름지기 그 상태는 그대로 계속될 것이었다. 그러나 도시의 문들이 폐쇄되자, 그들은 모두(필자 자신도 그러했지만) 독 안의 쥐가 되었으며, 거기서 그냥 견딜 수밖에 없다는 것을 깨달았다. 그래서 가령 사랑하는 사람과의 별거 같은 개인 감정이 처음 몇 주일째부터 갑자기 모든 사람들의 감정이 되었고, 공포와 더불어 그 오랜 격리 기간의 주요한 고통거리가 되었다.

시의 문을 폐쇄함으로써 생긴 가장 두드러지게 나타난 결과들 중의 하나는, 사실 그럴 생각이 전혀 없었던 사람들이 돌연 별거 상태에 놓이게된 일이었다. 어머니들과 자식들, 부부들, 애인들은 며칠 전만 하더라도 그저 일시적인 이별이라고 생각했기에 역의 플랫폼에서 몇 마디 당부의 말을 남기고는 서로 포옹을 했으며, 며칠 혹은 몇 주일 후에는 다시 보게 되리라고 확신하며, 인간으로서 당연히 가질 수 있는 어리석은 신뢰감에 잠겨서 그 작별로 오히려 일상적인 근심들로부터 어느 정도 해방되었다고까지 느끼고 있었던 그들이, 대번에 어떻게 할 도리도 없이 서로 멀리 떨어져 만나지도 못하고 편지 왕래도 끊기고야 말았던 것이다. 왜냐 하면 폐쇄는 현 지사령(縣知事令)이 공표 되기 몇 시간 전에 단행되었고, 당연한 일이지만 개인의 특별한 경우를 고려하는 것도 불가능했기 때문이었다. 말하자면 이 질병의 무지막지한 침입은 그 첫 결과로서 우리 시민들로 하여금 마치 개인적인 감정이 전혀 없는 사람처럼 행동하지 않을 수 없게 만들어 놓은 것이다. 포고가 시행된 날의 처음 몇 시간 동안 현청은 무리를 지어 진정하는 사람들로 골치를 앓았다. 그들은 전화로 혹은 담당자 앞에서 한결같이 절실하고 또 동시에 한결같이 검토가 불가능한 사정들을 지껄여 대는 것이었다. 실제로 우리가 전혀 타협의 여지가 없는 처지에 놓여 있으며, '타협' 이라든가, '특전' 이라든가, '예외' 라든가 하는 말이 더 이상 의미를 갖지 못하게 되어 버렸다는 사실을 납득하기까지에는 여러 날이 지나야 했던 것이다.

우리는 편지를 쓴다는 사소한 기쁨마저 주어지지 않았다. 사실 한편으로, 이 도시는 통상적인 교통 수단으로 나머지 다른 지역과 연락을 취할 수 없게 되었으며, 또 한편으로는 편지가 전염의 매개물이 되는 것을 막기 위하여 일체의 서신 교환을 금지하는 새로운 명령이 내렸던 것이다. 초기에 몇몇 특권층들은 시의 출구에서 보초병들을 매수하여 외부로 가는 편지를 통과시킬 수도 있었다. 그러나 그것도 아직 그 전염병의 초기에 보초병들이 동정에서 생기는 충동에 꺾이는 것도 당연하다고 생각될 시기의 일이었다.

그러나 얼마쯤 시일이 지나서, 바로 그 보초병들도 사태의 중대성을 십분 파악해 버리자, 그런 행동의 결과가 어디까지 파급될 지 예측할 수도 없는 그런 일에 대해 책임지기를 거부했다. 처음에는 허가되었던 시의 전화도 공중 전화 복스와 회선이 큰 혼잡을 일으키게 되자 며칠 동안 전면 중지되었다가, 결국은 사망이라든가 출산이라든가 결혼 같은 긴급한 일에만 엄격히 제한을 가해서 허용되었다. 그러니 전보가 우리들에게 남겨진 통신의 유일한 수단이었다. 이해와 애정과 혈육으로 맺어졌던 사람들이 이제는 겨우 몇 마디의 전문의 대문자 속에서 오랜 정분의 표시를 더듬어야 할 지경이 되었다. 그리고 사실 전보에서 쓸 수 있는 문구들은 곧 밑바닥이 드러나고 말기 때문에 오랫동안의 공동 생활이라든가, 고통스러운 애욕 같은 것들이 '잘 있소, 당신을 생각하며 사랑하오.' 같은 상투적인 문구의 정기적인 교환으로 급속히 바뀌어 왔던 것이다.

무리들 중의 몇몇은 그래도 여전히 편지를 쓰는 일에 집착하여 외부와 서신을 주고받으려고 끊임없이 여러 가지 수단을 궁리해 보았으나, 결국에 가선 헛된 짓이었음을 깨닫고 마는 것이었다. 비록 우리가 생각해 낸 방법 중의 몇 가지가 성공했다고 하더라도 답장을 받을 길이 없으니, 상대방에 관해서는 아무것도 알지 못했다. 몇 주일 동안 우리들은 줄곧 같은 편지를 고쳐 쓰고, 똑같은 정보, 똑같은 호소를 되풀이하게 되어 버린 끝에, 심지어 얼마 만에는 우리의 마음에서 튀어나와 피가 줄줄 흐르던 신선한 말들이 완전히 그 의미가 상실되고 말았다. 그러니 우리들은 기계적으로 그것들을 고쳐 쓰면서 그 뜻이 죽어 버린 말들을 가지고 우리의 고달픈 생활의 징표를 나타내 보려고 애쓰고 있었다. 그리고 마침내는 아무 소득도 없는 끈질긴 독백이나 벽에다 대고 주고받는 그 무미건조한 대화보다는, 전보문의 판에 박은 듯한 호소가 차라리 낫게 여겨지는 것이었다.

그런데 며칠이 지난 후, 아무도 이 도시에서 벗어날 수 없다는 것이 명백해졌을 때, 사람들은 전염병이 발생하기 전에 시외로 나갔던 사람들의 귀가는 허락되는 지를 알아보려는 생각을 했다. 며칠 동안을 고려한 뒤에, 현청은 긍정적인 답변을 했다. 다만 복귀자는 어떤 경우에도 다시 외부로 나가지 못한다는 것을 명백히 했다. 그런데도 역시 수는 적지만 몇몇 가정에서는 사태를 대수롭지 않게 생각하고, 가족을 만나고 싶다는 욕망을 모든 조심성보다 앞세워, 가족에게 이 기회를 이용할 것을 권했던 것이다. 그러나 일찍이 페스트의 포로가 되어 버렸던 사람들은, 자기네 가족을 위험 속에 몰아 넣게 될 것을 깨닫고 이별을 체념하여 감내하려고 했다. 병세가 가장 심각해졌을 때, 인간적인 감정이 고뇌에 시달리는 죽음의 공포보다 더 강했던 예는 한 건을 제외하고는 볼 수가 없었다. 그것은 흔히 우리가 기대하듯 고통을 초월해서 사랑만을 서로 퍼붓는 연인들의 경우가 아니었다. 그것은 오히려 엄청나게 오랜 세월 동안 결혼 생활을 해온 늙은 의사 카스텔과 그 부인의 경우였다. 카스텔 부인은 그 전염병이 생기기 며칠 전에 이웃 도시에 갔다. 그 가정은 모범적인 행복의 본보기를 세상 사람들에게 보여 주는 그러한 가정 중의 하나도 아니었다. 그러므로 필자는 여러 면으로 생각해 보건대, 그 부부는 지금까지 자기들의 결혼이 만족스러운 것이라는 확신조차 없이 살아왔다고 말할 자신이 있다. 그러나 그 갑작스럽고 질질 끄는 별거 생활이 그들로 하여금 서로 떨어져서 살 수 없다는 확신을 갖게 했고, 백일하에 드러난 그 진실 앞에서 페스트쯤은 아무것도 아니라는 것을 서로 확신시키기에 이르렀다.

그것은 하나의 예외였다. 대부분의 경우, 별거 상태는 분명히 그 전염병이 종식되기까지 끝나지 않을 셈이었다. 그래서 우리들 모두에게 있어서, 우리들의 생활을 이루고 있던 감정(오랑 시민들은 이미 말한 바 있듯이 단순한 정열을 지니고 있다.)이 하나의 새로운 면모를 드러내기 시작했다. 배우자를 퍽 끔찍하게 믿어 오던 남편들이나 애인들이 질투에 사로잡혀 버린 것을 볼 수 있었다. 사랑을 가볍게 여긴다고 스스로 인정하고 있던 남자들이 다시 성실해졌다. 어머니와 살면서도 거의 어머니를 바라보지도 않고 무관심하게 살던 아들들이, 그들의 기억 속에 머무르고 있는 어머니 얼굴의 주름살 하나에도 자기들의 모든 불안과 그리움을 쏟게 되었다. 그 느닷없이 영문도 모르게 다가온, 뚜렷한 앞날도 보이지 않는 그 갑작스러운 이별에 우리는 그저 당황해지고, 아직도 그렇게 가까우면서도 이미 멀어져 버린 그 모습의 추억에 옴짝달싹할 길 없이 그저 수수 방관할 따름이었다. 사실 우리는 이중의 고뇌에 시달리고 있었다. 첫째로 우리 자신의 괴로움과, 다음은 집에 없는 사람들, 즉 자식이며 아내며 애인을 생각하는 괴로움이었다.

어쨌든 다른 경우라면 우리 시민들은 좀더 외향적이고 좀더 적극적인 생활 속에서 돌파구를 찾아낼 수도 있었으리라. 그러나 동시에 페스트는 시민들을 한가하게 만들었고, 그 침울한 시내를 빙빙 돌아다니게 만들었으며, 하루하루 공허한 추억의 유희에 잠기게 했던 것이다. 정처 없는 산책에서 그들은 똑같은 길을 또 지나가게 마련이었으며, 그리고 대개의 경우는 그렇게도 작은 도시였으리만큼, 그 길은 틀림없이 그 전에, 이제는 곁에 없는 사람과 함께 돌아다니던 길들이었으니 말이다.

이처럼 페스트가 우리 시민들에게 가져온 최초의 선물은 귀양살이였다. 그래서 필자가 느꼈던 것이 동시에 수많은 우리 시민들이 느꼈던 것인 만큼, 필자 자신이 그때에 느낀 바를 모든 사람의 이름으로 여기에서 적어 둘 수 있으리라고 생각한다. 왜냐 하면 그 귀양살이의 감정이야말로 우리들의 마음속에 항상 깃들어 있던 공허였고, 과거로 거슬러 올라가거나, 또는 반대로 시간의 걸음을 재촉한다든가 하는 구체적인 감정이었으며, 어리석은 욕망이었으며, 추억에 대한 불타는 듯한 화살이었다. 또 이따금 우리의 상상의 나래를 펴고 귀가한 사람이 울리는 초인종 소리라든가 계단을 올라오는 귀에 익은 발소리를 즐거운 마음으로 기다려 보기로 하자. 가령 그 순간에 기차의 운행이 정지되었다는 것을 잊어버리기로 했다고 하자. 가령 어느 때, 저녁 급행으로 온 여행객이 이 동네에 도착하는 시간에 맞추어 집에서 머무를 수 있도록 준비를 해놓고 있다고 가상하자. 물론 그런 유희는 오래 계속하고 있을 수는 없었다. 반드시 기차가 오지 않는다는 사실이 확실해질 순간은 오고야 말 것이다. 그래서 우리들은 우리의 이별 상태는 계속될 운명에 있으며, 시간과 더불어 해결을 보도록 노력해야만 된다는 것을 알고 있었다. 그때부터 우리는 결국 우리의 감금 상태를 다시 인식하고 과거의 일에만 신경을 쓰게 된 것이었다. 그러니 우리들 중의 몇몇이 미래에 살고 싶다는 유혹을 갖는 일이 있어도, 상상을 마음의 의지로 삼으려 하는 사람이 결국 그 때문에 입는 상처의 쓰라림을 느껴 되도록 빨리 그런 유혹을 내던져 버리는 것이었다.

특히 우리 모든 시민들은 이별의 기간을 계산하는 습관조차도 공공연하게 서둘러 떨쳐 버리고 말았던 것이다. 무엇 때문이었을까? 왜냐 하면 가장 비관적인 사람들이, 예를 들어서 6개월로 예정을 하고, 그리고 그들이 앞으로 그 6개월 간에 닥쳐 올 모든 고초를 미리 다 맛볼 대로 맛보고 나서야 가까스로 그러한 시련의 경지까지 용기를 내어 그토록 오랜 시일의 계속된 고통에서도 꺾이지 않고 버티기 위해 마지막 힘을 다하고 있었다고 해도, 그래도 때로는 우연히 만난 친구라든가, 근거 없는 의혹이라든가, 혹은 갑작스럽게 생기는 통찰이라든가 하는 것이, 결국은 그 전염병이 6개월 이상 계속되지 않는다는 법도 없으며, 아마 1년 또는 그 이상 갈지도 모른다는 생각을 그들로 하여금 품게 하는 것이다.

그때에 그들의 용기와 의지, 그리고 인내의 붕괴는 너무도 갑작스러워서 그들 스스로 영원히 그 수렁에서 다시 기어나올 수 없을 것이라고 느껴질 정도였다. 그래서 그들은 자기들이 해방될 시기를 결코 생각지 않고, 이제는 더 이상 미래를 바라보지도 않고, 말하자면 늘 두 눈을 내리깐 채로 있으려고 했다. 그러나 당연한 일이지만, 그러한 조심, 그러한 고통을 벗어나려는 그리고 투쟁을 거부하기 위하여 경계를 단념하는 그러한 방법은 과히 좋은 결과를 얻지 못했다. 그들은 어떠한 일이 있더라도 받아들이려 하지 않았던 그러한 붕괴를 모면하는 동시에, 앞으로 닥쳐올 재회를 상상하는 가운데 페스트를 잊을 수 있었던 그런 순간마저도 사실상 빼앗기고 말았다. 그럼으로 해서 그들은 그 심연과 정상의 중간 지점에 좌초되어 삶을 영위한다기보다는, 차라리 표류하면서 기약 없는 그날 그날과 메마른 추억 속에 몸을 맡긴 채 스스로의 고통의 대지 속에 뿌리 박으려고 애쓸 때만 힘을 얻을 수 있는 방황하는 망령이었던 것이다.

이와 같이 그들은 아무 쓸모도 없는 기억을 간직하고 생활하는 모든 유형수들의 심각한 고통을 맛보고 있었다. 그들이 끊임없이 회상하는 그 과거조차도 후회의 쓴맛 외에는 가지고 있지 않았다. 사실 그들은 자기들이 기다리고 있는 남자 또는 여자와 옛날에 할 수 있을 때 미처 하지 못해서 애석해하는 모든 것을 이미 지나가 버린 과거에 덧붙여 보려 했던 것이다. 또한 자기들의 감금 생활의 모든 정황에서조차도, 그들은 현재 자기 곁에 없는 사람들을 한 데 합치려고 했었는데, 그들이 처한 환경은 그들을 만족시킬 수가 없었던 것이다. 자기 자신들의 현상(現狀)에 초조하고 과거에 한을 품은데다, 미래를 박탈당한 우리들은 마치 인간의 정의와 증오가 철장 속으로 몰아넣어 버린 사람들과 똑같았다.

결국 그 견딜 수 없는 휴가에서 벗어나는 유일한 방법은, 상상에 의해 다시 기차를 달리게 하고, 끈덕지게 침묵만 지키는 초인종의 반복된 울리는 소리를 들으면서 시간을 메워 가는 것이었다.

그러나 비록 그것이 귀양살이기는 했지만, 대개의 경우 그것은 자기 집에서의 유배였다. 그리고 필자는 모든 사람들에게 공통된 유배만 경험했지만, 이와 반대로 신문 기자인 랑베르나 그 밖의 사람들 같은 경우를 잊어서는 안 된다. 페스트에 붙들려서 이 도시에 억류된 여행자로서, 그들은 만나볼 수 없는 사람과 동시에 자기들의 고장과 멀리 떨어지게 된 사실로 이별의 고통은 더 확대되었던 것이다. 전반적인 귀양살이 속에서도, 그들은 특히 중형의 유형이었다. 왜냐 하면 그들은 다른 모든 사람들과 마찬가지로 시간 그 자체의 부추김에 의해 사로잡혔을 뿐 아니라, 공간에도 묶여 있었으며, 페스트에 감염된 객지와 잃어버린 그들의 고향을 갈라놓는 벽에 끊임없이 부딪쳤던 것이다. 먼지투성이의 시가지에서 온종일 헤매고 있는 모습이 보인다면 아마도 바로 그들일 것이었다. 그들은 묵묵히 자기들만이 아는 저녁과 자기들 고장의 아침을 회상하고 있었다. 제비들이 나는 모습이며, 저녁놀, 또는 태양이 간혹 쓸쓸한 거리에 떨구고 있는 그 야릇한 광선처럼, 채 헤아릴 수 없는 여러 가지의 징조와 막연한 소식으로 그들의 불안은 깊어 가고 있었다. 항상 모든 것으로부터 구제해 줄 수 있는 그 외계에 대해서 그들은 눈을 감고, 그 어떤 광선과 두서너 개의 언덕과 마음에 드는 나무와 여자들의 얼굴이 그들에게 티없이 소중한 풍토를 만들어 주고 있는 땅에 대해서, 너무나도 생생한 꿈을 어루만지며, 전력을 다해서 그 땅의 이미지를 추구하는 것이었다.

끝으로 가장 흥미 있고, 또 필자가 아마도 이야기하기에 가장 좋은 처지에 있는 애인들에 관해서 명확하게 이야기한다면, 그들은 다른 많은 번민에도 시달리고 있었는데, 그 중의 하나로 후회를 들지 않을 수 없다. 이번 사태는 사실 그들로 하여금 자기들의 감정을 일종의 열병 비슷한 객관성을 가지고 고찰할 수 있도록 해 주었던 것이다. 그리고 그런 자신의 실수들이 그들 눈에도 명확하게 보이지 않는 경우는 드물었다. 그들은 무엇보다도 지금 자기 곁에 없는 사람의 행동거지를 정확히 상상하기가 곤란하다는 사실을 알게 되었다. 그래서 그들은 사랑하는 사람이 시간을 어떻게 보내는가를 모르고 있다는 것이 서글퍼졌다. 그들은 그런 것을 물어보는 것을 게을리 했고, 사랑하는 사람에게 있어서 자기 애인의 소일 방법이 모든 기쁨의 원천은 아닌 것처럼 가장했던 자기의 경솔함을 스스로 책망하는 것이었다. 그 순간부터 그들이 자기들의 사랑의 자취를 거슬러 올라가서, 그것의 불완전했던 점을 음미하는 것은 쉬운 일이었다.

여느 때 같으면 우리들은 누구나 의식적이건 무의식적 이건 간에 세상에 완전한 사랑이란 있을 수 없다는 것을 알고 있으며, 또 우리들의 사랑이 보잘것없다는 것도 인정했을 것이다. 그러나 추억이란 것은 더 제멋대로다. 그리고 극히 이치에 합당한 일이지만, 외부로부터 우리에게 달려 들어와 도시를 덮친 그 불행은, 우리가 분개할 수도 있던 그 당치도 않은 고통을 우리에게 가져온 것은 아니었다. 그것은 또한 우리로 하여금 우리 스스로가 괴로워하도록 만들었으며, 우리 스스로 그 고통을 받아들이도록 만들어 버렸던 것이다. 그것이 바로 우리의 관심을 다른 곳으로 돌리고 불화의 씨를 뿌리는, 이 질병의 특유한 술책의 하나였다.

이처럼 우리는, 각자가 그날 그날을 하늘만 바라보며 고독하게 살아가기를 감수해야만 했다. 결국에 가서는 사람들의 성격을 단련시킬 수 있었던 그 전반적인 포기 상태는, 그대로 사람들을 하찮은 일에 움직이게 하는 경박한 인간이 되게 했다. 예를 들어서 몇몇 시민들은 태양과 비에 좌우되는 또 하나의 노예 상태에 빠져 버렸다. 그들의 표정을 보고 있노라면, 그들은 생전 처음으로, 그리고 직접적으로 날씨에 대해 반응을 보이는 것 같았다. 그들은 그저 황금빛 햇빛이 비치는 것만으로도 희희 낙락했으며, 반대로 비 오는 날이면 그들의 얼굴과 생각은 두꺼운 장막에 싸이는 것이었다. 몇 주일 전만 해도 그들은 그러한 허약함이나 이성을 잃은 것 같은 연속 상태에 빠지지 않아도 되었는데, 그것은 그들이 세계에 대해 외톨이가 아니고 어떤 의미에서는 함께 살고 있는 사람이 그들의 세계 앞에 자리잡고 있었기 때문이었다. 반대로 이렇게 된 순간부터 그들은 어쩔 수 없이 하늘의 변덕에 좌우되게 되었다. 즉, 그들은 까닭 없이 괴로워하기도 하고 희망을 품기도 했던 것이다.

그러한 극도의 고독 속에서 결국 아무도 이웃의 도움은 바랄 수 없이 각자가 혼자서 따분하게 지내고 있을 뿐이었다. 만약 우리들 중의 누가 어쩌다가 자기 내심을 털어놓거나 모종의 감정을 말해도, 그 사람이 받을 수 있는 대답은 어떤 종류이건 간에 대개는 마음에 상처를 주는 대답이었다. 그래서 그 사람은 상대방과 자기와는 서로 다른 이야기를 하고 있었다는 것을 알게 되는 것이었다. 사실 그는 오래 두고 되씹고 괴로워하던 끝에 표현을 한 것이었고, 상대방에게 알리고자 한 이미지는 기대와 정열의 불 속에서 오래 익힌 것들이었다. 반대로 상대방은 흔해 빠진 감동이라든가, 시장에서 파는 상품 같은 괴로움이라든가, 다발로 엮은 감상 정도로 생각하고 있었다. 호의에서건 악의에서건 그 답변은 언제나 빗나가는 것이었기 때문에 체념하는 수밖에 없었다. 그렇지 않으면 적어도 침묵을 지킬 수 없는 사람들에게 있어서는, 남들이 정말 마음에서 우러나오는 말을 쓸 줄 모르는 이상, 자기들도 차라리 시장에 굴러다니는 말을 쓰고, 그들도 역시 상투적인 말투로, 단순한 이야기책이나 잡보(雜報)나 일간신문의 기사 혹은 그 비슷한 형식으로 이야기하고 마는 것이었다. 이런 경우에도 가장 절실하다는 슬픔이라는 것조차도 흔히 회화의 진부한 방식으로 표현되기가 일쑤였다. 오직 그 대가로서 페스트의 포로들은 주위의 동정이나 듣는 사람들의 관심을 끌 수가 있었던 것이다.

그렇지만 이것이 가장 중요한 점인데, 그 고뇌가 아무리 쓰라린 것이었다 하더라도, 공허하면서도 무거운 그 마음이 아무리 지니기에 어렵다하더라도, 그 유형수들은 페스트의 제1기에서는 그래도 혜택을 받은 셈이었다. 사실 시민들이 냉정을 잃기 시작했을 바로 그 순간부터 그들의 생각은 완전히 자기들이 기다리는 사람에게로만 쏠리고 말았다. 일반적인 슬픔 속에서도 사랑의 에고이즘이 그들을 감싸 주었고, 또 페스트 생각을 하기는 했지만 그것은 단지 페스트로 인해서 자기들의 이별이 영구화할까 염려될 때에만 한한 것이었다.

이처럼 그들은 전염병이 한창 기승을 부릴 때조차도, 냉정하다고 간주하고 싶은 마음이 들곤 했던 일종의 건전한 오락을 즐겨 왔던 것이다. 그들의 절망감은 그들을 공포로부터 구제해 주었고, 그들의 불행에는 좋은 점도 있었다. 예를 들면, 그들 중의 누가 병마로 쓰러지는 것 같은 일이 있더라도 대개의 경우는 그 사람이 그것을 깨달을 여유도 없이 일어났다는 것이다. 어떤 유령을 상대로 계속해 온 기나긴 마음속의 대화에서 끌려 나오자, 아무런 변천의 여유도 없이 대지의 가장 무거운 침묵 속으로 내던져지는 것이었다. 그들은 아무것도 할 겨를이 없었던 것이다.

* * *

우리 시민들이 그 갑작스러운 귀양살이에 대처해 보려고 노력하는 동안에, 페스트는 문마다 보초병을 서게 했고, 오랑을 향해서 항해 중이던 선박들의 기수를 돌리게 했다. 시의 폐쇄 이후로 한 대의 차량도 시내에 들어오지 않았다. 그날부터 자동차들은 시내에서 맴을 돌고 있는 듯한 인상을 주었다. 신작로의 높은 곳에서 바라보는 사람들의 눈에는 항구에도 이상한 모습을 드러내고 있었다. 그곳을 연안에서 가장 번화한 항구의 하나로 만들어 준 종래의 활기는 별안간 사라져 버렸다. 검역중인 선박들이 아직도 정박해 있는 것이 보였다. 그러나 부두에는 분해해 놓은 커다란 기중기들, 옆으로 넘어진 소화물 운반차, 한적하게 쌓여 있는 술통이며 자루의 열(列) 같은 것들이, 무역도 역시 페스트로 인해 죽어 버리고 말았다는 사실을 역력히 보여 주고 있었다.

그러한 생소한 광경에도 불구하고, 우리 시민들은 자기들에게 닥쳐 오고 있는 것이 무엇인지를 잘 이해하지 못하고 있음이 분명했다. 이별이라든가 공포라든가 하는 공통된 감정은 있었지만, 사람들은 개인적인 관심사를 가장 중요하게 여기고 있었다. 아직 아무도 그 전염병을 진심으로는 인정하고 있지 않았던 것이다. 대부분은 자기들의 습관을 방해하거나, 자기들의 이해

관계에 영향이 미친다든가 하는 데에 대해서 특히 민감했다. 그래서 그들은 안달이 나거나 화도 내곤 했지만, 그런 것이 결코 페스트와 맞설 수 있는 감정은 아니었다. 예를 들어서, 그들의 최초의 반응은 행정 당국을 비난하는 일이었다. 신문에 반영된 '책정된 조치의 완화를 고려할 수는 없을까?' 란 비판에 대한 지사의 답변은 상당히 예상 외의 것이었다. 여태껏 신문들이나 랑스독크 통신사는 병세에 관한 통계의 공식적인 통보를 받지 못했다. 이제 지사는 통계를 매일매일 통신사에 통지해 주면서, 매주 그것을 보도해 달라고 의뢰했다.

그래도 역시 시민의 반응은 즉시 나타나지 않았다. 사실 페스트가 발생한 지 삼 주일 만에 302명의 사망자가 났다는 보도는, 그들의 예측과 그리 빗나가는 숫자는 아니었다. 한편으로 생각하면, 그 모두가 아마 페스트로 죽은 것은 아닐 것이다. 또 한편, 아무도 그 도시에서 한 주에 몇 사람이 죽었는지를 알고 있는 사람은 없었다. 이십만의 인구를 가지고 있었으니 말이다. 사람들은 그 사망률이 정상적인 것인지 아닌지도 몰랐다. 그런 종류의 정확한 내용이란, 분명히 흥미를 돋우는 것임에도 불구하고, 결코 사람들의 관심을 차지하지 못하는 그런 성질의 것이다. 대중들은 말하자면 비교의 기준이 없었던 것이다. 한참 지난 뒤에야 겨우 그 동안의 사망자 수의 증가가 확실해짐에 따라 여론도 진상을 명확하게 이해했던 것이다. 제5주에는 321명, 제6주에는 345명의 사망자가 나왔다. 그 증가율이 적어도 사태의 심각성을 잘 말해 주고 있었다. 그러나 이런 것은 별로 큰 힘이 되지 못했고, 시민들은 그 불안의 한복판에서도, 그것은 아마 유감스러운 사건임에 틀림없지만, 그래도 결국 일시적인 것이라는 인상을 여전히 떨쳐 버리지 못하고 있었던 것이다.

그리하여 이들은 여전히 헤매이거나, 카페의 테라스에 앉아 있곤 했다. 전반적인 관점에서 볼 때, 그들은 비겁하지 않았고, 넋두리보다는 농담을 더 많이 주고받았으며, 일시적인 게 분명한 그 불연속선을 자연스럽게 받아들이자는 기색을 보였다. 외면적으로는 별다른 이상이 없었다. 그러나 월말이 가까워지자, 그리고 좀더 나아가서 얘기를 하겠지만, 기도주간이 거의 가깝게 다가오자, 더 심각한 징후가 우리 시의 겉모양을 변화시켰다. 지사는 무엇보다도 먼저 차량의 운행과 식량 보급에 관한 조치를 취했다. 식량의 보급은 제한되고 휘발유는 배급제로 되었다. 심지어 전기의 절전까지도 실시되었다. 생활 필수품만은 육로 또는 공로로 오랑에 수송되고 있었다. 그리하여 점차로 차량의 운행은 줄어들었고, 급기야는 거의 전무 상태가 되었다. 사치품 가게들은 날마다 잇달아 문을 닫게 되었고, 다른 가게들도 진열창에 절품되었다는 쪽지를 붙이게 되었지만, 각 가게의 문 앞에는 손님들이 줄을 지어 늘어서 있었다. 이처럼 오랑 시는 이상한 모습을 띠었다. 보행자들의 수는 현저하게 많아지고, 더구나 대낮의 한산한 시간에도 가게의 휴업이나 몇몇 회사들의 폐쇄로 할 일이 없어진 사람들이 거리와 카페를 가득 메우고 있었다. 그러나 그들은 실업자가 아니라 당분간의 휴가 중이었다. 그래서 오랑 시는 예를 들어서, 오후 3시 경에 그리고 맑게 갠 날 같은 때면 공개적인 시위 행렬의 통과를 돕기 위해서 교통을 차단하고, 가게 문을 닫아서 시민들이 그 기쁨을 나누기 위해 거리로 모여 드는, 축하 행사를 벌이고 있는 도시와도 같은 인상을 주고 있었다.

당연한 일이지만, 영화관들은 그 전반적인 휴가를 이용해서 큰 돈을 벌었다. 그러나 현내(縣內)에 들어오고 있었던 필름 배급이 두절되자, 이 주일 후에 영화관들은 필름을 서로 교환해야만 했고, 또 얼마 후에는 마침내 영화관마다 언제나 같은 영화만을 상영하게 되었다. 그래도 영화관의 수입은 감소되지 않았다.

끝으로, 카페들은 포도주와 알코올 음료의 판매가 큰 몫을 차지하고 있어, 전부터 비축되었던 상당수의 재고품 덕분으로 말미암아 그들 역시 손님들의 요구를 충족시킬 수 있었다. 사실, 사람들은 마시기도 많이 마셔댔다.

어느 카페에서, '순수한 알코올은 세균을 죽인다.' 라는 벽보를 써 붙이자, 술이 전염병을 예방해 준다는 것이 일반적으로 이미 상식화해 오던 차라, 그런 생각은 사람들의 뇌리에 강하게 자리 잡았다.매일 밤 2시쯤 되면 카페에서 쏟아져 나오는 상당히 많은 수의 주정꾼들이 거리마다 넘쳐서, 그들은 서로 낙관적인 얘기들을 주고받는 것이었다.

그러나 이 모든 변화들은, 어떤 의미에서는 너무 이상했고, 또 너무나 급속히 진행된 까닭에 그것이 정상적이고 지속성 있는 것으로 보는 것은 쉬운 일이 아니었다. 그 결과로 우리는 여전히 우리의 개인적인 감정들을 제일의 관심사로 여기고 있었다.

시의 문들이 폐쇄된 이틀 후, 의사 리외는 병원에서 나오는 길에 코타르를 만났는데, 그는 리외에게 거의 만족한 듯한 표정을 지어 보였다. 리외는 그에게 안색이 좋다고 축하를 했다.

"그래요, 요새는 건강이 아주 좋습니다." 라고 그 작은 사나이는 말했다. "그런데 선생님, 그놈의 페스트가 거참! 점점 심각해지고 있지 않습니까?"

의사는 그 사실을 시인했다. 그랬더니 코타르는 재미있어 하는 어조로 단정을 내렸다.

"이제 와서 가라앉을 이유는 아무것도 없으니까요. 이제 곧 그야말로 무서운 소동이 벌어질 겁니다."

그들은 잠시 함께 걸어갔다. 코타르는 자기 동네의 어떤 큰 식료품상이 비싸게 팔아 먹을 생각으로 식료품을 비축하고 있는 것을, 페스트에 감염된 그 사람을 병원으로 데려가려고 온 사람들이 침대 밑에 쌓여 있는 깡통을 보고 알게 되었다는 얘기를 하는 것이었다. "결국 그대로 병원에서 죽었지요. 페스트에 걸려들면 밑천도 못 건지죠." 이처럼 코타르는 사실과 거짓말을 섞어가며 전염병에 관한 이야기를 많이 했다. 예를 들면, 시 중심지에서 어느 날 아침에, 페스트의 증세가 나타난 어떤 남자가 병 때문에 정신착란을 일으켜 밖으로 뛰쳐나가 느닷없이 만난 여자에게 달려들어 그 여자를 꼭 껴안으면서 자기는 페스트에 걸렸다고 외치더라는 것이었다.

"그럼요!" 그러한 단정을 내리기에는 어울리지 않는 상냥한 어조로 코타르는 주석을 달았다. "우리는 모두 미치고야 말 거예요. 틀림없어요."

또 바로 그날 오후에, 조세프 그랑이 드디어 자기의 개인적인 고백을 의사 리외에게 털어놓았다. 그는 의사의 책상 위에 있는 리외 부인의 사진을 보고, 의사를 돌아보았다. 리외는 자기 아내가 시외의 다른 곳에서 요양중이라고 말해 주었다.

"어떤 의미에서," 그랑은 이렇게 말했다. "차라리 다행입니다."

의사는 어떤 의미에서는 운이 좋았던 게 틀림없지만, 아내의 쾌유를 바랄 뿐이라고 대답했다.

"아!" 그랑이 말했다. "그 심정 짐작하겠습니다."

그리고는 리외가 그를 알게 된 후 처음으로, 그는 흉금을 터 놓고 이야기를 했다. 아직도 말을 골라서 하려는 기색이 보이긴 했지만, 그가 하고 있는 이야기를 오래 전부터 생각해 두기나 했던 것처럼 그때 그때에 적합한 말들을 골라서 썼다.

그는 이웃에 사는 처녀와 아주 젊은 시절에 결혼을 했었다. 공부를 집어치우고 취직을 하게 된 것도 바로 결혼을 하기 위해서였다. 잔느도 그도 전혀 자기 동네에서 외부로 나가 본 일이 없었다 그는 잔느를 보러 그 집을 찾아가곤 했었고, 잔느의 양친은 이 말 없고 무뚝뚝한 구혼자를 다소 우습게 보고 있었다. 그 여자의 아버지는 역부였다. 일이 없을 때는 창 옆 한구석에 앉아, 큼직한 두 손을 양 무릎에 단정하게 올려놓고 생각에 잠긴 채 거리의 움직임을 바라보고 있는 것이었다. 어머니는 언제나 살림에 매달려 있었고, 잔느가 어머니를 도왔었다. 그 여자는 어찌나 몸이 가냘프던 지, 그랑은 그녀가 길을 건너는 것을 볼 때는 아슬아슬해서 볼 수가 없었다. 그럴 때면 차량들이 비정상적으로 거칠어 보였다. 어느 날, 크리스마스 선물을 파는 가게 앞에서 진열창을 바라보면서 잔느는 감탄을 한 나머지 "참 아름다워!" 하면서 그랑에게 몸을 기대었다. 그는 그녀의 손목을 꼭 쥐었다. 이렇게 해서 그들의 결혼은 결정되었다.

그랑의 말에 의하면, 나머지 이야기는 아주 단순한 것이었다. 모든 사람이 다 그렇다. 즉 결혼하고, 계속해서 사랑하고, 그리고는 일을 한다. 사랑한다는 사실을 잊을 만큼 열심히 일을 한다. 잔느도, 국장이 그랑에게 한 약속이 이행되지 않은 탓으로 일을 해야만 했다. 그 대목에서 그랑이 말하고자 하는 바를 이해하려면 약간의 상상력이 필요했다. 피로의 탓도 있고 해서 그는 무심한 사람이 되었고, 점점 더 말이 적어졌으며, 젊은 아내가 자기는 사랑을 받고 있다는 생각을 하게끔 뒷받침해 주려고 하지 않았다. 일하는 남자, 가난, 서서히 불투명해지는 장래, 저녁 식탁을 둘러싸는 침묵, 그러한 세계에 정열이라는 것이 파고들 여지란 없다. 아마 잔느는 몹시 괴로워했을 것이다. 그래도 그 여자는 꾹 참고 있었다. 사람은 고통을 고통인 줄도 모르고 오랫동안 괴로워하는 일이 흔히 있는 법이니 말이다. 몇 해가 지났다. 그후 그 여자는 떠나고 말았다. 물론 그 여자는 그냥 떠나간 것은 아니었다. '나는 당신을 무척 사랑했어요. 그렇지만 이제는 너무 지쳐 버린 거예요. 떠나는 것이 기쁘지는 않지만, 다시 시작하기 위해서는 의당 이런 법이니까요.' 이것이 대략, 그 여자가 그랑에게 써 놓고 간 쪽지의 내용이었다.

이번에는 조세프 그랑이 괴로워했다. 리외가 그에게 일깨워 주었듯이 그도 역시 새 출발을 할 수 있었을 것이다. 그러나 문제는 자신이 없었다.

다만 그는 여전히 아내 생각만 하고 있었다. 그가 바라는 것이 있었다면, 그것은 편지나 한 장 써 보내서 자신을 해명하고 싶은 일이었다. "그러나 그것이 어렵더군요." 하고 그가 말했다. "그런 생각을 한 지는 오래 됩니다. 서로 사랑했을 때는 말을 안 해도 서로 알고 있었어요. 그러나 그렇게 언제까지나 서로 사랑하고 있을 수는 없었습니다. 적당한 시기에 아내를 붙들어 둘 수 있는 좋은 말들을 생각해 냈어야 했지만 그렇게 못했거든요." 그랑은 체크 무늬가 새겨진 헝겊에 코를 풀었다. 그리고는 콧수염을 닦았다. 리외는 물끄러미 그 모습을 바라보고 있었다.

"실례했습니다, 선생님." 그렇게 그 늙은이는 말했다. "하지만 뭐랄까요? …… 나는 선생님을 믿습니다. 선생님과는 이야기를 할 수 있습니다. 그러면 그만 감정에 끌려서……."

분명히 그랑은 페스트와는 천 리나 멀리 떨어져 있는 것처럼 관심이 없었다.

그날 저녁 리외는 아내에게, 시가 폐쇄되었으며 자기는 건강하고, 계속 몸조리를 잘 하길 바라고, 당신을 사랑하고 있노라는 전보를 쳤다. 시의 문들이 폐쇄된 지 삼 주일 후에, 리외는 병원에서 나오다가 자기를 기다리고 있는 어떤 젊은 남자를 보았다.

"어쩌면 저를 기억하고 계실지도 모른다고 생각하는데요." 하고 그 젊은 이는 말했다.

리외는 아는 것 같기도 했지만, 얼른 말이 나오지 않았다.

"이런 일이 있기 전에 뵌 적이 있습니다." 하고 그는 말했다. "아랍인들의 생활 상태에 관한 말씀을 들어보려고 했지요. 제 이름은 레몽 랑베르입니다."

"아! 그렇군요." 하고 리외가 말했다. "그러면, 이번엔 굉장한 특종 기삿거리를 얻은 셈이군요."

그 사나이는 초조한 듯한 표정으로, 사실은 기삿거리 때문이 아니라 의사 리외에게 협조를 부탁하러 왔다는 것이다.

"죄송합니다." 하고 그는 말을 덧붙였다. "그런데 저는 이 도시에 아는 사람이라고는 아무도 없고, 우리 신문사의 주재원은 불행하게도 어리석은 위인이라서요."

리외는 중심지에 있는 어떤 진료소까지 같이 걸어가자고 권했다. 몇 가지 지시 사항을 전할 일이 있었기 때문이다. 그들은 흑인가의 골목길을 걸어 내려갔다. 저녁때가 다가왔으나, 전 같으면 이맘때에는 그렇게도 떠들썩하던 시내가 참으로 쓸쓸해 보였다. 나팔 소리만이 아직도 황금빛으로 물들어 있는 하늘에서 울리며 군인들이 직무를 수행하고 있다는 기색을 나타내고 있었다. 그러는 동안 가파른 길을 따라 무어식 가옥들의 푸른 벽, 붉은 벽, 자주색 벽들 사이를 걸어가면서 랑베르는 몹시 흥분해서 말을 하는 것이었다. 그는 파리에 아내를 두고 온 것이었다. 사실인즉 정식 아내는 아니었지만, 그건 큰 문제가 아니었다. 시가 폐쇄되자 그는 곧 아내에게 전보를 쳤다. 처음에는 그저 일시적인 것이려니 하고 편지 왕래나 할 방도를 궁리하고 있었던 것이다. 오랑에 있는 그의 동료들은 어쩔 수가 없다고 말했고, 우체국에서는 상대도 하지 않았고, 현청의 한 서기는 그에게 코방귀를 뀌었다. 마침내 그는, 2시간이나 줄을 서서 기다린 끝에 '만사 순조로움. 곧 돌아간다.' 라고 쓴 전보를 한 장 접수시키고 말았던 것이다.

그러나 아침에 일어나자, 얼마 동안 이 사태가 계속될 지도 모른다는 생각이 문득 머리에 떠올랐다. 그는 떠나기로 결심했다. 그는 소개장을 갖고 있었기 때문에(직업상 여러 가지 편의가 있다.) 현청의 관방장과 만날 수가 있었다. 그는 관방장에게 자기는 오랑과는 아무런 관계도 없으며, 여기에 머물러 있는 것이 능사가 아니라는 것과, 자기는 우연히 여기에 있게 되었고, 혹 일단 나가서 격리 수용을 겪는 한이 있더라도 어쨌든 퇴거를 허락해 주는 일이 정당하리라고 말했던 것이다. 관방장은 이에 대해서 잘 알아듣겠으나 예외를 만들 수는 없으니 검토는 해 보겠다고 했다. 요는 사태가 중대하리만큼 선뜻 어떤 결정도 내릴 수는 없다고 대답했다는 것이다.

"그러나 어쨌든," 랑베르는 말했다." 이 도시와 나는 상관이 없습니다."

"아마 그렇겠죠. 그러나 어쨌든 전염병이 오래 계속되지 않기를 바랍시다."

나중에 그는 랑베르를 위로하면서, 오랑에서 흥미 있는 기삿거리를 얻게 될지도 모르는 일이고, 무슨 일이건 간에 잘 살펴보면 반드시 좋은 면이 있는 법이라고 말해 주었다. 랑베르는 어깨를 으쓱 치켜올렸다. 그들은 시가의 중심지에 도착했다.

"정말 어이가 없습니다, 선생님. 저는 기사나 쓰려고 세상에 태어난 것은 아닙니다. 아마 어떤 여자하고 살기 위해서 세상에 태어난 것 같습니다. 그것도 이치에 맞는 얘기는 아니지만요."

어쨌든 일리가 있는 이야기라고 리외는 말했다.

중심지의 한길도 여느 때처럼 북적거리지는 않았다. 몇몇 통행인들이 먼 집을 향해서 서둘러 가고 있었다. 아무도 웃는 사람은 없었다. 그것은 그날 발표된 랑스독크 통신사의 보도가 가져온 결과라고 리외는 생각했다. 24시간이 지나면 우리 시민들은 다시 희망을 품기 시작할 것이다. 그러나 그 당일에는, 그들의 기억 속에 너무나 생생한 숫자가 들어 있었던 것이다.

"나와 그 여자는," 하고 랑베르가 느닷없이 말문을 열었다. "만난 지 얼마 안 되었지만, 서로 잘 이해하고 있습니다."

리외는 아무말도 하지 않았다.

"선생님께 폐가 될지는 모르겠습니다만," 랑베르가 말을 이었다. "단지 선생님께, 내가 그 고약한 병에 걸리지 않았다는 것을 확인하는 증명서를 한 장 써 주실 수 없는지를 여쭈어 보고 싶을 따름입니다. 그렇게 해 주시면 도움이 될 것 같습니다."

리외는 고개를 끄덕거렸다. 그는 자기 다리 사이로 갑자기 뛰어든 어린 사내아이를 안아서 사뿐 일으켜 세워 주었다. 두 사람은 다시 발걸음을 옮겨서 연병장에 도착했다. 무화과의 가지들과 종려나무 가지들이, 먼지에 싸여 더러워진 공화국의 여신상을 가운데 놓고, 먼지를 푹 뒤집어 쓴 채 가만히 드리워져 있었다. 그들은 그 기념상 아래에 멈추어 섰다. 리외는 잿빛 먼지로 뒤덮인 신발을 하나씩 차례로 땅에 탁탁 털어 냈다. 그는 랑베르를 바라보았다. 중절 모자를 좀 뒤로 젖혀 쓰고, 넥타이 안으로 와이셔츠의 목 단추를 벗겨둔 채, 수염도 제대로 깎지 않은 그 신문 기자의 모습은 시무룩하며 퉁명스러워 보였다.

"심정은 이해합니다." 하고 마침내 리외가 말했다. "그러나 선생의 말은 옳다고 할 수 없습니다. 나는 그 증명서를 써 드릴 수가 없습니다. 왜냐 하면 사실 나는 선생이 병에 걸려 있는지 어떤지도 모르고, 비록 안다고 하더라도 내 진찰실을 나가는 순간부터 현청에 들어가는 순간까지 전염이 안 된다고 보장할 수는 없으니까요. 게다가 비록……."

"게다가 비록?" 랑베르가 말했다.

"게다가 비록 내가 그 증명서를 써 드린다 해도 아무 도움이 되지 않을 겁니다."

"왜요?"

"왜냐 하면 이 도시에는 선생과 같은 처지의 사람이 수천 명이나 있고, 그런데도 당국은 그 사람들을 내보내 주지 않으니까요."

"페스트에 안 걸린 사람들도요?"

"그것은 충분한 이유가 못됩니다. 참 어처구니없는 이야기지요. 나도 잘 압니다. 그러나 그것은 모든 사람들에게 관계되는 문제입니다. 있는 그대로 받아들이는 수밖에 없지요."

"하지만 나는 이 고장 사람이 아닌데요!"

"지금부터는 어쩔 수 없이 선생도 이 고장 사람입니다. 다른 모든 사람들처럼 말입니다."

랑베르는 흥분하기 시작했다.

"그것은 정말 인도적인 문제입니다. 서로 잘 이해하며 살고 있는 두 사람에게 이러한 이별이 어떤 것인지를 아마 선생님께서는 이해하지 못하실 겁니다."

리외는 곧 대답을 하지 않았다. 그러다가 그는, 자기는 이해하고 있다고 말했다. 진심으로 그는 랑베르가 아내와 재회하고, 사랑하는 사람들이 모두 들 합쳐지기를 원하는 바이지만, 포고와 법률이 있고 페스트가 있으니, 자기로서는 자기가 해야 할 일을 완수하는 것뿐이라고 말했다.

"아니지요." 입맛이 쓰다는 듯이 랑베르가 말했다. "선생은 이해하지 못하세요. 선생님 말씀은 이성에서 나오는 말씀이지요. 선생님은 추상적이십니다."

의사는 공화국의 여신상 위로 눈을 치켜 떴다. 그리고는 자기가 이성적인 말을 하고 있는지 어떤지는 모르지만, 어쨌든 자기는 명백한 사실을 얘기하고 있는 것이며, 그 양자가 아무래도 같을 수는 없는 것이라고 말했다. 그 신문 기자는 자기의 넥타이를 고쳐 맸다.

"그러면 달리 어떻게 해보란 말씀이신가요? 하지만," 하고 그는 도전하는 듯한 말투로 말을 이었다. "나는 이 도시에서 나가고 말 것입니다."

의사는 역시 그의 심정을 이해할 수는 있지만 그런 일은 자기와는 무관하다고 말했다.

"아니에요, 관계가 있지요." 갑자기 울화가 치민 기색으로 랑베르가 외쳤다. "내가 선생님이 크게 관여하셨다는 말을 들었기 때문입니다. 그래서 나는 적어도 한 건쯤이야, 자신이 협력해서 만들어 놓으신 일인 만큼 좀 손을 써 주실 수 있으리라고 생각했어요. 그러나 선생님은 마이 동풍이시군요. 남의 일은 생각해 본 일도 없으시군요. 생이별을 한 사람들에 대해서는 고려해 보려고도 하지 않았던 겁니다."

리외는 어떤 의미에서는 그 말이 사실이고, 그런 것들을 고려해 보려고 하지 않았다는 것을 인정했다.

"아! 알겠어요." 랑베르가 말했다. "사회의 복지를 위해서라고 말씀하시려는 것이죠. 그러나 사회의 복지란 개개인의 행복에 의해 이루어지거든요."

"글쎄," 의사는 멍한 상태에서 깨어난 듯이 말했다. "그럴 수도 있고 또 다를 수도 있지요. 속단해선 안 됩니다. 그러나 그렇게 화를 내는 것은 부당합니다. 만약 선생이 이 문제를 잘 해결할 수 있다면 나는 정말로 기쁘겠습니다. 단지 나로서는 직무상 해서는 안 될 일이 있으니깐요."

조바심이 나서 랑베르는 머리를 흔들었다.

"화를 낸 것은 미안합니다. 게다가 이렇게 시간을 낭비하게 해서 죄송합니다."

리외는 앞으로 자기가 하는 일을 그에게 알려줄 것이며, 자기를 원망하지 말라고 당부를 했다. 자기들이 서로 일치할 수 있는 면이 확실히 있다는 것이었다. 랑베르는 갑자기 난처해진 듯한 기색을 보였다.

"저도 그렇게 생각합니다." 얼마 후에 그는 그렇게 말했다. "제 자신이나 선생님이 제게 말씀하신 것을 차치 하고라도 그런 생각이 듭니다."

그는 머뭇거리다 말을 이었다.

"그러나 선생님이 옳다고는 생각되지 않습니다."

그는 중절 모자를 이마까지 푹 눌러 쓰고 총총걸음으로 가 버렸다. 리외는 그가 장 타루가 묵고 있는 호텔로 들어가는 것을 보았다.

잠시 후, 의사는 고개를 끄덕였다. 그 신문 기자의 행복에 대한 조바심에도 일리가 있었다. 그러나 그의 비난은 정당했던가? '선생님은 추상적입니다.' 페스트가 더욱 기승을 부려 일주일에 평균 환자 수가 오백에 달하고 있는 병원에서 보낸 나날이 정말로 추상적이었을까? 그렇다, 불행 속에는 추상적이고 비현실적인 일면이 있다. 그러나 추상이 우리를 죽이려고 덤벼들면, 우리는 그 추상에 대해서 정신을 바싹 차려야 한다. 그런데 리외는 그것이 가장 쉬운 일이 아니라는 것을 알고 있을 따름이었다. 예를 들어서, 그가 책임을 맡고 있는 그 임시 병원(이제는 셋이 됐다.)을 운영해 가기란 쉬운 일이 아니었다. 그는 진찰실이 마주 보이는 방에다가 접수실을 하나 꾸미게 했다. 땅을 파서 크레졸 수의 웅덩이를 만들고, 그 가운데에는 벽돌로 작은 섬을 만들어 놓았다. 환자를 그 섬으로 옮겨서, 재빨리 옷을 벗기면 옷은 물속에 떨어지는 것이었다. 환자는 몸을 씻고 물기를 닦아서, 껄껄한 병원용 내의를 입고, 리외에게로 넘어왔다가 다음에 병실로 옮겨지는 것이었다. 부득이 어떤 학교의 실내 체육관까지 이용하지 않을 수 없게 되었는데, 모두 오백 개나 되는 병상이 거의 전부가 환자로 차 있었다. 리외 자신의 지휘하에 진행되는 오전의 환자접수가 끝난 다음, 환자들은 왁친을 맞기도 하고 종기 수술을 받기도 했는데, 리외는 다시 각종 통계를 검토하고는 오후의 진찰을 위해서 자기 병원으로 돌아오는 것이었다. 마지막으로 저녁에는 왕진을 하고 밤 늦게야 집에 돌아오는 것이었다. 그 전날 밤에도, 리외의 어머니는 며느리에게서 온 전보를 아들에게 건네 주다가, 그의 손이 떨리는 것을 보았다.

"네, 그래요." 라고 그는 말했다. "그러나 참고 애쓰다 보면, 마음이 좀 진정되겠죠."

그는 튼튼하고 강단이 있었다. 그리고 실상 아직 지쳐 있지는 않았다. 그러나 일례를 들어서, 왕진 같은 것은 견디기 어려웠다. 유행성 열병이라는 진단을 내리는 것은, 즉시 그 환자를 데려가게 만드는 일이 되었다. 그럴 때면 정말 추상과 곤란이 시작되는 것이었다. 왜냐 하면 병자의 가족들은 환자가 완치되거나 죽기 전에는 다시 만날 수 없다는 것을 알고 있었으니 말이다. "제발 가엾게 생각해 주세요, 선생님!" 타루가 묵고 있는 호텔에서 일하고 있는 청소부의 어머니인 로레 후인이 그렇게 말했다. 그것은 무엇을 의미하는가? 물론 의사는 동정을 했다. 그러나 그것은 아무에게도 도움이 되질 못했다. 전화를 걸어야만 했다. 이내 구급차의 사이렌이 울리는 것이었다. 초기에는 이웃 사람들이 창문을 열고 내다보았다. 얼마 후엔 부리나케 문을 닫게 되었다. 그러면 결국 싸움과 눈물과 설득, 요컨대 추상이 시작되는 것이었다. 열과 불안으로 말미암아 과열된 아파트 속에서 여러 가지 광란의 장면이 벌어진다. 그리고 병자는 옮겨진다. 그래야 리외는 그 자리를 뜰 수 있었다.

처음 몇 번은 전화를 거는 데 그치고, 구급차를 기다리지 않고 다른 환자들을 찾아가곤 했다. 그러나 가족들이 이제는 그 결과가 뻔한 이별보다는 차라리 페스트와 마주 앉아 있는 것이 낫다고 생각하고 문을 닫아 버리는 것이었다. 아우성을 치고 명령이 내려지고 경찰이 개입하고, 그런 연후에는 무력으로 환자를 탈취하고 만다. 초기의 몇 주일 동안 리외는 구급차가 도착하기를 기다리는 수밖에 없었다. 그 다음부터는 의사 한 명에 감독관이 한 사람씩 자진해서 따르기로 되어 있어, 리외는 한 환자로부터 다른 환자에게로 달려갈 수 있었다. 그러나 초기에는 매일 저녁 그가 로레 부인 집에 들어갔던 날 저녁과 마찬가지였다. 부채와 조화를 장식해 놓은 조그만 아파트 방에 들어갔을 때, 리외는 일그러진 미소를 지으면서 환자의 어머니가 마중을 나와 하는 말을 들었다.

"설마 요새 떠도는 열병은 아니라고 생각하는데요."

그래서 그는 홑이불과 속옷을 걷어 올려, 배와 넓적다리에 있는 붉은 반점과 부어오른 임파선들을 들여다보았다. 그 어머니는 자기 딸의 넓적다리를 들여다보고 있다가 자기도 모르게 소리 지르고 말았다. 매일 저녁 어머니들은 죽음의 여러 가지 징후를 띤 노출된 배를 앞에다 놓고 넋을 잃은 모습으로 그렇게 울부짖었고, 매일 저녁 사람들의 팔이 리외의 팔에 매달려 어쩔 도리도 없는 말과, 약속들, 그리고 눈물을 퍼붓는 것이었다.또 매일 저녁 구급차의 사이렌은 모든 고통과 마찬가지로 공허한 감정의 발작을 유발시키는 것이었다. 그리고 언제나 같은 날의 연속을 오래 주고 나자, 리외는 끝없이 되살아 나는 비슷한 광경의 기나긴 연속 이외에는 아무것도 기대할 수가 없었다. 그렇다, 페스트는 마치 추상처럼 단조로웠다. 오직 단 한 가지 달라진 게 있다면, 그것은 바로 리외 자신이었다. 그는 그날 저녁, 공화국의 여신상 밑에서 랑베르가 들어간 호텔의 문을 바라보면서, 오직 마음을 채우기 시작한 벅찬 무관심을 의식하며 그것을 느끼고 있었다.

황혼이 깃들면 매일같이 모든 시민들이 거리로 쏟아져 나와 길거리를 배회하는 그 피로에 지친 몇 주일이 지나간 후, 리외는 이제 동정심을 억제할 필요가 없다는 것을 알게 되었다. 동정이 아무 소용이 없을 때는 동정하는 것도 지쳐 버리는 법이다. 그리고 자기 마음이 점점 닫혀져 가는 것을 느끼고서, 의사는 짓눌려 버릴 것 같은 그날 그날의 유일의 위안만을 찾는 것이었다. 그는 자기의 임무가 그것으로 말미암아 쉬워지리라는 것을 알고 있었다. 그렇기 때문에 그는 그러한 나날을 기뻐했다. 그의 어머니가 새벽 2시에 아들을 맞아들이면서 자기를 바라보는 아들의 공허한 눈길을 슬퍼했는데, 그때 그녀는 리외가 받을 수 있는 유일한 위안을 그야말로 한탄하고 있었던 것이다. 추상과 싸우기 위해서는 다소 추상을 닮을 필요가 있다. 그러나 어떻게 그런 일이 랑베르에게 통해질 수 있었겠는가? 랑베르가 알고 있는 추상은 자기의 행복과 상반되는 모든 것이었다. 그리고 사실, 리외는 그 신문 기자가 어떤 의미에서는 옳다는 것도 알고 있었다. 그러나 그는 또한 추상이라는 것이 행복보다 더 강렬하게 나타날 수도 있으며, 그런 경우에만 추상을 고려해 넣어야 된다는 것을 알고 있었던 것이다. 그것은 랑베르 자신에게 일어날 것이었고, 리외는 나중에 랑베르에게서 들은 고백에 의해서 자세하게 그 사실을 알게 되었다. 리외는 그처럼 꾸준히, 그리고 새로운 각도에서, 개개인의 행복과 페스트라는 추상과의 사이에서 그 오랜 기간에 걸쳐 우리 도시의 전 생활을 지배했던 그 우울한 투쟁을 계속할 수가 있었다.

* * *

그러나 어떤 사람들이 추상을 보고 있는 곳에서 어떤 사람들은 진리를 보고 있었다. 페스트가 발생한 첫달 말경, 사실 눈에 띄게 전염병이 극성을 부렸고, 미셸 영감이 처음 발병했을 때 간호하던 제주이트파 판느루 신부의 열렬한 설교로 암담했었다. 판느루 신부는 오랑 지리학회 회보에 자주 기고를 하여서 이미 유명해져 있었는데, 그의 금석문사(金石文史)의 고증은 권위가 있었다. 그러나 그는 근대 개인주의에 관한 일련의 강연회를 통해서, 어떤 전문가의 강연회보다도 더 광범위한 청중을 확보했다. 그는 강연을 통해서 근대의 방종이나 지난 세기 동안의 몽매주의와는 거리가 먼 일종의 엄격한 기독교의 열렬한 옹호자가 되었던 것이다. 그때 그는 청중들에게 준엄한 진실을 토론하기를 주저하지 않았다. 그래서 그의 명성은 자꾸 높아만 갔다.

그런데 그 달 말경에, 우리 시의 성당 수뇌부에서는 집단 기도 주간을 책정함으로써 그들 특유의 방법으로 페스트와 싸우기로 결정했다. 대중의 신앙심의 표시는 일요일에 페스트에 쓰러진 성(聖) 루가에게 드리는 장엄한 미사로써 끝내기로 되어 있었다. 그 기회에 판느루 신부는 설교자로 지명되었다. 약 이 주일 전부터 판느루 신부는 성 아우구스티누스와 이 성자에게 서열상 아주 각별한 지위를 차지하게 해 준 아프리카 교회에 대한 연구를 포기했었다. 성미가 급하고 다혈질적인 천성을 지닌 그는 위촉받은 그 사명을 굳은 결의로 받아들였던 것이다. 그 설교가 있기 훨씬 전부터 이미 사람들의 화제에 올랐고, 그 당시의 역사에 그것 나름대로의 중요한 날짜를 기록해 놓았던 것이다.

기도 주간에는 많은 일반인이 참가했다. 그것은 평상시 오랑 시민들이 특별히 신앙심이 두터워서가 아니었다. 예를 들면 일요일 아침의 해수욕은 미사에 대해서 심각한 경쟁의 대상이었다. 그것은 또한 갑작스런 개종(改宗)이 그들을 각성시켰기 때문은 더더욱 아니었다. 그것은 한편으로 시가 폐쇄되고 항구는 차단되어 해수욕이 불가능해져 있었고, 또 한편으로는 갑자기 닥쳐오는 여러 가지 우발적인 사건들을 속으로는 아직 받아들이지 않고 있으면서 분명히 어떤 변화가 생긴 것만은 절실히 느끼고 있는 아주 특이한 정신 상태에 빠져 있었기 때문이었다. 그래도 많은 사람들은 여전히 전염병이 곧 사라질 것이고, 가족들과 함께 무사히 구조되리라는 희망을 갖고 있었다. 그래서 그들은 아무런 조바심도 느끼지 않고 있었다. 페스트가 그들에게 있어서는 어느 날엔 가는 물러갈 불쾌한 방문자로 밖에는 보이지 않았다. 왜냐 하면 그것은 일단 찾아왔으니까 말이다. 겁은 났지만 절망은 하지 않았으며, 페스트가 흡사 그들의 생활의 형태 자체로까지 보여지고, 또 그때까지 영위할 수 있었던 실존 자체를 잊어버리게 되기까지 기대 속에 싸여 있었다. 종교에 대해서도, 여러 가지 다른 문제들과 마찬가지로, 페스트는 그들로 하여금 기묘한 정신상태를 취하게 했다. 그것은 열성과도 거리가 멀고 무관심과도 거리가 먼 '객관성'이라는 말로 충분히 표현될 수 있는 정신 상태였다. 기도 주간에 참가한 사람들의 대부분은 예를 들어서 의사인 리외 앞에서 신자들 중의 한 사람이 "어쨌든 해가 되지는 않을 테니까요."라고 한 말을 구실로 삼고 있었을 것이다. 타루조차도 자기 수첩에 이런 경우에 중국인들은 페스트 귀신 앞에 가서 북을 칠 거라고 쓴 다음에, 과연 실지로 북이 각종 의학적 예방 조치보다 나은 효력을 발휘할 지는 절대로 알 수 없는 일이라고 지적했다. 그는 다만 그 문제를 해결하자면 우선 페스트 귀신의 존재에 대해 알아야겠지만, 그 점에 관한 우리들의 무지는 사람들이 생각할 수 있는 일체의 의견을 말살시켜 버린다고만 덧붙였다.

어쨌든 우리 시의 성당은 기도 주간 내내 신자들로 가득 찼다. 처음 며칠 동안은 많은 시민들이 성당 문 앞에 늘어서 있는 종려나무와 석류나무 숲에 늘어서서, 거리에까지 흘러나오는 온갖 기원과 기도 소리에 귀를 기울이고 있었다.

그러다 차츰차츰 그 청중들은 앞사람들을 따라 성당으로 들어가서, 덩달아 회중들의 답창에 어색한 목소리로 뒤섞게 되었다. 그래서 일요일에는 상당수의 사람들이 앞뜰과 층계 끝까지 넘쳐서 제단 앞까지 밀려들었다. 그 전날부터 하늘이 흐리기 시작하더니 비가 억수같이 쏟아졌다. 밖에 서 있는 사람들은 우산을 펼쳐들고 있었다. 향로와 축축한 옷에서 나는 냄새가 성당 안에 감도는 가운데 이윽고 판느루 신부가 설교단에 올라갔다.

그는 중간 키에 살집이 좋았다. 그가 큰 두 손으로 나무틀을 붙들고 설교단의 가장자리에 기대 섰을 때, 사람들의 눈에는 강철 테 안경 밑의 그 불그레한 빰이 두 개의 붉은 반점처럼 올라앉은 두텁고 시커먼 하나의 형체로

밖에는 안 보였다. 그는 멀리까지 울리는 힘차고 열정적인 목소리를 갖고 있었다. 그래서 그가 '여러분, 여러분은 재화 속에 계십니다. 여러분, 그것은 당연한 응보입니다.' 라고 통렬하고 단호한 한마디를 청중에게 던졌을 때, 일종의 술렁임이 군중들을 헤치고 성당 앞뜰까지 파문을 일으켰다.

그 다음 말은 논리적으로 비장한 전제와 일치하지 않는 것같이 여겨졌다. 연설이 계속되었을 때, 비로소 시민들은 신부가 교묘한 웅변술을 가지고 설교 전체에 걸린 주제에 대해 일격을 가하려는 듯이 단숨에 쏟아놓은 것임을 알아차렸다. 사실 판느루 신부는 그 말 다음에 이집트에서 있었던 페스트에 관한 「출애굽기」의 한 구절을 인용하고 이렇게 말했다.

"이 재화(災禍)가 처음으로 역사상에 나타났을 때, 그것은 신에게 대적한 자들을 쳐부수기 위해서였습니다. 이집트 왕은 영원하신 분의 뜻을 어기고 있었는데, 페스트가 그를 굴복시켰습니다. 태초부터 신의 재화는 오만한 자들과 눈먼 자들을 그 발아래 꿇어 앉혔습니다. 이 점을 잘 생각하시고 무릎을 꿇으십시오."

밖에서는 빗발이 더 거세어지고, 쥐죽은 듯한 정적 속에 던져진 그 마지막 구절은 유리창에 부딪치는 비 소리 때문에 한층 더 심원한 느낌을 띠었다. 이에 따라 몇몇 청중들은 잠깐 머뭇거리다가 의자에서 미끄러져 내려와서 기도대 위에 무릎을 꿇는 것이었다. 다른 사람들도 진정 그 본을 따라야만 한다고 생각했다. 그래서 차례차례로, 간혹 의자가 삐걱거리는 소리 이외엔 아무 소리도 나지 않는 가운데 모든 청중들이 이내 무릎을 꿇고 말았다. 그때 판느루 신부가 다시 몸을 일으키고 깊이 숨을 들이쉬고, 점점 더 힘찬 어조로 말을 이었다. "오늘날 페스트가 여러분과 관련을 가지게 되었다면, 그것은 반성할 시기가 왔기 때문입니다. 올바른 사람들은 조금도 그것을 두려워할 까닭이 없습니다. 그러나 사악한 사람들이 공포에 떠는 것은 당연한 일입니다. 우주라는 커다란 광 속에서 무자비한 재화는 짚과 낟알을 가리기 위해서 인류라는 밀을 타작할 것입니다. 낟알보다는 짚이 더 많을 것이며, 선택된 자보다 부름을 받은 자들이 더 많을 것입니다. 그런데 이 재앙은 신이 원하신 것은 아닙니다. 너무나 오랫동안 이 세상은 악과 맺어져 있었습니다. 너무나 오랫동안 이 세상은 성스러운 자비 위에서 안주하고 있었습니다. 회개하는 것으로써 충분했고, 모든 것은 용서되었습니다. 그리고 회개라면 모든 사람들이 자신 있다고 생각했습니다. 때가 오면, 사람들은 틀림없이 회개를 해야겠다고 느낄 것이기 때문입니다. 그때까지 제일 쉬운 길은 되는 대로 살아가는 것이요, 그 뒤의 것은 신의 자비로 해결될 것이었습니다. 그런데 말입니다! 그것이 오래 계속될 수는 없었습니다. 참으로 오랫동안 이 도시의 사람들 위에 그 연민의 얼굴을 보여 주시던 하느님도 기다림에 지치고 영겁의 기대를 배신당해, 마침내 외면을 하신 것입니다. 신의 광명을 잃고 우리는 이제 오랫동안 페스트의 암흑 속에 떨어져 있게 되었습니다!"

장내에서 어떤 사람이 마치 성난 말처럼 재채기를 했다. 잠깐 동안 멈추었다가, 신부는 더 낮은 소리로 계속했다. "《황금 전설》에 이런 이야기가 있습니다. 롬바르디아의 훔베르트 왕 시대에, 이탈리아는 페스트가 기승을 부리는데, 어찌나 맹렬했던지, 산 사람들을 다해도 죽은 사람들을 매장하기 어려웠으며, 그 페스트는 특히 로마와 파비아에서 맹위를 떨쳤습니다. 그런데 한 선(善)의 천사가 눈에 볼 수 있게 나타나서 악의 천사에게 명령을 내리면, 산돼지 사냥에 쓰는 창을 가진 악의 천사는 집집마다 돌아다니며 문을 두드리는 것이었습니다. 그리고 그 두드린 수효대로 그 집에서는 사망자가 났다고 합니다."

판느루는 여기서 그 짤막한 두 팔을 마치 비를 맞아 펄럭이는 휘장 뒤의 무엇인가를 가리키듯이 성당 앞뜰 쪽으로 뻗었다. "여러분!" 하고 그는 힘주어 말했다. "바로 그 죽음의 사냥이 오늘날 우리 시의 거리거리에서 이루어지고 있습니다. 보십시오, 루씨페르(역주—로마의 신, 마왕의 이름)처럼 아름답고 악의 권화처럼 찬란한 그 천사를 보십시오. 여러분의 집 지붕 위에 버티고 서서, 오른손으로 창을 머리 높이까지 쳐들고 왼손으로 여러분의 집들 중 하나를 가리키고 있습니다. 지금 이 순간에 모름지기 그의 손가락이 여러분의 집을 향해서 뻗치어, 창으로 나무 대문을 두드리고 있을지도 모릅니다. 또 이 순간에, 여러분의 집에 들어간 페스트가 당신들의 방에 앉아 당신들을 기다리고 있을지도 모릅니다. 페스트는 참을성 있게, 그리고 주의 깊게, 마치 이 세상의 질서 그 자체처럼 침착하게 거기에 있습니다. 여러분에게 내밀 그 손은, 어떠한 지상의 힘도, 저 공허한 인간의 지식조차도 여러분으로 하여금 그것을 피하게 할 수는 없습니다. 그리고 피비린내 나는 고통의 타작 마당에서 두들겨 맞아, 여러분은 짚과 함께 버려지는 것입니다."

여기서, 신부는 더 여유 있게 윤색하여 재화의 비참한 이미지를 전개했다. 그는 거대한 나무토막이 이 도시의 상공을 선회하면서 닥치는 대로 후려 갈기고 피투성이가 되어 다시 솟아올라가, 마침내 '진리의 수확을 준비하는 파종을 위하여' 인류의 피와 고통을 뿌리는 광경을 묘사해 보이기도 했다.

판느루 신부는 그 기나긴 이야기를 끝내자, 머리카락을 이마 위에 드리우고, 설교대 위까지 느껴질 정도로 온몸을 부르르 떨면서 말을 멈추고는, 더 나직한 음성으로, 그러나 힐책하는 어조로 다시 말을 이었다.

"그렇습니다. 반성할 시기가 온 것입니다. 여러분은 주일에 하느님을 찾아 뵙기만 하면 나머지는 자유라고 생각하고 있었지요. 서너 번 무릎을 꿇는 것이 여러분의 그 죄스러운 무관심을 충분히 메워 줄 것이라고 생각했던 것입니다. 그러나 하느님은 미지근한 분은 아닙니다. 그저 드문드문 찾아 뵙는 관계로는 하느님의 무한한 애정에 충분히 보답할 수 없습니다. 하느님은 여러분을 더 오래 가까이 하고 싶으셨던 것입니다. 그것이 하느님의 사랑하시는 방식이며, 그리고 사실을 말하자면, 그것만이 사랑하는 유일한 길입니다. 그리하여, 여러분이 오기를 기다리다가 지치신 하느님은, 인류가 역사를 가진 이후, 죄 많은 모든 도시를 방문했듯이, 여러분에게 그 재화로 하여금 찾아들게 하신 것입니다. 카인과 그 자손들이, 노아의 대홍수 이전의 사람들이, 소돔과 고모라의 사람들이, 애굽과 욥, 그리고 또한 모든 저주받은 사람들이 그것을 알았듯이, 이제 여러분은 죄악이 무엇인가를 알 것입니다. 그리고 이 도시가 여러분과 재화를 가두어 놓고 문을 닫아 버린 그날부터, 여러분은 그네들이 모두 그러했듯이, 하나의 새로운 눈을 가지고 모든 존재들과 사물들을 바라보고 있는 것입니다. 여러분은 이제야, 결국 본질적인 것으로 돌아와야 한다는 사실을 알게 된 것입니다."

이제는 눅눅한 바람이 본당까지 불어 들어오고 있었으며, 큰 촛불이 작아지면서 한쪽으로 쏠리는 것이었다. 짙은 양초 냄새와 기침 소리, 누군가의 재채기 소리가 판느루 신부에게까지 들려왔다. 신부는 높이 평가를 받은 바 있는 그 교묘한 말솜씨로 다시 자기의 논조로 돌아와서, 온화한 목소리로 말을 이었다. "여러분 중의 대다수는, 그러면 내가 어떠한 결론에 도달할 것인지를 궁금해 하실 줄 압니다. 나는 여러분을 진리에 당도하게 해 드리고 싶고, 여러 가지 말을 했지만, 여러분이 기쁨을 누릴 수 있도록 이끌어 드리고 싶습니다. 충고라든가 우애(友愛)의 손길이 여러분을 선으로 밀어 주는 수단이었던 시대는 이미 지났습니다. 오늘날, 진리란 하나의 명령입니다. 그리고 구원으로 가는 길은, 그 길을 여러분에게 가리켜 주고 여러분을 그곳으로 밀어내는 재앙의 붉은 창입니다. 여러분, 바로 여기에 만물과 더불어 선과 악, 분노와 연민, 페스트와 구원을 마련하신 성스러운 자비가 마침내 나타나고 있는 것입니다. 여러분을 괴롭히고 있는 그 재화가 도리어 여러분을 향상시키고, 여러분에게 길을 제시하고 있는 것입니다.

아주 먼 옛날에, 아비시니아의 기독교도들은 페스트가 영생을 얻기 위한 수단으로 간주하고 있었습니다. 병에 걸리지 않은 사람들은 확실한 죽음을 얻기 위해서 일부러 페스트 환자들의 홑이불을 뒤집어쓰곤 했습니다. 아마도 구원에 대한 그러한 광태(狂態)는 그리 칭찬할 만한 것은 아닐지도 모릅니다. 거기에는 그야말로 오만에 가까운, 유감스러운 성급함이 나타나 보입니다. 하느님 이상으로 서둘러서는 안 되며, 어쨌든 하느님이 이룩해 놓으신 불변의 질서에 박차를 가한다는 건 이단으로 이끌어가는 것입니다. 그러나 적어도 이 예는 나름대로 교훈을 지니고 있습니다. 우리들의 더욱 총명한 정신에 비추어서, 그것은 고뇌의 밑바닥에 깃든 저 영생의 황홀한 빛을 보여 주는 가치만은 인정해야 합니다. 그 빛은 해방으로 가는 황혼의 길을 비춰 주고 있습니다. 그것은 조금도 실수 없게 악을 선으로 바꿔 주시는 성스러운 뜻을 말해 주는 것입니다. 오늘날도 아직 죽음과 고뇌와 아우성의 길을 통해서, 그 빛은 우리들을 본질적인 정적으로 이끌어 가며, 모든 생활의 근원으로 이끌어 가고 있습니다. 여러분, 이것이야말로 광대 무변한 위안입니다. 나는 이 위안을 여러분에게 안겨 드리고 싶습니다. 여러분이 이

자리에서 응징의 언사를 듣고 가시는 데에 그치지 않고 여러분을 부드럽게 해 주는 '말씀'도 잘 듣고 가 주시기 바랍니다."

판느루 신부의 말은 끝난 것 같았다. 밖에는 비가 멎었다. 물기와 햇빛이 뒤섞인 하늘은 한결 더 싱싱한 광선을 광장에다 쏟고 있었다. 거리로부터 사람들의 말소리와 차 지나가는 소리와 활동하기 시작한 도시의 온갖 술렁거림이 들려오고 있었다. 청중들은 조용히 수군거리며 자리를 뜨면서 조심스럽게 소지품을 챙기는 것이었다. 그러나 신부는 또 말문을 열어, 페스트가 본래 신에게서 온 것이라는 것과 그 재화의 징벌적인 성격을 밝힌 이상 자기로서 할 말은 끝났으며, 그처럼 비극적인 제목을 다루면서 장소에 어울리지도 않는 웅변으로 끝을 맺고 싶지는 않다고 말했다. 그가 보기에 모든 일이 청중 전체에게 명백해진 것 같았다. 그는 다만, 마르세이유에 맹렬하게 페스트가 번졌을 때, 그 기록자인 마티외 마레가 구원도 희망도 없이 사는 것은, 지옥에 빠진 것이나 마찬가지라고 한탄했던 사실만을 언급했다. 아니! 마티외 마레도 눈이 멀었기 때문이다! 그렇기는커녕, 판느루 신부는 단 한번도 오늘날처럼 만인에게 베풀어진 신의 구원과 기독교적 희망을 느껴 본 일이 없었는데 말이다. 그는 우리 시민들이 이날 겪고 있는 참상과 죽어 가는 사람들의 아우성에도 불구하고, 그리스도의 말이요, 또한 사랑의 말인 유일한 말을 하늘을 향해 외치기를 그 어떤 희망보다도 더 원하고 있었다. 그 나머지 일은 신이 하시리라는 것이었다.

* * *

그 설교가 우리 시민들에게 어떤 영향을 끼쳤는지 어떤지는 단언하기 어렵다. 예심 판사인 오통 씨는 의사 리외에게 자기가 판느루 신부의 논조를 '전혀 반박할 수 없는' 것으로 생각한다고 단언했다. 그러나 누구나 그렇게 명확한 의견을 가지고 있는 것은 아니었다. 다만 그 설교는 그때까지 막연했던 어떤 관념, 즉 자기들은 뭔지 모를 어떤 죄악 때문에 상상도 할 수 없는 감금 상태에 놓여 있다는 관념을 절실히 느끼게 했다. 그리고 그대로 자기네들의 조촐한 생활을 계속해 가며 그 유폐 생활에 순응하고 있는 사람들도 있었던 반면에, 반대로 어떤 사람들은 유일한 생각이, 그때부터 그 감옥에서 탈출하겠다는 생각뿐이었다.

사람들은 처음에 외부와 차단 당하는 것을 그저 자기네들의 몇몇 가지습관이 바뀌는데 지나지 않을 정도의 임시적인 불편을 받아들이는 것으로 알고 감수했던 것이다. 그러나 돌연 찌는 듯한 여름 하늘에 덮여서 일종의 감금 상태를 의식하게 되자, 그들은 막연하게나마 그 칩거가 자기네들의 모든 생활을 위협하고 있다는 것을 느끼게 되었으며, 밤이 되면 냉기와 더불어 되살아나는 정력이 그들을 간혹 자포자기의 행동으로 몰아넣는 것이다.

무엇보다도 먼저, 그것이 우연의 일치였건 아니었건 간에, 이 일요일을 고비로 우리 시에는 제법 전반적이고 제법 심각한 일종의 공포가 생겨, 혹시나 우리 시민들이 진실로 자기네들의 처해 있는 상황을 의식하기 시작한 것이 아닌가 하는 생각이 들 정도였다. 그런 점에서 보면, 우리 시의 분위기는 다소 달라지기는 했다. 그러나 사실, 변화가 분위기에 있었는지, 사람들의 마음속에서 변화가 있었는지, 바로 그것이 문제였다.

설교가 있은 지 불과 며칠 후에, 교외 쪽으로 가면서 그랑과 함께 이번 일에 대해서 두루 이야기하던 리외는, 어둠 속의 그들 앞에서 제자리걸음만 하며 비실거리고 있는 한 남자와 마주쳤다. 바로 그때, 날이 갈수록 점점 늦게 켜지던 시의 가로등이 갑자기 환해졌다. 산책을 하고 있는 두 사람 뒤에 높이 달린 전등이, 눈을 감고 소리 없이 웃고 있는 한 남자를 갑작스레 비추어 주었다. 소리 없는 큰 웃음에 일그러진 그 창백한 얼굴에는 눈물 방울이 흐르고 있었다. 그들은 지나쳤다.

"미친 사람이죠." 그랑이 말했다.

리외는 그랑을 빨리 끌고 가려고 그의 팔을 잡았는데, 그랑이 신경질적으로 떨고 있는 것을 느꼈다.

"이제 머지 않아서 우리 마을에는 미친 사람밖에는 안 보이게 될 거예요."라고 리외가 말했다.

피곤까지 점쳐 그는 목이 말랐다.

"뭘 좀 마십시다."

그들이 들어간 조그만 카페에는 카운터 위에 켜 놓은 전등 하나만이 실내를 밝히고 있었다. 거기에 있는 사람들은 이렇다 할 이유도 없이 불그스름하고 탁한 분위기에 잠기어 목소리를 낮춰 이야기를 하고 있었다. 카운터에 자리를 잡자 그랑은 놀랍게도 술을 한 잔 청해서 단숨에 마시고 나서 자기는 술을 잘 마시는 편이라고 말하는 것이었다.

밖으로 나오자, 리외는 밤이 신음 소리로 가득 차 있는 듯 싶었다. 가로등 위, 어두운 하늘 어딘가에서 들리는 휘파람 소리는 보이지 않는 재앙이 지칠 줄 모르고 더운 공기를 휘젓고 있다는 생각을 불러일으켰다.

"다행이지, 다행이야." 그랑이 말하는 것이었다.

리외는 그가 무엇을 말하려 하고 있는지 의아해 했다.

"다행히도," 그랑은 말하는 것이었다. "나는 할 일이 있죠."

"그렇소?" 리외가 말했다. "그건 마음 든든한 일입니다."

그리고는 그 휘파람 소리에 귀 기울이지 않기로 마음먹고, 그는 그랑에게 그 일이 잘 되어 가느냐고 물어 보았다.

"글쎄요, 그럭저럭 잘 되고 있는 것 같습니다."

"앞으로 한참 걸리나요?"

그랑은 생기가 도는 모양으로, 알코올의 열기가 목소리에 섞여 나왔다.

"모르겠습니다. 그러나 문제는 그것이 아니죠, 선생님. 그런 일은 아예 문제가 안 됩니다."

어둠 속에서 리외는 그가 두 팔을 휘두르고 있는 것을 보았다. 그랑은 무슨 할 말을 준비를 하고 있는 듯이 보이더니, 별안간 술술 풀어 놓았다.

"내가 원하는 것은 말이죠, 선생님. 원고가 출판사로 넘어가는 날, 그 출판업자가 그것을 읽고 나서 일어서며 자기네 사원들에게, '여러분, 모자를 벗으시오!' 라고 하는 일입니다."

그런 갑작스런 선언에 리외는 깜짝 놀랐다. 그랑은 모자를 벗는 시늉을 하는 듯 한 손을 머리에 대고 나서 팔을 수평으로 뻗었다. 저 높은 곳에서 그 야릇한 휘파람 소리가 더 크게 들리는 것 같았다.

"그럼요." 그랑이 말하는 것이었다. "그건 완벽한 것이어야 합니다."

비록 문단의 관례에 관해서는 거의 아는 바가 없었지만, 그래도 리외는 그런 일이 그렇게 간단하게 되어 나갈 것 같지는 않았고, 예를 들어서 출판업자들도 사무실에서는 모자를 쓰지 않고 있을 것이 틀림없다고 여겨졌다. 그러나 사실을 알 수는 없는 일이었다. 그래서 리외는 잠자코 있는 것이 좋다고 생각했다. 그는 본의는 아니나 페스트의 은밀한 기척에 귀를 기울이고 있었다. 그랑이 사는 동네가 가까워지고 있었는데, 그 지대는 좀 높았기 때문에 가벼운 산들바람이 상쾌하게 느껴지고, 또한 그것은 시내의 온갖 소음을 날려 버리고 있었다. 그래도 여전히 그랑은 말을 계속했지만, 리외는 그 호인의 말의 의미를 완전히 파악하지는 못했다. 그는 단지 문제의 작품은 이미 엄청난 매수에 이르고 있으며, 그것을 완전한 것으로 만들기 위해서 저자가 한 고생은 몹시 괴로운 것이었다는 사실만을 알 수 있었다. "며칠 저녁, 몇 주일을 꼬박 말 한마디 때문에…… 그리고 때로는 단순한 접속사 하나 때문에." 그랑은 거기서 말을 멈추고 의사의 외투 단추를 잡았다. 말이 떠듬떠듬, 그 고르지 못한 잇새로 새어 나왔다.

"이해해 주시겠지요, 선생님. 엄밀하게 말해서 '그러나'와 '그리고'의 어느 것을 택하느냐는 상당히 쉬운 편입니다. 그런데 '그리고'와 '그 다음에'와 '이어서'가 되면 더 어렵게 됩니다. 그러나 분명히 가장 곤란한 것은 '그리고'를 쓸 필요가 있느냐를 결정하는 일이죠."

"그렇군요. 알 만합니다."라고 말했다.

그리고 그는 다시 걷기 시작했다. 그랑은 당황한 것 같았고, 다시 본래의 자기로 돌아갔다.

"용서하십시오." 하고 그는 빠른 어조로 중얼거렸다. "오늘밤은 어떻게 된 셈인지 나도 모르겠어요!"

리외는 그의 어깨를 가볍게 두드리고, 자기는 그를 도와 주고 싶으며, 그의 이야기가 매우 흥미 있다고 말했다. 그랑은 좀 기분이 명랑해진 모양으로, 집 앞에 왔을 때 약간 망설이다가, 좀 들렀다 가면 어떻겠느냐고 의사에게 말했다. 리외는 그를 따라 들어갔다.

식당에 들어간 그랑은, 현미경으로나 알아볼 수 있는 글자로 온통 지운 자국 투성이의 종이들이 잔뜩 놓여 있는 탁자 앞에 리외를 앉게 했다.

"네, 그러지요." 그랑은 눈짓으로 묻는 리외에게 이렇게 말했다. "그런데 뭘 좀 마실까요? 술이 좀 있는데요."

리외는 사양했다. 그는 종잇장들을 바라보고 있었다.

"보지 마세요." 그랑이 말했다. "이건 첫 구절이에요. 꽤 애먹었습니다. 이만저만 애먹은 게 아니에요."

그랑도 역시 그 종잇장들을 바라보고 있었는데, 그의 손은 어쩔 수 없는 힘에 끌리는 듯이, 그 중의 한 장을 집어 들고 갓도 안 씌운 전등 앞에 대고 비춰 보았다. 종이가 그의 손에서 떨리고 있었다. 리외는 그 서기의 이마가 땀으로 촉촉한 것을 보았다.

"앉으시죠." 그가 말했다. "한번 읽어 주시겠어요?"

그랑은 리외를 보더니 일종의 감사의 미소를 지었다.

"네." 그가 말했다. "나도 그러고 싶군요."

그는 여전히 그 종잇장을 바라보면서 잠시 주춤거리다가 앉았다. 그와 동시에 리외는 뚜렷하지 않은 날개 소리 같은 것을 들었다. 그 소리는 이 도시가 그 재앙에 대답하는 소리 같았다. 그는 바로 그 순간 발 밑에 펼쳐진 그 도시와, 그 도시가 형성하고 있는 폐쇄된 세계와, 그리고 그 도시가 어둠 속에서 내지르고 있는 무시무시한 절규를 아주 민감하게 느끼고 있었다. 그랑의 목소리가 무디게 들려왔다. "5월 어느 아름다운 아침에, 예쁘고 단정한 여자 기수가 훌륭한 밤색 암말을 타고 불로뉴 숲 속의 꽃이 만발한 오솔길을 달리고 있었다." 다시 조용해졌다. 그러자, 고민하는 도시의 아리송한 술렁거림이 또 들려왔다. 그랑은 종잇장을 내려놓고 그것을 들여다보고 있었다. 잠시 후 그는 고개를 들었다.

"어떻게 생각하세요?"

리외는 처음 부분을 듣고 보니 다음이 어떻게 되나 궁금증이 난다고 대답했다. 그러나 그랑은 자신 만만한 어투로, 그것은 잘못 본 것이라고 말했다. 그는 손바닥으로 원고를 두드렸다.

"이것은 대충 해 둔 것입니다. 내가 상상하고 있는 장면을 완전히 그려내는 데 성공할 때, 나의 문장이 하나 둘 셋, 하나 둘 셋 하는 가락과 딱 들어맞는 문장이 되는 날에는 보다 알기 쉬워질 것입니다. 특히 처음부터 떠오르는 정경이 이 정도이니 아마도 '모자를 벗으라.' 는 소리가 나올 수 있을 것입니다."

그러나 그렇게 되기까지에는 아직도 할 일이 많다는 것이었다. 그 문장을 지금 그대로 넘길 생각은 전혀 없다는 것이었다. 왜냐 하면, 때로는 그 문장이 만족스럽게 여겨지기도 하지만, 그것이 아직도 현실과 완전히 밀착하고 있지 않는다는 것을 알고 있으며, 또 어떤 의미에서는 필치의 안이한 점이 있어, 그것이 아주 약간이기는 하지만 역시 상투적인 문장과 가깝게 하고 있는 것도 사실이기 때문이다. 어쨌든 이상이 그랑의 말의 내용이었는데, 그때 창 밑에서 사람들이 달려가는 소리가 들려왔다. 리외는 일어섰다.

"아무튼 어떻게 될는지 두고 보세요." 그랑이 말하는 것이었다. 그리고 창문 쪽으로 몸을 돌리고 덧붙였다. "이런 소동이 완전히 끝나 버린 후에 말이에요."

그러나 급히 뛰어가는 요란한 소리가 다시 들려왔다. 리외는 벌써 계단을 내려왔는데, 그가 거리에 나섰을 때 두 사나이가 그의 앞을 지나갔다. 분명히 그들은 시의 출입문을 향해서 걸어가고 있었다. 시민들 중의 어떤 사람들은 사실 더위와 페스트에 협공을 당해 이성을 잃고 불법 수단을 쓰기 시작하여, 관문(關門) 감시의 눈을 속여서 시외로 도망을 쳐 보려고 애썼던 것이다.

* * *

랑베르와 마찬가지로 다른 사람들도 역시 표면화해 가는 공포의 분위기에서 벗어나려고—반드시 더 좋은 성과를 거둔 것은 아니었지만—훨씬 더 끈기 있고 교묘하게 노력하고 있었다. 처음에 랑베르는 정면으로 노력을 계속했다. 그의 말에 의하면, 그는 언제나 끈기가 결국 모든 것을 이겨낸다고 생각하고 있었으며, 또 어떤 관점에서는 난관을 교묘하게 돌파하는 것이 그의 직업이기도 했다. 그래서 그는 수많은 관리들과 여러 계층의 사람들을 만났는데, 그들은 모두 평소라면 두말할 나위도 없이 유능한 사람들이었다. 그러나 그 문제에 관한 한 그 능력도 그들에게는 아무 도움이 되지 않았다. 대개가 그들은 은행이라든가, 수출이라든가, 또는 아그륨(역주—오렌지, 씨트롱, 귤 같은 과실의 총칭)이라든가, 또는 포도주의 거래라든가 하는 데에 관해서는 대체로 정확하고도 잘 정리된 생각을 가지고 있는 사람들이었다. 소송이나 보험에 관한 문제에서는 확실한 증서나 명백한 선의(善意)를 가졌음은 물론, 해박한 지식까지 가지고 있는 사람들이었다. 그러나 페스트 문제에 있어서는, 그들의 지식은 제로에 가까웠다.

그런데도 랑베르는 기회가 있을 때마다 그들 한 사람 한 사람 앞에서 자기의 사정을 하소연해 보았다. 그의 주장의 결론은, 여전히 자기는 우리의 도시와 무관한 사람이며, 따라서 자기의 경우는 특별한 검토가 있어야 한다는 것이었다. 대체로 그 신문 기자가 만나 본 사람들은 이의 없이 그 점을 인정했다. 그러나 그들은, 그 같은 경우의 사람들은 그 밖에도 약간 있으니, 그가 상상하고 있는 것처럼 그렇게 특수한 사정은 못된다는 견해를 피력하기가 일쑤였다. 거기에 대해서 랑베르는 그것이 자기주장의 논거를 조금도 변화시킬 순 없다고 대답했다. 사람들은 그에게, 그렇게 되면 온갖 어려움과 장애를 무릅쓰고라도 특전을 배제함으로써, 혹 본래 몹시 꺼리는 소위 전례라는 것이 생길 위험성을 피하고 있는 행정상의 난점에 모종의 변화를 일으킬 수 있는 것이라고 대답했다. 랑베르가 의사 리외에게 제시한 분류에 의하면, 그러한 종류의 이론을 가진 사람들이 형식주의자의 범주를 구성하고 있다는 것이었다.

그런 사람들도 있는 한편, 구변이 좋은 사람들이 있어서, 청원자인 랑베르에게, 도무지 이런 상태는 오래 갈 수 없는 것이라고 안심을 시켜 놓고, 확실한 대답을 요구하면 그들은 문제가 다만 일시적인 괴로움에 불과한 것이라고 단정을 내려 버림으로써 랑베르를 위로하려 드는 것이었다. 또 개중에는 도도한 사람들도 있어서, 내방자를 보고 사정의 요점을 적어놓고 가라고 말하면서, 그런 사정에 대해서 규정을 만들어 보겠노라고 통고하곤 했다. 무책임한 사람들은 숙박권을 내주겠다는 등, 값이 싼 하숙집 주소를 대주겠다는 등 하는 말을 하곤 했다. 형식주의자들은 카드에다 기입하려고 잘 분류해 두는 것이었고, 귀찮아 하는 사람들은 외면을 하는 것이었다. 끝으로 가장 수가 많은 보수적인 사람들은 랑베르에게 다른 기관을 일러 주기도 하고, 혹은 다른 행동을 취해 보라고 권유하기도 했다.

랑베르는 이렇게 사람들을 찾아다니는 데 지쳐 버렸다. 그는 면세 국채 신청이나 식민지 군대의 모집 광고판 앞의 인조 가죽 걸상에 앉아 기다리기도 하고, 혹은 사무원들이 기껏 문서 정리함이나 서류함만큼이나 건성으로 대해 주는 사무실들을 출입하다 보니, 시청이니 현청이니 하는 데가 어떤 곳이라는 하나의 정확한 관념을 가지게 되었다. 이득이라곤, 랑베르가 씁쓰레한 얼굴로 리외에게 말했듯이, 그러고 다니는 통에 진실한 사태를 통찰하지 못했다는 것이었다. 실제로 그는 페스트의 진행을 깨닫지 못하고 있었다. 세월이 빨리 지나가는 것은 고사하고라도, 시 전체가 처해 있는 그 상황에서는 하루하루 날이 지나갈 때마다, 만약 우리가 죽지만 않는다면, 시련의 종말에 그만큼 가까워지는 것이라고 할 수 있다. 리외도 그 점은 사실임을 인정해야 했지만, 역시 그것은 너무 지나친 개략적인 진실이라고 생각지 않을 수 없었다.

언젠가 랑베르는 희망을 품은 적이 있었다. 현청에서 기입되지 않은 신원조회 서류를 보내 오더니, 그것을 정확하게 기입해 내도록 하라는 것이었다. 서류는 신분, 가족, 환경, 과거와 현재의 수입, 그리고 이력 등을 밝히기를 요구하고 있었다. 그는 그것이 원거주지로 송환될 사람들을 대상으로 한 조사라는 인상을 받았다. 어떤 기관에서 들은—막연하기는 하지만—정보도 이 느낌을 뒷받침했다. 그러나 몇 가지 자세한 탐문 끝에, 서류를 보내온 기관을 찾아내는 데 성공을 했는데, 거기서는 그 조사가 만일의 경우를 위해서 접수된 것이라는 이야기였다.

"어떤 만일의 경우입니까?" 랑베르가 물었다.

그랬더니, 그것은 만약 그 페스트에 걸려 사망하는 경우, 한편으로는 가족에게 통지할 수 있기 위해서이고, 또 한편으로는 병원의 비용을 시의 예산에 책정할 것인가, 또는 그의 친척들의 부담을 기대해도 좋은가를 알자는 데 있다는 것이었다. 분명히 그것은 자기를 기다리고 있는 그녀와 완전히 절연된 상태는 아니고, 사회가 그들 일을 염두에 두고 있다는 사실을 증명하고 있었다. 그러나 그런 것이 위안은 될 수 없었다. 보다 주목할 만한 것은, 그리고 결국 랑베르도 주목하게 된 것은, 바로 재앙의 절정에 있어서도 어떤 기관이 여전히 그 사무를 보고 있으며, 또 그것이 사무를 위해서 설치된 기관이라는 그 이유만으로, 종종 최고 당국에서도 모르는 사이에 다시 다른 시기에 대한 자발적 방책을 취한다고 하는 그런 자세였다.

그 이후의 한동안은 랑베르에게 있어서 가장 편하기도 하고 동시에 가장 괴롭기도 한 기간이었다. 그것은 다시 말하자면 마비된 기간이었다. 그는 모든 기관을 찾아다니며 한껏 애쓰고 있었지만, 그 방면의 헤어날 길은 그 시점에서는 막힌 상태였다. 그래서 할 수 없이 이 카페에서 저 카페로 헤매 다녔다. 아침에는 어느 테라스에 앉아서 미지근한 맥주 한 잔을 앞에 놓고, 병이 가까운 시일 내에 끝나리라는 무슨 조짐이라도 보이지 않을까 하는 희망을 품고 신문을 읽는 것이었고, 길가는 사람들의 얼굴을 빤히 보고 있다가 그 서글픈 표정에 그만 눈을 돌려 이미 백 번이나 읽은 맞은편에 있는 여러 가게의 간판이나 이제는 어디에 가도 마실 수 없게 되어 버린 이름난 아페리티프 광고 따위를 읽은 다음에, 그는 일어나 시내의 누런 거리거리를 발길 가는 대로 걸어다니는 것이었다. 쓸쓸한 산책을 하다 카페로, 거기에서 다시 식당으로 그렇게 하면서 저녁때까지 헤매는 것이었다. 어느 날 저녁때, 리외는 어느 카페의 문 앞에서 랑베르가 들어갈까말까 망설이고 있는 것을 보았다. 이윽고 그는 결심을 한 모양으로, 가게의 맨 안쪽에 가서 앉았다. 그때는 바로 상부의 명령으로, 불을 켜는 시간을 될 수 있는 대로 늦추고 있었는데, 바로 그런 시각이었다. 황혼은 마치 회색 물결처럼 카페 안에 침입하고, 황혼의 장밋빛은 유리창에 반사하고 있었으며, 식탁의 대리석은 스며드는 어둠 속에서 희미하게 빛나고 있었다. 랑베르는 쓸쓸한 실내 한가운데서 짝을 잃은 유령처럼 보였다. 그래서 리외는 지금이 바로 그의 체념의 시간이라고 생각했다. 그러나 그것은 이 도시에 감금된 모든 사람들이 허탈감을 느끼는 순간이기도 했으며, 그 해방을 재촉하기 위해서는 무슨 일인가해야만 했었다. 리외는 발길을 돌렸다.

랑베르는 또한 정거장에서 오랫동안 시간을 보내곤 했다. 플랫폼으로의 접근은 금지되어 있었다. 그러나 밖으로 나 있는 대합실 문은 열린 채여서, 그늘지고 선선한 탓으로 몹시 더운 날이면 때로는 거지들이 진을 치고 있었다. 랑베르는 거기에 가서, 옛날 시간표라든지, 가래침을 뱉지 말라는 표지판, 열차 내의 공안 규칙 따위를 읽어 보곤 했다. 그러다가 그는 한 모퉁이에 자리잡고 앉았다. 실내는 어둠침침했다. 낡은 무쇠 난로 하나가 구식 살수기 모양의 팔각 울타리 안에, 이미 여러 달 동안 싸늘하게 놓여 있었다. 벽에는 서너 장의 광고가 방돌이나 칸느에서의 행복한 생활을 선전하고 있었다. 여기서 랑베르는 궁핍의 시궁창에서 볼 수 있는 그 참혹한 일종의 자유의 감촉을 느끼곤 하는 것이었다. 그 당시 그로서 가장 괴로웠던 이미지의 하나는, 적어도 리외에게 그가 말한 바에 의하면, 파리의 그것이었다. 낡은 석조 건물들과 물의 풍경, 궁의 비둘기들, 북부 정거장, 팡테옹 근처의 쓸쓸한 구역, 그리고 자기가 그렇게까지 사랑하고 있었던 것을 몰랐던 그 도시의 몇몇 장소가 랑베르의 마음을 사로잡아 어쩔 줄 모르게 하는 것이었다. 리외는 그가 그런 이미지를 그의 사랑의 이미지와 하나로 보고 있다고 생각했다. 그리고 랑베르가 그에게, 자기는 새벽 4시에 일어나서 자기의 도시를 생각하기 좋아한다고 리외에게 말한 날, 의사는 이내 그가 두고 온 여자의 생각을 하기 좋아하는 것이라고 자기 경험에 비추어서 해석해 버렸다. 그것은 사실 그가 그녀 생각에 사로잡힐 수밖에 없는 때였다. 새벽 4시에 보통 사람들은 아무일도 하지 않으며, 비록 유익하지 못했던 밤일지라도 그때는 모두들 잠이 드는 시간이다.

그렇다, 그 시간에는 모두들 잠을 잔다. 그리고 또 그 시간은 마음이 편안한 시간이다. 왜냐 하면 자기가 사랑하는 사람을 소유하고 싶다거나 또는 완전히 독점하기 위해, 사랑하는 사람을 다시 만나는 날까지 결코 깨어나지 않을, 꿈도 없는 깊은 잠 속에 빠뜨려 놓을 수 있으면 좋으련만, 하는 것이 애처로운 애정의 거창한 욕망이기 때문이다.

* * *

설교가 있은 지 얼마 후 더위가 시작되었다. 6월 말이 되었던 것이다. 그 설교가 있던 날을 인상깊게 만들어 주었던 철 늦은 비가 내린 그 이튿날, 여름이 성큼 다가와 하늘과 집 위에 두루 비친다. 먼저 뜨거운 열풍이 일더니 하루종일 불어 벽들을 모조리 말려 놓았다. 날씨가 고정되었다. 더위와 햇빛의 끊임없는 물결이 하루종일 이 도시를 적셨다. 아케이드가 있는 거리와 아파트를 제외하고, 눈부신 반사 속에 있지 않은 곳이란 한군데도 없었다. 태양은 우리 시민들을 거리의 구석구석까지 뒤쫓아, 멈추어 서기만 하면 이내 덤벼 들었다. 그 첫더위가 매주 칠 백에 가까운 숫자를 보여 준 희생자 수의 급속한 상승과 일치했기 때문에 일종의 절망이 우리 시에 넘쳤다. 교외의 평탄한 거리거리와 테라스가 있는 집들 사이에서도 활기가 없었고, 주민들이 항상 문 어귀에 나와서 사는 그런 마을에서는, 문이란 문은 모두 닫히고 덧문들이 첩첩이 잠겨 있어서, 햇빛을 막으려는 것인지 아니면 페스트를 막으려는 것인지 알 수가 없었다. 그래도 몇몇 집에서는 신음 소리가 들리고 있었다. 그전에는 그런 일이 생기면 호기심 많은 사람들이 거리에 나와서 귀를 기울이는 모습이 흔히 눈에 띄었다. 그러나 그렇게 오랜 시일을 두고 시달리다 보니 사람마다 심장이 굳어 버린 듯했으며, 모두들 마치 그런 것은 인간의 선천적인 언어라는 듯이 그 곁을 걸어다니고 그 곁에서 살고 있었다.

시의 출입문에서 일어난 소동은, 그 소동에 헌병들이 무기를 사용해야만 했었는데, 어딘지 불안한 공기를 빚어 냈다. 확실히 부상자도 있었다. 그러나 시내에서는 사망자가 났다는 소문까지 떠도는 등, 더위와 공포로 모든 것이 과장되었다. 어쨌든 시민의 불만이 커 가고 있었기에 당국에서도 최악의 경우를 두려워했으며, 시민들이 그 재화 속에 갇혀 있다가 반항에 휩쓸리게 될 경우에 취할 조치를 신중하게 고려했던 것은 사실이었다. 신문에는 출타를 금지하는 포고문이 거듭 발표되었고, 위반자를 투옥한다는 위협을 하고 있었다. 순찰대가 시내를 돌고 있었다. 쓸쓸하고 뜨겁게 달아오르는 거리에서, 도로 위에 울리는 말발굽 소리를 앞세우고 기마 순찰대가 닫힌 창문들이 늘어선 사이로 나아가는 것을 볼 수 있었다. 순찰대가 지나가고 나면 무거운 불신의 침묵이 시가지를 다시 감도는 것이었다. 가끔 가다가 최근에 내려진 명령으로, 벼룩을 전파시킬 위험성이 있는 개와 고양이들을 쏘아 죽이는 특별 임무를 맡은 부대의 발포 소리가 들려오곤 했다. 그 메마른 포성은 시내의 심상치 않은 분위기를 조성하는 데 효과가 있었다.

더위와 침묵 속에서, 시민들의 겁먹은 마음에는 그렇지 않아도 모든 것이 더욱 심각하게 생각되었다. 계절의 변화를 알리는 하늘의 빛깔이나 흙 내음이, 처음으로 모든 사람들에게 민감하게 느껴졌다. 모두들 뜨거운 열기가 전염병을 더 성하게 할 것이라고 겁을 먹고 있었고, 동시에 여름이 드디어 본격적으로 시작됐다는 것을 누구나 다 알고 있었던 것이다. 저녁 하늘의 제비 울음 소리도 더 높은 곳에서 가냘프게 들리기 시작했다. 그것은 우리 고장에서 지평선이 멀어지는 유월의 황혼과는 이미 어울리지 않는 울음소리였다. 시장의 꽃들도 활짝 피어서 봉오리로는 나타나지 않게 되었고, 아침에 다 팔리고 나면 그 잎들이 먼지가 싸인 거리에 수북히 쌓이는 것이었다. 봄은 이미 다 가서, 가는 곳마다 잇따라 피어난 수천 가지 꽃들 속에 힘을 다 쏟아, 이제는 페스트와 더위와의 이중의 압력 밑에 서서히 짓눌려 깊은 잠에 빠지려 하는 것이 눈에 띄게 되었다. 모든 시민들에게 있어서 그 여름 하늘과 먼지와 권태의 빛깔로. 퇴색해져 가는 그 거리거리는, 매일 시의 공기를 무겁게 만들고 있었던 백여 구의 시체와 똑같은 무시무시한 의미를 내포하고 있었다. 줄기차게 내리쬐는 태양, 졸음과 휴가를 생각하게 하는 그 시간 시간이 이제는 예전처럼 물과 육체의 향연을 부추기지는 않았다. 반대로 그것들은 밀폐된 침묵의 도시에서 공허하게 울리고 있었다. 그것들은 행복한 시절들의 그 구릿빛 같은 광채를 잃어버렸다. 페스트가 스며든 태양이 모든 빛깔을 지워 버렸으며, 온갖 기쁨을 쫓아 버렸던 것이다.

그것이 그 병마가 가져온 커다란 혁명 중의 하나였다. 모든 시민들은 여느 때면 즐거운 기분으로 여름을 맞이했던 것이다. 그때면 시의 문이 바다를 향해서 열리고 시의 젊은이들을 해변으로 밀어 내는 것이었다. 그와 반대로 이번 여름에는 가까운 바다도 출입이 금지되어, 육체는 이미 그 기쁨을 누릴 권리가 없었다. 그러한 조건 밑에서 어떻게 할 수 있단 말인가? 역시 타루가 그 당시 우리들의 진실한 정황을 묘사해 주고 있다. 그는 물론 전반적인 페스트 진행의 자취를 더듬으며, 전염병이 퍼짐과 동시에 선이 그어진 것은, 라디오에서 매주 몇 백 명의 사망자라는 식으로 보도하지 않고 매일 92명, 107명, 102명이라는 보도를 하기에 이르렀을 때를 계기로 하고 있다고 기록하고 있다. '신문과 당국은 페스트에 관해서 더없이 교묘하게 대처를 하고 있다. 그들은 백삼십이 구백십에 비해서 큰 수가 아니라는 점에서 페스트로부터 점수를 빼앗는 것으로 생각하고 있다.' 그는 또한 그 병의 비장한, 또는 연극적인 한 일면도 상기시키고 있다. 일례를 들면, 덧문이 닫힌 인기척 없는 어떤 모퉁이에서, 갑자기 머리 위의 창문을 열어 젖히고 큰 소리로 두 번 외치더니, 짙은 그늘에 잠긴 방에다 다시 덧문을 닫아 걸고 말았다는 어떤 여자의 이야기 같은 것이다. 그리고 또 다른 데서는 박하 사탕이 약방에서 동이 났는데, 그것은 많은 사람들이 예기치 않은 전염병에 대비해서 그것을 빨기 때문이라는 것이었다.

그는 또한 자기가 좋아하는 인물들의 관찰도 하고 있었다. 그는 앞서 나온 고양이와 장난을 하는 그 작달막한 늙은이도 역시 비극 속에 살고 있다는 것을 알게 되었다. 사실 어느 날 아침에 총소리가 몇 방 나더니, 타루가 묘사했듯이, 가래침 같은 납덩어리 총알들이 대부분의 고양이들을 죽이고 나머지 고양이들을 질겁시켜 그 거리에서 없어지게 하고 말았다. 바로 그 날, 그 작달막한 늙은이는 여느 때와 같은 그 시간에 발코니에 나타났는데, 적이 놀라서 몸을 내밀어 길 저 끝까지 살펴보더니 기다리기를 단념하는 것이었다. 그는 손으로 발코니 난간을 툭툭 치고 있었다. 그는 또 기다리다가 종이 조각을 찢어 뿌렸고, 방으로 들어갔다가 다시 나왔다간, 얼마 후에 화가 나서 손을 뒤로 돌려 창문을 닫고는 들어가 버리고 말았다. 며칠 동안 같은 장면이 되풀이되었다. 그러나 늙은이의 표정에서는 슬픔과 혼란의 기색이 점점 뚜렷이 엿보이는 것이었다. 일주일이 지난 후, 타루는 매일처럼 나타나던 그 늙은이를 기다렸으나 허사였다. 창문들은 슬픔을 간직하고 굳게 닫힌 채로 있었다. '페스트 기간 중에는 고양이에게 침을 뱉지 말 것.' 이것이 타루의 수첩에 적혀 있는 기록의 결론이었다.

또 한편, 타루가 저녁에 돌아올 때면 언제나 홀에서 왔다갔다 거닐고 있는 야경원의 침울한 얼굴과 부딪치는 것이었다. 그 친구는 늘 남의 얼굴만 보면, 자기는 이번 일을 미리 알고 있었다고 이야기하는 것이었다. 타루는 예언을 들은 바 있음을 인정하고, 그러나 그가 생각하고 있었던 것은 지진이었음을 지적한 데 대해, 그 늙은 야경원은 타루에게 대답했다. "아! 차라리 지진이기나 했으면! 한번 크게 흔들리면, 그저 말없이…… 죽은 수효와 산 수효를 헤아리면 그것으로 승부는 나 버리죠. 그러나 이런 망할 놈의 병은 걸리지 않은 사람까지도, 마음속으로는 걸려 있단 말입니다."

지배인의 지친 모습도 그보다 덜하지는 않았다. 처음에 도시를 떠나지 못한 여행객들은, 시의 폐쇄령이 내리자 호텔에 억류되어 있었다. 그러나 차츰 전염병이 오래 끄는 동안에, 많은 사람들은 친구 집에 기숙하는 편이 낫다고 생각하게 되었던 것이다. 그래서 호텔의 모든 방들을 가득 차게 했던 바로 똑같은 이유로, 방들이 그때부터 텅텅 비게 되었던 것이다. 왜냐 하면 우리의 도시에는 새 여행자라고는 더 이상 오지 않았기 때문이다. 타루는 계속해서 숙박하는 몇 안 되는 숙박자 중의 한 사람이었는데, 지배인은 기회만 있으면, 자기에게 최후의 손님까지 기분 좋게 대접할 욕심만 없었던들 벌써 호텔의 문을 닫았을 것이라고 번번이 늘어놓는 것이었다. 그는 자주 타루에게 그 병이 계속될 기간을 대략 어림 짐작해 달라고 부탁하는 것이었다. "듣기에는," 타루는 이렇게 의견을 말했다. "이런 종류의 병은 추위와는 상극이랍니다." 지배인은 미칠 지경이었다. "아니, 여기서는 실제로 추위라는 것이 없는데요, 선생님. 다소나마 추워지려면 아직 몇 달 더 있어야겠군요." 그는 또한 한참 동안 여행자가 이 시에는 발을 들여놓지 않으리라는 것을 굳게 믿고 있었다. 그놈의 페스트는 관광 여행의 파멸이었다.

얼마 동안 안 보이던 부엉이 신사 오통 씨가 식당에 나타났다. 그러나 이번에는 유식한 개 같은 그 두 아들만 데리고 왔다. 정보에 의하면, 아내는 친정 어머니를 간호했고, 다음에는 그 장례식에 참여하고 나서, 지금은 격리 기간에 들어갔다는 것이었다.

“이건 아무래도 싫군요.” 이렇게 지배인은 타루에게 말했다. “격리 기간이건 아니건, 그 여자는 전부터 병에 걸리지 않았나 의심이 갑니다. 따라서 결국 저 사람들 모두가 수상해요.”

타루는 그에게 그런 의미에서 모든 사람들이 못 미덥다는 것을 알리려고 했다. 그러나 지배인은 그 점에 대해서는 아주 확고한 견해를 가지고 있었다.

“아닙니다, 선생님. 선생이나 나는 못 미더울 데가 없지만, 그네들은 그렇거든요.”

그러나 오통 씨는 그렇다고 해서 별로 변하지도 않았고, 이번 페스트도 그에게는 별 수가 없었다. 그는 여전한 태도로 식당 안에 들어와서 자기아이들을 앞에 앉히고 자기도 앉아서, 여전히 점잖고 꾸짖는 언사로 그 아이들을 다스리고 있었다. 다만 어린 아들만은 외모가 변해 있었다. 제 누이처럼 검은 옷을 입고, 마치 자기 아버지의 작은 그림자처럼 보였다. 오통 씨를 좋아하지 않는 야경원이 타루에게 이렇게 말한 일이 있었다.

“허! 저 사람은 죽을 때에도 아마 정장을 하고 있을걸요. 그러면 옷을 갈아입힐 필요도 없죠. 곧장 저승으로 가면 되니까요.”

판느루 신부의 설교에 관한 이야기도 적혀 있었는데, 다만 이러한 주가 적혀 있었다. ‘나는 그 측은한 열정에 호감이 간다. 재화의 시초와 그것이 끝났을 때, 사람들은 으레 다소의 수사(修辭)를 가하는 법이다. 첫 번째 경우에는 습관이 아직 없어지지 않았고, 두 번째 경우에는 습관이 어느새 회복되어 있는 것이다. 불행의 순간에서야말로 사람들은 진실에, 즉 침묵에 익숙할 따름이다. 앞날을 기다리자.'

끝으로 타루는 의사 리외와 긴 대화를 했다고 기술하고, 거기에 대해서 그는 다만 그 대화가 좋은 결과를 가져왔다고만 썼을 뿐이며, 거기에 곁들여서 리외의 어머니의 맑은 밤색 눈에 대해 언급하고, 그처럼 선량한 마음이 드러나고 있는 눈초리는 언제나 페스트를 이기리라고 리외 대부인에 대한 묘한 단안을 내린 다음에, 끝으로 리외가 진료하고 있는 해수병장인 노인에 대해서 상당히 긴 구절을 할애하고 있었다.

그는 의사와 환담을 나눈 다음에 함께 그 노인을 만나러 갔었다. 노인은 생떼를 쓰듯 말을 하며 두 손을 비비면서 타루를 맞았다. 그는 완두콩을 담은 냄비 둘을 밑에 놓고, 베개에 기댄 채 침대 위에 앉아 있었다.

"아! 또 한 분이 오셨군요." 타루를 보더니 노인은 그렇게 말했다. "세상이 거꾸로 됐소. 환자보다도 의사가 더 많다니. 말하자면 빨리들 죽어가는군요, 그렇죠? 신부 말이 옳아요. 정말 당연한 응보지요." 그 다음날 타루는 아무런 예고도 없이 다시 찾아갔다.

그의 수기를 믿는다면, 그 해수병장인 노인은 잡화점을 했는데, 쉰 살에 그 장사도 집어치운 것이라고 판단했었다. 그때 병들어 눕게 된 후로 다시는 일어나지 못했다는 것이었다. 그의 해수병은 그래도 그럭저럭 견딜 수 있는 것이었다. 소액의 연금 덕분으로 일흔다섯이 되는 오늘날까지 명랑하게 살아왔던 것이다. 그는 시계만 보면 견디지를 못했다. 그래서 여기 저기 집안을 뒤져보아도 시계라고는 하나도 없었다. "시계는," 이렇게 그는 말하는 것이었다. "비싸기만 하고, 어리석은 물건이죠." 그는 시간을, 특히 그가 유일하게 중요시하는 식사 시간을, 잠이 깼을 때 그 중의 하나는 완두콩이 가득 차 있는 두 개의 냄비로 짐작하는 것이었다. 그는 언제나 변함없이 근면하고, 규칙적으로, 콩을 하나씩 다른 냄비에 옮겨 담는 것이었다. 이렇게 해서 그는 냄비로 측정되는 하루 속에서 자기의 눈금을 찾는 것이었다. "냄비를 열다섯 번 채울 때마다," 그는 말하는 것이었다. "식사를 해야 하거든요. 아주 간단합니다."

그런데 그의 마누라의 말을 믿는다면, 그는 아주 젊어서부터 그러한 천부적인 소질을 보이고 있었다. 사실 아무것도 그의 흥미를 끌어본 게 없었다. 일도, 친구도, 카페도, 음악도, 계집도, 산책도 다 그랬었다. 그는 끝내 이 도시에서 밖으로 나가 볼 일이 생겨서 오랑 바로 옆 정거장까지 갔는데, 더 이상 모험을 하고 싶지가 않아서 첫 차를 타고 집으로 돌아오고 말았다는 것이다.

그의 담을 쌓은 은거 생활에 의아해 하는 타루에게 그는, 종교에 의하면 한 인간에게 있어 앞의 반생은 상승이고 뒤의 반생은 하강이며, 하강 기에 있어서 인간의 하루하루는 이미 그의 것이 아니라 언제 빼앗기고 말지도 모르는 일이며, 따라서 전혀 취할 바가 없으며 또한 전혀 행동을 취하지 않는 것이 바로 최선의 길이라고 대강 설명했던 것이다. 또한 그는 모순을 두려워하지 않았다. 그는 조금 뒤에 타루에게 신은 확실히 존재하지 않는다면서, 그 이유는 신이 존재할 경우엔 신부가 소용없을 게 아니냐고 말했던 것이다. 그러나 이런 말에 이어 몇몇 가지 그의 생각을 듣고, 타루는 그의 철학이 그가 속해 있는 교구의 빈번한 기부금 모집에서 생긴 그의 기분과 밀접하게 연결되어 있음을 이해했다. 그러나 결정적으로 그 노인이 어떤 사람이라는 것을 짐작하게 해 준 것은, 그 노인이 자신의 말을 들어 주는 상대 앞에서 여러 번 되풀이한 진실한 소원이었는데, 즉 그 소원이란 그는 나이가 무척 많으니 죽고 싶다는 것이었다.

'그는 성자일까?' 하고 타루는 스스로 묻고 있었다. 그리고 나서 이렇게 대답했다. '그렇다, 성자의 미덕이라는 것이 습관의 총체를 의미하는 것이라면 말이다.'

그러나 동시에 타루는, 페스트가 침범한 우리 도시의 하루에 대해 꽤 세세한 묘사를 꾀하고 있었는데, 거기서 이번 여름 시민들이 하고 있는 일상생활에 대한 하나의 정확한 관념을 제공하고 있었다. "주정꾼들 이외에 아무도 웃는 사람이라고는 없다."고 타루는 말하고 있었다. "그리고 주정꾼들은 너무 웃는다." 그리고는 그날의 묘사가 시작되어 있었다.

—— 새벽이면 어렴풋한 숨결이 아직 쓸쓸한 거리를 스쳐간다. 밤의 죽음과 낮의 고뇌와의 중간에 있는 그 시간에는 페스트도 잠시 그 기세를 꺾고 숨을 돌리는 듯싶었다. 가게란 가게는 다 문이 닫혀 있다. 그러나 그중 몇 집에는 '페스트로 인해 폐점'이라는 종이가 나붙어, 다른 가게들과 달리 곧 개점하지는 않을 것이라는 것을 명시하고 있다. 아직은 신문팔이들이 졸고 있어서 뉴스를 외쳐대지는 않고 있지만, 그 대신 길모퉁이에 등을 기대고 몽유병자 같은 몸짓으로 자기네 신문들을 가로등 앞에 벌여놓고 있다. 이제 곧 첫 전차 소리에 잠이 깨어, 온 도시의 여기 저기로 흩어져 가며, '페스트'라는 글자가 커다랗게 눈에 띄는 신문들을 팔 끝에 내밀고 다닐 것이다. '페스트는 가을까지 끌 것인가?' 'B교수가 부정' '사망자 124명' '페스트 발생한 지 94일 현재의 집계'

—— 점점 격화된 용지난 때문에 어떤 간행물들은 부득이 지면을 줄이지 않을 수 없었는데도 불구하고 《병역시보(病疫時報)》라는 또 하나의 신문이 창간되었다. 그 신문은 '병세의 진행 또는 그 쇠퇴에 관해 객관성에 유의해

서 자세하게 시민들에게 보도를 하고, 병의 앞으로의 움직임에 관해 가장 권위 있는 증언을 제공하며, 유명 무명을 불문하고 재액과 싸우려는 의지를 가진 모든 사람들을 지면을 통해서 격려하고, 주민의 사기를 북돋우며, 당국의 지시를 전달하는, 즉 한마디로 말해서 우리에게 덮친 불행과 효과적으로 싸워 나가기 위해 모든 사람의 선의를 결집하는 것' 을 그 사명으로 내세웠다. 실제로 그 신문은 얼마 안 가 페스트 예방에 확실한 효력을 발휘하는 신 약품들을 광고하는 데에 그치고 말았다.

—— 아침 6시경, 이런 모든 신문들은 개점하기 한 시간 전부터 가게 앞에 진을 치고 있는 행렬 속에서 팔리기 시작하여, 교외 방면으로부터 만원이 되어 들어오는 전차들 속에서 팔린다. 전차가 유일한 교통 수단이 되어 버려, 승강구의 계단 바깥 손잡이에 이르기까지 터질 듯이 사람을 싣고 가까스로 달리고 있다. 신기한 일은, 그런 와중에도 승객들은 가능한 한 상호간의 전염을 피하려고 서로 등을 돌리고 있는 것이다. 정류장에서마다 전차가 남녀 승객을 무더기로 쏟아 놓으면, 그들은 급히 흩어져 저 혼자가 된다. 번번이 기분이 좀 불쾌하다는 이유만으로 싸움이 벌어지곤 하는데, 그런 기분은 만성이 되고 말았다.

—— 첫 전차가 지나가고 나면 도시는 차츰차츰 잠에서 깨어나고, 일찍이 문을 여는 맥주홀들이 '커피 매진' '설탕 지참' 등의 패가 붙은 카운터 쪽이 보이도록 문을 연다. 그러다가 가게들이 열리면 거리가 활기를 띤다. 이와 동시에 햇살이 비추기 시작하고, 더위가 차츰차츰 7월의 하늘을 납빛으로 물들여 간다. 그 무렵이 바로 아무 할 일 없는 사람들이 거리에 나가 보는 시간인 것이다. 대부분은 그들의 호사함을 늘어놓음으로써 페스트를 털어 버리는 것을 일삼고 있었다. 매일 11시경만 되면 주요간선 도로에는 청춘

남녀들의 행렬이 밀려드는데, 이 행렬에서 사람들은 커다란 불행의 도가니에서 솟아나는 삶에 대한 열정을 감지할 수 있다. 질병이 확대되면 도덕도 역시 허물어질 것이다. 우리는 무덤 근처에서 벌어진 그 밀라노의 광연을 다시 보게 될 판이다.

—— 정오가 되면 식당들은 눈 깜짝할 사이에 만원이 된다. 이내 좌석을 잡지 못한 사람들이 떼를 지어서 문 앞에 모인다. 태양은 극도에 다다른 더위로 광채를 잃기 시작한다. 식사를 하려는 사람들은 햇볕으로 타 들어가는 길가의 커다란 회전 차양의 그늘 속에서 차례를 기다리고 있다. 식당에 몰려드는 것은, 식당에서 양식 문제가 간단히 해결되기 때문이다. 그러나 식당에서도 전염에 대한 불안은 여전히 남게 된다. 함께 식사하는 사람들은 자기네 식기를 깨끗이 닦는 데 시간을 많이 소비한다. 얼마 전만 해도 몇몇 식당에서는 '우리 식당에서는 식기를 끓는 물에 소독합니다.' 란 광고를 붙였었다. 그러나 차츰 그들은 모든 광고를 단념했다. 왜냐 하면, 그렇게 하니까 손님이 너무 많이 몰려오기 때문이었다. 게다가 손님들은 즐기면서 돈을 쓰고 싶어했다. 최고급 또는 최고급으로 여겨지는 술, 가장 비싼 안주, 그렇게 시작해서 걷잡을 수 없는 경쟁이 벌어진다. 또 어떤 식당에서는 한 손님이 속이 불편해 얼굴이 점점 창백해지면서 급기야 비틀거리며 급히 문 쪽으로 나간 탓으로 그곳이 발칵 뒤집힌 일도 있는 모양이다.

—— 2시경이 되면 이 도시는 점점 텅 비게 되는데, 그 시각이야말로 침묵과 먼지와 햇볕과 페스트가 거리에서 서로 만나는 시각이다. 잿빛의 커다란 집들을 타고 끊임없이 더위는 달음질친다. 기나긴 감금의 시간은인구가 많아 소란스러운 이 도시에 벌겋게 불붙는 저녁이 되어야 끝난다. 더위가 시작된 처음 며칠 동안은 간혹, 그리고 왜 그런지 모르게 저녁이 되면 인기척

이 없었다. 그러나 이제는 선선한 기운이 일기 시작하면 희망까지는 안 가도 하나의 휴식을 갖다 준다. 그러면 모든 사람들이 거리로 나와서 지껄이기에 열중하거나 싸우거나 혹은 욕정에 불타는 눈으로 서로 쳐다보기도 한다. 그리고 거리는 7월의 붉은 하늘 아래 쌍쌍의 남녀들과 소음으로 가득 채워져 숨가쁜 밤을 향해서 표류하기 시작한다. 매일 저녁, 영험을 받았다는 한 노인이 중절 모자에 나비 넥타이를 매고 군중 속을 가로지르며 '하느님은 위대하시다. 그에게로 오라.' 하고 되풀이해 외쳤으나, 아무 보람이 없다. 모든 사람들은 그와 반대로 잘 알 수 없는 그 무엇, 아마도 신보다 더 긴요하게 여겨지는 그 무엇을 향해 모여 드는 것이다. 그들이 초기에 이번 질병도 다른 질병과 같은 것이리라고 생각했을 때에는, 종교도 제자리를 보전하고 있었다. 그러나 그것이 심상치 않다는 것을 알았을 때, 그들은 향락이라는 것을 생각해 낸 것이다. 낮에 사람들 얼굴에 떠올라 있는 그 모든 고뇌가 스스로 녹아 버려 뜨겁고 먼지투성이의 황혼 속에서 일종의 거친 흥분, 모든 민중을 열로 들뜨게 하는 서투른 자유에 싸이고 만다.

—— 그리고 나도 그들과 마찬가지다. 이상한 것은 하나도 없다. 나 같은 인간에게 죽음쯤은 아무것도 아니다. 그것은 그들이 옳다는 하나의 사건에 불과하다.

* * *

타루가 자기의 수기에서 말하고 있는 면담은 타루 자신이 요청했던 것이다. 리외가 그를 기다리고 있던 날 저녁, 의사는 자기 어머니가 식당 한구석에서 의자에 호젓이 앉아 있는 것을 보았다. 그녀는 집안 일을 다 끝내면 바로 거기서 시간을 보내는 것이었다. 그녀는 두 손을 포개어 무릎에 얹고 기다리는 것이었다. 리외는 어머니가 자신을 기다리는지 어떤지조차 모르고 있었다. 그러나 어쨌든 자기가 나타나면 어머니의 얼굴에 어떤 변화가 일어나는 것이었다. 근면한 일생이 그녀의 얼굴에 새겨 놓은 침묵의 그 모든 것이, 그때면 생기를 띠는 듯싶었다. 그리고는 또다시 침묵 속에 가라앉는 것이었다. 그날 저녁 그 여자는 창 너머로, 이제는 인기척이 없는 거리를 내다보고 있었다. 그래서 이따금 아주 희미한 불빛이 그 도시의 어둠 속에서 몇 가닥 반영을 던지고 있었다.

"페스트가 기승을 부릴 동안에는 전기를 내내 제한할 모양이지?" 리외의 어머니가 말했다.

"아마 그럴 거예요."

"겨울까지 계속하지 않았으면 좋으련만. 그렇잖으면 무척 음산할 텐데."

"그럼요." 리외가 말했다.

그는 어머니의 시선이 자기 이마에 와 닿는 것을 느꼈다. 그는 지난 며칠 동안의 불안과 과로로 인해서 자기 얼굴이 수척해지고 있음을 알고 있었다.

"오늘은, 일이 잘 안됐니?" 리외의 어머니가 물었다.

"항상 그렇지요, 뭐."

항상 그렇다! 즉, 파리에서 보내 온 새 혈청이 처음 것보다 효력이 덜한 듯싶었으며, 통계 숫자가 상승하고 있었다. 예방 혈청을 이미 감염된 가족들 이외의 사람들에게 접종할 가능성은 여전히 없었다. 그 사용을 일반화하자면 대량 생산을 하지 않으면 안 되었다. 멍울들은 대부분이 아마 굳어지는 계절이라도 만났는지 칼로 째기가 어려웠으며, 환자들은 고통에 시달렸다. 그 전날 밤부터, 그 병의 새로운 형태를 나타내는 케이스가 둘이나 생겼다.

이제 페스트는 폐장성(肺臟性)으로까지 확대되었던 것이다. 바로 그날, 어느 회합에서 기진맥진한 의사들은 어찌할 바를 모르는 지사 앞에서, 폐장성 페스트의 입에서 입으로 옮겨지는 전염을 막기 위해서 새로운 조치를 요구해 승낙을 받아냈던 것이다. 늘 그렇듯이, 여전히 아무것도 알 수가 없었다.

그는 어머니를 보았다. 밤색의 아름다운 눈동자가 리외의 마음속에 애정으로 가득 찼던 옛 시절을 되살아나게 했다.

"무서우세요, 어머니?"

"내 나이가 되면 과히 무서운 게 없단다."

"해는 길고, 또 제가 거의 곁에 없으니 말씀이에요."

"네가 꼭 돌아올 줄 알고 있으니, 기다리는 것쯤은 괜찮다. 그리고 네가 집에 없을 때, 나는 네가 무엇을 하고 있는지 생각해 본단다. 네 처한테서 무슨 소식이라도 있었니?"

"네, 용태는 좋은 것 같아요, 요전 마지막 전보를 보면. 그러나 저를 안심시키려는 것인 줄 알고 있어요."

초인종이 울렸다. 리외는 어머니에게 미소를 짓고 문을 열러 갔다. 희미한 층계에 서 있는 타루는 커다란 곰처럼 보였다. 리외는 방문객을 자기 책상 앞에 앉혔다. 자신은 안락의자 뒤에 그냥 서 있었다. 그들은 전등이 하나밖에 안 켜진 방에서, 책상을 사이에 두고 마주 보고 있었다.

"저는 선생님하고," 타루는 대뜸 이렇게 말했다. "단도 직입적으로 이야기할 수 있을 것 같습니다."

리외는 묵묵히 고개를 끄덕거렸다.

"보름이나 한 달 후에, 당신들은 이곳에서 아무 쓸모가 없게 되실 것입니다. 당신들은 사태에 대처하지 못하고 끌려가고 계십니다."

"사실 그렇습니다." 하고 리외가 말했다.

"보건 위생과의 조직이 엉망이더군요. 당신들에겐 인원과 시간이 부족합니다."

리외는 또 한번 그것도 사실임을 시인했다.

"나는 현에서 일반 구조 작업에 건강한 남자들을 강제로 참가시키기 위해서 일종의 민간 봉사대를 구상하고 있다는 말을 들었습니다."

"잘 알고 계시군요. 그러나 이미 불만이 대단해서 지사가 망설이고 있습니다."

"왜 지원자의 모집을 요청하지 않나요?"

"요청했지요. 그러나 결과가 신통치 않군요."

"사람들은 확신도 없이 형식적으로 요청했던 것입니다. 그들에게 부족한 것은 바로 상상력입니다. 그들은 결코 재화의 척도에 보조를 맞출 줄을 몰라요. 그래서 그들이 상상해 낸 치료제가 겨우 두통이나 감기에도 적합할까 말까 하는 정도의 것이거든요. 만약 그들에게 맡겨 두었다가는 그들은 결국 죽고 말 거예요. 우리도 함께 죽게 되겠죠."

"그럴 지도 모르죠." 하고 리외가 말했다. "다만 말씀을 드려 두어야겠는데, 그래도 그들은 죄수들을 써 볼까 하는 생각도 했습니다. 말하자면 저 험한 일 같은 데에 말입니다."

"그것은 일반인이 했으면 더 좋겠는데요."

"나 역시 그렇게 생각해요. 하지만 왜 그렇게 생각하시는지요?"

"나는 사형 선고가 두렵습니다."

리외는 타루를 보았다.

"그래서요?" 하고 그는 말했다.

"그래서 나는 자원 보건대를 조직하는 데 안이 하나 있습니다. 제게 그 일을 맡겨 주시고, 당국은 빼돌리기로 합시다. 게다가 당국은 일손이 부족합니다. 여기저기 친구들이 있으니, 우선 그들이 핵심이 되어 주겠죠. 그리고 물론 나도 거기에 참가하겠습니다."

"잘 알았습니다." 리외가 말했다. "기꺼이 받아들이겠습니다. 더구나 이런 일에는 여러 사람의 협조가 필요합니다. 그 착상을 현에서 수락하도록 책임을 지겠습니다. 게다가 도에서는 이것저것 가릴 선택의 여지가 없습니다. 그러나……."

리외는 생각을 해 보았다.

"그러나 이런 일은 생명이 위험할지도 모릅니다. 잘 알고 계시겠지만요. 그러니 좌우간 일단 주의는 드려야지요. 잘 생각해 보셨나요?"

타루는 잿빛 눈으로 그를 보고 있었다.

"판느루의 설교를 어떻게 생각하세요, 선생님?"

자연스럽게 질문이 나왔고, 리외도 자연스럽게 거기에 대답했다.

"나는 너무나 병원 안에서만 살아서 집단적 징벌 같은 것은 관심이 없습니다. 그러나 당신도 알다시피, 기독교 신자들은 현실적으로 절대로 그렇게 생각하지 않으면서 가끔 그런 말을 하더군요. 보기보다는 좋은 사람들이죠."

"그래도 선생님은 판느루 신부처럼 페스트에도 좋은 점이 있고, 그것은 사람의 눈을 뜨게 하고, 사람으로 하여금 생각을 하게 한다고 믿고 계시겠죠."

리외는 답답해서 머리를 흔들었다.

"이 세상의 모든 병이 그렇다는 거죠. 그러나 이 세상의 모든 불행 중에서 진실인 것은 페스트에 있어서도 역시 진실입니다. 하기야 몇몇 사람을 위대하게 만드는 데 도움이 될 수 있을 테죠. 그러나 그것이 빚어 내는 비참과 고통을 볼 때, 페스트에 대해서 체념한다는 것은 미친 사람이거나 눈먼 사람이거나 비겁한 사람일 수밖에 없습니다."

리외는 거의 말투조차 높이지 않고 있었다. 그러나 타루는 그를 진정시키려는 듯이 손을 휘저었다. 그는 미소를 짓고 있었다.

"좋습니다." 어깨를 으쓱하면서 리외가 말했다. "한데, 내가 조금 전에 물은 말에 대해 아직 대답을 안 하셨습니다. 잘 생각해 보셨나요?"

타루는 안락 의자에서 편안하게 고쳐 앉아, 머리를 불빛 쪽으로 디밀었다.

"선생님은 신을 믿으시나요?"

질문은 역시 자연스럽게 나왔다. 그러나 이번에는 리외가 망설였다.

"믿지 않습니다. 그러나 그것이 무엇을 의미할까요? 나는 어둠 속에 있고, 거기서 명확하게 찾아내려고 애쓴다는 뜻입니다. 그것이 별로 이상하게 보이지 않게 된 지가 벌써 오래 됩니다."

"그 점이 판느루 신부와 다른 점이 아닌가요?"

"그렇지 않습니다. 판느루는 학자입니다. 그는 사람이 죽는 것을 많이 보진 못했습니다. 바로 그렇기 때문에 진리 운운하고 있는 것이죠. 그러나 아무리 하찮은 시골 신부라도 자기 교구 사람들과 접촉이 잦고 임종하는 사람의 숨소리를 들어 본 사람이면 나처럼 생각합니다. 그는 그 병고의 의미를 밝히기 전에 우선 치료부터 할 겁니다."

리외가 일어섰다. 그의 얼굴은 어둠 속에 있었다.

"그만 해 둡시다." 하고 그는 말했다. "대답도 하려고 안 하시니."

타루는 자기 의자에서 움직이지도 않고 미소를 짓고 있었다.

"대답 대신 질문이나 하나 할까요?"

이번에는 의사가 미소를 지었다.

"수수께끼를 좋아하시는군요." 그가 말했다. "자, 해 보시죠."

"이런 얘깁니다." 타루가 말했다. "선생님 자신은 신도 믿지 않으시면서 왜 그렇게까지 헌신적이십니까? 선생님의 답변이 제가 대답하는 데 도움이 될 것입니다."

어둠 속에서 얼굴을 내밀지도 않고 리외는, 이미 대답을 했으며, 만약자기가 전능의 신이라는 것을 믿는다면 자기는 사람들을 치료하는 것을 단념하고 그런 수고는 신에게 맡겨 버리겠다고 말했다. 그러나 이 세상 어느 누구도, 심지어는 신을 믿는다고 생각하고 있는 판느루까지도, 그런 식으로 신을 믿지 않는데, 그 이유는 전적으로 자기를 맡겨 버리려고 하지 않으며, 적어도 그 점에 있어서는 리외 자신도 있는 그대로의 세계와 투쟁함으로써 진리의 길을 걸어가고 있다고 믿는다고 말했다.

"아!" 타루가 말했다. "그러면 선생님은 자신의 직업을 그렇게 보고 계시는군요?"

"대개는 그렇습니다." 의사는 다시 밝은 쪽으로 몸을 내밀면서 말했다.

타루는 낮은 소리로 휘파람을 불었다. 그래서 의사는 그를 보았다.

"그렇지요." 그는 말했다. "아마 상당한 오만함이 필요하다고 생각하시겠죠. 그러나 나는 필요한 정도의 자존심밖에는 없습니다. 정말이에요. 앞으로 무엇이 나를 기다리고 있는지, 이 모든 일이 끝난 다음에는 무엇이 올 것인지 나는 모릅니다. 당장에는 환자들이 있으니 그들을 치료해 주어야 합니다. 그 다음에 그들은 반성할 것이고, 또 나도 그렇게 할 것입니다. 그러나 가장 긴급한 일은 그들을 치료해 주는 것입니다. 나는 힘이 미치는 데까지 그들을 지켜 줄 것입니다. 그뿐이지요."

"무엇에 대해 지키는 겁니까?"

리외는 창문 쪽으로 돌아섰다. 그는 저 멀리 지평선의 짙은 어둠 속에 바다가 있을 것이라고 짐작하고 있었다. 그는 피로밖에 느끼지 못하고 있었으나, 동시에 색다른 우애가 느껴지는 이 사나이에게 좀더 마음을 털어놓아야겠다는 갑작스런 부조리한 욕망과 싸우고 있었다.

"거기에 대해서는 아는 바 없습니다, 타루. 통 아는 바가 없어요. 내가 이 직업에 종사하기 시작했을 때, 나는 말하자면 막연하게 택했지요. 직업이 필요했었고, 다른 직업이나 마찬가지로 수수한 직업이었고, 젊은 사람이면 누구나 생각하는 직업의 하나였기 때문이죠. 아마 그것이 나 같은 노동자의 자식으로서는 특히 어려운 일이었기 때문이었는지도 모릅니다. 그래서 죽는 장면을 보아야만 했지요. 한사코 죽고 싶어하지 않는 사람들이 있다는 걸 아시나요? 어떤 여자가 죽으려는 순간에 '싫어!' 하고 외치는 것을 나는 들었어요. 그리고 나는 그런 것에 익숙해질 수 없다는 것을 깨달았지요. 그때는 나도 젊었고, 나의 혐오감은 세계의 질서 그 자체로 향해져 있다고 생각했었죠. 그때부터 나는 한층 더 겸허한 성격이 되었어요, 다만, 죽는 것을 보는 것에는 여전히 익숙하지 않아요. 그 이상은 아무것도 모릅니다. 그러나 결국……."

리외는 입을 다물고 자세를 고쳐 앉았다. 입안이 바싹 마르는 것을 느꼈다.

"결국은요?" 타루가 나직하게 물었다.

"결국……." 리외는 말을 이으려다가 망설이며 타루를 빤히 바라보았다.

"당신 같은 사람이면 이해할 수 있는 일이라고 생각하는데, 어떠세요? 그러나 세계의 질서는 죽음의 율법에 지배되고 있는 이상, 아마 신으로서는 사람들이 자기를 믿어 주지 않는 편이 더 나을지도 모릅니다. 그리고 최선을 다해 죽음과 싸우는 편이 좋을 겁니다. 신이 침묵을 지키고 있는 천상의 세계에 눈을 돌리거나 하지 말고."

"네." 타루가 끄덕거렸다. "이해가 갑니다. 그러나 선생님이 말하는 승리는 언제나 일시적인 것입니다. 그뿐이죠."

리외의 얼굴이 어두워졌다.

"항상 그렇다는 거군요. 나도 그걸 알아요. 그러나 그것이 싸움을 멈추어야 할 이유는 못됩니다."

"물론 이유는 못되겠지요. 그러나 그렇다면 이 페스트가 선생님에게 어떠한 존재인지 생각해 보고 싶어지는군요."

"알아요." 리외가 말했다. "끊임없는 패배지요."

타루는 잠시 의사를 보고 있다가 일어서서 무거운 걸음으로 문 앞까지 갔다. 리외도 그의 뒤를 따랐다. 의사는 곧 그의 곁에 갔는데, 그때 물끄러미 발 밑을 보고 있는 것 같던 타루가 리외에게 말했다.

"그 모든 것을 누가 가르쳐 드렸나요, 선생님?"

대답이 즉각적으로 나왔다.

"가난입니다."

리외는 자기 사무실 문을 열고 복도로 나와서, 자기도 교외의 환자 하나를 보러가기 위해서 내려가는 길이라고 타루에게 말했다. 타루가 같이 가자고 자청했더니, 의사는 승낙했다. 복도 끝에서 그들은 리외의 어머니와 만났다. 의사는 타루를 소개했다.

"친구입니다." 그가 말했다.

"오!" 리외의 어머니가 말했다. "이렇게 알게 돼서 참 반갑구려."

그녀가 가고 나자, 타루는 다시 한 번 뒤를 돌아다보았다. 의사는 층계에서 자동 조명 단추를 눌러 보았으나 헛수고였다. 계단은 어둠 속에 잠겨 있었다. 의사는 그것이 혹 새로운 절전 조치인가 하고 속으로 생각했다. 벌써 얼마 전부터 집에서나 거리에서 모든 것이 뒤죽박죽이 되기 시작하고 있었다. 그것은 아마도 수위들이, 그리고 우리 일반 시민들이 이제는 무슨 일에건 주의를 하지 않게 된 데서 오는 것에 불과했는지도 모른다. 그러나 의사는 더 이상 생각해 볼 겨를이 없었다. 뒤에서 타루의 목소리가 울려왔기 때문이다.

"한마디만 더 하겠어요, 선생님. 혹 우스꽝스럽다고 생각하실 지는 모르겠으나, 선생님은 전적으로 옳으십니다."

리외는 어둠 속에서 혼자 어깨를 치켜올렸다.

"나는 아무것도 모릅니다, 정말이지. 그런데 당신은 대체 어디까지 알고 계신지요?"

"오!" 하고 타루는 태연하게 말했다. "나로서는 더 이상 알아야 할 것이 없습니다."

의사는 발을 멈추었고, 그 뒤에서 타루의 발이 한 층계를 헛디뎠다. 타루는 리외의 어깨를 붙들고 몸을 바로잡았다.

"인생을 다 안다고 생각하십니까?" 하고 리외가 물어 보았다.

여전히 침착한 목소리가 어둠에 실려 들려왔다.

"네."

그들이 길에 나섰을 때는 꽤 늦은 시간이었다. 아마 11시쯤은 되었을 것이었다. 시가는 조용했고, 단지 바스락거리는 소리만이 가득 차 있었다. 아주 먼 곳에서 앰뷸런스의 소리가 들려왔다. 그들은 차에 올라탔다. 리외는 시동을 걸었다.

"내일 병원에 오셔서 예방 주사를 맞으셔야 되겠습니다." 라고 그는 말했다.

"그러나 마지막으로, 그리고 그 이야기에 들어가기 전에, 거기서 벗어나려면 3분의 1의 기회밖에 없다는 것을 염두에 두십시오."

"그런 계산은 의미가 없는 일입니다. 다 아시는 것 아닙니까. 백 년 전에 페르시아의 어느 도시에서 페스트가 유행해서 모든 시민을 죽였지만, 시체를 목욕시키는 사람만은 살아 남았답니다. 잠시도 쉬지 않고 그 일을 해왔는데도요."

"그는 3분의 1의 기회를 가졌던 것이죠, 그뿐입니다." 하고 갑자기 무딘 목소리로 리외가 말했다. "그러나 그 문제에 대해서는 알아야 할 게 아직도 많군요."

이윽고 그들은 교외로 들어서고 있었다. 그들은 멈췄다. 리외는 자동차 앞에서 타루에게 들어가겠느냐고 물었다. 타루는 그러겠다고 말했다. 하늘로부터 한줄기 빛이 그들의 얼굴을 비추고 있었다. 리외는 갑자기 친밀감이 깃든 웃음을 터뜨렸다.

"그런데, 타루." 그가 말했다. "뭣 때문에 이런 일에 깊이 관여하시죠?"

"나도 모르죠. 아마 나의 도의심 때문인가 봐요."

"어떤 도의심이지요?"

"이해하자는 것입니다."

타루는 집 쪽으로 몸을 돌렸다. 그래서 그들이 그 천식환자의 노인 집에 들어설 때까지, 리외는 그의 얼굴을 볼 수가 없었다.

* * *

타루는 그 이튿날부터 일에 착수해서 우선 제1진을 모았는데, 잇따라 많은 부대가 편성될 모양이었다.

필자는 그래도 그 보건대를 실제 이상으로 중요시할 생각은 없다. 반면에 우리 시민의 대부분이 자기의 역할을 과장하고 싶은 유혹에 빠질 위험이 있는 것은 사실이다. 그러나 필자는 오히려 아름다운 행위에다 너무나 지나친 중요성을 부여한다는 것은 결국에 가서 악에게 간접적이며 힘찬 찬사를 바치게 되는 것이라고 믿고 싶은 것이다. 왜냐 하면, 그런 아름다운 행위가 그렇게도 많은 가치를 가지는 것은 그 행위들이 아주 드물고, 악의와 냉담이 인간 행위에서 훨씬 빈번한 원동력이기 때문이라고 추정하는 것도 허용된다. 그런 것은 필자가 동조할 수 없는 생각이다. 세상에 존재하는 악은 거의가 무지에서 유래하는 것이며, 또 선의도 총명한 지혜 없이는 악의와 같이 많은 피해를 입히는 경우가 있는 법이다. 인간은 악하기보다 차라리 선량한 존재이며, 사실 그것은 문제가 되지 않는다. 그러나 인간들은 다소나마 무지하고, 그것은 곧 미덕 또는 악덕이라고 불리는 것으로서, 가장 구제할 수 없는 악덕이라는 것은 스스로 모든 것을 알고 있다고 믿고, 그럼으로써 스스로 사람을 죽이는 권리를 인정하는 따위의 무지의 악덕인 것이다. 살인자의 영혼은 맹목적인 것이며, 최대한의 명확한 총명이 없고서는 참된 선도 아름다운 사랑도 존재할 수 없다.

바로 그러한 이유 때문에, 타루의 덕택으로 실현을 본 우리의 보건대는 객관성을 가진 만족감을 가지고 판단되어야 한다. 바로 그런 이유로, 필자는 거기에 적당한 중요성을 부여할 뿐, 그 의지와 영웅심에 대해 너무나 근사한 칭송자가 될 생각은 없다. 그러나 필자는 여전히 페스트가 모든 시민의 마음을 얼마나 아프게 했는지에 대해서 이야기꾼의 노릇을 계속할 것이다.

보건대에 헌신적인 사람들은 사실 그 일을 하는 데 그렇게까지 큰 보람을 느꼈던 것은 아니다. 왜냐 하면 그들은 그것이 해야 할 유일한 일이라는 것을 알고 있었으며, 그런 결단을 내리지 않는 것이야말로 당시로서는 믿을 수 없는 일이었던 것이다. 그러한 조직은 우리 시민들이 페스트 속에 더 깊게 파고드는 데에 도움이 되었으며, 시민들에게 부분적이나마 질병이 퍼지고 있으니 그것과 싸우기 위해서 해야 할 일을 해야 된다는 것을 납득시켰다. 이처럼 페스트는 현재 있는 그대로의 것, 즉 모든 사람의 일로서 눈에 비치기에 이르렀다.

그것은 좋은 일이다. 그러나 사람들은, 어떤 교사가 둘에 둘을 보태면 넷이 된다고 가르친다고 그에게 칭찬을 보내는 것은 아니다. 사람들은 아마도 그가 그 훌륭한 직업을 선택했기 때문에 그를 칭찬하는 것이리라. 그러므로 타루와 그 외의 사람들이 둘에 둘을 보태면 넷이 된다는 것을 증명하고, 그 반대의 것을 억눌러 버린 것은 가상할 일이라고 해 두자. 그러나 또한 그러한 선의는 그들과 함께, 그 교사나 그 교사와 같은 마음을 지닌 모든 사람과 공통된다는 것을 말해 두자. 그런데 인류의 명예를 걸고 말하지만 세상에는 그러한 사람들이 생각보다 수가 많으며, 적어도 이것은 필자의 확신이다. 하기야 필자는 자신이 반박을 받을 여지가 있다는 것도 충분히 의식하고 있다. 즉, 그 사람들은 생명의 위협을 무릅쓰고 있었던 것이다. 그러나 역사상에는 둘에 둘을 보태면 넷이 된다고 굳이 주장하는 사람에게도 죽음의 벌을 받는 시간이 반드시 오는 법이다. 교사는 그 사실을 잘 알고 있다. 그리고 문제는 어떤 보상 또는 벌이 그 추론을 기다리고 있는가를 아는 일이 아니다. 문제는 둘을 보태면 과연 넷이 되느냐 안 되느냐에 있다. 그 당시 자기네의 생명을 내걸고 있었던 사람들의 경우도, 그들은 페스트 속에 있는지 어떤지, 그것과 싸워야 하느냐 아니냐를 결정해야만 했었다.

그 무렵의 수많은 새로운 모랄리스트들은, 무슨 짓을 하건 소용이 없고 무릎을 꿇는 수밖에 없었다고 말하면서 돌아다니고 있었다. 타루도 리외도 그들의 친구들도, 이러쿵저러쿵 반박을 할 수도 있었지만 결론은 항상 그들이 알고 있는 일, 즉 이러이러한 방법으로 싸워야 한다는 것이지, 무릎을 꿇어서는 안 된다는 결론이었다. 모든 문제는 될 수 있는 대로 많은 사람들로 하여금 죽는다든가 결정적인 이별을 겪게 되는 것을 막아 주는 데에 있었다. 그러려면 단 하나, 페스트와 싸우는 방법뿐이었다. 그 진리는 찬탄을 받을 만하지 못했다. 다만 당연한 귀착점이었다.

바로 그런 이유로 해서, 늙은 카스텔이 임시로 변통한 재료를 가지고 현장에서 혈청을 제조하는 데 자기의 온 신념과 정력을 쏟아 넣고 있는 것도 당연한 일이었다. 리외와 그는 그 도시를 횡행하고 있는 바로 그 세균을 배양해서 만든 혈청이, 외부에서 가져온 것보다 더 직접적인 효과가 있으리라고 기대했다. 왜냐 하면 그 세균들은 옛날부터 정설로서 규정되어진 페스트균과는 다소 달랐기 때문이다. 카스텔은 자기가 만든 첫 혈청이 빨리 완성되기를 바라고 있었다.

또한 바로 그런 이유로, 영웅적인 점이라고는 전혀 없는 그랑이 보건대의 서기 비슷한 역할을 맡아 보기로 작정한 것도 자연스러운 일이었다. 타루가 조직한 보건대 중의 일부는 사실 인구가 조밀한 지역의 예방을 위한 보조 작업에 헌신하고 있었다. 사람들은 그런 지역에 필요한 위생 상태를 보전하는 데 애썼으며, 소독이 채 안 된 헛간이라든가 지하실의 수를 조사했다. 다른 보건대는 의사의 호별 왕진을 거들었고, 페스트 환자의 운반을 책임졌으며, 나중에는 심지어 전문 요원이 없는 경우 환자나 사망자를 실어 나르는 차를 운전하기까지 했다. 이 모든 일은 등록이나 통계 작업을 필요로 했는데, 그랑이 그것을 맡아서 했다.

그런 점에서 볼 때 리외나 타루 이상으로 그랑이야말로 그러한 위생대의 원동력으로 되어 있었던 그 조용한 미덕의 사실상의 대표자였다고 필자는 간주하는 것이다. 그는 자기가 지니고 있던 선의를 가지고, 망설이지 않고 자기가 맡겠다고 말했던 것이다. 그는 다만, 자질구레한 일로 이바지하기를 원했을 따름이다. 다른 일을 하기에 그는 너무 나이가 많았다. 오후 6시부터 8시까지 그는 자기 시간을 낼 수 있었다. 그래서 뜨거운 마음으로 리외가 그에게 감사의 뜻을 표시했을 때, 그는 놀라서 말했다. "제일 어려운 일도 아닌 걸요. 페스트가 생겼으니 막아야 하죠. 이것은 뻔한 이치입니다. 아! 무슨 일이든 이렇게 단순했으면 좋으련만!" 그리고는 자기의 글에 관한 이야기를 다시 꺼내는 것이었다. 가끔 저녁 때 그 통계 카드의 정리가 끝나면, 리외는 그랑과 이야기를 나누었다. 결국에 가서는 타루도 그 대화에 끼게 되는 것이었는데, 그랑은 점차로 눈에 띄게 기쁜 얼굴로 그의 동지들에게 마음속을 고백하는 것이었다. 리외와 타루는 그 페스트의 도가니에서 그랑이 꾸준히 계속하고 있는 그 일을 흥미 있게 지켜보고 있는 것이었다. 그들 역시 결국에는 거기에서 일종의 휴식 같은 것을 발견하는 것이었다.

"그 말 타는 여인은 어떻게 되었나요?" 하고 타루가 종종 물어 보는 것이었다. 그러면 그랑은 언제나 똑같이, "달리고 있어요. 달리는 거죠."라고 아리송한 미소를 지으면서 대답하는 것이었다. 어느 날 저녁때, 그랑은 자기의 그 말 타는 여인에 대해 '단정하고 아름다운'이라는 형용사를 결정적으로 포기하고, 앞으로는 '날씬한'으로 형용하기로 했다고 말했다. "그것이 더 구체적입니다."라고 그는 덧붙여 말했다. 언젠가 한번은 그 청중에게 다음과 같이 수정된 그 첫 구절을 읽어 주었다. "5월 어느 화창한 날 아침에, 어떤 날씬한 여인이 훌륭한 밤색의 암말을 타고, 불로뉴 숲의 꽃이 만발한 오솔길을 달리고 있었다."

"어떻습니까?" 그랑은 말했다. "그 여인이 더 뚜렷하게 떠오르죠. 그리고 나는 '5월 어느 화창한 날 아침에'가 더 나은 것 같아요. 왜냐 하면 '5월달'이라고 하면 템포가 완만해져 버리니까요." 다음에 그는 '훌륭한'이라는 형용사에 대단히 고심하고 있는 듯이 보였다. 그의 말로는, 그것으로 충분한 호소력이 없어서, 자기가 그리고 있는 멋진 암말을 대번에 사진으로 찍은 듯이 느껴질 용어를 찾고 있는 중이라는 것이었다. '풍만한'도 어울리지 않는다는 것이었다. 구체적이기는 하나 천박하다는 것이다. '윤기가 도는'에 한때 마음이 끌렸으나, 리듬이 적절하지 않다는 것이다. 어느 날 저녁에, 그는 의기양양하게 '한 검은 밤색 털의 암말'이라는 표현을 찾아냈다고 말했다. 검은 빛깔은, 역시 그의 견해에 의하면 은근히 맵시 있는 것을 가리킨다는 것이었다.

"그건 안 돼요."라고 리외가 말했다.

"아니, 왜요?"

"'밤색 털의'라는 표현은 말의 품종을 의미하는 것이 아니라 빛깔을 말하는 것이니까요."

"무슨 빛깔을요?"

"무슨 빛깔이냐 하면, 어쨌든 검은빛이 아닌 빛깔을 말하죠!"

그랑은 몹시 낙심하는 기색이었다.

"감사합니다."라고 그가 말했다. "선생님이 계셔서 다행입니다. 그러나 어쨌든 어려운 일이군요."

" '화사한' 이라고 하면 어떨까요?" 타루가 물었다.

그랑은 그를 쳐다보았다. 그는 생각에 잠겨 있었다.

"그렇군요." 그가 말했다. "그래요!"

그리고 그의 얼굴에 차츰 미소가 떠오르는 것이었다.

그후 얼마 만에, 그는 '꽃이 만발한' 이란 말에 골치를 앓는다고 고백했다. 그는 오랑과 몽텔리마르밖에는 가본 적이 없었기 때문에 가끔 그 두 친구에게, 불로뉴 숲 속의 오솔길에 어떠한 모양으로 꽃이 만발해 있는가를 물어보는 것이었다. 정확하게 말해서, 불로뉴 숲이 리외나 타루도 그 오솔길에 꽃이 어우러져 피어 있다는 느낌은 가져 본 적이 없지만, 그 서기의 확신이 그들을 동요시켰던 것이다. 그는 두 사람이 거기에 대해서 확실한 것을 모르는 것이 놀라웠다. '볼 줄 아는 것은 예술가뿐이다.' 그러나 한번은 그가 몹시 흥분해 있는 것을 리외는 보았다. 그는 '꽃의 만발한' 을 '꽃이 가득 찬' 으로 바꿔 놓았던 것이다. 그는 자꾸 손을 비비적거리고 있었다. "마침내 훤히 보입니다. 냄새가 납니다. 모자를 벗으시오, 여러분!" 그는 의기양양하게 자기의 글을 읽었다. "5월 어느 아름다운 아침에, 한 날씬한 여인이 화사한 밤색 털의 암말을 타고 꽃이 가득 찬 불로뉴 숲의 오솔길을 달리고 있었다." 그러나 큰소리로 읽다 보니 끝 구절의 세 단어의 속격이 귀에 거슬려 그랑은 좀 멈칫했다. 그는 실망한 듯 주저앉았다. 그러다가 그는 의사에게 가겠다고 양해를 구했다. 그는 생각을 해볼 필요가 있었던 것이다.

나중에 안 일이지만, 바로 그 무렵에 그는 직장에서 우두커니 생각에 잠겨 있는 듯한 증세를 가끔 보여서, 시에서는 감소된 인원을 가지고 태산 같은 일거리를 앞에 놓고 있을 때였으리만큼, 모두들 유감스럽게 여겼다. 그가 속해 있는 과(課)에서는 그것 때문에 지장이 생겨서 국장이 그를 질책하여, 일정한 봉급을 주고 있다는 것을 상기시키면서, 직책을 완수하지 못하고 있다고 말했다. "듣자니," 국장이 그에게 말했다. "당신은 담당 사무 외에 보건대에 지원해서 일하고 있다는데, 그것은 나와는 상관이 없는 일이오. 내게 관계가 있는 것은 당신이 맡은 일이오. 그리고 이 심각한 상황에서 당신이 이바지할 수 있는 첫째 가는 방법은 맡은 일을 잘 해내는 것이오. 그렇게 하지 않으면 다른 것은 아무 데도 쓸모가 없지요."

"그래요, 그가 옳아요."라고 의사가 동의했다.

"그러나 나는 그 생각만 하게 되어서 내 글을 어떻게 끝맺어야 할지 모르겠어요."

그는 '불로뉴의'를 뺄까도 생각을 했다. 누구나 알 수 있으려니 해서 말이다. 그러나 그렇게 하면 '숲의'라는 구절이 '꽃이'에 걸리는 것처럼 되는데, 그것은 실지로 '오솔길'에 걸리는 것이었다. 그는 또한 다음과 같이 쓸 수 있는 가능성도 검토해 보았다. '꽃이 만발한 숲 속 오솔길' 그러나 '숲'의 위치가 수식어와 명사 사이에 멋대로 끼어 있는 감이 있어, 몸 속에 가시가 박힌 듯 느껴졌다. 어느 날 저녁에는 그가 리외보다 더 지친 기색을 보일 정도였다는 것이 사실이다.

그렇다, 그는 이 생각에 완전히 정신이 팔려 있었기 때문에 지쳐 있었다. 그러나 그는 여전히 보건대가 필요로 하는 집계와 통계일을 해냈다. 매일 저녁 그는 꾸준히 카드를 정리하고, 거기에 곡선 도표를 그려 보고, 될 수 있는 대로 정밀한 도표를 제시하려고 온 심혈을 기울이고 있었다. 꽤 빈번하게 병원으로 리외를 만나러 가서, 어떤 사무실이건 혹은 진료실이건 간에, 거기 있는 책상 하나를 내 달라고 부탁하는 것이었다. 그는 마치 시청의 자기 책상에 앉듯이 자리를 잡고 앉아서, 소독약과 그리고 병(病) 자체에서 풍겨 나오는 냄새로 혼탁한 공기 속에서, 잉크를 말리려고 서류의 종잇장을 흔들곤 하는 것이었다. 그때 그는 말을 타는 여인의 생각도 잊어버리고, 지금 해야 할 일만 해 내려고 고지식하게 애쓰는 것이었다.

그렇다, 인간이 소위 영웅이라는 것의 전례와 본보기를 눈앞에 보기를 열망하는 것이 사실이라면, 그리고 이 이야기 속에 한 사람, 그런 존재가 꼭 필요하다면, 필자는 바로 이 미미하여 눈에 띄지 않는 그 영웅, 몸에 지닌 것이라고는 다소의 선량한 마음과 약간의 고운 마음씨와 언뜻 보기에 우스꽝스러운 이상밖에 없는 그 영웅을 여기에 내놓는 바이다. 이렇게 하면, 진리에겐 그 진리가 귀결되어야 할 것을, 둘 더하기 둘의 합은 넷이라는 것을, 그리고 영웅주의에겐 제2위라는 본래의 자기 위치, 즉 행복이라는 것의 아낌없는 요구에 버금가는, 결코 그 앞에 놓일 수 없는 그의 위치를 찾게 될 것이다. 또, 그렇게 하면 이 기록도 자기의 성격, 즉 선량한 감정, 말하자면 노골적으로 악하지도 않고 또 홍행물처럼 천박한 게 선정적도 아닌 감정을 가지고 적힌 서술로서의 성격을 찾게 될 것이다.

이것은 적어도 외부 세계가 페스트에 공격당한 이 도시로 보내 오는 후원과 격려를, 혹은 신문에서 읽고 혹은 라디오로 들을 때의 의사 리외의 의견이었다. 공로 또는 육로로 보내 오는 구호물자와 함께, 밤마다 전파를 타고 혹은 신문지상에 동정에 찬 또는 칭찬의 주석이 붙은 말이 앞으로 고립되게 된 이 도시를 향해 날아왔다. 그리고 그것들의 그 서사시 투 혹은 수상식의 연설조를 접하게 될 때마다 의사의 몸을 달게 하는 것이었다. 물론 그런 간절한 배려가 거짓이 아님은 알고 있었다. 그러나 그것은 인간이 스스로를 인류에 결부시켜 놓는 그 무엇을 표현하고자 할 때에 쓰는 상투적인 언어로 표현될 수밖에 없었다. 그리고 그런 말은, 예를 들어 페스트가 기승을 부리고 있는 중에 그랑 같은 사람이 무엇을 의미하는지 도저히 이해할 수 없는 까닭에, 그랑이 기울이는 매일 매일의 사소한 노력에 대해서는 언급될 여지가 없었던 것이다.

때로는 자정이 되어서, 이미 인기척이 끊긴 시가의 깊은 정적 속에서 잠시 짧은 잠이나마 자 보려고 잠자리에 드는 순간, 리외는 라디오의 다이얼을 돌려보곤 했다. 그러면 수천 킬로미터 너머의 세계 방방곡곡으로부터 얼굴은 모르지만 우애에 찬 목소리가, 자기들에게도 연대 책임이 있다고 말하려는 어색한 노력을 하며, 실상 그 말을 하면서도 동시에 자기 눈으로 볼 수 없는 고통을 모든 사람이 참되게 나눈다는 것이 무력하다는 가공할 사실을 증명하는 것이었다. '오랑! 오랑!' 공허하게 부르는 목소리는 바다를 건너오고, 리외가 정신을 바싹 차리고 들어 보아도 아무 소용이 없었다. 이윽고 웅변조로 톤이 높아져, 그랑과 그 웅변가를 서로 이방인으로 만드는 그 본질적인 차이점을 더욱 명확하게 들추어 내는 것이었다. '오랑! 그렇지! 오랑!' 리외는 생각했다. '천만에, 함께 사랑하든지 죽든지 그 외의 다른 방법은 없지. 그들은 너무 멀리 떨어져 있으니.'

* * *

그런데, 페스트가 절정에 이르러 그 재화가 이 도시에 덤벼들어서 결정적으로 점령해 버리려고 전력을 다하고 있는 동안의 이야기를 서술하기 전에 꼭 말해 둘 것이 남아 있는데, 그것은 가령 랑베르처럼 마지막으로 남은 개개인이 다시 자기의 행복을 찾아보려는, 또 그들이 모든 침해에 대해 지키고 있는 그들 자신의 몫을 페스트로부터 되찾기 위해서 퍼부은 절망적이고도 단조롭고 꾸준한 노력들이다. 그것은 바로 그들을 강요하는 굴복을 거부하려는 그들 나름대로의 방식이었으며, 또 비록 그 거부가 언뜻 보기엔 또 하나의 거부만큼 효과적인 것은 아니었지만, 필자의 의견으로는 그것도 그 것대로의 의미가 충분히 있고, 또 자만심과 심지어는 내포하고 있는 여러 가지의 모순 속에서도 그 당시 우리들 각자의 마음속에 자랑스럽게 깃들고 있던 그 무엇을 증명해 주기도 했다는 것이다.

랑베르는 페스트가 그를 엄습하는 것을 막으려고 싸우고 있었다. 합법적인 수단으로는 그 도시를 빠져나갈 수 없다는 확증을 얻었기 때문에, 다른 수단을 쓰기로 결심했다고 그는 리외에게 말한 바가 있다. 그 신문기자는 카페의 웨이터부터 시작했다. 카페의 웨이터는 언제나 모든 일에 환한 법이다. 그러나 처음에 그가 물어 본 몇몇 웨이터들은 그런 종류의 계획을 위해서 마련된 극히 엄중한 처벌을 특히 잘 알고 있었다. 한번은 그는 선동자로 오해를 받은 일까지 있었다. 그는 결국 리외의 집에 가서 코타르를 만나서 계획이 진척되게 되었다. 그날 리외와 코타르는, 그 신문기자가 관청이란 관청을 다 돌아다녔으나 헛수고를 한 데 대해 또 이야기를 하고 있었던 것이다. 며칠 후, 코타르는 거리에서 랑베르를 만나자, 그 즈음에는 누구하고 만날 때에도 그렇게 하듯 스스럼없는 태도로 그를 대했다.

"여전히 아무 진척도 못 보셨나요?" 하고 코타르는 물었던 것이다.

"네, 아무 진척도 못 보았어요."

"관청은 믿을 곳이 못됩니다. 그들은 도대체 이해해 주려고 안 합니다."

"정말 그래요. 그래서 달리 궁리를 하고 있는데 어렵군요."

"아! 그렇군요."라고 코타르가 말했다.

그는 어떤 방도를 알고 있었다. 그래서 놀라고 있는 랑베르에게, 자기는 오래 전부터 오랑의 모든 카페에 무상 출입을 하고 있으며, 거기에는 친구들이 많이 있고, 그런 종류의 일을 직업적으로 하고 있는 어떤 조직체가 있는 것을 알아냈다고 말했다. 사실, 코타르는 그때부터 지출이 수입보다 많아져서, 배급 물자의 밀매업에 관계하고 있었다. 그래서 그는 끊임없이 값이 올라가는 담배와 값싼 술을 되넘기곤 했다. 그래서 마침내 그는 약간의 재산을 모으기 시작하고 있는 중이었다.

"확실한가요?" 랑베르가 물었다.

"그럼요. 나에게 그런 제안을 하는 사람이 있었는걸요."

"그런데 받아들이지 않으셨단 말이죠?"

"의심하지 마세요." 하고 코타르는 서글서글하게 말했다. "나로 말하면 떠날 의향이 없었기 때문에 그것을 이용하지 않았어요. 내겐 그럴 만한 이유가 있지요."

그는 잠시 말없이 있다가 이렇게 덧붙였다.

"나의 이유가 무엇인지 들으려고 하지 않는군요?"

"아마 나 하고는 상관이 없는 일일 것 같은데요."

"사실 어떤 의미에서는 당신하고 관계가 없지요. 그러나, 또 다른 의미에서는…… 어쨌든 단 한 가지 분명한 것은, 우리들이 페스트를 맞이하게 된 날부터 나는 여기 있는 게 훨씬 좋아졌다는 것입니다."

랑베르는 그의 말을 가로채서 말했다.

"그 조직체 하고는 어떻게 연락을 할 수 있을까요?"

"아! 그것은 쉬운 일이 아니죠. 나만 따라오세요." 하고 코타르는 말했다.

오후 4시였다. 무더운 하늘 아래서 우리 도시는 서서히 열기로 익어 가고 있었다. 가게라는 가게는 모두 발을 내리고 있었다. 차도는 인기척이 아예 끊어졌다. 코타르와 랑베르는 아케이드가 늘어선 길로 들어서서 오랫동안 말없이 걸어갔다.

지금은 페스트가 눈에 안 띄는 몇몇 시간 중의 한 순간이었다.이 침묵, 이 색채와 움직임의 죽음은, 전염병에 의한 침묵과 죽음인 동시에 여름의 그것일 수도 있었다. 주위의 공기가 답답했는데, 전염병의 위협 때문인지 또는 먼지와 뜨거운 열기 때문인지 알 수가 없었다. 페스트를 찾아내려면, 관찰하고 깊이 생각해 보지 않으면 안 되었다. 왜냐 하면 페스트의 징후는 음성적인 것으로, 밖으로는 드러나 있지 않기 때문이다. 페스트와 관계가 있었던 코타르는 랑베르에게, 여느 때 같으면 복도의 문 앞에서 축 늘어져 누워, 전혀 일 것 같지 않은 바람기를 찾으며 헐떡거리던 개들이 안 보인다든가 하는 사실 따위를 지적해 보였다.

그들은 팔미의 대로에 들어서서 연병장을 횡단하여 마린느 구역을 향해서 내려갔다. 왼편으로 초록색 칠을 한 카페가 하나 있는데, 올이 굵은 삼베의 노란 발을 비스듬히 쳐 놓고 있었다. 이곳에 들어가면서 코타르와 랑베르는 이마의 땀을 닦았다. 그들은 초록색의 철판으로 만든 테이블 앞의 접는 식으로 된 정원용 의자에 앉았다. 파리들이 공중에서 힘없이 날아다니고 있었다. 홀은 비어 있었다. 흔들거리는 카운터 위에 놓인 새장 안에는, 털이 모두 빠진 앵무새 한 마리가 횃대 위에 축 늘어져 있었다. 전투 장면을 그린 낡은 그림들이 벽에 걸려 있었는데, 그을음과 얼기설기한 거미줄에 덮여 있었다. 모든 철판 테이블 위에, 그리고 랑베르 자신이 앉은 테이블 위에까지도 닭똥이 말라 붙어 있었다. 그는 그것이 대관절 어디서 온 것인지 납득이 가지 않고 있었지만, 침침한 한구석에서 바스락 소리가 나더니 아주 커다란 수탉 한 마리가 어기적거리며 나왔다.

그때, 더위가 더 심해지는 것 같았다. 코타르는 웃옷을 벗고, 철판 테이블을 툭툭 쳤다. 조그만 한 사내가 안에서 나왔다. 물색의 기다란 앞치마를 두르고, 멀리서 코타르를 보자 인사를 하고 발길로 수탉을 한 번 걷어차서 쫓아 버린 뒤에 가까이 왔다. 수탉이 소란스럽게 꼬꼬댁거리건 말건, 손님들에겐 무엇을 드릴까요, 하고 물어 보았다. 코타르는 백포도주를 주문하고 가르시아라는 사람에 대해서 물어 보았다. 그 사내의 말로는, 그 사람이 그 카페에 오지 않은 지가 벌써 여러 날이 되었다는 것이었다.

"오늘 저녁에는 올 것 같소?"

"글쎄요!" 하고 사내가 말했다. "그 사람과 그리 잘 아는 사이는 아니거든요. 아니, 선생님께서 그분이 오는 시간을 잘 알고 계시지 않나요?"

"알기는 하지만, 큰 볼일이 있는 건 아니에요. 다만 소개해 줄 분이 한 분 계셔서 그러는데."

보이는 땀에 젖은 손을 앞치마 자락에다 닦았다.

"아하! 선생님께서도 그 일을 하시는군요?"

"그래요." 하고 코타르가 말했다.

그 땅딸보는 코를 훌쩍거렸다.

"그러면 오늘 저녁에 다시 오십시오. 제가 그 사람에게 꼬마를 보내겠습니다."

랑베르는 밖으로 나오면서 코타르에게 그 일이라는 게 무엇이냐고 물어보았다.

"물론, 밀수죠. 그들이 물건들을 교묘하게 시의 문으로 통과시킵니다. 그리고 나서는 아주 비싼 값으로 팔죠."

"그렇군요." 하고 랑베르가 말했다. "서로 짜고 하는군요?"

"바로 그렇습니다."

저녁때가 되자, 그 발은 올라가고, 앵무새는 자기 새장 속에서 재잘거리고, 철판 테이블은 셔츠 바람의 사내들에게 둘러싸였다.

그 중의 한 사람은 맥고모자를 뒤로 젖혀 쓰고 새까맣게 그을은 가슴팍이 드러날 정도로 흰 와이셔츠를 활짝 풀어 헤치고 있었는데, 코타르가 들어가자 벌떡 일어섰다. 단정하고 햇볕에 그을은 얼굴, 검고 작은 눈, 흰 이빨, 반지를 두서너 개 끼고, 나이는 한 서른쯤 되어 보였다.

"재미좋으슈?" 하고 그가 말했다. "카운터에서 한 잔 하시죠."

그들은 묵묵히 세 잔씩 연거푸 마셨다.

"나갈까요?" 하고 가르시아가 말했다.

그들은 항구를 향해서 내려갔다. 그러자 가르시아가 자기에 대한 용건을 물었다. 코타르는 그에게 랑베르를 소개하기는 하지만, 그것은 단지문제의 '외출'이 목적이라고 말했다. 가르시아는 담배를 피우면서 곧장 앞을 보고 걸었다. 그는 랑베르를 '그'라고 부르면서 질문을 했다.

마치 랑베르가 안중에도 없는 듯싶었다.

"뭐 때문이야?" 가르시아가 물었다.

"프랑스에 아내가 있어."

"아하!"

그리고 잠시 말이 없더니,

"저 사람 직업이 뭐요?"

"신문 기자."

"말이 많은 직업인데."

랑베르는 잠자코 있었다.

"내 친구지." 코타르가 말했다.

그들은 그대로 묵묵히 걸어가고 있었다. 부둣가까지 왔는데, 그 통로에는 거창한 철조망을 쳐 놓아서 통행이 금지되어 있었다. 그러자 그들은, 거기까지 냄새가 풍겨 오는 정어리 튀김을 팔고 있는 자그마한 포장마차 쪽으로 향했다.

"어차피," 가르시아가 결론을 내렸다. "이건 내가 관여할 일이 아니라, 라울이 있어야 해요. 그러니 내가 그를 찾아 보겠어. 쉽지는 않을 텐데."

"아! 그럼 그는 숨어 다니나?"

가르시아는 대답이 없었다. 그는 포장마차에 가까이 오자 길을 멈추더니, 처음으로 랑베르 쪽을 돌아보았다.

"모레 11시에, 시내 꼭대기에 있는 세관 건물 모퉁이에서 만나기로 하죠."

그는 가려는 품이었다. 그러나 그는 두 사람에게로 다시 돌아섰다.

"비용이 들 텐데." 하고 그는 다짐을 두듯 말했다.

"물론이죠." 하며 랑베르는 고개를 끄덕거렸다.

잠시 후에 랑베르는 코타르에게 감사하다는 말을 했다.

"뭘요!" 그는 기분이 좋아서 대답했다. "제가 도움이 된다니 즐겁습니다. 게다가 선생은 신문 기자니까 틀림없이 저를 도와 주실 일이 있을 거예요, 조만간에."

그로부터 이틀 후, 랑베르와 코타르는 그 도시의 꼭대기로 향해 있는 그늘도 없는 비탈길을 올라가고 있었다. 세관 건물의 일부분은 병동으로 개조되어 있었다. 그런데 그 커다란 문 앞에는 사람들이 서성거리고 있었다. 그 사람들은 허락되지 않는 면회를 혹시나 하는 심정에서, 또는 한두 시간 후에는 무효가 되어 버릴 정보나마 얻기 위해 찾아와 서성이는 사람들이었다. 어쨌든 이처럼 사람들이 모여듦으로써 왕래하는 사람들이 많았고, 이러한 점에 대한 고려가 가르시아와 랑베르의 회합 장소 선택이 무관하진 않았다는 추측은 당연한 것이었다.

"이상하군요." 하고 코타르가 말했다. "그렇게도 떠나시려고 고집하시니 어쨌든 모든 것이 참 재미있지 않습니까?"

"나로서는 그렇지 않지요." 랑베르가 대답했다.

"오! 물론, 어떤 위험은 있지요. 그러나 어쨌든 페스트가 만연하기 전에도, 차의 왕래가 잦은 복잡한 네거리를 건너가는 것만큼 위험한 일을 항상 겪었지요."

그때, 리외의 자동차가 그들이 서 있는 곳에 와서 멎었다. 타루가 운전을 하고 있었고, 리외는 잠들어 있는 것 같았다. 리외는 깨어나서 소개를 하려고 했다.

"우리는 서로 알고 있어요." 타루가 말했다. "같은 호텔에 묵고 있는 걸요."

그는 랑베르에게 시내까지 태워다 주겠다고 했다.

"아닙니다. 여기서 잠깐 누굴 만나기로 되어 있습니다."

리외가 랑베르를 보았다.

"그러시다고 들었죠."

"아!" 하고 코타르가 놀라는 것이었다. "선생님도 사정을 알고 계십니까?"

"저기 예심 판사가 옵니다." 하고 타루는 코타르를 보면서 주의를 주었다.

코타르의 안색이 변했다. 오통 씨가 정말 비탈길을 걸어 내려오고 있었고, 힘찬 그러나 정확한 걸음걸이로 그들을 향해서 다가오고 있었다.

그는 그 사람들 앞을 지나가면서 모자를 벗었다.

"안녕하십니까, 판사님!" 하고 타루가 말했다.

판사는 차안의 사람들에게 먼저 인사를 하고, 뒤에 물러나 있는 코타르와 랑베르를 보고 정중하게 고개를 숙였다. 타루는 그 연금 생활자와 신문 기자를 소개했다. 판사는 잠깐 하늘을 바라보다가 한숨을 쉬면서, 참 얄궂은 시대가 되었다고 말하는 것이었다.

"제가 듣기에, 타루 씨께서는 예방 조치 실시에 전력하고 계신다던 데요. 저로서는 뭐라고 찬사를 드려야 할지 모르겠습니다. 의사 선생께서는 병이 아직도 만연할 것 같습니까?"

리외는 그렇지 않기를 바라야 한다고 말했다. 그랬더니 판사는, 신의 섭리는 예측할 수 없으므로 어떤 때에도 희망을 가져야 한다고 역설했다.

타루는 이번 사건 때문에 일이 바빠졌느냐고 물었다.

"도리어 반댑니다. 보통 우리가 법이라고 부르는 사건은 줄어 들었습니다. 제가 심리하게 된 것이라고는 이번 새 조치에 따르는 중대한 위법사건

뿐이지요. 전에는 이렇게 법이 잘 지켜진 경우가 거의 없었습니다."

"그것은 과거의 법보다 분명히 좋기 때문에 그런 모양이지요?" 타루가 말했다.

판사는 지금까지의 꿈꾸는 듯한 태도와 허공에 던지고 있는 듯한 시선을 바꾸었다.

"새 조치가 무슨 일을 했나요?" 하고 그는 말했다. "문제는 법에 있는 것이 아니라 처벌에 있습니다. 우리로서는 어쩔 수가 없습니다."

"저 자가 원수 제1호야." 판사가 떠나자 곧 코타르가 말했다.

차가 움직이기 시작했다.

잠시 후에 리외와 코타르는 가르시아가 오는 것을 보았다. 그는 별로 아는 체도 안 하고 그들에게로 가까이 와서 인사도 없이,

"아직 시간이 좀 일러요."라고 말했다.

그들 둘레에서는 군중이—여자가 압도적으로 많았지만—한결 같은 침묵 속에 기다리고 있었다. 여자들은 거의 전부가 바구니를 들고 있었는데, 그 속의 음식을 혹시나 앓고 있는 친척에게 전할 길이 있지나 않을까 하는 공허한 희망을 걸고 있었으며, 더 어리석은 일은 그 음식이 앓는 사람들에게 도움이 될지도 모른다는 생각을 하고 있는 것이었다. 정문에는 무장한 파수병이 경비를 서고 있었고, 때때로 괴상한 외침 소리가 정문과 병동 사이에 있는 마당 너머로 들려오는 것이었다. 그러면, 기다리는 사람들 중에서 몇몇이 불안스런 얼굴로 병실 쪽을 돌아다보는 것이었다.

세 사나이도 이 광경을 보고 있었는데, 그때 등뒤에서 "안녕하십니까?"라는 분명하고 묵직한 목소리가 들려오자 그들은 고개를 돌렸다. 더운 데도 불구하고 라올은 단정한 옷차림을 하고 있었다. 키가 크고 다부진 몸에 짙

은 빛깔의 양복을 입고, 챙이 위로 둥글게 올라간 모자를 쓰고 있었다. 밤색 눈에 야무진 입을 가진 라울은 빠르게 요점만 말을 하는 것이었다.

"시내로 내려갑시다." 하고 그는 말했다. "가르시아, 자네는 가 보게나."

가르시아는 담배를 한 개비 피워 물고 떠나 버렸다. 그들은 가운데서 걸어가는 라울의 걸음걸이에 맞추어서 빠른 속도로 걸어갔다.

"가르시아한테서 이야기는 들었죠."라고 그는 말했다. "그건 못할 일은 아니에요. 그러나 어쨌든 일만 프랑은 들어야 할 겁니다."

랑베르는 좋다고 대답했다.

"내일 나 하고 점심이나 같이 하시죠. 해안 가의 스페인 식당에서요."

랑베르가 알았다고 말하자, 라울은 그의 손을 잡고 처음으로 웃음을 보였다. 그가 떠난 후에 코타르가, 자기도 이젠 가야겠다고 말했다. 자기는 그 다음날 틈이 없으며, 게다가 이제는 랑베르 혼자만으로도 충분하다는 것이었다.

그 이튿날 신문 기자가 스페인 식당으로 들어갔을 때, 모두의 시선이 그를 향해 모아졌다. 지저분하고 햇볕에 바싹 마른 좁은 길의 아래에 위치한 그 어둠침침한 지하 술집에는 남자 손님들만 드나들었으며, 그것도 대부분은 스페인계였다. 그러나 안쪽의 식탁에 자리잡고 앉은 라울이 신문 기자에게 손짓을 하고, 그리고 랑베르가 그쪽으로 방향을 돌리자 사람들의 얼굴에서 호기심은 사라져서, 다들 먹고 있던 접시로 얼굴을 돌렸다. 라울 곁에는 수염을 기르고 어깨가 엄청나게 넓고 말상인 데다가 머리가 많이 빠진, 여위고 키가 큰 사나이가 앉아 있었다. 시커먼 털로 덮인 길고 가느다란 그의 두 팔이 걷어올린 그의 와이셔츠 소매 밑으로 삐져 나와 있었다. 랑베르를 소개받았을 때, 그 친구는 고개를 세 번 끄덕거렸다. 그는 자신의 이름을 말하지 않았는데, 라울은 '우리 친구'라고만 그에게 말했다.

"우리 친구가 당신을 도울 수 있을 것 같다고 하는군요. 그는 이제부터 당신을……."

라울이 말을 중단했다. 웨이트레스가 랑베르의 주문을 받으러 왔던 것이다.

"이 친구가 선생을 우리 동료 가운데 두 사람과 손이 닿게 해 줄 텐데, 그 친구들이 우리가 매수해 놓은 보초병들에게 선생을 접선시켜 주는 거요. 그러나 그것으로 끝나는 것이 아니죠. 보초들이 스스로 절호의 시기를 판단합니다. 가장 간단한 방법은, 그 중에 시의 문 근처에 사는 보초병집에 가서 며칠 밤을 묵는 것이죠. 그러나 그전에, 우리 친구가 필요한 사람들을 연결시켜 드릴 것입니다. 모든 일이 잘 되면, 이 친구에게 비용을 주면 됩니다."

그의 친구는, 또 한번 그 말상의 얼굴을 끄덕였다. 그러면서도 여전히 손으로는 토마토와 파란 샐러드를 쉬지 않고 으깨면서 질금질금 씹어 댔다. 그러더니 스페인 억양을 약간 섞어 가며 말했다. 그는 랑베르에게, 모레 아침 8시에 성당 정문 앞에서 만나자고 제의했다.

"또 이틀 후로군요." 하고 랑베르가 말했다.

"쉬운 일이 아니니까 그렇죠." 하고 라울이 말했다.

"그 친구들을 찾아야 되니까요."

그 말상의 사내가 또 한번 고개를 끄덕였다. 랑베르는 탐탁스럽지 않은 기색으로 그러마고 했다. 나머지 식사 시간은 이야깃거리를 찾다보니 다 지나가 버렸다. 그러나 그 말상의 사내가 축구 선수라는 것을 랑베르가 알고 나서부터 만사가 쉬워졌다. 그도 역시 그 운동을 어지간히 했던 것이다. 그래서 프랑스의 선수권, 영국 직업 선수단의 진가, W형 전법에 대한 이야기가 나왔다. 식사가 끝날 무렵, 그 말상의 사내는 아주 신이 나서 랑베르를 친구처럼 대하며, 팀에서는 센터하프만큼 근사한 위치는 없다는 것을 납득시키려 했다. "센터하프는 알다시피 선수들에게 게임 역할을 나눠 주는 사람이란 말이야. 역할을 나눠 하는 것, 이것이 바로 축구라는 거지." 랑베르는 사실 자기는 항상 포워드를 봐 왔지만, 그의 의견에 찬성해 주었다. 그 토론은 라디오 소리 때문에 비로소 중단되었는데, 라디오에서는 우선 감상적인 멜로디를 은은하게 되풀이하더니, 그 전날의 페스트 희생자는 137명이라고 보도했다. 듣고 있던 사람들 중에 반응을 나타내는 이는 하나도 없었다. 그 말상의 얼굴의 사나이는 어깨를 으쓱 올리고 일어났다. 라울과 랑베르도 그를 따랐다.

헤어지면서 그 센터하프는 랑베르의 손을 힘껏 쥐었다.

"내 이름은 곤잘레스야." 라고 그는 말했다.

그후 이틀 동안이 랑베르에게는 끝없이 길게 생각되었다. 그는 리외의 집을 찾아가서 자기 일의 진행을 자세하게 이야기했다. 그리고는 어떤 집에 왕진을 가는 리외를 따라갔다. 그는 페스트의 징후가 있는 환자가 기다리는 집의 문 앞에서 의사에게 작별 인사를 했다. 복도에서는 사람들이 뛰어가는 소리와 목소리가 들려왔다. 의사가 왔음을 가족에게 알리는 것이었다.

"타루가 늦지 않으면 좋으련만." 하고 리외가 중얼거렸다.

그는 지친 기색이었다.

"전염병이 너무 악화되고 있나요?" 하고 랑베르가 물었다.

리외는 별로 그런 것은 아니며, 통계 곡선의 상승도가 도리어 완만해졌다고 말했다. 다만 페스트와 대항하기 위한 능력이 충분하지 않다는 것이었다.

"물자가 부족합니다."라고 그는 말했다. "세계 어느 나라 군대에서건 물자 부족을 대개는 인력으로 보충하고 있지요. 그러나 우리는 인력마저도 부족합니다."

"외부에서 온 의사들과 보건 대원을 합해도요?"

"그렇습니다." 리외가 말했다. "10명의 의사를 포함해서 백여 명의 인원이 왔어요. 언뜻 생각하기엔 많습니다. 그런데 그 인원으로는 현재의 병세를 겨우 막을 뿐입니다. 병이 더 퍼지면 그 인원으로는 부족하게 될 겁니다."

리외는 안에서 나는 소리에 귀를 기울였다. 그리고는 랑베르에게 미소를 지었다.

"그렇습니다. 선생도 빨리 성공하셔야지요."

랑베르의 얼굴에 어두운 그림자가 스쳐갔다.

"아시겠지만," 하고 그가 낮은 목소리로 말했다. "그 때문에 떠나려는 것은 아닙니다."

리외는 그것은 알고 있다고 대답했다. 그러나 랑베르는 계속했다.

"나는 자신이 비겁하지는 않다고 생각합니다. 적어도 대부분의 경우에는 말입니다. 그것을 시험해 볼 기회도 있었어요. 단지 도저히 참을 수 없는 생각이 몇 가지 있어요."

의사는 그를 똑바로 바라보았다.

"반드시 부인을 만날 겁니다." 하고 그는 말했다.

"그럴지도 모릅니다. 그러나 이 상태가 계속될 것이고, 그러는 동안에 그 여자는 나이가 들어 버릴 거라고 생각을 하면 참을 수가 없어요. 나이가 서른이면 사람은 늙기 시작하는 것이니, 무슨 수라도 써야지요. 제 말씀을 이해하실 지 모르겠어요."

리외가 자기도 이해할 것 같다고 중얼거리고 있을 때, 타루가 활기에 차서 나타났다.

"지금 막 판느루 신부에게 우리 일에 협조해 달라고 부탁하고 오는 길이에요."

"뭐라던가요?" 하고 의사가 물었다.

"그는 잠시 생각하더니, 승낙하더군요."

"그것 참 기쁜 일이군요." 하고 의사는 말했다. "그가 자기의 설교보다는 더 나은 사람이라는 것을 안 것만으로도 기쁘군요."

"사람이라는 게 다 그렇습니다." 하고 타루는 말했다. "다만 그들에게 기회를 줘 봐야 하는 거지요."

그는 히죽 웃고 리외를 보면서 눈을 깜박거렸다.

"그것이 인생에 있어서 내가 할 일입니다. 기회를 제공한다는 것이 말입니다."

"실례하겠습니다." 하고 랑베르가 말했다. "저는 가 봐야겠습니다."

약속한 목요일, 랑베르는 성당의 정문 밑으로 갔다. 8시 5분 전이었다. 하늘에는 희고 둥근 작은 구름들이 떠다니고 있었는데, 이제 곧 더위가 솟아오르면 그것들은 대번에 열기에 삼켜질 것이었다. 아련한 습기의 냄새가 아직도 잔디밭에서 올라오고 있었지만, 잔디밭은 이미 다 말라 있었다. 동쪽에 있는 집들 그늘에서 태양은 광장을 장식하고 있는, 온통 금도금을 한 잔 다르크의 투구만을 비추고 있었다. 어디선지 8시를 쳤다. 랑베르는 한적한 정문 아래로 두세 걸음 걸었다. 어렴풋이 성가의 멜로디가 지하실의 눅눅한 냄새와 향내를 싣고 성당 안으로부터 흘러나왔다. 갑자기 노래 소리가 멎었다. 십여 명의 조그만 검은 그림자들이 성당에서 나오더니 시가 쪽으로 쪼르르 달려갔다. 랑베르는 초조해지기 시작했다. 또 다른 그림자들이 큰 계단을 거슬러 올라 정문 쪽으로 걸어오고 있었다. 그는 담배를 한 대 피워 물었다. 그러자, 이곳에서는 담배를 피워서는 안 될 것이라는 생각이 들었다.

8시 15분이 되자, 성당의 오르간이 은은하게 연주를 시작했다. 랑베르는 어둠침침한 둥근 지붕 아래로 들어섰다. 잠시 후, 그는 자기보다 먼저 본당에 들어와 있는 조그만 그림자들을 알아볼 수가 있었다. 그 그림자들은 모두 한구석의 시내 어느 아틀리에에서 제작된 성 로크 상을 걸어 둔 일종의 임시 제단 앞에 모여 있었다. 무릎을 꿇고 있는 그들은 한층 더 오그라들어 보였으며, 회색 벽화 속에 번져 들어 마치 응결한 덩어리처럼, 주위의 안개보다 더욱 짙게 드문드문 그 속에 떠돌고 있는 듯싶었다. 그 모습들 위로 오르간은 끝없는 변주곡을 울리고 있었다.

랑베르가 밖으로 나왔을 때, 곤잘레스는 이미 계단을 내려가서 시내로 향하려 하고 있었다.

"나는 자네가 가 버린 줄 알았지." 하고 그는 신문 기자에게 말했다.

"그게 당연하니까."

그는 거기서 멀지 않은 곳에서 8시 10분 전에 그의 친구들과 만나기로 되어 있었는데, 그러나 그들이 20분을 기다리게 해 놓고도 나타나지 않더라고 변명을 했다.

"무슨 사고가 생긴 게 틀림없어. 우리가 하는 이런 일은 늘 마음대로 된다고는 할 수 없거든."

그는 이튿날 같은 시간에 전몰 용사 기념비 앞에서 만나자고 다시 약속을 했다. 랑베르는 한숨을 쉬고, 중절모자를 뒤로 젖혀 넘겼다.

"이 정도는 아무것도 아니라네."라고 웃으면서 곤잘레스는 말했다. "생각 좀 해 보게. 팀을 짜고, 후퇴하고, 패스도 해야 하지. 한 골을 넣자면 말이야."

"그야 물론이지." 하고 랑베르가 말했다. "그러나 시합은 1시간 반밖에는 계속되지 않거든."

오랑의 전몰 용사 기념비는 바다를 내려다볼 수 있는 유일한 장소에 있었는데, 상당히 짧으면서 항구를 향한 벼랑에 따라 나 있는 일종의 산책 도로였다. 그 이튿날 랑베르는 약속한 시간보다 먼저 와서, 명예의 전사자 명단을 천천히 읽고 있었다. 몇 분 후에 두 사나이가 다가와서 무심하게 그를 보고 있더니, 산책 도로의 난간에 가서 팔꿈치를 괴고 텅 빈 쓸쓸한 항구를 정신없이 내려다보는 듯했다. 그들은 둘 다 키가 비슷했고, 푸른 바지에다 소매가 짧은 세일러 재킷을 입고 있었다. 랑베르는 약간 멀리 떨어진 벤치에 걸터앉아, 조용히 그들을 바라볼 수 있었다. 그는 그 사람들이 스무 살 이상은 되어 보이지 않는다는 것을 깨달았다. 그때 곤잘레스가 변명을 하면서 그를 향해 걸어오는 것이 보였다.

"저기 우리 친구들이 와 있네." 하고 말하고는 두 젊은이에게로 그를 데리고 가서, 이름이 마르셀 하고 루이라고 소개를 했다. 마주 보니, 그들은 닮은 데가 많았다. 그래서 랑베르는 아마 형제인가 보다고 생각했다.

"자아." 하고 곤잘레스는 말했다. "이제 인사도 끝났으니 용건을 처리해야지."

그래서 마르셀인지 루이인지가, 자기네들의 경비 차례는 이틀 후에 시작돼서 일주일 계속되니, 그 중에 형편이 가장 좋은 날을 택해야 한다고 말했다. 그들은 넷이서 서쪽 문을 지키는데, 다른 두 사람은 직업 군인이라는 것이었다. 그들을 이번 일에 끌어넣을 생각은 없다면서, 그들은 확실한 인간도 아니며 그럴 경우 비용이 더 든다는 것이었다. 그러나 어떤 날 저녁에는 그들이 잘 아는 바의 뒷방에 가서 밤을 새우는 일도 있다는 것이었다. 마르셀인가 루이인가는 이런 이야기를 하면서, 랑베르에게 문 가까이 있는 자기네들 집에 와서 묵다가 자기들이 부르는 것을 기다리는 게 어떠냐고 말했다. 그렇게 되면 통과는 식은 죽 먹기라는 것이었다. 그러나 빨리 서둘러야 할 것이, 얼마 전부터 시 밖에다가 이중 감시 초소를 설치한다는 말이 돌고 있다는 것이었다.

랑베르는 동의를 하고, 마지막으로 남은 담배 몇 개비를 내어서 그들에게 권했다. 둘 중에 아직 입을 열지 않았던 청년이 곤잘레스에게 비용문제가 해결되었는지, 선금을 받을 수 있는지를 물었다.

"아니야, 그럴 필요 없어, 이 사람은 우리 친구니까. 비용은 출발할 때 주고받기로 하세." 곤잘레스가 말했다. 그들은 다시 한 번 만나기로 했다. 곤잘레스는 모레 스페인 식당에서 저녁을 먹자고 제의했다. 거기서 곧장 보초병들의 집에 갈 수 있다는 것이었다.

"첫날밤은," 하고 그는 랑베르에게 말했다. "내가 같이 있어 주지."

그 이튿날 랑베르는 자기 방으로 올라가는 길에, 호텔의 층계에서 타루를 만났다.

"리외를 만나러 가는 길입니다." 하고 타루가 말했다.

"당신도 같이 가지 않겠어요?"

"폐가 될 것 같군요." 잠시 망설이다가 랑베르가 말했다.

"그렇지 않을 거예요. 그분이 선생 이야기를 여러 번 하더군요."

신문 기자는 생각해 보았다.

"그러면," 하고 그는 말했다. "저녁 식사가 끝난 다음에 여가가 있으시거든, 밤이 늦더라도 상관없으니 호텔의 바로 두 분 다 오십시오." "그분의 형편이 어떨런지요. 페스트의 형편에도 달려 있고요."라고 타루는 말했다.

밤 11시나 되어서 리외와 타루가 작고 좁은 바로 들어왔다. 30명 가량의 손님들이 어깨를 나란히 하고 큰소리로 떠들어 대고 있었다. 페스트에 전염된 도시의 침묵 속에서 갓 나온 두 사람은, 귀가 좀 먹먹해서 발을 멈추었다. 그들은 알코올 음료가 아직도 남아 있는 것을 보고 그 분위기를 짐작했다. 랑베르는 카운터 끝에 앉아 있다가 앉은 채로 그들에게 손짓을 했다. 두 사람은 그의 양쪽에 섰다. 타루는 태연하게 옆에 있는 사람을 밀어 젖히는 것이었다.

"술을 하실 까요?"

"암요, 하다마다요." 하고 타루가 말했다.

리외는 자기 잔의 씁쓰레한 들풀 향기를 코로 맡아 보았다. 그러한 소란 속에서는 이야기하기도 어려웠다. 그러나 랑베르는 무엇보다도 술 마시기에 정신이 팔린 성싶었다. 의사는 아직 그가 취했는지를 판단할 수가 없었다. 그들이 앉은 좁은 구석 한쪽에 있는 두 개의 테이블 중 하나에는, 어떤 해군 장교가 양팔에 여자를 하나씩 끼고, 얼굴이 새빨갛게 단 뚱뚱보를 상대로 카이로에서 장질부사 유행 당시의 이야기를 하고 있었다. "수용소가 있었지." 하고 그는 말하는 것이었다. "원주민용 수용소를 설치해서 천막을 치고, 환자를 수용하고 온 둘레에 보초선을 배치하여 가족들이 몰래 민간 전래의 약품을 가지고 들어오면 사정없이 사격하는 거야. 참 가혹한 일이었지만, 그래도 그것이 옳았어." 또 한 테이블에는 멋진 옷차림의 청년들이 앉아 있었는데, 그들이 주고받는 이야기는 알아들을 수 없었지만, 말소리는 위쪽에 설치되어 있는 축음기에서 쏟아져 나오는 「세인트 제임스 인퍼머리」의 곡 속으로 사라져 버리고 있었다.

"잘 되어 갑니까?" 하고 목소리를 높이며 리외가 물었다.

"잘 되어 가는 중입니다." 랑베르가 말했다. "어쩌면 이번 주일 안으로 될 겁니다."

"유감이군요." 하고 타루가 외쳤다.

"어째서요?"

타루는 리외를 보았다.

"아니!" 하고 리외는 말했다. "타루의 말은, 여기 계시면 우리에게 도움이 될 것이라는 얘기입니다. 그러나 나는, 떠나시려는 심정을 너무나 잘 알고 있습니다."

타루는 한 잔씩 더 마시자고 제의했다. 랑베르는 자기가 앉았던 의자에서 내려와서 처음으로 타루를 똑바로 보았다.

"대체 어떤 일로 내가 도움이 될 수 있습니까?"

"글쎄……." 하고 타루는 자기 술잔으로 손을 천천히 내밀면서 말했다. "우리 보건대 일에 말입니다."

랑베르는 평소의 버릇대로 무뚝뚝한 얼굴로 돌아가서, 다시 자기 의자에 앉았다.

"그러한 단체가 유익한 것이라고 생각지 않으시나요?" 막 잔을 비운 타루는 이렇게 말하고, 랑베르를 뚫어지게 쳐다보았다.

"대단히 유익합니다."라고 신문 기자는 말하고, 그도 술을 들이켰다.

리외는 그의 손이 떨리고 있는 것을 보았다. 이제는 정말 완전히 취했구나 하고 그는 생각했다.

그 이튿날, 랑베르가 두 번째로 그 스페인 식당에 들어갔을 때 그는 입구까지 의자를 끌어내다가 앉았고, 겨우 더위가 고개를 숙이기 시작하는 풀빛과 황금빛의 저녁때를 즐기고 있는 사람들의 조그만 무리의 한가운데를 지나갔다. 그들은 매캐한 냄새가 나는 담배를 피우고 있었다. 식당 내부는 거의 비어 있었다. 랑베르는 안쪽의 식탁에 가서 앉았다. 거기는 그가 처음으로 곤잘레스를 만난 테이블이었다. 그는 웨이트리스에게 사람을 기다린다고 했다. 7시 30분이었다. 차츰차츰 남자들이 식당 안으로 들어와서 자리를 잡고 앉기 시작했다. 요리가 나오기 시작하고, 둥그런 천장 아래는 식기 부딪치는 소리와 귀가 먹먹할 정도의 소란스런 얘기 소리로 가득 찼다. 8시인데, 랑베르는 여전히 기다리고 있었다. 불이 켜졌다. 새 손님들이 그의 식탁에 와서 앉았다. 그는 식사를 주문했다. 8시 30분에, 그는 곤잘레스도 그 두 젊은이도 나타나지 않은 가운데 식사를 끝마쳤다. 그는 담배를 여러 대 피웠다. 홀은 천천히 비어가고 있었다. 밖은 이내 어두워지고 있었다. 미지근한 바람이 바다에서 불어와 창문의 커튼을 슬며시 흔들어 주고 있었다. 9시가 되었을 때, 랑베르는 홀이 텅 비었고, 웨이트리스가 이상한 듯이 그를 보고 있는 것을 깨달았다. 그는 계산을 하고 나왔다. 식당 맞은편 카페 중에서 한 집이 열려 있었다. 랑베르는 카운터에 걸터앉아서 식당 입구를 감시하고 있었다. 9시 30분에, 그는 주소도 모르는 곤잘레스를 어떻게 하면 다시 찾아낼까 하는 부질없는 궁리를 하면서 호텔로 돌아왔다. 여태껏 밟아 온 절차를 다시 시작해야 할 것을 생각하니 난감하기만 했다.

그가 나중에 리외에게 말한 바에 따르면 바로 그때, 앰뷸런스가 질주하는 어둠 속에서 그는 자기와 아내를 갈라놓은 장벽으로부터 어떤 탈출구를 찾기에 열중한 나머지 그 동안 줄곧 아내 생각을 잊고 있었다는 사실을 깨닫게 되었던 것이다. 그러나 그때 다시 모든 길이 꽉 막히고 보니, 자신의 소망의 한가운데 다시 아내의 모습이 떠올랐으며, 그것은 너무나도 갑작스러운 고통이 격렬하게 함께 왔으므로 그는 호텔 쪽으로 달음질을 치기 시작했다. 그 혹독한 고통에서 벗어 나려는 것이었지만, 그래도 그 아픔은 그를 따라다니면서 그의 관자놀이를 죄었던 것이었다.

그 이튿날 아주 일찌감치, 그는 리외를 찾아와서 코타르를 어떻게 하면 만날 수 있느냐고 물었다.

"제게 남은 방법은," 하고 그는 말했다. "다시 그 순서를 따라가는 것뿐입니다."

"내일 저녁때 오십시오." 하고 리외가 말했다. "타루가 코타르를 불러 달라더군요. 무슨 연유인지 모르지만 그는 10시에 오기로 되어 있어요. 그러니 10시 반쯤 이곳으로 오시죠."

코타르가 그 이튿날 의사 집에 들렀을 때, 타루와 리외는 리외의 담당 구역 내에서 일어난 예기치 않은 완치건(完治件)에 대해서 이야기하고 있었다.

"열에 하납니다. 운이 좋았죠." 라고 타루는 말하는 것이었다.

"아, 그것은," 하고 코타르가 말했다. "그는 페스트가 아니었어요."

두 사람은 확실히 그 병은 페스트였다고 단언했다.

"그럴 리가 없어요. 나은 것을 보니 말이에요. 나보다 더 잘 아시겠지만, 페스트에 걸리면 살아남기 어렵지요."

"대개는 그렇죠." 라고 리외가 말했다. "그러나 좀더 끈질기게 버티다 보면 뜻밖의 결과를 얻을 수도 있지요."

코타르는 웃고 있었다.

"그럴 것 같지 않은데요. 오늘 저녁 숫자 발표를 들으셨어요?"

호의에 찬 시선으로 코타르를 보고 있던 타루가, 숫자는 알고 있으며, 사태는 중대하지만, 거기에 어떤 의미가 있다면 그것은 더욱 더 특별한 조치가 필요하다는 사실을 증명하는 것이라고 말했다.

"아니! 이미 하고 있지 않습니까?"

"그래요, 그렇지만 각자가 자기 나름대로 그 조치를 취해야 하죠."

코타르는 납득이 잘 안 가서 타루를 보고 있었다. 타루는 너무나 많은 사람들이 할 일 없이 지내고 있으며, 페스트는 각자의 문제이며, 각자가 자기의 의무를 다해야 한다고 말했다. 봉사대의 문은 개방되어 있다는 것이었다.

"그거 좋은 생각입니다."라고 코타르는 말했다. "그러나 그것은 아무소용도 없을 겁니다. 페스트라는 건 도저히 감당해 낼 수 있는 병은 아니니까요."

"두고 보아야 압니다."라고 타루는 참을성 있게 말했다. "우리의 할 일을 다하고 나서 말이죠."

그 동안 리외는 자기 책상에서 카드를 고쳐 쓰고 있었다. 타루는 의자 뒤에서 꿈지럭거리고 있는 코타르의 모습을 여전히 쳐다보고 있었다.

"왜 우리 일에 협조하지 않으세요, 코타르 씨?"

코타르는 불쾌하다는 태도로 의자에서 일어나 자기의 둥근 모자를 손에 들었다.

"그것은 제가 할 만한 일이 아닙니다."

그리고는 시비조로,

"뿐만 아니라, 나는 페스트 안에 사는 게 더 좋은데요. 그런데 왜 내가 그것을 저지하는 데 뛰어들어야 하는지 알 수 없군요."

타루는 갑자기 뭔가 알아냈다는 듯이 이마를 탁 치면서 말했다.

"아! 그랬군요. 난 잊었습니다. 그게 아니었더라면 당신은 체포되셨을 텐데."

코타르는 움찔 놀라서 금시라도 쓰러질 듯한 꼴로 의자를 꽉 잡았다. 리외는 손을 멈추고, 신중하고도 흥미 있는 태도로 그 모습을 주시했다.

"누가 그래요?" 라고 코타르는 외쳤다.

타루는 뜻밖의 질문이라는 듯이 말했다.

"아니, 당신이 그러셨잖아요. 좌우간, 의사 선생하고 나는 그렇게 알고 있는데요."

그러자 코타르는 걷잡을 수 없는 분노에 사로잡혀서 알아들을 수 없는 말들을 지껄여대기 시작했다.

"그렇게 흥분하지 마세요." 하고 타루가 제지했다. "의사 선생님이나 나는 당신을 고발할 사람은 아닙니다. 당신의 사건은 우리하고 관계가 없습니다. 게다가 우리는 결코 경찰을 좋아하지 않으니까요. 자, 걱정 말고 좀 앉으시죠."

코타르는 한동안 머뭇거리며 자기 의자를 내려다보다가 앉았다. 잠시 후 그는 한숨을 쉬었다.

"그것은 오래 된 이야기입니다." 하고 그는 인정했다. "그런 걸 이제 와서 끄집어내다니……, 나는 다 잊었거니 했었는데 어떤 놈이 찔렀죠. 그들은 나를 호출하더니 조사가 끝날 때까지 늘 대기하고 있으라더군요. 그래서 결국 체포되고 말 것이라는 것을 알았죠."

"중벌을 받게 되나요?" 하고 타루가 물었다.

"그건 말하기에 달려 있어요. 하여간 살인은 아닙니다."

"금고형쯤인가요, 아니면 징역인가요?"

코타르는 몹시 풀이 죽어 보였다.

"금고형이겠죠, 재수가 좋으면……."

그러나 잠시 후에, 그는 다시 맹렬한 기세로 말했다.

"과실이었어요. 누구나 과실은 범하는 법이죠. 생각만 해도 견딜 수가 없어요. 그것 때문에 잡혀 가서 집이며 생활이며 모든 친지들과 헤어져야 하다니."

"아하!" 타루가 물었다. "목 맬 생각을 한 것도 바로 그 때문이었군요?"

"네, 어리석은 짓이었지요, 확실히."

리외는 처음으로 입을 열어 코타르에게, 자기는 그의 불안을 잘 이해하고 있으며 모든 것이 잘 될지도 모른다고 말했다.

"오! 당장에는 별로 걱정할 게 없다는 것을 나는 알고 있죠."

"제가 보기엔," 하고 타루가 말했다. "우리 봉사대엔 들어오시지 못할 것 같군요."

두 손으로 자기 모자를 빼빼 돌리고 있던 코타르는 애매한 눈길을 타루에게로 돌렸다.

"나를 원망하진 마십시오."

"물론 안 하죠. 그렇지만 적어도," 하고 타루는 웃으며 말했다. "일부러 병균을 퍼뜨리려고 애쓰지는 말아 주세요."

코타르는 자기가 페스트를 원한 것이 아니고 페스트는 저절로 왔을 뿐이고, 당장에는 그 덕분에 자기 일이 잘 되고 있지만 그것이 제 탓은 아니라고 항의했다. 그리고 랑베르가 문 앞에까지 왔을 때, 코타르는 힘찬 목소리로 이렇게 덧붙이는 것이었다.

"게다가 당신들은 아무 성과도 얻지 못하시리라는 것이 내 의견입니다."

코타르는 랑베르에게 곤잘레스의 주소를 모른다고 말했지만, 다시 그 조그만 카페에 가 볼 수 있다는 것이었다. 그래서 이튿날 거기서 만나기로 얘기가 됐다. 그리고 리외가 앞으로 진전된 상황을 알려 달라고 말하자, 랑베르는 주말 밤에 아무 때나 자기 방으로 타루와 함께 와 달라고 초대를 했다.

아침이 되자 코타르와 랑베르는 그 작은 카페에 가서, 가르시아에게 저녁 때나 또는 곤란하면 내일 만나자고 전갈을 남겨 두었다. 그날 저녁, 그들은 가르시아를 기다렸으나 허사였다. 그 이튿날, 가르시아가 와 있었다. 그는 묵묵히 랑베르의 이야기를 들었다. 그는, 자기는 사정을 잘 모르지만 그래도 자기가 아는 바로는, 호별 검사를 실시하기 위해서 구역마다 이십사 시간 통행이 차단되고 있었다는 것이었다. 곤잘레스와 그 두 젊은이가 차단선을 넘지 못했을 가능성도 있다는 것이었다. 그러나 자기로서 할 수 있는 일은, 고작해야 다시 한 번 그들을 라울과 연결시켜 주는 것이었는데, 그것도 물론 그 다음날, 안으로는 어렵다는 것이었다.

"아무래도" 랑베르가 말했다. "아주 처음부터 다시 시작해야겠군요."

그 다음 다음날, 어느 길모퉁이에서 라울은 가르시아의 추측을 확인할 수 있었다. 상가 쪽의 교통이 차단되었다는 것이었다. 다시 곤잘레스와 연락을 취해야 했다. 이틀 후, 랑베르는 그 축구 선수와 점심을 먹고 있었다.

"참 바보 같은 짓이었어." 하고 곤잘레스는 말했다. "서로 다시 만날 방법을 정해 뒀어야 했어."

랑베르의 의견도 마찬가지였다.

"내일 아침, 우리 녀석들한테나 가 보세. 가서 일을 결판 내 보세."

그 이튿날, 녀석들은 집에 없었다. 그래서 그들에게 이튿날 정오에 리세 광장에서 만나자고 전갈을 해 놓았다. 그리고 나서 오후에 타루가 그를 만났을 때, 랑베르는 깜짝 놀랄 정도의 표정을 하고 돌아왔다.

"잘 안 되나요?" 하고 타루가 그에게 물었다.

"자꾸 같은 일만 되풀이하게 되는군요." 하고 랑베르는 말했다.

그리고 그는 전날의 초대를 되풀이했다.

"오늘 저녁에 와 주세요."

그날 저녁 두 사나이가 랑베르의 방에 들어갔을 때, 그는 누워 있었다. 그는 일어서서, 미리 준비해 두었던 술잔 두 개에 술을 채웠다. 리외는 자기 잔을 받으면서 그에게 일은 잘 되어 가느냐고 물었다. 신문 기자는 완전히 한 바퀴 돌아서 제자리로 왔다는 것과, 머지 않아서 최후의 약속을 하게 될 것이라고 말했다. 그는 술을 마시고 덧붙였다.

"틀림없이 그들은 오지 않을 겁니다."

"그렇게 단정을 내릴 필요는 없죠." 하고 타루는 말했다.

"당신은 아직 모르고 있습니다." 하고 랑베르는 어깨를 으쓱 올리면서 대답했다.

"무엇 말입니까?"

"페스트 말입니다."

"아하!" 하고 리외가 말했다. "그렇습니다. 아직 잘 모르고 있는 거예요. 그것은 재발하기 마련입니다."

랑베르는 방 한구석으로 가서 조그만 축음기의 뚜껑을 열었다.

"그 곡이 뭐예요?" 하고 타루가 물었다. "귀에 익은 곡인데요."

랑베르는 이 판이 「세인트 제임스 인퍼머리」라고 대답했다.

판이 반쯤 돌아갔을 때, 멀리서 두 방의 총소리가 들려왔다.

"개 아니면 탈주자로군." 하고 타루가 말했다.

잠시 후 판이 돌아가자, 앰뷸런스 소리가 점점 뚜렷하게 들리고, 커지다가 호텔 방의 창 밑을 지나 점점 작아지더니, 마침내 사라져 버렸다.

"이 판은 재미가 없어요." 하고 랑베르가 말했다. "게다가 오늘은 벌써 열 번이나 들었으니 말이에요."

"그렇게 그 곡이 좋으세요?"

"아닙니다. 그러나 이것밖에 가진 게 없어서요."

그리고 잠깐 입을 다물고 있다가 말했다.

"그것은 다시 발생하기 마련입니다." 라고 말했다.

그는 리외에게 보건대 일은 어떻게 되어 가느냐고 물었다. 현재 다섯 반이 활동하고 있는데 몇 반을 더 조직하길 바라고 있었다. 신문 기자는 자기 침대 위에 앉아서, 손톱 손질에 여념이 없는 듯이 보였다. 리외는 침대 가에 구부정하게 앉는 그 자그마하고 힘있게 생긴 그의 윤곽을 살피고 있었다. 문득 그는 랑베르가 자기를 보고 있는 것을 알았다.

"그런데 선생님," 하고 그가 말했다. "저는 그 조직에 대해 많이 생각해 봤습니다. 비록 같이 일은 안 하고 있지만, 그건 나름대로 이유가 있는 것입니다. 다른 일 같으면, 아직도 제 몸을 바칠 수 있을 것 같아요. 저는 스페인 전쟁에 종군한 일도 있어요."

"어느 편이었죠?" 라고 타루가 물었다.

"진 편이었죠. 그러나 그후 나는 좀 생각한 바가 있어요."

"무슨 생각이죠?" 타루가 물었다.

"용기라는 것에 대해서 말입니다. 지금 나는 인간이 위대한 행위를 할 수 있다는 것을 알 수 있습니다. 그러나 만약 그 인간이 위대한 감정을 갖지 못한다면, 나는 그 사람에게는 흥미가 없습니다."

"인간은 어떤 능력이라도 지닐 수 있을 것 같은데요." 라고 타루가 말했다.

"천만에요. 인간은 오랫동안 고통을 참거나 오랫동안 함께 지내지도 못합니다. 그러므로 인간이란 가치 있는 일은 아무것도 할 수 없습니다."

그는 두 사람을 쳐다보고 있다가 계속 말했다.

"어떻습니까, 타루 당신은 사랑을 위해서 죽을 수 있나요?"

"모르겠어요. 그러나 지금은 그럴 수가 없을 것 같군요."

"바로 그것이죠. 그런데 당신은 하나의 관념을 위해서는 죽을 수 있습니다. 눈에 빤히 보입니다. 그런데 나는 이젠 관념 때문에 죽는 것은 진저리가 나 있습니다. 나는 영웅주의를 믿지 않습니다. 나는 그것이 용이하다는 것을 알고 있으며, 그것은 파괴적인 것이라고 배웠습니다. 내가 마음이 끌리는 것은, 사랑하는 이를 위해서 살고 사랑하는 이를 위해서 죽는 일입니다."

리외는 신문 기자의 말을 열심히 듣고 있었다. 그리고 줄곧 그를 바라보면서 부드럽게 말했다.

"인간은 하나의 관념이 아닙니다, 랑베르."

랑베르는 침대에서 펄쩍 뛰어 일어났다. 얼굴은 격정에 불타 올라 상기되어 있었다.

"관념이죠, 하나의 보잘것없는 관념인 거예요. 인간이 사랑에게서 등을 돌리는 그 순간부터 그렇죠. 그런데 바로 우리들은 사랑이 불가능해졌지요. 단념합시다, 선생님. 사랑할 수 있게 되기를 기다립시다. 그리고 정말 그것이 불가능하다면, 행세는 그만두고 꼭 찾아올 해방을 기다리십시다. 나는 그 이상은 어쩔 수가 없어요."

리외는 갑자기 피곤해진 듯한 기색으로 일어섰다.

"옳은 말씀이에요, 랑베르. 그러니 무슨 일이 있더라도 지금 하시려는 일에서 끌어내려고는 생각지 않습니다. 그것은 나로서는 정당하고도 좋은 일이라고 봅니다. 그러나 역시 이것만은 말해 두어야겠습니다. 즉, 이모든 일은 영웅주의 같은 문제가 아니에요. 그것은 단지 성실성의 문제입니다. 아마 비웃음을 자아낼 만한 생각일지도 모르나, 페스트와 싸우는 유일한 방법은 성실성입니다."

"성실성이란 건 어떤 겁니까?" 하고 랑베르는 돌연 진지한 얼굴로 물었다.

"일반적으로는 모르겠지만, 내 경우로 말하면 그것은 나의 의무를 다하는 것이라고 알고 있습니다."

"아!" 하고 랑베르는 안타까운 듯이 말했다. "나는 어떤 것이 내 직무인지를 모르겠어요. 아마 사랑을 택한 것이 정말 잘못일지도 모르겠군요."

리외는 그를 마주 보았다.

"아닙니다." 그는 이렇게 힘 주어 말했다. "조금도 잘못한 것은 없습니다."

랑베르는 생각에 잠긴 듯 차분한 눈빛으로 그들을 바라보고 있었다.

"두 분께서는 아마 그런 일을 해서 아무것도 잃은 것이 없으실 겁니다. 유리한 편에 선다는 것은 쉬운 일이니까요."

리외는 자기 잔을 비웠다.

"자," 하고 그가 말했다. "아직 할 일이 남아 있어서요."

리외는 나갔다.

타루도 그의 뒤를 따랐다. 그러나 나가려는 순간에 막 생각이 난 듯이 신문 기자를 돌아다보며 말했다.

"리외의 부인이 여기서 수백 킬로 떨어진 요양소에 있는 것을 아시는지요?"

랑베르는 놀라는 몸짓을 했으나 타루는 이미 나가 버렸다.

이튿날 꼭두새벽에 랑베르는 의사에게 전화를 걸었다.

"내가 이 도시를 떠날 방법을 찾을 때까지 함께 일하도록 허락해 주시겠어요?"

저편에서 잠시 침묵이 흐르더니 이윽고, "좋아요, 랑베르, 감사합니다."라는 말이 들려왔다.

3

이와 같이 여러 주에 걸쳐 그 페스트의 포로들은 저마다 한껏 분투를 계속했다. 그리고 그들 중의 랑베르를 포함한 몇몇은 자유인처럼 행동하고 있었으며, 아직도 선택의 자유가 있다고 생각하기까지 했다. 그러나 실상 8월 중순쯤에 페스트는 모든 것을 뒤덮고 있었다고 말해도 좋았다. 그때는 이미 개인적인 운명 같은 것은 존재하지 않았고, 다만 페스트라는 집단적인 역사적 사건과 모든 사람들이 함께 해 온 여러 가지 감정이 있을 따름이었다. 가장 뚜렷했던 것은 별거와 귀양살이의 감정이었다. 거기에는 공포와 반항이 내포되어 있었다. 그러므로 필자는 그 더위와 질병의 절정에서 총괄적인 정황과 그리고 그 예를 들어가면서, 생존한 우리 시민들의 난폭함, 사망자의 매장, 떨어져 있는 연인들의 고통 같은 것을 묘사하는 것이 적합하다고 생각하는 바이다.

그 해가 반쯤 지나갔을 때, 페스트에 휩싸인 그 도시에 여러 날 계속바람이 불었다. 바람은 특히 오랑 시민들이 두려워하는 것인데, 그 이유는, 이 시가 세워진 평지 위에서 바람은 아무런 자연적인 장애도 받지 않고, 또 온갖 맹위를 떨치며 거리거리로 불어오기 때문이다. 몇 달 동안 시가를 시원하게 적셔 줄 비 한 방울 내리지 않았던 터라 도시는 뿌연 먼지를 뒤집어쓰고 있었는데, 그것이 바람으로 해서 푸석푸석 떨어졌다. 이처럼 바람은 물결처럼 불어와서 먼지와 종이 나부랭이를 날려 보내어, 전보다 드물어진 행인들의 다리를 때리는 것이었다. 그들은 몸을 앞으로 굽히고 손수건이나 손으로 입을 가리고 길을 급히 지나가는 것이었다. 지금까지는 저녁때가 되면 매일 이것이 마지막이 될지도 모르는 그 하루를 되도록 연장시켜 보려고 사람들이 무리를 지어 모여 있었는데, 이제는 자기들 집으로 또는 카페로 걸음을 재촉하는 몇몇 사람을 볼 수 있을 뿐이었다. 심지어 며칠 동안, 이 계절에는 훨씬 더 일찍 찾아드는 황혼 무렵이면 거리들은 쓸쓸해지고, 바람만이 쉴 새 없이 신음 소리를 곳곳에 쏟아 놓는 것이었다.

물결이 높아져 보이지 않는 바다로부터 해초와 소금 냄새가 풍겨 왔다. 먼지로 인해 뿌옇게 되고 바다의 냄새로 넘치는 그 황량한 도시는, 바람의 외침이 윙윙거리는 가운데 마치 불행한 하나의 섬처럼 신음하고 있었다.

이제껏 페스트는 도심지보다는 인구 밀도가 높고 쾌적하지 못한 변두리 지대에서 더 많은 희생자를 냈었다.

그러나 페스트는 돌연 관공서 지역에도 접근해서 자리를 잡은 듯싶었다. 주민들은 바람이 전염병의 씨를 날라온 닷이라고 못마땅해 했다. "바람이 모든 걸 휘저어 버린다."고 호텔 지배인은 말했다. 어쨌든 간에 중심가의 사람들은 밤중에, 그것도 점점 자주 페스트에 대한 음울하고도 감정이 없는 목소리를 창 밑에서 울리고 가는 앰뷸런스 소리를 바로 곁에서 들어야 할 차례가 왔다는 것을 알게 되는 것이다.

같은 시내에서도 특히 심한 구역을 격리시켜, 직무상 불가피하다고 생각되는 사람 이외의 출입을 금하기로 했다. 지금까지 그 지역에 살던 사람들은, 그러한 조치가 특별히 자기네들을 대상으로 한 일종의 약자 학대처럼 생각하지 않을 수 없었다. 그래서 대개의 경우, 그들은 대조적인 다른 지역의 주민들을 마치 자유민처럼 생각하고 있었다. 그 반면, 다른 지역사람들은 가장 곤란한 순간에도 다른 사람들이 그래도 자기네들보다 덜 자유롭다는 것을 생각하는 데서 하나의 위안을 발견하는 것이었다. '나보다도 속박을 당하는 사람이 있다.' 는 생각이 그 무렵에 가질 수 있는 유일한 희망이었다.

거의 같은 시기에, 특히 서쪽 언저리의 별장 지역에, 화재가 빈발하는 일이 생겼다. 조사 결과, 예방 격리에서 돌아온 사람들이 상사(喪事)와 불행에 거의 광란 상태에 빠져, 페스트를 태워 죽여 버린다는 환상으로 자기네 집에다 불을 지르곤 했던 것이다. 그런 일이 빈번하게 일어나자, 그것이 맹렬한 바람으로 인해 그 지역 일대를 끊임없는 위험 속에 직면하게 했으며, 그러한 짓을 말리느라고 무척 애를 먹는 것이었다. 당국에서 실시하는 가옥 소독만으로 모든 전염의 위험을 몰아내는데 충분하다는 것을 아무리 증명해 주어도 허사였다. 마침내는 그 죄 없는 방화자들에 대해서 엄한 형벌을 내리겠다는 법령을 공포하지 않으면 안 되었다. 이러한 법령의 공포에도 불구하고 불행한 사람들을 겁나게 만드는 것은 투옥이라는 관념이 아니라 모든 시민들에게 공통된 확신, 즉 시의 감옥에서 나타나는 극도의 사망률로 보건대 투옥형은 결국 사형과 같다는 확신이었다. 물론 그 신념은 전혀 근거가 없는 것도 아니었다. 언뜻 보기에 명백한 이유로 페스트는 군인이라든가 수도승이라든가 죄수들처럼 단체 생활에 젖은 사람들에 대해서 특히 맹위를 떨치고 있는 것같이 보였다. 왜냐 하면 어떤 종류의 구금자는 개인별로 격리 상태에 있는데도 불구하고, 감옥이란 하나의 공동체이고 또 그것을 잘 증명이라도 하듯, 우리 시의 감옥에서는 죄수에 못지 않게 많은 수의 간수들이 그 병으로 희생을 치렀다는 사실이다. 페스트라는 우월한 위치에서 보면 형무소장에서부터 말단 죄수에 이르기까지 모든 사람들은 유죄였으며, 그리고 처음으로 완전무결한 정의가 감옥을 지배하고 있었던 것이다.

당국은 그러한 평등한 상태에 위계 질서를 부여하려고 직무 수행중에 순직한 간수들에게 훈장을 수여하려는 계획을 착상했으나 허사였다. 계엄령이 포고되어 있었고, 또 어떤 각도에서 보면 그 간수들은 동원된 것이나 마찬가지기 때문에, 사후추증(死後追贈)으로 전공 훈장을 수여했다. 그러나, 죄수들이야 아무런 항의를 하지 않았지만 일부 군에 관계된 사람들은 이 조치를 못마땅하게 생각하여, 대중의 머릿속에 바람직하지 못한 혼동을 일으킬 우려가 있다는 자못 지당한 점에 주의를 환기했다. 당국은 그들의 요구를 정당하다고 보고, 가장 간단한 방법은 간수들에게 방역 공로장(防疫功勞章)을 주는 것이라고 생각했다. 그러나 먼저 받은 사람들에게는 이미 과오가 행해졌으니, 그들에게서 훈장을 반환시킨다는 것도 생각할 수 없는 일이었는데, 군 관계자들은 여전히 자기네들의 견해를 주장했다. 그런 훈장 하나 받아 보았댔자 대단한 것이 아니었기 때문에, 전공 훈장의 수여로 얻을 수 있었던 사기 진작의 효과를 일으키지 못하는 난점이 있었다. 요컨내 모든 사람들이 불만을 품게 되는 결과가 되었다.

게다가 형무소 당국은, 종교 기관이나 그보다는 차이가 훨씬 덜 하지만, 군 당국과 똑같은 조처는 취할 수가 없었다. 사실 시내의 단 두 개의수도원의 수도사들은 독실한 가정에 임시로 분산 숙박하도록 조치가 되었다. 이와 마찬가지로, 가능할 때마다 소규모의 부대들이 병영에서 분리되어 학교나 공공건물에 주둔하고 있었다. 이처럼 외관적으로는 시민들에게 포위된 자들의 연대 책임을 강요하고 있던 질병은, 동시에 전통적인 결합을 파괴하고 개인 개인으로 하여금 각자의 고독 속으로 몰아 넣고 있었다. 그것은 혼란을 야기했던 것이다.

이러한 모든 상황에, 설상가상격으로 바람까지 겹쳐서, 모든 사람들의 정신에다 불을 붙여 놓았다고도 생각할 수 있는 일이었다. 시의 출입구들은 밤에 몇 번씩이나, 그것도 이번에는 무장한 소집단에 의해서 습격을 받았다. 총격전이 벌어졌으며 부상자가 생겼고 도망자도 있었다. 감시 초소들이 강화되자, 그러한 시도는 대부분 자취를 감추었다. 그러한 시도는 시내에 일종의 혁명과 비슷한 분위기를 조성해, 그것으로 인하여 몇 건의 폭력 사건을 유발했다.

보건상의 이유로 폐쇄되었거나 화재가 난 집들이 약탈을 당했다. 사실 그런 행위가 계획적인 것이었다고 추측하기는 어려웠다. 대개의 경우 지금까지 점잖았던 사람들이 갑작스런 기회에 비난을 받을 만한 일을 하게 되고, 그런 행위는 이내 다른 사람들이 흉내를 내게 됐던 것이다. 이리하여 슬픔이 극에 달해 얼이 빠져 있는 집주인의 눈앞에서, 아직도 불길에 싸여 있는 집으로 뛰어드는 처절한 사람들도 있었다. 집주인이 가만히 있는 것을 보자 구경꾼들도 그들의 행동을 따랐고, 그래서 그 어두운 거리에는 꺼져 가는 불길과 어깨에 걸머진 물건 또는 가구 때문에 이상하게 일그러진 그림자들이 사방으로 달아나는 모습을 볼 수 있었다. 그러한 부수적인 사건들로 말미암아 당국은 부득이 페스트령을 계엄령과 동등하게 다루어서, 거기에 입각한 법률을 적용하게 되었던 것이다. 절도범 두 명이 총살되었다. 그러나 이것이 다른 사람들에게 충격을 주었는지 어떤지는 의심스러웠다. 왜냐 하면 그렇게 사망자가 많은 판국에 그 두 명의 사형 집행은 거의 눈에 띄지도 않았으니 말이다. 그것은 마치 바다에 떨어뜨린 물 찬 방울과 같았다. 그리고 사실 그와 비슷한 광경이 상당히 자주 되풀이되었지만, 이에 대해 당국은 적극 단속을 하려는 기미도 보이지 않았다. 모든 사람들에게 충격을 준 듯싶은 유일한 조치는 등화관제 제도였다. 밤 11시를 고비로 완전한 암흑 속에 가라앉아 버린 시가는 마치 돌로 변한 거리였다.

달이 떠 있는 하늘 아래, 시가는 집들의 희뿌연 벽과, 한 그루 나무의 검은 그림자도, 쭉 뻗은 거리들을 즐비하게 드러내고 있었다. 그 적막한 대도시는 이미 생기를 잃어버린 거대한 입방체의 집합일 뿐, 단지 그 사이로 잊혀진 사념가들과 또는 영원히 청동 속에 갇혀 버린 그 옛날의 위인들의 초상만이 돌이나 쇠로 만든 그 가짜 얼굴을 가지고, 한때는 인간이었던 것들의 영락한 모습을 환기시켜 주려 하고 있었다. 그 볼품없는 우상들은 우중충한 하늘 아래, 생기 잃은 네거리에 군림하고 있었는데, 그 투박스럽고 무감각한 모습들은 우리가 발을 들여놓은 요지부동의 시대, 또는 적어도 그 마지막 질서, 페스트와 돌덩어리와 밤으로 해서 모든 음성이 침묵으로 돌아갔을 무렵의 지하 묘지의 질서를 어지간히 잘 상징하고 있었던 것이다.

* * *

그러나 밤은 또한 모든 사람들의 가슴에도 있었으며, 매장에 관해 전해지는 전설과도 같은 진실은 우리 시민들을 안심시킬 만한 것이 못되었다. 매장 이야기를 본 그대로 해야 하는데, 이 점이 필자로서는 민망스럽기 짝이 없다. 이 점에 관해서 필자를 비난할 수 있다는 것도 잘 알고 있지만, 그러나 필자의 유일한 변명은, 그 기간 중 내내 매장이 있었고, 또 매장에 대한 걱정은 모든 시민에게 있어서 불가피한 일이었던 것과 마찬가지로, 어떤 의미에 있어서는 필자에게 있어서도 역시 그랬다는 점이다. 어쨌든 이것은 필자가 그런 종류의 의식에 취미를 가졌기 때문이 아니다. 도리어 반대로 필자는 살아 있는 사람들과 같이 지내는 일, 그 중의 한 예를 들면 해수욕 같은 것을 더 좋아한다. 그러나 결국 해수욕은 금지되었고, 살아 있는 사람들의 사회는 날마다 죽은 사람들의 사회에게 뒷덜미를 잡힐 것을 겁내고 있는 판이었다. 그것은 자명한 일이었다. 물론 그 죽음의 사회를 안 보려고 애써 눈을 가림으로써 그것을 거부할 수도 있지만, 그러나 자명한 일이란 무서운 힘을 가지고 있어서 마지막엔 항상 모든 것을 눌러 버린다. 예를 들어 여러분이 사랑하는 사람을 매장해야만 할 경우, 여러분은 무슨 방법으로 그 매장을 거부할 수 있겠는가?

그런데 초기에 우리의 장례식의 특색을 이루고 있었던 것은 바로 그 신속성이라는 것이었다. 모든 형식은 간소화하였으며, 일반적인 형식의 장례식은 폐지되었다. 환자들은 가족과 멀리 떨어져서, 밤샘은 폐지되어 있었으므로, 결국 저녁나절에 죽은 사람은 시체만으로 그 밤을 넘기고 낮에 죽은 사람은 지체없이 매장되었다. 물론 가족에게 통보는 하지만, 알려 봐야 대부분의 경우 그 가족도 만약 병자 곁에서 살았던 사람이라면 예방 격리를 당하고 있었던 터라 거기에서 움직일 수는 없었다. 가족이 고인과 함께 살지 않았을 경우에는 그들은 지정된 시각, 즉 시체의 염이 끝나고 입관되어 묘지로 떠나려는 시각에나 참여하도록 되어 있었다.

가령 그러한 절차가, 리외가 종사하고 있는 그 임시 병원에서 행해졌다고 하자. 그 학교는 본관 뒤에 출구가 하나 있었다. 복도를 향한 커다란 창고에는 관들이 수용되어 있다. 바로 그 복도에서, 이미 뚜껑을 덮어 못을 박아 버린 관 하나를 가족들은 보게 된다. 이내 사람들은 가장 중요한 일로 들어가게 되는데, 그것은 즉 여러 가지 서류에 호주의 서명을 받는 것이다. 그것이 끝나면 시체를 자동차에 싣는데, 보통 트럭을 사용할 때도 있고, 대형 구급차를 개조한 것을 사용할 때도 있다. 친척들은 아직까지도 운행이 허가되고 있는 택시를 하나 얻어 타고 전속력으로 변두리 길을 달려서 묘지에 이른다. 입구에서 헌병이 차를 세우고, 그것이 없으면 우리 시민들은 소위 말하는 '마지막 거처' 조차도 얻을 수 없게 되는 공식 통과증에다 고무 도장을 한번 누르고 뒤로 물러선다. 그러면 차는 수많은 구덩이가 메워지기를 기다리고 있는 한 네모진 터 앞에 정차한다. 신부 한 명이 시체를 맞이한다. 성당 안에서는 매장의식이 금지되어 있기 때문이다. 기도를 올리는 동안에 관이 내려져, 밧줄에 감긴 채 끌려 내려가 구덩이 밑바닥에 털썩 놓여지면 신부가 성수편을 흔들어 대는데, 벌써 첫 흙이 관 뚜껑 위에 튄다. 앰뷸런스는 소독약으로 씻기기 위해서 조금 먼저 돌아가 버리고, 삽날이 흙을 씻기어 던지는 소리가 차차 무뎌져 가는 속에서 가족들은 택시에 올라탄다. 15분 후에 가족들은 제 집에 가 있는 것이다.

이와 같이 해서 모든 일은 정말 최대한의 신속성과 최소한의 위험성을 지니고 시행되었다. 아마 적어도 초기에는 가족들의 자연스런 감정이 이것을 섭섭하게 생각했던 것은 분명하다. 그러나 페스트 유행 기간 중, 그러한 감정의 배려는 도저히 할 수가 없었다. 즉, 모든 것을 실용성을 위해서 희생시켰던 것이다. 게다가 비록 초기에는 시민들의 정신 상태도, 격식대로 매장하고 싶다는 욕망이 우리가 생각하고 있는 이상으로 널리 퍼져 있었기 때문에 그러한 행사를 괴롭게 여기기도 했지만, 그후엔 다행히도 식량 보급 문제가 어렵게 되어 주민들의 관심은 보다 더 직접적인 관심사로 쏠리게 되었다. 먹고 살기 위해서 줄을 서야 하고 절차를 밟아야 하고 서식을 갖추어야 하는 데 정신이 팔려서, 사람들은 자기네 주위에서 사람들이 어떻게 죽어가고 있는지, 또는 앞으로 자기네들이 어떻게 죽어 갈는지를 생각해 볼 겨를이 없었다. 그리하여 처음에는 고통스러웠던 물질적인 곤란이, 나중에는 하나의 혜택 같은 성질을 나타냈다. 그리고 만약 질병이 이미 우리가 본 것처럼 만연되지만 않았더라면, 만사가 더없이 잘 되어 갈 뻔했던 것이다.

왜냐 하면 관이 더욱 귀해지고, 수의를 만들 감과 묘자리도 귀해졌으니 말이다. 어떻게든 대책을 세워야 했다. 가장 간단한 것은, 역시 실용적이라는 이유에서였지만, 장례식을 합동으로 하고, 혹 필요에 따라서는 묘지와 병원 사이의 왕래를 몇 번이라도 되풀이하는 방법이었다. 그래서 리외의 경우에는, 병원에서는 그 당시 관을 다섯 개 할당해 주었다. 그것이 다 차면 앰뷸런스가 싣고 간다. 묘지에 가면 관이 비워지고, 무쇠빛 시체들은 들것에 실려서 이런 용도에 쓰려고 개조된 헛간 속에서 차례를 기다리는 것이다. 관들은 소독액이 뿌려져서 다시 병원으로 실려간다. 그리고 이러한 작업이 필요한 횟수만큼 되풀이되는 것이다. 이런 착상이 아주 효과가 좋아지자 지사는 만족을 표명했다. 심지어는 리외에게, 그것은 옛적의 페스트 기록에서 볼 수 있는 것과 같은, 검둥이들이 끌고 가는 시체 운구차보다도 어쨌든 더 낫다고까지 말했다.

"네, 그렇습니다." 하고 리외는 말했다. "매장 방식은 비슷하지만 우리들은 카드를 작성하고 있지요. 진보된 것은 의심할 여지가 없습니다."

그러한 행정면의 성공에도 불구하고, 그 절차가 내포한 그 불쾌한 성격 때문에 현청은 부득이 친척들을 장례식에서 떼어 놓아야 했다. 단지 묘지 입구에까지 오는 것은 허용하고 있었지만, 그나마도 공식적인 것은 아니었다. 왜냐 하면 최종 의식에 관해서 사정이 좀 달라졌기 때문이었다. 묘지 맨 끝에, 유향나무로 뒤덮인 빈터에 엄청나게 큰 구덩이가 두 개 파여져 있었다. 남자용 구덩이와 여자용 구덩이였다. 이러한 점에서 보면 행정 당국은 예의를 갖추었던 것인데, 그것이 그 뒤에 여러 가지 사태의 압력으로 급기야는 그 마지막 수치심까지 잃고 체면 따위를 아랑곳 않게 되어, 여자 남자 가리지 않고 막 섞어 쌓아서 묻어 버리게 된 것이다. 다행히도 그런 극도의 혼란은 그 재화의 최종 시기에 있었을 뿐이었다. 지금 우리가 언급하고 있는 이 시기에는 구덩이가 구별되어 있었고, 현청에서는 그 점을 몹시 고집하고 있었다. 그 구덩이 밑바닥마다 아주 두껍게 층을 이룬 생석회가 김을 뿜으며 부글부글 끓고 있었다. 앰뷸런스의 왕복이 끝나면, 줄을 지어서 들것들에 의해서 운반된 벌거숭이의 약간 뒤틀린 시체들이 거의 나란히 붙어 구덩이 밑바닥으로 미끄러져 내려가고, 그것들은 생석회로, 다음에는 흙으로 뒤덮여지지만 그러나 그것도 다음에 들어올 손님을 위해서 일정한 높이에서 멎고 만다. 다음날 가족들은 일종의 등록 서류에 서명을 하도록 호출되는데, 그것은 사람과 개와의 사이에 있을 수 있는 차이를 나타내는 것이다. 즉 등록이라는 게 언제나 가능했다.

그런 모든 작업을 하려면 사람이 필요했는데, 언제나 부족한 상태였다. 처음에는 정식으로 채용되었고, 나중에는 임시로 채용되었던 위생직원과 묘 파는 인부들이 페스트로 많이 사망했다. 아무리 조심해도, 어느 날엔가 감염이 되고 마는 것이다. 그러나 잘 생각해 보면, 가장 놀라운 것은 질병의 모든 기간을 통해서 그런 일을 하는 데 필요한 인력은 결코 부족하지 않았다는 사실이다. 위기는 페스트가 그 절정에 도달하기 바로 직전에 있었다. 그때 의사 리외의 불안은 근거가 있었다. 간부들도, 또 그가 말하는 막노동꾼도, 인력이 충분하지는 못했다. 그러나 페스트가 시내 전역을 장악했을 무렵부터는, 그 격렬함 자체가 아주 편리한 결과를 가져왔다.

왜냐 하면 페스트는 모든 경제 생활을 파괴했고, 그 결과 적지 않은 실업자를 생기게 했기 때문이다. 대부분의 경우 그들은 간부들을 위한 충원 대상은 되지 못했지만, 막일에 관한 작업은 그들 때문에 일이 쉽게 되었다. 그 시기부터는 사실 곤궁이 공포보다 더 강하다는 사실을 늘 볼 수 있었고, 일은 위험성의 정도에 따라서 임금을 지불하게 마련이었기 때문에 더욱 그러했다. 보건과에서는 취직 희망자의 명부를 비치해 놓을 수가 있었고, 그래서 어디서 결원이 생기기만 하면 그 명부의 첫머리에 올라 있는 사람에게 통지를 하곤 했는데, 그 사람들은 그 동안에 자기 자신들이 결원이 되었을 경우를 제외하고는 언제나 출두하는 것이었다. 동시에 유기 또는 무기 죄수들을 이용하기를 주저해 왔던 지사도, 그러한 막다른 골목까지 가는 것을 피할 수 있게 되었다. 실업자들이 있는 동안은 견딜 수 있다는 생각이었다.

그럭저럭 8월말까지는, 우리 시민들은 마지막 보금자리에 예의바르게는 아니더라도 적어도 행정 당국이 스스로 의무를 다하고 있다는 의식을 가질 수 있기에 충분한 질서 속에서 보낼 수 있었다. 그런데 그후의 일을 좀 미리 말하는 것이 되겠지만, 마침내 쓰지 않을 수 없었던 최후의 수단에 대해 언급해야겠다.

8월로 접어들자, 사실상 페스트가 절정에 도달한 상태를 지속하고 있는 시기에 희생자의 증가는 이 시의 조그만 묘지가 제공할 수 있는 가능성을 훨씬 초과하고 있었다. 담 한쪽을 헐어서 시체들을 위해 그 옆 터를 넓혀 놓았다 해도 부족했고, 이내 다른 방도를 강구하지 않을 수 없었다. 우선 밤에 매장하기로 결정했는데, 그것은 확실히 모종의 고려를 배제하게 만들었다. 앰뷸런스에는 점점 더 많은 시체를 포개어 쌓을 수 있게 되었다. 그리고, 변두리 지대에서는 등화 관제 시간 이후에도 볼 수 있는, 규칙을 무시하고 밤늦게 다니는 산책객들(또는 직업상, 그렇게 되는 사람들)은 때때로 윙윙거리는 소리를 울려 대며 전속력으로 달리고 있는 길쭉한 백색 앰뷸런스를 목격하게 되는 것이다. 시체들은 서둘러서 구덩이 속에 내던져지는 것이었다. 아직 흔들리고 있는 시체가 어느 정도 차면 석회를 뜬 삽이 시체의 얼굴에 던져졌고, 이어서 이젠 더욱 더 깊게 파진 구덩이 속에, 완전히 무명의 형태로 흙에 묻혀 버리는 것이었다.

그러나 좀더 후엔, 또 다른 곳을 물색해서 더욱 널리 손을 쓰지 않으면 안 되었다. 지사령으로 영대 묘지(永代墓地)의 소유권이 무효로 되어 발굴된 유골은 전부 소각장에 보내졌다. 이윽고 페스트에 의한 사망자들까지도 화장터로 보내져야만 했다. 그러니 시문(市門) 밖에 있는 옛 화장터를 이용해야만 했다. 경비 초소를 더 멀리 옮기고, 한 시청 직원 이전에는 해안선을 따라 운행되었으나 이제는 쓸모가 없어져 버린 전동차를 이용하도록 건의함으로써 당국의 일은 훨씬 쉬워졌다. 그 결과 유람차와 견인차의 좌석을 뜯어 내어 내부를 개조하고, 또 선로를 화장터까지 우회시켜 화장터가 하나의 시발점이 되었다.

그래서 사람들은 여름 내내, 또 가을비 속에서도 매일 밤을 이용해서, 승객 없는 괴상한 전동차의 행렬이 덜거덕거리면서 해안을 지나다니는 것을 볼 수 있었다. 시민들도 마침내는 그 사정을 알게 되었다. 그리고 순찰대가

임해 도로에 접근을 금지하고 있는데도 불구하고, 몇몇 무리의 사람들이 물결 위에 솟아 나온 바위틈에 숨어 있다가 전차가 지나갈 때면 유람차 안에 꽃을 던지곤 했다. 사람들은 그럴 때, 전동차가 꽃과 시체를 싣고 여름 밤 속을 더 한층 심하게 흔들리며 달리는 소리를 듣곤 했다.

아무튼 처음 얼마 동안은, 아침녘이 되면 시의 동쪽에는 구역질나는 연기가 떠도는 것이었다. 의사들은 누구나 그 연기는 불쾌하기는 하지만 인체에는 조금도 해롭지 않을 것이라는 의견이었다. 그러나 그 동네의 주민들은 그렇게 해서 페스트가 하늘로부터 자기네들에게 덮쳐 오는 것이라고 생각한 나머지, 그 동네에서 떠나 버리겠다고 위협을 했고, 부득이 복잡한 도관 수송 장치를 해서 그 연기를 다른 곳으로 뽑게 하고 나서야 주민들은 조용해졌다.

바람이 거세게 부는 날만은 동쪽 지역에서 풍겨 오는 희미한 냄새가, 그들로 하여금 새로운 질서 속에 자리잡고 있으며, 또 페스트의 불길이 매일 저녁 자기들이 바치는 공물을 깡그리 먹어 치우고 있음을 그들에게 상기시키는 것이었다.

이러한 것들이 그 질병이 극한에 도달한 마지막 상태였다. 그러나 질병이 그후 더 기승을 부리지 않은 것은 다행한 일이었다. 왜냐 하면 각 기관의 재주나 현청의 처리 능력이나 또 화장장의 소화 능력이 따라잡지 못하게 되었을지도 몰랐기 때문이다. 리외는, 그렇게 되면 시체를 바다로 내던져 버린다든지 하는 절망적인 해결 방법이 예상되고 있었음을 알고 있었다. 그래서 그는 파란 물위에 떠도는 그 시체들이 처참한 물보라를 일으키는 광경을 쉽사리 상상할 수 있었다. 그는 만약 통계가 계속해서 상승한다면 어떠한 조직도, 아무리 그것이 우수한 조직이라 해도 거기에 대항할 수 없을 것이고,

현청이라는 것이 있는데도 불구하고 사람들은 첩첩이 죽어 쌓여서 거리에서 썩을 것이고, 또 공공 장소에서는 죽음을 눈앞에 둔 사람들이 당연한 증오심과 어리석은 희망에 뒤섞여서 살아남은 사람들에게 매달리는 꼴을 보게 되리라는 것을 알고 있었다.

어쨌든 그러한 종류의 자명한 일 또는 염려가 우리 시민들의 마음속에 유형에 처해지고, 그리고 격리 상태의 감정을 품도록 했었다. 그 점에 관해, 예를 들어 옛날 이야기에서 보는 것과 비슷한 격려를 하는 어떤 영웅이라든가 눈부신 어떤 행동과 같은, 정말 구경거리일 수 있는 어떤 것을 여기에서 전혀 말할 수가 없다는 것이 얼마나 유감된 일인가를 필자는 잘 알고 있다. 그것은 재화처럼 보잘것없는 구경거리는 없으며, 그 오래 계속된다는 사실로 보아 무시무시한 불행은 단조로워지기 때문이다. 그런 나날을 겪은 사람들의 기억 속에서는, 페스트로 인한 그 처절한 나날들이, 거창하고 잔인한 커다란 불길 같은 것이 아니라, 차라리 그것은 지나는 곳마다 모든 것을 짓이겨 버리는 끊임없는 발자취같이 여겨졌다.

아니다. 페스트에는 그야말로 발생 초에 의사의 마음을 사로잡은, 그처럼 사람을 흥분시키는 장대한 이미지와 동일시할 것이라고는 아무것도 없었다. 그것은 무엇보다도 거침없고 빈틈없는, 잘 짜여진 하나의 행정사무였다. 그렇기 때문에, 한마디 삽입해서 말하자면 누구도 속이지 않고 특히 자기 자신을 배반하지 않기 위해서 필자는 객관성에 입각하는데 애써 왔던 것이다. 필자는 이야기를 다소 일관성 있는 것으로 만들기 위한 기본적인 필요 사항에 관한 것들 이외에는 거의 아무것도 예술적인 효과를 위해서 수식하고 싶지 않았다. 그리고 그 객관성 자체가 필자로 하여금 이렇게 말하도록 명령한다. 즉, 그 시기의 커다란 고통, 가장 심각한 동시에 가장 일반적인 고통이 별거의 감정이었다 할지라도, 페스트의 그 단계에 있어서 새로운 기록을 해놓는 것이 양심적으로 불가결한 것이었다 할지라도, 그 고통 자체조차 그 당시에는 그 비장감을 상실하고 있었다는 것도 역시 사실이다.

우리 시민들, 적어도 그 별거로 말미암아 가장 괴로워하고 있었던 사람들은 현재의 상황에 익숙해져 버렸을까? 그것을 긍정한다는 것은 전혀 옳지 못하리라. 육체와 마찬가지로 정신에 있어서도, 그들은 위축되어 가는 것 때문에 괴로워했다고 말하는 편이 더 정확한 표현일 것이다. 페스트의 초기 단계엔 잃어버린 사람에 대한 일을 떠올리며 그들이 없음을 애석해 했다. 그러나 사랑하는 그 얼굴, 그 웃음, 나중에야 행복했었다고 생각되는 그런 날 같은 것들을 선명하게 떠올렸더라도, 그런 것을 되새기고 있는 바로 그 시간에, 또한 그후로 그렇게도 먼 곳이 된 그 장소에서, 상대방은 무엇을 하고 있는지를 상상하기란 대단히 어려웠다. 요컨대 그 시기에, 그들은 기억력은 있었지만 상상력은 부족했다. 페스트의 제2단계에서 그들은 기억력조차도 상실하고 말았다. 그 얼굴을 잊어버린 것이 아니라, 결국은 같은 이야기지만, 그 얼굴에 살이 없어져 자기들의 마음속에서 찾아볼 수 없게 되어 버린 것이다. 그래서 처음 몇 주 동안은 자기들의 사랑에 있어서, 이제는 망령밖에 상대할 수 없다는 것에 한탄하고 싶어했는데, 그후 그들은 추억을 통해서 간직되어 온 최소의 얼굴빛마저 잊어버림으로써, 그 유령의 살이 더욱 깎이고 말지도 모른다는 사실을 깨달았던 것이다. 그 길고 긴 이별을 치르던 끝에, 그들은 마침내 둘이서 누리던 그 무르익은 친근감도 상상할 수 없게 되었으며, 또 언제든지 손을 얹어놓을 수 있었던 상대가 어떻게 자기 곁에 살고 있었던 가도 상상할 수가 없게 되었다.

이러한 점에서 볼 때, 그들은 보잘것없으면 없을수록 더욱 위력을 발휘하는 페스트의 세계 자체에 들어가고 말았던 것이다. 우리의 도시에서는 이제 아무도 과장된 감정을 품지 않게 되었다. 모든 사람들은 단조로운 감정을 맛보고 있었던 것이다. "이젠 끝날 때도 되었는데." 하고 시민들은 말하곤 했다. 왜냐 하면 재화의 기간 중 집단적인 고통의 종말을 바라는 것은 예사로운 일이었고, 또 사실 그들은 그것이 끝나기를 원하고 있었기 때문이다. 그러나 이 모든 말들은, 초기 같은 열정이나 뼈저린 감정은 없고, 다만 우리에게 아직도 뚜렷이 간직한 그리고 빈약한 일종의 이성에서 나오는 것들이었다. 처음 몇 주일 간의 그 사나운 발악의 뒤를 이어서 낙담이 생겼는데, 그것을 체념으로 보는 것은 잘못일지 모르지만, 그러나 역시 일종의 일시적인 동의임에 틀림없었다.

시민들은 모든 것을 감수하면서, 흔히 사람들이 말하듯이 거기에 적응하고 있었는데, 그것은 그 외엔 다른 방도가 없었기 때문이었다. 물론 그들에게는 아직 불행과 고통에 찌든 태도를 취하고 있었지만, 그 아픔은 느끼지 않게 되었다. 또한 예를 들어서 의사 리외는, 바로 그것이야말로 불행이며, 또 절망에 익숙해진다는 것은 절망 그 자체보다 더 나쁜 것이라고 생각하고 있었다. 전에는 별거하고 있던 사람들도 실지로 불행하지는 않았었고, 그들의 괴로움에는 갓 사라진 광명의 자취가 남아 있었다. 그런데 이제는 길모퉁이에서, 카페나 친구네 집에서, 조용하고 방심한 것 같은 고달픈 눈을 하고 있는 별거하는 사람들을 볼 수 있었는데, 그들 덕분에 도시가 마치 하나의 대합실 같았다. 직업을 가진 사람들도, 그들의 일을 페스트와 똑같은 태도로 안달하며 생기 없이 해 나가는 것이었다. 모두들 겸손해졌다. 처음으로 별거 당한 사람들은 거리낌없이 헤어져 있는 사람 얘기도 하고, 만인에게 공통된 용어를 사용하거나, 자기들의 별거 상태를 전염병의 통계 숫자와 같은 각도에서 검토해 보게 되었다. 그때까지는 자기들의 고통을 억지로 집단적인 불행과 메어 놓고 있었는데, 이제는 두 문제를 함께 생각하게 되었다. 기억도 희망도 없이, 그들은 현재 속에 눌러 앉아 있었다. 사실 모든 것이 그들에게는 현재로 되었다. 페스트는 모든 사람들에게서 연애의 능력과 우정을 나눌 힘조차도 빼앗아 가 버리고 말았다는 사실도 말해야겠다. 왜냐하면 사람은 어느 정도의 미래가 요구되는 법인데, 우리에게는 이젠 시시각각의 순간밖에 남은 것이 없었기 때문이다.

물론, 이 모든 것이 절대적인 것은 전혀 아니었다. 왜냐 하면 모든 별거 당한 사람들이 그러한 상태에 도달한 것은 사실이지만, 모두가 같은 시각에 거기에 도달했던 것은 아니고, 또한 일단 그 새로운 태도 속에 정착했다가도 번개같이 제정신이 들거나, 미련이나 급격한 각성 등이 그 인내성 있는 사람들을 더 젊고 더 괴로운 감정을 갖게 했다는 것을 덧붙여 두어야겠다. 페스트가 끝난 것으로 가정해 놓고 어떤 계획을 짜던 방심의 순간들도 있어야 했다. 그리고 모종의 은총 덕분으로 목적이 없는 질투로 혈안이 되는 것을 느끼는 것도 불가피했다. 또 다른 사람들은 갑자기 그것을 인식하게 되어 어떤 요일이면 그 마비 상태에서 벗어나곤 했는데, 그것은 자연 일요일이거나 토요일 오후였다. 왜냐 하면 그런 날은, 부재자와 함께 살던 시절에는 어떤 의례적인 일을 하며 즐거워했기 때문이다. 혹은 매일 해질 무렵에 그들을 사로잡는 우울증이, 항시 분명한 것은 아니지만, 기억력이 되살아날지도 모른다는 경고를 하기도 했다. 저녁나절의 그 시간은 신자들에게는 양심을 음미할 시간이었는데, 음미할 것이라고는 공허밖에 없는 죄수나 유형수인 사람들에게는 가혹한 시간이었다. 그 시간이 오면 그들은 한동안 어정

쩡해지다가 다음에 무기력 상태로 돌아가서 페스트 속에 틀어박혀 버리고 마는 것이었다.

사람들은 그것은 결국 그들이 가진 가장 개인적인 것을 단념하는데 있었다는 것을 알았다. 페스트의 초기에, 그들은 남들에겐 하등의 존재 가치가 없지만 자신들에게는 너무나도 중요한 사소한 일들이 너무나 많은 데 놀랐고, 거기에서 개인 생활이라는 것을 체험했었다. 하지만 이제는 그와 반대로 남들이 흥미를 갖는 것밖에는 흥미를 갖지 않고 일반적인 생각밖에 하지 않게 되었으며, 그들의 사랑조차도 그들 눈에 가장 추상적인 모습을 보여주기에 이르렀다. 그들은 이제 잘 때에나 이따금씩 희망을 갖게 되었고, '그 놈의 멍울, 이젠 끝날 때가 되지 않았을까!' 하고 생각을 할 정도로 페스트에 매인 몸이 되었다. 그러나 사실은, 그들은 이미 잠들어 있었으며, 이 기간 전부가 하나의 긴 잠에 불과했었다.

거리는 눈을 뜨고 잠자는 사람들로 가득 차 있었는데, 그들이 실제로 그 운명에서 벗어나 보는 것은, 이따금 한밤중에 외관적으로는 아물어진 것으로만 알던 상처가 갑작스레 되살아나는 때였다. 그래서 깜짝 놀라 일어나, 일종의 방심 상태로 그 도진 상처의 언저리를 어루만지면서, 갑자기 다시 생생해진 그들의 고뇌와, 또 그것과 더불어 그들의 사랑이 막 휘저어진 모습을 한 줄기 섬광 속에서 다시 보는 것이었다. 아침이 되면 그들은 다시 재화 속으로, 고정된 삶 속으로 돌아가는 것이었다.

그러나 그 별거 당한 사람들은 무엇을 닮은 모습을 하고 있었느냐고 묻는 사람도 있으리라. 하기야 그 대답은 간단한 일이다. 그들은 하찮게 보였다. 굳이 말한다면 그들은 모든 사람들과 같은 모습, 즉 극히 평범한 모습을 하고 있었다. 그들은 이 도시의 침착한 성격과 대수롭지 않은 흥분을 공유하고 있었다. 막상 냉정한 외모를 가지고 있으면서도 비판적 감각의 외모는 상실하고 있었다. 예를 들어서, 그들 중의 가장 총명한 사람들까지도 일반 사람들과 마찬가지로, 신문에서 혹은 라디오 방송에서 페스트의 급속한 종말을 믿을 만한 이유를 찾거나, 허황한 희망을 드러내 보이거나 또 어떤 신문 기자가 답답해서 하품을 하면서 되는 대로 써 놓은 논설을 읽고 근거 없는 두려움을 느끼는 것을 볼 수가 있었다.

그 밖에 그들은 맥주를 마시거나 병자를 간병하거나 죄를 부리거나 뼈가 으스러지게 일을 하는 것이었다.

카드를 정리하는 사람도 있고, 레코드를 트는 사람도 있었다. 그래서 달리 서로를 구분할 만한 점이 없었다. 바꿔 말하면, 그들은 더 이상 아무것도 선호하지 않고 있었다. 페스트가 가치 판단을 봉쇄해 버렸다. 그리고 이러한 것은, 자기가 사는 옷이나 식료품의 질을 개의치 않게 된 데서도 명백히 보이고 있었다. 사람들은 모든 것을 두루뭉실하게 받아들이는 것이었다.

결국 그 별거 당한 사람들은 애초에 그들을 보호해 주고 있었던 그 기묘한 특권을 잃어버렸다고 말할 수 있다. 그들은 사랑의 에고이즘과 거기서 나오고 있는 이득을 상실하고 말았던 것이다. 적어도 이제는 사태가 명료하여 재화는 모든 사람에게 관계가 있었다. 우리들은 모두가 시의 문에서 울리는 총소리며, 우리들의 삶 또는 죽음을 구별지어 주는 고무 도장 날인에 둘러싸여, 화재와 카드, 공포와 절차 속에서, 굴욕적이지만 등록된 죽음을 예약 받고 무시무시한 연기와 앰뷸런스의 침착한 소리 속에서, 또 똑같은 유배의 빵으로 연명하면서, 무의식중에 어처구니없는 똑같은 재회와 평화를 기다리고 있었던 것이다.

틀림없이 우리들의 사랑은 여전히 거기에 대기하고 있었건만 그것은 쓸모 없는 것이어서, 지니고 다니기에만 무겁고 우리의 마음속에서 생기를 잃어, 마치 죄악이나 유죄 판결과도 같이 불모의 존재였다.

그 사랑은 이미 장래가 없는 인내에 불과했었고 좌절된 기대에 지나지 않았다. 그래서 이런 점에서 볼 때, 시민들 중의 어떤 사람의 태도는 시내 곳곳의 식료품 가게 앞에서 보이는 그 긴 행렬을 연상케 하는 것이었다. 그것은 끝이 없는, 동시에 환상도 없는 똑같은 체념과 똑같은 인내력이었다. 다만 별거에 관해서는 그 감정을 천 배나 확대된 척도로 높여야만 할 것이다. 왜냐 하면 그때 또 다른 배고픔이 문제였으며, 그것은 모든 것을 집어삼켜 버릴 가능성 있는 것이었기 때문이다.

어쨌든, 이 시의 별거 당한 사람들이 처하고 있었던 정신 상태에 대해서 정확한 개념을 갖고자 하는 사람이 혹 있다고 하면, 저 영원히 되풀이되는 황금색의 먼지 자욱한 황혼이 나무도 없는 도시 위에 내리 덮이고, 다른 한편에서는 남녀가 거리로 쏟아져 나오는 석양 무렵을 다시 한 번 떠올려 볼 필요가 있을 것이다.

왜냐 하면 이상하게도, 그때 아직 햇빛이 비치고 있는 테라스 쪽으로 올라오고 있는 것은, 대개 도시의 술렁거림으로 되어 있는 차량과 기계 소리들이 없어진 결과, 무딘 발소리와 목소리가 빚어 내는 거대한 술렁거림이었는데, 그것은 무겁게 덮인 하늘로부터 나오는 윙윙거리는 재화의 아우성 소리에 리듬이 맞춰진 수천의 구두창들의 괴로운 듯한 삐걱거림뿐이고, 차츰차츰 온 시가를 충만 시키고 있는, 끝없고 숨가쁜 제자리걸음, 그리고 그 당시에 우리의 마음속에서 사랑을 대신하고 있었던 맹목적인 집념에 저녁마다 가장 충실하고 가장 음울한 자신의 목소리를 전해 주고 있던 숨막히게 발을 구르는 소리였기 때문이다.

4

9월과 10월 두 달 동안, 페스트는 도시 전체를 자기 발 밑에 꿇어 앉혔다. 여하튼 그 정체는 제자리걸음이었으므로 수십만의 인가들이 계속되는 수 주 동안 여전히 아무 변화없이 계속하고 있었다. 안개와 더위와 비가 연달아 하늘을 가득 채웠다. 찌르레기와 티티새의 무리가 남쪽에서 찾아와서 하늘 높이 조용하게 지나갔다. 그러나 판느루 신부가 말한, 휘파람을 불며 집들 위로 떠돌아다니는 이상한 나뭇조각인 그 재화가 그 새들을 격리시키기라도 한 듯, 새들은 도시의 외곽만 빙빙 돌고 있었다. 10월 초에는 억수 같은 소나기가 거리를 깨끗이 씻어 주었다. 그리고 그거대한 제자리걸음 외에 더 중요한 일은 일어나지 않았다.

그때 리외와 그의 친구들은, 어느 정도로 자기네들이 지쳐 있는가를 깨달았다. 사실, 보건대의 사람들은 더 이상 이 극심한 피로를 감내할 수 없게 되었다. 의사 리외는 자기 친구들과 자기 자신의 태도에서 이상 야릇한 무관심이 커 가는 것을 주시함으로써 그것을 깨달았다. 예를 들어서, 여태껏 페스트에 관한 모든 뉴스에 대해서 그렇게도 깊은 관심을 보여 주었던 그 사람들이, 이제는 그 무엇에도 걱정을 하지 않게 되었다. 랑베르는 얼마 전부터 자기가 있는 호텔에 개설된 예방 격리소의 관리를 임시로 맡고 있었는데, 자기가 담당하고 있는 사람들의 인원수를 소상하게 알게 되었다. 그는 갑자기 병 증세가 나타나는 사람들을 위해서 그가 고안한 즉각적 퇴거 절차에 대한 가장 세세한 사항까지도 속속들이 알고 있었다. 예방 격리자들에 대한 혈청의 효과에 관한 통계는 그가 아주 잘 기억하고 있었다. 그러나 그는 페스트 희생자의 주간 통계 숫자를 말할 수는 없었고, 실제로 페스트가 기승을 부리고 있는지 그 기세가 꺾이고 있는지를 모르고 있었다. 그리고 그는 어떤 일이 있더라도 오래지 않아 탈출할 수 있다는 희망을 품고 있었다.

다른 사람들로 말하면, 그들은 밤낮으로 자기네들의 일에나 몰두하고있을 뿐 신문도 읽지 않고 라디오도 듣지 않았다. 그리고 혹 누가 어떤 경과를 보고하면 거기에 흥미를 갖는 체하지만, 실지로는 다른 데 정신이 팔린 채 건성으로 듣고 있었다. 그것은, 고역에 지칠 대로 지쳐서 그저 나날의 임무에만 충실하려고 노력하면서 결정적인 작전도 휴전의 날도 더 이상 바라지 않게 된 대규모 전쟁의 전투원에게서나 상상할 수 있는 무관심이었다.

그랑은 페스트로 인해서 필요해진 통계 업무를 계속 수행하고 있었는데, 아마 그로서도 그 총괄적인 결과를 지적한다는 것은 틀림없이 불가능했을 것이다. 쉬 피로를 느끼지 않는 타루나 랑베르나 리외와는 반대로 그의 건강은 좋지 못했다. 그럼에도 불구하고 그는 시청 보조 직원의 직책과 리외의 사무실 서기로서의 일과 자기 자신의 밤일을 겸하고 있었다. 그래서 그가 두어 가지의 고정 관념, 즉 페스트가 끝나면 적어도 일주일 동안 내내 휴가를 얻어 가지고 한번 본격적으로 자기가 현재 하고 있는 일을 차분히 해 보려는 생각으로 계속된 탈진을 간신히 지탱하고 있는 상태에 있는 것을 볼 수 있었다. 그는 또한 갑자기 감상적으로 되기도 했다. 그럴 때면 그는 즐겨 리외에게 잔느 이야기를 하는 것이었고, 지금 바로 이 순간에 그 여자는 어디에 있을까, 또는 신문을 읽으며 혹 자기 걱정을 하고 있을까를 자문하는 것이었다. 그러한 그랑을 상대로 리외는 어느 날 극히 평범한 말투로, 여태껏 하지 않았던 자기 아내의 이야기를 하고 있는 자신에게 놀랐다. 늘 안심시키려는 내용의 아내의 전보에 어느 정도로 믿어야 할지 자신이 없어서, 그는 용기를 내어 아내가 요양하고 있는 요양소의 담당 의사에게 전보를 쳐 보기로 결심했던 것이다. 이에 대한 답신으로 그는 병세가 악화되었다는 통지와, 병세의 진행을 막기 위해서 최선을 다해 보겠다는 약속을 받았다. 그는 그런 소식을 혼자만의 가슴속에 간직해 두었고, 피곤한 탓인지도 모르지만, 어떻게 돼서 자기가 그랑에게 털어놓게 되었는지 알다가도 모를 일이었다. 그 서기가 잔느 이야기를 하고 난 다음에 리외의 아내에 대해서 물어 보기에 그는 대답했던 것이다. "그래도," 하고 그랑이 말했다. "요새 그런 병은 곧잘 낫는다더군요." 그래서 리외도 거기에 동의하면서, 다만 별거가 너무 오래 계속되어서, 자기가 곁에 있으면 아내의 병을 이겨 내는 데 도움이 될 수도 있었을 텐데, 지금 아내는 정말 외로울 것이라고 말했다. 그리고는 그는 입을 다물었고, 그랑의 물음에 대해서도 피하려는 듯 마지못해 대답했을 따름이었다.

다른 사람들도 같은 상태였다. 타루가 가장 잘 견디고 있었지만, 그의 수첩을 보면, 그의 호기심은 그 깊이에는 조금도 줄어든 것이 없으나, 그 폭이

좁아진 것을 보여 주고 있었다. 사실 그 기간 내내, 그는 표면상으로는 코타르의 일밖에는 흥미가 없는 것처럼 보였다. 호텔이 예방 격리소로 개조된 후부터 어쩔 수 없이 리외의 집에서 살게 되었는데, 저녁때 그랑과 의사가 결과들을 발표해도 그는 듣는 둥 마는 둥 할 정도였다. 그는 화제를 곧 일반적으로 그의 관심을 끌고 있는 시민 생활의 사소한 일로 돌리곤 했다.

카스텔로 말하면, 그가 리외에게 혈청이 다 준비되었다고 알리러 왔던 날, 때마침 새로 병원에 데리고온, 리외가 보기에는 증상이 절망적이었던 오통 씨의 어린 아들에게 그 첫 시험을 해 보기로 결정했다. 그런 다음 리외가 그 노인에게 최근의 통계를 알려 주었는데, 그때 그는 안락의자에 깊숙이 파묻혀서 깊은 잠에 빠져 있었다. 그리고, 여느 때 같으면 한 가닥의 부드러움과 아이러니로 해서 영원한 청춘을 간직하고 있었던 그 얼굴이 돌연 버림받은 듯, 반쯤 열린 입술 사이로 침을 흘리며 피로와 노쇠를 드러내고 있었다. 리외는 이때 목을 졸리는 듯한 것을 느꼈다.

그렇게 약해진 자기 마음을 보고, 리외는 자기가 얼마나 피곤한가를 판단할 수 있었다. 그의 감수성은 이젠 마음대로 되지 않았다. 대개의 경우는 엉겨서 굳어지고 메말라 있던 감수성이 이따금 풀어져서, 억제할 수 없는 감정 속에 리외를 빠지게 해 버리는 것이었다. 그의 유일한 방비는, 그 경화상태(硬化狀態) 속에 피신하여 자신의 내부에서 형성되고 있는 그 매듭을 더 단단히 꽉 죄는 것이었다. 그는 그렇게 하는 것만이 견디어 내기에 가장 좋은 방법임을 알고 있었다. 게다가 그는 환상을 많이 품고 있지도 않았고, 또 피로 때문에 가지고 있던 환상마저도 빼앗겨 버렸다. 왜냐 하면, 전혀 짐작할 수 없는 그 기간 중에 자기가 맡은 역할이 이미 병을 치료하는 것이 아니라는 것을 그는 알고 있었으니 말이다. 그의 역할은 진단하는 일이었다.

발견하고, 조사하고, 기록하고, 등록하고, 다음에 선고를 내리고 하는 그것이 그의 직무였다. 남편과 아내들은 그의 손목을 쥐고 울고불고하는 것이었다. "선생님, 저 사람 좀 살려 주세요!" 그러나 그는 살려 주기 위해서 거기에 있는 것이 아니라, 격리를 명령하기 위해서 거기에 버티고 있는 것이었다. 그때 사람들의 얼굴에서 읽을 수 있는 그 증오심이 무슨 소용이 있단 말이냐? "참 인정이 없군요." 하고 누군가 어느 날 그에게 말했다. 천만에, 그는 인정이 있는 사람이었다. 그 인정으로 해서 그는 매일 20시간을, 살기 위해서 태어난 사람들이 죽어 가는 광경을 참고 볼 수가 있었던 것이다. 그 인정으로 해서, 그는 날마다 같은 일을 다시 시작하는 것이었다. 처음부터 그는 그 때문에 꼭 충분할 만한 인정을 가졌던 것이다. 그러니 그 정도의 인정이 어떻게 사람을 살려 주기에 충분할 수 있을까?

그렇다, 날마다 자기가 나눠 주고 있는 것은 구원이 아니라 지시뿐이었다. 물론 그런 것을 인간의 직책이라고 할 수는 없었다. 그러나 도대체 공포에 직면한 많은 사람이 죽어 가는 군중 틈에서, 누가 인간의 직책을 수행할 여유가 남아 있단 말인가? 피곤한 것이 차라리 다행한 일이었다. 만약 리외에게 더 힘이 있었다면, 도처에 퍼져 있는 그 죽음의 냄새는 그를 감상에 잠기게 했을 것이다. 그러나 4시간밖에 잠을 못 잤을 때, 인간은 감상적일 수는 없었다. 사람들을 있는 그대로 본다. 즉 정의의 눈으로, 끔찍하고 어리석은 정의의 눈으로 보는 것이었다. 그리고 다른 사람들, 즉 선고를 받은 사람들도 역시 그것을 충분히 느끼고 있었다. 페스트가 발생하기 이전에 그는 구세주 같은 대접을 받았다. 세 개의 알약과 주사 한 대면 모든 것은 잘 되었으며, 사람들은 그의 팔을 붙들고 복도까지 따라 나왔었다. 그것은 나쁘지 않은 기분이었지만 위험한 일이기도 했다. 이제는 그와 반대로, 그가 군인을 데리고 가서 개머리판으로 문을 두드려야 가족들은 문을 열 생각을 하는 것이었다. 그들은 리외를, 그리고 인류 전체를 자기네들과 함께 죽음으로 끌어들이고 싶었을 것이다. 아! 인간은 인간 없이 지낼 수는 없고, 자기도 이제는 그들 불운한 사람들과 같이 속수무책의 신세이고, 그들 곁을 떠나고 나면 가슴속에 뜨겁게 솟구치는 연민을 받을 가치가 있다는 것이 정말 사실이었다.

적어도 그것은, 그 계속되는 여러 주일 동안 의사 리외가 자기의 생이별 상태에 관한 생각을 하면서 마음속에 되뇌던 그런 생각이었다. 그것은 또한 그의 친구들의 얼굴에도 나타나는 그런 생각들이었다. 그러나 재앙에 대한 투쟁을 계속하고 있는 사람들을 차츰차츰 주눅들게 하면서 기진맥진한 상태의 가장 위험한 결과를 초래한 것은, 외부의 사건이며 타인의 감정 같은 데에 대한 무관심 속에 있는 것이 아니라, 차라리 그것은 그들이 스스로 빠지고 있는 자포자기한 태도 속에 있는 것이었다. 왜냐 하면 그들은 당시 절대로 불가결한 것이 아닌 동작, 또 그들에게는 항상 힘에 부친 듯이 보이는 모든 동작을 애써 회피하려는 경향이 있었기 때문이다. 그처럼 사람들은 점점 더 빈번하게 자기 자신들이 규정해 놓은 위생 규칙을 등한시하고, 자신들 몸에 실시하기로 되어 있었던 수많은 소독을 잊어버렸다. 때로는 전염에 대한 예방 조치조차도 취하지 않고 폐장(肺臟) 페스트에 걸린 환자들 곁에까지 달려가기도 했다. 왜냐 하면 들어가기 직전에 자기가 감염된 집에 들어가게 되었다는 것을 알게 되었다 해도, 어떤 장소까지 되돌아가서 필요한 소독약을 몸에 뿌린다던가 하는 일은 하기 전부터 벌써 지쳐 버릴 것같이, 그것이야말로 정말 위험한 일이었다. 그 이유는, 그렇게 되면 페스트와의 투쟁이 도리어 사람들을 가장 빨리 페스트에 걸리기 쉽게 해 주는 셈이었기 때문이다. 그들은 결국 요행에 운명을 걸고 있었는데, 요행은 누구 편도 들지 않는 것이다.

그러나 이 도시에서 지치거나 낙심한 것처럼 보이지 않는 사람이 한 명 있었다. 그는 생기에 넘치고 만족의 화신 같은 모습이었다. 그것은 코타르였다. 그는 늘 다른 사람들과 접촉을 가지면서도 여전히 홀로 있었다. 그는 타루의 일에 지장을 주지 않는 한 타루를 만나 보기로 했는데, 그것은 타루가 자기의 사정을 잘 알고 있었던 탓도 있었고, 또 한편으로는 타루가 그 자그마한 연금 생활자를 언제나 변함없이 친절한 태도로 대해 주는 것을 알고 있었기 때문이었다. 그것은 끊임없이 되풀이되는 기적이기도 했지만, 타루는 자기가 그토록 힘든 일을 하고 있음에도 불구하고 항상 호의적이고 주의 깊은 태도로 대해 주었던 것이다. 어느 날 저녁에는 뼈가 으스러질 정도로 피곤했어도 그 이튿날이 되면 새 기운이 생기는 것이었다. "그 사람하고는," 하고 코타르가 랑베르에게 말하는 것이었다. "그 사람하고는 얘기를 나눌 수가 있지요. 왜냐 하면 그는 정말 사나이니까요. 언제나 이해심이 깊어요."

바로 그런 이유로 인해서 그 시기의 타루의 수기는 차츰차츰 코타르라는 인물에 집중되고 있었다. 타루는 코타르가 자기에게 고백한 그대로의 이야기, 또는 자기의 해석을 곁들인 이야기를 가지고 코타르의 반응과 고찰의 일람표를 만들려고 했다. '코타르와 페스트의 관계'라는 표제 아래 그 일람표는 그 수첩의 여러 페이지를 차지하고 있었는데, 필자는 그것을 여기에 요약해서 소개하는 것이 유익한 일이라고 생각한다. 그 키 작은 연금 생활자에 대한 타루의 총괄적인 의견은 다음과 같은 판단으로 요약되고 있었다. '그는 성장하고 있는 인물이다.' 어쨌든 외견상으로 보더라도, 그는 기분이 좋은 가운데 성장하고 있었고, 사건이 진행되는 형편에 대해서 불만은 없었다. 가끔 타루 앞에서 다음과 같은 주석을 붙여서 자기 생각의 밑바닥에 있는 것을 표현하곤 했다. "물론 더 나아지지는 않겠죠. 그러나 모두 마찬가지로 함께 당하고 있는 거죠."

'물론,' 타루는 이렇게 덧붙이고 있었다. '그도 다른 사람들처럼 위협을 받고 있지만, 그는 다른 사람들과 함께 위협을 받고 있는 것이다. 그리고 이것은 이젠 확실한 일이다. 하지만 그는 자기도 페스트에 걸릴 수 있다는 것을 신중하게 생각하고 있지 않다. 그는 이런 생각(아주 어리석은 생각도 아니지만), 어떤 큰 병 또는 심각한 번민에 시달리고 있는 사람은, 그와 동시에 다른 모든 병과 번민에서 면제된다는 생각으로 살고 있는 듯싶었다. '이런 것에 주의를 기울여 본 일이 있으세요?' 라고 그는 나에게 물었다. '사람은 여러 가지 병을 같이 앓을 수 없다는 것을요. 가령, 선생이 중중의 암이라든가 심한 폐병이라든가 하는 위중하고도 불치의 병에 걸렸다고 가정해 보십시다. 선생은 절대로 페스트나 장질부사에 걸리지는 않을 것입니다. 그런 일은 있을 수가 없지요. 게다가 이것은 더 광범위한 것인데, 왜냐 하면 암 환자가 자동차 사고로 죽는 것을 보신 적이 없으실 테니까 말이에요.' 정말이건 거짓이건 간에, 그런 생각이 코타르를 아주 유쾌하게 만들어 주고 있다. 그가 원하지 않는 단 한 가지 일은 다른 사람들로부터 동떨어져 있는 일이다. 그는 혼자서 죄수가 되어 있느니보다는 모든 사람과 함께 위협을 받는 편을 더 좋아한다. 페스트와 함께 있으면 비밀조사고, 서류고, 카드고, 비밀에 싸인 심리고, 목전에 닥친 체포 같은 것도 있을 수 없다. 알기 쉽게 말하면, 이제는 경찰도 없고 예전의 혹은 새로운 범죄도 없고 죄인이라는 것도 없다. 다만 특사 중에서도 가장 자유 재량적인 특사를 기다리고 있는 죄수뿐이며, 그들 중에서는 경찰관들 자신도 포함되어 있다.' 그처럼, 역시 타루의 주석에 따르면 코타르는, 시민들이 드러내고 있는 번민과 혼란의 조정을, "계속말해 보십시오, 나는 먼저 다 겪고 났으니까요."라는 말로 표현될 수 있는 너그럽고 이해성 있는 풍족한 마음으로 생각할 만한 충분한 근거를 가지고 있었다.

'다른 사람들과 떨어지지 않도록 하기 위한 유일한 방법은 결국 똑바로 양심을 갖는 것이라고 내가 아무리 말하더라도, 그는 비웃는 눈초리로 나를 보면서 이렇게 말하는 것이었다. '그러면 그 점에 있어서는 아무도 남과 같이 지낼 수는 없습니다.' 그리고는 '염려 마세요, 내가 장담하죠. 모든 사람을 함께 있게 하는 유일한 방법은 그들에게 페스트를 안겨 주는 것입니다. 아무튼 자기 주변을 둘러보십시오.' 그런데 사실 나는 그가 무슨 말을 하려는 것인지, 현재의 생활이 그에게는 얼마나 쾌적하게 생각되는 지도 잘 알고 있었다. 어찌 그가 한때 자기 것이었던 여러 가지 반응을 재빨리 깨닫지 못하겠는가? 세상 사람들을 전부 자기편으로 끌어들이려고 누구나 애쓰는 그 노력, 길 잃은 행인에게 간혹 길을 가리켜 줄 때에 사람들이 베푸는 친절과 때로는 그들이 던지는 불쾌한 기분, 고급 식당으로 몰려드는 사람들의 모습, 거기에 들어가서 푹 쉬고 있는 데에 대한 그들의 만족감, 매일같이 영화관 앞에 줄을 짓게 하며 모든 연예장에서 댄스 홀에 이르기까지 만원을 이루어 놓고, 방축을 펼친 조수처럼 도는 공공 장소마다 넘쳐 있는 무질서한 혼잡, 모든 접촉에 대해서 느끼는 뜨악한 감정, 그러면서도 한편 사람들을 다른 사람들에게로, 팔꿈치를 팔꿈치에게로, 이성을 이성에게로 밀어 가는 인간적인 체온에의 욕구, 코타르는 이 모든 것을 그들보다 먼저 경험했던 것이다. 그것은 명백한 일이다. 여자만은 예외였는데, 그것은 그 얼굴로

야……. 그리고 내가 추측하기에는, 그가 막 계집들 있는 곳에 갈 채비가 다 된 것같이 느꼈을 때, 그는 후에 자기에게 끼칠지도 모르는 나쁜 종류의 일을 당하게 될까 봐 그런 욕구를 억제했을 것이다.

결국 페스트는 그에게는 안성맞춤이다. 페스트는 고독하면서도 고독하기를 원치 않는 사람들을 공범자로 삼는다. 왜냐 하면 그는 분명히 하나의 공범자이며, 그것도 더없이 흡족해 하는 공범자이기 때문이다. 그는 눈에 비치는 모든 것, 즉 여러 가지 미신, 당치도 않은 두려움, 그 적발한 넋들의 감수성, 되도록 페스트 이야기는 안 하고자 원하면서 쉴 새 없이 그 이야기를 입 밖에 내게 되는 버릇, 그 병이 두통에서 시작된다는 것을 안 다음부터 머리가 조금 아프기만 해도 겁을 집어먹고 새파랗게 질리는 버릇, 그리고 초조하고 예민하고, 말하자면 불안정한, 단순한 실례를 모욕으로 생각해 버리고 숏 팬츠의 단추 하나를 잃어버린 것을 슬퍼하는 것들의 감수성, 이 모든 것의 공범자인 것이다.'

타루는 저녁때 코타르 하고 외출하는 일이 종종 생기곤 했다. 이어서 그는 자기 수첩 속에, 그들이 땅거미가 내릴 때, 혹은 컴컴한 밤중에 군중들 속에 섞여서 어깨를 나란히 하고, 드문드문 전등이 하나씩 희미하게 비춰 주는 희고 검은 무리 속에 잠기면서, 페스트의 냉기를 막아 주는 열띤 쾌락을 찾아가는 그 인간의 행렬 속에 섞여 드는 모습을 적어 넣었다. 코타르가 수개월 전에 공공 장소에서 찾고 있던 것, 즉 사치와 여유 있는 생활, 다시 말하면 그의 꿈이면서도 그 소망을 충족시키지 못했던 것, 자유 방종한 향락을 이제는 주민 전체가 추구하고 있는 터였다. 모든 물가가 한없이 상승하고 있었지만, 그때만큼 사람들이 돈을 낭비한 적은 없었으며, 또 대부분의 경우 생활 필수품이 부족했던 반면, 그때처럼 사치품이 많이 낭비된 적은 없었다. 사람들은 휴업 상태를 의미하는 그 시간적 여유가 가져다 준 모든 유희들이 여러 가지 형태로 증대하는 것을 볼 수가 있었다. 타루와 코타르는 간혹 무척 오랫동안 한 쌍의 남녀 뒤를 따라가 보는 일이 있었는데, 전에는 자기들의 관계를 감추려고 무던히 애쓰던 그들이 이제는 서로 꼭 껴안고 언제까지고 거리거리를 쏘다니며 대단한 열정에서 오는 다소 심각한 듯한 방심으로, 자기네들 주위의 군중들은 안중에도 없는 기색이었다. 코타르는 감동했다. "아! 젊은 친구들!" 하고 그는 말하는 것이었다. 그리고는 집단적인 열기와 그들 주위에서 뿌려지는 왕족들이 주는 것과 같은 훌륭한 팁과, 눈앞에 전개되는 정사(情事) 속에서 마음이 들떠 큰소리로 지껄이곤 했다.

그러나 타루가 보기에, 코타르의 태도에는 거의 악의가 없는 것 같았다. "난 그런 것을 먼저 다 겪었지."라고 말하는 그의 말투는 자랑스런 마음보다는 차라리 불행을 말해 주고 있었다. '내가 생각하기엔,' 이렇게 타루는 언급하고 있었다. '그는 하늘과 도시의 벽 사이'에 갇혀 있는 그 사람들을 사랑하기 시작하고 있는 것이다. 예를 들어서 그는 그 사람들에게 할 수 있는 일이라면, 그것이 그리 무서운 것이 못된다는 것을 설명해 주고 싶었으리라. "저 소리들이 들리시죠." 이렇게 그는 나에게 분명히 말한 적이 있다. "페스트가 물러가고 나면 나는 이것을 하리라, 페스트가 가고 나면 저것을 하리라. 하는 소리 말입니다……. 그들은 가만히 있지 못하고 자신들의 생활을 어둡게 하고 있는 거예요. 그리고 그들은 어떤 것이 자기들에게 이로운 것인지도 이해 못하고 있거든요. 아, 그래 내가 이런 말을 할 수 있겠어요, 내가 체포되고 나면 이것을 하겠다고요? 체포는 일의 시작이지 끝이 아닙니다. 반면에 페스트는…… 내 의견을 말할까요? 그들은 되어 가는 대로 놓아 두지 않으니까 불행한 것이에요. 그리고 내가 말하는 것엔 다 근거가 있지요."

'그의 말에는 근거가 있다.' 라고 타루는 덧붙이고 있었다. '그는 오랑 시민들의 모순을 그대로 비판하고 있다. 주민들은 자기들을 서로 가깝게 만들어 주는 따뜻한 것에 대한 욕구를 깊이 느끼고 있는 동시에, 자기들을 서로 멀어지게 만드는 경계심 때문에 그런 요구에 감히 자신을 내맡기지 못하고 있었다. 사람들은 이웃 사람을 믿을 수 없다는 것, 자기도 모르는 사이에 페스트에 걸릴 수 있고, 방심한 틈을 타서 병균이 침입할 수 있다는 것을 너무나 잘 알고 있었던 것이다. 코타르처럼, 사실은 자기가 교체하고 싶은 모든 사람이 혹 밀고자일 수도 있다고 생각하며 지내던 사람들은 그 감정을 잘 이해할 수 있었다. 페스트가 불원간 그들 어깨에 손을 얹어 놓을 수도 있고, 혹시 자기 자신이 아직 안전하다고 기뻐하고 있을 때, 은근히 페스트가 접근해 올지도 모른다고 생각하고 있는 사람들의 심정은 충분히 이해할 수가 있었다. 될 수 있는 한, 그는 공포 속에서도 안주한 상태로 있으려 했다. 그러나 그는 그 모든 것을 누구보다 먼저 알았으므로, 내 생각으로 그는 이 불안의 참혹함을 완전히 그들과 똑같이 느끼지는 못할 것 같다. 요컨대, 아직은 페스트에 걸려 있지 않은 우리들처럼, 그는 자기의 자유와 생명이 날마다 파괴 직전에 있음을 절실히 느끼고 있다. 그러나 그 자신은 공포 속에서 산 경험이 있으니 만큼, 이번에는 다른 사람들이 공포를 맛 보는 것은 예삿일로 생각한다. 부연하면, 그 공포도 자기 혼자서 견디던 때보다는 덜 힘에 겨운 것 같았다. 이 점이 그의 잘못이며, 또 다른 사람들보다 더 이해하기 어려운 점이다. 그런 점에서 결국 그는 다른 사람들보다 더 우리가 이해하고자 애써 볼 가치가 있는 것이다.'

결국 타루의 기술은, 코타르와 페스트에 걸린 사람들에게 동시에 일어난 아주 기묘한 의식을 뚜렷이 해 주는 한 이야기로 끝나고 있다. 그 이야기는 그 시기의 험악한 분위기를 거의 그대로 재현하는 것이므로, 필자가 그것을 중요시하는 것도 바로 그 때문이다.

그들은 「오르페우스와 에우리디케」를 공연하고 있는 시립극장에 갔었다. 코타르가 타루를 초대했던 것이다. 페스트가 시작되던 봄에 이 도시로 공연을 하러 왔던 극단이 병으로 발이 묶이자, 부득이 오페라 극장측과 협의한 끝에 매주 한 번씩 그 공연을 되풀이하기로 한 것이다. 그래서 몇 달 전부터 금요일마다, 이 시립극장에서는 오르페우스의 풀이 죽은 한탄과 에우리디케의 연약한 호소 소리가 울려 나오고 있었다. 그러나 그 공연은 여전히 최상의 인기를 누리고 있었으며, 매번 막대한 수입을 올리고 있었다. 제일 비싼 좌석에 앉은 코타르와 타루는, 시민 중에서도 가장 멋쟁이들로 초만원을 이룬 하층 일반석을 내려다볼 수 있었다. 밀려오고 있는 사람들은, 빈틈없는 화려한 모습을 보이려고 애쓰고 있었다. 무대 전면의 휘황한 조명 아래에서 악사들이 조용히 악기를 조율하고 있는 동안에, 사람의 그림자들이 자세하게 드러나 이 줄에서 저 줄로 옮겨 가거나 멋을 부리며 허리를 굽히곤 하는 것이 보였다. 점잖은 대화의 나지막한 술렁거림 속에서, 사람들은 몇 시간 전의 시의 캄캄한 거리에서는 갖지 못했던 마음의 안정을 되찾는 것이었다. 연미복이 페스트를 쫓아 버렸던 것이다.

제1막이 상연되는 동안, 오르페우스는 유연하게 탄성을 질러 대고, 몇몇 튜닉을 입은 여자들이 오르페우스의 불행에 주석을 달고, 소가극의 형식으로 사랑이 읊어졌다. 장내는 정중한 열기로 이에 반응을 보였다. 오르페우스가 제2막의 노래 곡조에서, 악보에는 표시도 되어 있지 않은 떨리는 소리를 섞어서, 약간 지나친 비장감을 가지고 저승의 왕에게 자기의 눈물에 감동해 달라고 호소한 것도 거의 눈치채는 사람이 없을 지경이었다. 그로부터 나오는 어떤 종류의 거친 몸짓은, 가극에 제일 정통한 사람들에게도 그 가수의 연기를 더욱 빛나게 하는 하나의 양식화한 표현으로 보였다.

제 삼 막에서 오르페우스와 에우리디케의 이중창(즉 에우리디케가 사랑하는 애인에게서 떠나게 되는 순간이다.)이 시작되자, 일종의 놀라움이 장내에 흘렀다. 그런데 그 가수는 마치 관중의 동요만을 기다리고 있었던 것처럼, 더욱 정확히 말해서 아래층 일반석에서 올라오는 웅성대는 소리가 자기가 예감하고 있던 것에 확신을 주기라도 한 것처럼, 그는 그 순간을 택해서 고대의 의상을 입고 그로테스크한 몸짓으로 무대 쪽으로 걸어오더니, 목가적인 무대 장치 한복판에 털썩 주저앉고 말았다. 그 무대 장치는 늘 시대착오적인 것이었지만, 관객들이 보기에는 그때 처음으로, 그리고 처절한 방식으로 시대착오적인 것이 되었다. 왜냐 하면, 오케스트라가 끝나고, 일반석의 관객들은 일어서서 천천히 장내에서 물러서기 시작했으니 말이다. 처음에는 조용히, 마치 예배당에서 예배가 끝나고 나오듯, 혹은 문상을 마치고 나올 때처럼 여자들은 치마를 여미고 고개를 숙인 채로, 남자들은 동반한 여인들의 팔꿈치를 잡고 보조의자에 걸리지 않도록 하면서 나가고 있었다. 그러나 점차로 동작이 급해지고, 속삭이는 소리가 고함 소리로 변하고, 관객들은 출구로 몰려 서로 밀고 밀리다가, 마침내는 고함을 치면서 밀치락달치락하게 되었다. 일어서기만 했던 코타르와 타루는, 당시의 자기네 생활 그 자체와 같은 광경들을 눈앞에 보면서 그저 외로이 서 있었다. 무대 위에는 관절의 자유를 잃은 광대로 분장한 페스트, 그리고 관람석에는 붉은 의자 커버 위에 잊어버리고 놓고 간 부채며 질질 늘어진 레이스 세공품들이 아무 쓸모 없게 된 하나의 사치품으로 남아 있었다.

* * *

랑베르는 9월 초순부터, 리외의 옆에서 진지하게 일을 했다. 단지 고등학교 앞에서 곤잘레스와 두 청년을 만나기로 되어 있던 날엔 하루 휴가를 청했다.

그날 정오에 곤잘레스와 그 신문 기자는 웃으면서 오는 그 두 녀석을 보았다. 그들은, 전번에는 운이 나빴지만 그런 징조는 각오했어야 한다고 말했다. 어쨌든 그 주일은, 그들은 경비 근무 당번이 아니었다. 다음주까지 참아야만 했다. 그때 다시 시작해 보자는 것이었다. 랑베르는 바로 그러자고 말했다. 곤잘레스는 그러면 다음 월요일에 만나자고 제안했다. 그때 이번에는 랑베르가 마르셀과 루이의 집에 유숙할 수 있는 셈이다. "자네하고 나하고 약속을 하지. 혹 내가 안 오거든, 자네가 곧장 저 아이들 집으로 찾아가게나. 아이들이 사는 집을 가르쳐 줄 테니 말이야." 그러나, 마르셀인지 루이인지가 그때 가장 간단한 것은 즉시로 이 분을 안내하는 것이라고 말했다. 까다로운 사람만 아니라면 네 사람이 먹을 것은 있다는 것이었다. 그렇게 하면 그도 다 납득할 것이라는 것이었다. 곤잘레스는 그것 참 좋은 생각이라고 말했다. 그래서 그들은 항구 쪽으로 내려갔다.

마르셀과 루이는 마린느 가의 맨 끝에, 임해 도로를 향해 열려 있는 시문(市門) 바로 옆에 살고 있었다. 두꺼운 벽에 창에는 바깥으로 열리는 페인트칠을 한 나무 덧문이 달려 있고, 아무 장식도 없는 어둠침침한 방들이 있는 조그만 스페인 풍의 집이었다. 그 청년의 어머니가 쌀밥을 대접했다. 어머니라는 사람은, 웃는 낯의 주름살이 많은 스페인 여자였다. 곤잘레스는 놀라는 기색을 보였다. 시내에는 벌써 쌀이 동이 난 상태였기 때문이다. "시의 문에서 적당히 마련하죠."라고 마르셀이 말했다. 랑베르는 먹고 마셨다. 그리고 곤잘레스는 그가 정말 자기들 친구라고 말했다. 그 동안에 신문 기자는 앞으로 보내야 할 한 주일 동안의 일만을 생각하고 있었다.

실상은 두 주일을 기다려야만 했다. 경비 근무의 차례는 사람의 수를 줄이기 위해서 15일 교대로 하게 되어 있었기 때문이다. 그런데 랑베르는 보름 동안 몸을 아끼지 않고 쉴 겨를도 없이, 어떤 의미에서는 모든 것에 눈을 감고 밤까지 부지런히 일을 했다. 밤 늦게야 그는 잠자리에 들었고, 그러면 깊은 잠에 빠져 버렸다. 한가로이 지내다가 갑자기 고달픈 고역을 치르는 처지로 바뀌어진 바람에, 그는 거의 꿈도 기력도 없는 사람이 되었다. 가까워진 자기의 탈출에 대해서도 거의 입 밖에 내지 않았다. 단 한 가지 특기할 만한 사실이 있었는데, 한 주일이 지났을 때 그는 난생 처음으로 그 전날 밤에 취했다는 이야기를 리외에게 한 것이다. 술집에서 나오자, 그는 문득 자기 사타구니가 부어 오르는 것같이 느껴졌으며 겨드랑이가 아프고 두 팔을 움직이기가 어려웠다. 그는 페스트라고 생각했다. 그때 그가 할 수 있었던 유일한 반사적인 동작은, 그도 리외와 함께 이치에 맞지 않는 행동이라는 것을 인정했지만, 시에서 가장 높은 곳으로 뛰어 올라간 것이었다. 그 언덕은 좁은 장소였으며, 거기서도 역시 바다가 보이지는 않지만 하늘이 넉넉하게 보이는 광장인, 거기서 그는 시의 벽돌담 너머로 큰소리로 자기 아내의 이름을 부른 것이었다. 자기 집으로 돌아와서 자기 몸에 아무런 감염 증세가 없음을 발견하고, 그는 그 갑작스런 발작이 자랑할 만한 일이 못되는 것 같이 여겨졌다는 얘기였다. 인간이란 그렇게 행동할 수 있다는 것을 잘 알고 있는 리외가 덧붙였다.

"어쨌든," 하고 그는 말했다. "그런 짓을 하고 싶을 때가 있는 법이죠."

"오늘 아침에 오통 씨가 나보고 당신에 관해서 이야기를 하더군요." 하고 별안간 리외는, 랑베르가 막 가려고 할 때 그렇게 덧붙였다. "그는 나보고 혹 당신을 아느냐고 물었어요. 그러더니 당신에게 충고를 좀 해달라고 하면서, 밀수꾼들하고 자주 왕래하지 말라고 하더군요."

"그것이 무슨 뜻일까요?"

"급히 서둘러야 한다는 말입니다."

"고맙습니다." 리외의 손을 잡으면서 랑베르가 말했다.

문까지 가서 그는 갑자기 뒤돌아보았다. 리외는 페스트가 발생한 후 처음으로 그가 웃는 것을 보았다.

"그런데 왜 선생께서는 내가 떠나는 것을 말리지 않으시나요? 말릴 방법이 얼마든지 있는데요."

리외는 언제나와 같은 동작으로 고개를 흔들어 보이며 말했다. 그것은 랑베르의 문제이고, 랑베르는 행복을 택한 것이며, 리외 자신은 그에 반대할 뚜렷한 이유가 없다는 것이었고, 그 문제에 관해서는 무엇이 옳고 그른가를 판단하기가 불가능한 것처럼 여겨진다는 것이었다.

"그러면서 왜 저에게 빨리 서두르라고 하시나요?"

이번에는 리외가 미소를 지었다.

"아마, 나 역시 행복을 위해서 뭔가 하고 싶었기 때문이겠죠."

그 이튿날, 그들은 더 이상 그 일에 대해서 아무말도 않고 함께 일을 했다. 다음주에, 랑베르는 마침내 그 조그만 스페인 풍의 작은 집에 유숙하게 되었다. 거실에는 그를 위해 침대가 놓여졌다. 젊은이들은 식사를 하러 돌아오는 일도 없었고, 또 되도록 밖에 나가지 말라는 주의를 받았기 때문에, 그는 대부분의 시간을 거실에서 보내거나 그들의 늙은 어머니와 이야기를 하면서 보냈다. 그 여인은 다부진 몸매에 활동적이었는데, 검은 옷을 입고 주름 잡힌 갈색 얼굴에 아주 깨끗한 흰 머리카락을 갖고 있었다. 말이 적은 그 여인은, 랑베르를 바라볼 때 두 눈에 미소를 가득 담을 뿐이었다.

언젠가는 랑베르에게, 부인한테 페스트를 옮길까 봐 두렵지 않느냐고 물어 보는 것이었다. 그의 생각은, 만일의 위험도 있지만, 요는 그런 경우란 극히 드문 것이고, 반면에 그대로 도시에 남아 있으면 그들은 영원히 헤어지게 될 염려가 있을 것 같다고 말했다.

"그녀는 부드러운 여자겠지요?" 그 여인은 미소를 지으면서 말하는 것이었다.

"아주 부드럽죠."

"예뻐요?"

"그런 것 같아요."

"아!" 하고 그 여인은 말하는 것이었다. "그래서 그러시는군요."

랑베르는 돌이켜 생각하는 것이었다. 확실히 그 때문인 것은 틀림없지만 꼭 그렇다고도 할 수는 없었다.

"하느님을 믿지 않으시나요?" 매일 아침 미사에 나가는 그 여인이 말하는 것이었다.

랑베르가 믿지 않는다고 긍정하자, 또 한번 그 여인은 바로 그렇기 때문이라고 말했다.

"가서 만나셔야겠군요. 당신 생각은 당연해요. 그렇지 않으면 뭘 바라고 사시겠어요?"

랑베르는 나머지 시간에는 아무 장식도 없는 회를 바른 벽 둘레를 빙빙 돌면서, 벽에 못 박혀 있는 부채를 어루만지거나 탁자보 끝에 달린 술을 헤아려 보곤 하는 것이었다. 저녁때가 되면 젊은이들이 돌아왔다. 그들은 아직 시기가 안 좋다고 말할 뿐, 그다지 말이 많지 않았다. 저녁 식사가 끝난 다음 마르셀은 기타를 쳤고, 그들은 증류주를 마시곤 했다. 랑베르는 생각에 잠겨 있는 것처럼 보였다.

수요일에 마르셀이 들어오면서, "내일 밤 자정으로 결정됐습니다. 준비나 하고 계세요."라고 말했다. 그들과 함께 근무하는 두 사람 중 하나는 페스트에 걸렸고, 그와 한방을 쓰고 있던 또 한 사람도 격리중이라는 것이었다. 그래서 2,3일 간은 마르셀과 루이만이 근무를 하게 될 거라는 것이었다. 밤새 그들은 마지막 세세한 준비를 갖춰 놓을 작정이었다. 이튿날이면 그것은 가능할 것이었다. 랑베르는 고맙다고 했다. "기쁘세요?" 하고 어머니가 물었다. 그는 기쁘다고 대답했으나, 속으로는 다른 생각을 하고 있었다.

이튿날은 하늘도 우중충한데다 축축하고 숨막힐 듯한 더운 날씨였다. 페스트에 대한 소식은 좋지 않았다. 그 스페인 노파는 여전히 태평스러웠다. "이 세상엔 죄악이 있어요."라고 그 여인은 말하는 것이었다. "그러니 이런 일은 어쩔 수 없지!" 마르셀이나 루이처럼, 랑베르도 웃통을 벗어 부치고 있었다. 그러나 어떤 짓을 해 보아도 등줄기와 가슴팍에 땀이 줄줄 흘렀다. 덧문을 닫아 버린 어둑어둑한 방안에서 그렇게 하고 있으니, 상반신이 거무스름하게 보였고 번들번들했다. 랑베르는 말없이 방안을 빙빙 돌고 있었다. 오후 4시가 되자 그는 갑자기 옷을 입더니 잠깐 나갔다 오겠다고 했다.

"조심해요, 오늘 자정이니까. 준비는 다 잘 되어 있어요." 하고 마르셀이 말했다.

랑베르는 의사의 집으로 갔다. 리외의 모친은 랑베르에게 높은 지대의 병원에 가면 리외를 만날 수 있을 것이라고 일러 주었다. "어서들 가요!" 하고 눈을 부릅뜨고 한 경관이 소리질렀다. 사람들은 움직였으나, 여전히 그냥 빙빙 돌고 있었다. "아무리 기다려 봐도 소용이 없단 말입니다."라고, 땀이 저고리에까지 밴 경관이 말했다. 다른 사람들의 생각도 마찬가지였다. 그래도 그들은 살인적인 더위를 무릅쓰고 거기에 머무르고 있었다. 랑베르가 경관에게 통행증을 내보였더니, 경관은 그에게 타루의 사무실을 가리켜 주었다. 사무실 문은 마당 쪽으로 나 있었다. 그는 사무실에서 나오는 판느루 신부와 마주쳤다.

약품과 눅눅한 이불 냄새가 나는 흰 칠을 한 지저분한 방에서, 타루는 검은색 테이블 너머에 앉아서 셔츠 소매를 걷어 올린 채 팔뚝에서 흘러내리는 땀을 손수건으로 닦아 내고 있었다.

"아직 있었군요." 하고 그가 말했다.

"네, 리외한테 이야기할 것이 있어서요."

"그는 병실에 있어요. 그러나 리외에게까지 가지 않고도 해결될 일이면 좋겠는데요."

랑베르는 타루를 바라보고 있었다. 타루는 야윈 모습이었다. 피로가 두 눈과 얼굴을 초췌하게 만들었다. 그의 다부진 두 어깨는 둥그렇게 오그라들어 있었다. 노크 소리가 나더니, 흰 마스크를 한 간호원 한 명이 들어왔다. 그는 타루의 책상 위에 한 묶음의 카드를 놓았다. 그리고는 마스크 때문에 코가 막힌 소리로 "여섯입니다."라고만 말하고 나가 버렸다. 타루는 랑베르를 보았다. 그리고 카드를 부채 모양으로 펴 들어서 그에게 보여 주었다.

"어때요, 근사한 카드죠? 그런데 그렇지가 않아요. 사망자지요. 밤 사이에 생긴 사망자 카드랍니다."

그의 얼굴은 어두워졌다. 그는 카드들을 다시 간추렸다.

"우리에게 남은 일은 하나밖에 없어요. 그것은 장부를 만드는 것입니다."

타루가 책상에 한 손을 짚고 일어섰다.

"이제 곧 떠나십니까?"

"오늘 밤 자정에 떠납니다."

타루는 랑베르에게 자기도 기쁘다고, 부디 몸조심 하라고 말했다.

"진심으로 그런 말씀을 하시나요?"

타루는 어깨를 으쓱해 보였다.

"내 나이가 되면, 싫어도 진심으로 말하지 않을 수 없죠. 거짓말을 한다는 것은 아주 귀찮은 일이지요."

"타루!" 하고 신문 기자가 말했다. "죄송하지만 의사 선생을 만나고 싶습니다."

"압니다. 그는 나보다 더 인간적이지요. 갑시다."

"그게 아닙니다." 어쩐지 난감한 듯 랑베르가 말했다. 그리고는 입을 다물었다.

타루가 그를 보았다. 그러더니 문득 그를 보고 히죽 웃었다.

그들은 벽을 밝은 초록색으로 페인트칠을 한, 마치 수족관처럼 햇빛이 떠돌고 있는 복도를 따라서 걸어갔다. 뒤에 기묘한 망령들이 떠돌아다니고 있는 듯이 보이는 유리가 박힌 겹문에 다다르기 조금 전에, 타루는 사방을 미닫이로 차단한 좁은 방으로 랑베르를 들여보냈다. 그는 그 미닫이 중의 하나를 열고, 소독기에서 흡수성 가제로 만든 마스크 두 개를 꺼내서, 랑베르에게 하나를 내밀며 쓰라고 말했다. 신문 기자는 그것이 무슨 소용이 있느냐고 물었다. 타루는, 아무 소용도 없지만 이걸 하고 있으면 저편이 안심한다고 대답했다.

그들은 유리로 된 문을 밀어서 열었다. 거기는 널찍한 방이었는데, 계절에 아랑곳없이 창문은 모두 닫혀 있었다. 벽 위쪽에 환풍기가 윙윙거리고 있었고, 그 날개가 두 줄로 늘어선 회색 침대 위에서 찌는 듯한 뿌연 공기를 휘젓고 있었다. 여기저기서 무딘 또는 날카로운 신음 소리가 들려와서 하나의 단조로운 비명을 만들어 내고 있을 따름이었다. 흰옷을 입은 남자들이 높은 들창으로 흘러나오고 있는 따가운 햇살 속에서 느릿느릿 움직이고 있었다. 랑베르는 그 방의 숨막히는 더위에 기분이 언짢아서, 신음 소리를 내고 있는 어떤 그림자 위에 허리를 굽히고 있는 리외를 좀처럼 알아보지 못했다. 의사는 두 간호원이 침대 양쪽에서 움직이지 못하게 확 누르고 있는 환자의 사타구니를 째고 있었다. 그는 몸을 일으켜 수술 도구를 조수 하나가 내미는 쟁반에다 떨어뜨리고는 한동안 가만히 선 채, 붕대가 감겨지기 시작한 그 남자를 바라보고 있었다.

"무슨 일이라도 있나요?" 하고 그는 가까이 간 타루에게 물었다.

"판느루 씨가 예방 격리소에서 랑베르 씨가 하던 일을 대신하겠다고 승낙했어요. 지금까지도 애를 많이 썼지요. 남은 일은, 랑베르 씨를 제외하고 제3 검역반을 다시 편성하는 것이지요."

리외는 고개를 끄덕이며 찬성했다.

"카스텔이 첫 제품을 완성했어요. 시험해 보고 싶다고 하더군요."

"아!" 하고 리외가 말했다. "그거 잘 되었군요."

"그리고, 여기 랑베르 씨가 와 있어요."

리외가 돌아다보았다. 마스크 너머로 신문 기자를 보면서 그는 눈을 찌푸렸다.

"이런 데서 뭘 하시오?" 하고 그가 말했다. "당신은 이미 다른 곳에가 있어야 할 텐데요."

타루가 오늘 밤 자정으로 결정되었다고 말하자, 랑베르가 "원칙적으로 그렇다는 거지요." 하고 덧붙였다.

그들 누구나 이야기를 할 때마다 가제 마스크가 부풀어 올랐고, 입 언저리가 축축해지는 것이었다. 그래서 마치 조각품들끼리의 대화처럼 어딘지 비현실적인 대화를 주고받는 것 같았다.

"드릴 말씀이 있어서요." 라고 랑베르가 말했다.

"괜찮으시다면 같이 나가시죠. 타루 씨의 사무실에서 기다려 주세요."

잠시 후, 랑베르와 리외는 의사의 자동차 첫 좌석에 앉았다. 타루가 운전을 했다.

"이젠 휘발유가 없는 걸." 시동을 걸면서 타루가 말했다. "내일부터는 걸어다녀야만 해요."

"선생님," 랑베르는 말을 꺼냈다. "나는 떠나지 않겠어요. 당신들과 함께 남을까 합니다."

타루는 아무 반응도 보이지 않았다. 그는 여전히 운전을 하고 있었다.

리외는 피로에서 헤어날 수가 없는 것 같았다. "그럼 부인은요?" 하고 그는 짓눌린 듯한 목소리로 물었다.

랑베르는 다시 곰곰이 생각해 보았는데, 자기 생각에 변함은 없건만 그래도 자기가 떠나 버리면 부끄러운 짓을 하는 것이 될 것이라고 말했다. 그렇게 되면 남겨 두고 온 그 여자를 사랑하는 데도 지장이 있을 거라는 얘기였다. 그러나 리외는 똑바로 일어나 앉아 뚜렷한 목소리로, 그것은 어리석은 일이다, 행복을 택하는 데 부끄러울 건더기는 없다고 말했다.

"그렇습니다." 랑베르가 말했다. "그러나 혼자만 행복하다는 것은 부끄러운 일이지요."

그때까지 입을 다물고 있던 타루가 고개를 돌리지도 않고, 만약 랑베르가 남들과 불행을 함께 할 생각이라면 행복을 위한 시간은 결코 못 얻게 되고 말 것이니, 어느 한쪽을 택해야 한다는 것을 지적했다.

"그게 아닙니다."라고 랑베르가 말했다. "나는 늘 이 도시와는 관계가 없고 여러분과는 아무 상관도 없다고 생각해 왔어요. 그러나 이제는 볼 대로 다 보고 나니, 나는 내가 싫건 좋건 간에 이 고장 사람이라는 것을 깨달았어요. 이 사건은 우리들 모두에게 관계가 있는 것입니다."

아무도 대답하려 하지 않아 랑베르는 초조한 모양이었다.

"아니, 당신들도 잘 알고 계시잖아요! 그렇지 않고서야 그 병원에서 무엇을 하자는 거예요? 그래서 당신들은 선택한 거고, 그리고 행복도 단념한 것이 아닙니까!'

타루도 리외도 여전히 대답하려 하지 않았다. 오랜 침묵이 계속된 채로 마침내 리외의 집에 가까워졌다. 그런데 랑베르는 다시금 더 힘을 들여서 아까의 그 질문을 되풀이했다. 그러자 오직 리외만이 그에게로 얼굴을 돌렸다. 그는 애써 몸을 일으켰다.

"섭섭하게 생각하지 말아 줘요, 랑베르." 하고 그가 말했다. "그러나 나는 그것을 모르겠어요. 원하신다면 우리하고 남아 계시지요."

자동차가 기울어지는 바람에 그는 입을 다물었다. 그리고는 앞을 보면서 또 말을 이었다.

"자기가 사랑하는 것으로부터 몸을 돌릴 만한 가치가 있는 건 이 세상엔 하나도 없지요. 그런데, 나도 확실한 이유도 모른 채 거기서 돌아서 왔죠."
그는 쿠션에 다시 몸을 푹 기대었다.
"그것은 하나의 사실입니다. 그뿐이죠." 하고 그는 지친 얼굴로 말했다. "그것을 그대로 기록해 두고, 거기서 결론을 끌어내 봅시다."
"무슨 결론을요?" 하고 랑베르가 물어 보았다.
"아!" 리외가 말했다. "우리는 병을 고치면서 동시에 그걸 알아낼 수는 없어요. 그러니 되도록 빨리 치료부터 해야겠죠. 그것이 가장 급합니다."
자정이 되자 타루와 리외는 랑베르에게 그가 검역을 책임지기로 된 지역의 지도를 작성해 주고 있었다. 그때 타루가 자기의 손목 시계를 보았다.
고개를 들자 그는 랑베르의 시선과 부딪쳤다.
"탈출 않겠다는 걸 알려 주었나요?"
신문 기자는 눈길을 돌렸다.
"한마디만 말하고 왔어요." 하고 그는 힘들여 말했다. "여러분을 뵈러오기 전에요."

* * *

카스텔의 혈청이 시험된 것은 10월 하순이었다. 사실 그것은 리외의 마지막 희망이었다. 이것마저 실패할 경우에 도시는 다시 몇 개월에 걸쳐 위력을 떨치거나 혹은 아무 이유도 없이 그치거나 양단간에 페스트의 변덕에 시달려 곤혹을 치르게 될 것을 의사는 확신하고 있었다. 카스텔이 리외를 찾아온 바로 그 이튿날에는 오통 씨의 아들이 병이 들어서 온 가족이 예방 격리소에 수용되지 않을 수 없었다. 그 어머니는 조금 전 격리소에서 나왔는데, 또다시 격리되었던 것이다. 정해진 규정을 준수하는 판사는 자기 아들의 몸에서 병의 증세를 발견하자마자 리외를 불렀던 것이다. 리외가 왔을 때 그 아버지와 어머니는 침대의 발치에 서 있었다. 어린 딸은 멀리 떼어 놓고 있었다. 어린아이는 마침 기진해 있었으므로 진찰을 받는데도 가만히 있었다. 의사가 고개를 들었을 때 그는 판사의 시선과, 그의 뒤에서 손수건을 입에 대고 크게 뜬 눈으로 의사의 일거일동을 주시하고 있는 어머니의 창백한 얼굴과 마주쳤다.

"역시 그렇죠?" 판사가 냉담한 목소리로 물었다.

"그렇군요." 리외는 다시 어린아이를 보면서 대답했다.

어머니의 두 눈이 더욱 커졌다. 그러나 그 여자는 여전히 입을 열지 않고 있었다. 판사도 입을 다물고 있다가, 이윽고 더 나지막한 소리로 말했다.

"그러면 선생님, 규정대로 해야겠군요."

리외는 여전히 입에 손수건을 대고 있는 어머니를 보지 않으려고 애썼다.

"그건 이내 할 수 있지요."라고 주저하면서 리외는 말했다. "전화만 걸게 해 주시면요."

오통 씨는 곧 안내하겠다고 말했다. 그러나 의사는 그의 아내에게로 몸을 돌렸다.

"어떻게 말씀드려야 할지 모르겠습니다. 부인께서는 짐을 좀 꾸려 주셔야 할 겁니다. 준비할 것을 알고 계실 줄 압니다."

"네." 하고 그 여자는 고개를 끄덕이면서 말했다. "지금 준비하겠어요."

그들과 헤어지기 전에 리외는 혹 무엇이고 필요한 것이 없느냐고 물어 보지 않을 수 없었다. 판사 부인은 여전히 말없이 그를 보고 있었다. 그러자 이번에는 판사가 눈길을 돌렸다.

예방 격리는 애당초에는 단순한 형식에 지나지 않던 것이, 리외와 랑베르에 의하여 아주 엄격하게 조직화해 버렸다. 특히 그들은 한 집에 사는 가족끼리, 반드시 따로따로 격리되는 것을 강조했던 것이다. 만약 그 가족 중의 하나가 모르는 사이에 전염이 되었다 해도, 병이 번질 기회를 주어서는 안 되었던 것이다. 리외는 그러한 취지를 판사에게 설명을 했더니, 판사는 그것을 당연하다고 인정했다. 그러나 판사와 그 아내가 서로 마주보는 눈치로 미루어서, 리외는 그 이별이 그들에게 얼마나 타격을 주었는가를 느꼈다. 오통 부인과 어린 딸은 랑베르가 관리하는 격리 호텔에 수용될 수 있었다. 그러나 그 예심 판사에게는 현 당국이 도로과에서 빈 천막들을 이용해서 시립 운동장에 시설중인 격리 수용소 이외엔 가 있을 만한 장소가 없었다. 리외가 그 사실을 말하고 양해를 구했다. 그러자 오통 씨는 만인을 위한 규칙은 하나밖에 없고 그것에 복종하는 것이 옳다고 말했다.

어린아이는 임시 병원에 이송되어, 침대 열 개가 설비되어 있는 옛날의 교실에 수용되었다. 약 20시간이 지나자, 리외는 아주 절망적인 증상이라고 판단을 내렸다. 그 작은 몸은 아무런 반항도 못하고 병독이 파고드는 데 맡기고 있었다. 고통스러운, 그러나 거의 드러나 보이지 않는 작은 멍울들이, 가냘픈 사지의 마디마디에 퍼져 있었다. 이미 승산이 없는 싸움이었다. 그렇기 때문에 리외는 카스텔의 혈청을 그 어린아이에게 시험해 볼 생각을 한 것이다. 그날 저녁, 그들은 저녁 식사가 끝나자 긴 시간에 걸쳐 접종을 실시했지만, 단 한번의 반응도 그 어린아이에게서 얻을 수가 없었다. 이튿날 새벽에 중요한 실험 결과를 알아보기 위해서 모두들 어린아이 곁으로 몰려들었다.

어린아이는 마비 상태에서 깨어나, 이불 밑에서 경련적으로 몸을 뒤틀고 있었다. 의사 카스텔과 리외, 그리고 타루는 새벽 4시부터 그 곁에 서서, 시시각각으로 병세의 진행 또는 후퇴를 지켜보고 있었다. 침대 머리맡에는 타루의 육중한 몸이 약간 구부정하게 서 있었다. 침대의 발치에 서 있는 리외의 곁에 앉은 카스텔은, 표면적으로는 아주 침착한 태도로 낡은 책을 읽고 있었다. 차츰 햇살이 그 옛날의 교실 안으로 퍼져 감에 따라서, 다른 사람들도 왔다. 먼저 판느루가 와서 침대 저편에 자리를 잡고 타루와 마주 보며 벽을 등지고 섰다. 괴로운 듯한 표정이 그의 얼굴에 엿보였고, 몸 바쳐 일해 온 지난 며칠 동안의 피로가 그 충혈된 이마에 주름살을 잡아 놓고 있었다. 이번에는 조세프 그랑이 왔다. 7시였는데, 그 서기는 헐떡거리며 늦게 와서 미안하다고 말했다. 자기는 잠시밖에는 있지 못하지만, 무슨 확실한 것을 알게 되었느냐는 것이었다. 리외는 아무말 없이 그에게, 고통스런 얼굴에 눈을 딱 감고, 힘껏 이를 악물고, 몸은 꼼짝도 안 하고, 베갯잇도 없는 베개 위에서 좌우로 고개를 움직이고 있는 어린아이를 가리켰다. 마침내 날이 밝아져, 방 안쪽 깊숙이 옛날 제자리에 그대로 걸려 있는 흑판 위에, 옛날에 썼던 방정식 자국을 읽을 수 있게 되었을 무렵 랑베르가 왔다. 그는 옆의 침대 발치에 등을 기대고 담배를 물었다. 그러나 어린아이를 한번 슬쩍 보고 나서 그는 담뱃갑을 도로 호주머니 속에 넣었다.

카스텔이 여전히 앉은 채로 내려진 안경 너머로 리외를 보고 있었다.

"아이 아버지의 소식은 들으셨나요?"

"아니오." 리외가 말했다. "그는 격리 수용소에 있는 걸요."

의사는 어린아이가 신음하고 있는 침대의 나무를 힘껏 움켜쥐고 있었다. 그는 어린 환자에게서 눈을 떼지 않고 있었는데, 어린아이는 갑자기 몸이 굳어지면서 다시 이를 악물고 몸을 약간 구부리고 팔다리를 벌리는 것이었다. 군용 모포 아래 벌거벗은 작은 몸에서 털실 냄새와 시큼한 땀 냄새가 올라오고 있었다. 어린아이는 차츰차츰 축 늘어져서 팔다리를 침대 한가운데로 모으더니, 여전히 눈을 감고 숨소리를 죽인 채로 호흡이 더 가빠진 듯싶었다. 리외는 타루의 시선과 마주쳤다. 타루는 시선을 돌렸다.

몇 달 전부터 그 무서운 병은 사람을 가리지 않았기 때문에, 이미 아이들이 죽는 것을 수없이 봐 왔다. 그러나, 그날 아침처럼 그렇게 시시각각으로 어린아이가 고통스러워하는 광경을 살펴본 적은 지금까지 한번도 없었다. 더구나 죄 없는 아이들에게 가해지는 고통은 언제나 그들에겐 분노로 다가왔다. 그러나 적어도 그전까지는, 어떤 의미에서 추상적인 격분을 느끼고 있었을 뿐이다. 왜냐 하면 죄 없는 어린아이가 그렇게도 오래 숨이 끊어질 때의 고통을 느끼는 모습을 똑바로 바라본 일이 결코 없었기 때문이었다.

마치 이때 어린아이는 위장을 누가 잡아뜯기라도 하는 듯, 가냘픈 신음소리를 내면서 다시 몸을 구부렸다. 어린아이는 한참 동안 그처럼 몸을 움츠린 채, 연약한 뼈대가 휘몰아치는 페스트의 바람에 휘어지고 끊임없는 열풍에 삐걱거리듯, 오들오들 떨면서 경련적으로 헐떡거리고 있었다. 그 발작이 지나가자 긴장이 좀 풀리고 열이 가라앉는 듯이 보였고, 헐떡거리면서 음습하고 독기 서린 모래사장에 내던져진 듯싶었는데, 조용해진 모습이 벌써 주검과 같았다. 타오르는 듯한 열의 물결이 세 차례나 밀려와서 몸을 조금 들어 올려놓는 듯 하더니, 어린아이는 바싹 오그라들어서 그를 불태울 것 같은 불꽃의 공포에 싸여 침대 밑바닥으로 움츠러들었다. 그리고 나서 이불을 차면서 미친 듯이 머리를 흔들었다. 불긋해진 눈꺼풀에서 솟아 나오는 구슬 같은 눈물이 납 빛깔이 된 얼굴 위로 흘러내리기 시작했다. 그리고 어린아이는 그 발작이 끝나자 탈진하여, 뼈가 드러나 보이는 두 다리와 48

시간 만에 살이 완전히 빠진 두 팔에 경련을 일으키며, 흐트러진 침대 위에서 십자가에 못 박힌 사람처럼 괴상한 자세를 취하는 것이었다.

타루는 몸을 굽히고, 그의 두툼한 손으로 눈물과 땀으로 흠뻑 젖은 그 조그만 얼굴을 닦아 주었다. 카스텔은 조금 전부터 책을 덮고 환자를 물끄러미 바라보고 있었다. 그는 무슨 말을 하려고 시작했으나, 그 말을 끝낼 때까지 간간이 기침을 하지 않을 수 없었다. 목소리가 별안간 이상해져 버렸기 때문이었다.

"아침에 병세의 후퇴가 있었던 게 아니오, 리외?"

리외는 없었다고 대답했다. 그러나 어린아이는 보통의 경우보다 오랜 시간에 걸쳐 저항을 하고 있다고 말했다. 판느루는 벽에 기댄 채 어딘지 기운이 빠진 듯이 보였는데, 그때 들릴까말까 한 목소리로 이렇게 말했다.

"기왕 죽는 거라면, 남보다 더 오래 고통을 겪는 셈이지."

리외가 느닷없이 그에게로 몸을 돌리고 말을 하려고 입을 벌리다가 그만두었는데, 자신을 억제하려고 애 쓰는 빛이 역력히 보였다. 그리고는 다시 시선을 어린아이에게로 돌렸다.

햇빛이 방안에 가득 차 있었다. 다른 다섯 개의 침대 위에서는 환자들이 꿈틀거리며 신음하고 있었다. 그러나 타협이나 되어 있는 듯이 한결같이 조심스런 태도들이었다.

방의 저 끝에서 고함을 치고 있는 단 한 사람의 환자만이 규칙적인 간격을 두고, 고통이라기보다는 차라리 놀라움을 나타내는 듯한 작은 소리를 내지르고 있었다. 마치 환자들 자신의 경우조차도, 그것은 초기의 무서움이 아닌 것처럼 보였다. 이제는 병을 앓는 그들의 태도에서는 일종의 동의 같은 것이 곁들여져 있었다. 단지 어린아이만이 온 힘을 다해서 발버둥치고 있었다. 리외는 가끔 가다가, 별로 그럴 필요성이 있기 때문이 아니라 오히려 현재 자기의 무력한 무위 상태에서 벗어나기 위해서 어린아이의 맥을 짚어 보곤 했는데, 눈을 감으면 어린아이의 몸부림이 자기 자신의 피의 동요와 뒤섞이는 것을 느꼈다. 그때 그는 고통받는 어린아이와 한 몸이 되었으며, 아직 건강한 자기의 모든 힘을 쏟아서 그 아이를 지탱해 주려고 애쓰는 것이었다. 그러나 한순간 어우러졌다 싶으면 두 사람의 심장의 고동은 서로 엇갈리게 되어 어린아이는 그에게서 빠져나가는 것이었고, 그의 노력은 허공 속에서 가라앉는 것이었다. 그러면 그는 가느다란 손목을 놓고 자기 자리로 돌아오곤 하는 것이었다.

회칠을 한 벽을 따라서, 햇빛은 장밋빛에서 노란빛으로 변해 가고 있었다. 창유리 저편에서는 푹푹 찌는 아침이 바스락거리기 시작하고 있었다. 그랑이 다시 돌아오겠다고 말하고 가 버리는 것을 아무도 들은 사람이 없을 정도였다. 모두들 기다리고 있었다. 어린아이는 여전히 눈을 감은 채 좀 가라앉은 듯싶었다. 마치 새의 발톱처럼 되어 버린 두 손이 침대 가장자리를 살며시 문지르고 있었다. 그 손이 다시 올라가서 무릎 근처의 이불을 긁다가, 갑자기 어린아이는 두 다리를 구부려서, 넓적다리를 배 가까이까지 끌어올리고는 움직이지 않았다. 아이는 이때 처음으로 눈을 뜨고, 앞에 있는 리외를 보았다. 이제는 회색의 점토처럼 굳어 버리고만 그 얼굴의 움푹한 곳에서 입이 벌어졌다. 그러더니 곧 지속적인 비명, 호흡에 따른 억양조차 거의 없이 갑자기 단조롭고 불협화한 항의로 방안을 가득 채웠다. 그리고 마치 모든 인간이 동시에 질러 댔다고 생각될 만큼 비인간적인 비명이 터져 나왔다. 리외는 이를 악물고, 타루는 얼굴을 돌렸다. 랑베르는 카스텔 곁의 침대에 가까이 갔고, 카스텔은 무릎 위에 펼쳐져 있던 책을 덮었다. 판느루는 병으로 인해 까맣게 타 버린 그 어린아이의 입을 바라보고 있었다. 그 입은 어떤 나이의 사람들도 내지르고야말 비명으로 가득 차 있었다. 그리고는 그는 갑자기 무릎을 꿇더니 다소 숨을 죽인 듯한, 그러나 멎을 기색도 없는 그 이름 모를 비명의 그늘에 똑똑히 알아들을 수 있는 목소리로 다음과 같이 말하는 것을 아무도 부자연스럽게 생각하지 않았다. "하느님이시여, 제발 이 어린이를 구해 주소서!"

그러나 어린아이는 계속해서 소리를 질렀고, 그 주변의 환자들까지 흥분하기 시작했다. 아까부터 줄곧 방의 저 끝에서 소리를 지르고 있던 그 환자는 앓는 소리의 리듬을 더 빨리 해서 마침내는 그도 역시 정말 비명을 지르기에 이르렀고, 한편 다른 환자들도 점점 심하게 신음하는 것이었다. 밀물 같은 흐느낌이 방안으로 밀려들면서 판느루의 기도 소리를 뒤덮어 버리고 말았다. 리외는 침대 모서리에 매달린 채, 피로와 혐오에 취한 듯이 두 눈을 감았다.

그가 다시 눈을 떴을 때, 타루가 옆에 있었다.

"도저히 여기에 더 있지 못하겠어요." 하고 리외가 말했다. "더 참을 수가 없어요."

그러나 갑자기 다른 환자들이 조용해졌다. 그때 의사는 어린아이의 비명이 약해진 것을 알아차렸다. 그 비명은 점점 더 약해지더니 급기야는 멎어 버렸다. 그러더니 그의 주위에서 비탄의 소리들이 그러나 나지막하게, 이제 막 끝난 그 싸움의 멀리서 울려오는 메아리와도 같이 다시 시작되고 있었다. 싸움은 이제 끝나 버렸다. 카스텔은 침대 저쪽으로 가더니, 이제 모든 것은 끝났다고 말했다. 어린아이는 입을 벌린 채로, 그러나 말없이 흐트러진 이불의 움푹 들어간 곳에서 몸을 웅크리고, 얼굴에는 눈물자국을 남긴 채로 누워 있었다.

판느루가 침대에 가까이 가서 강복을 비는 몸짓을 했다. 그리고 그는 자기의 성의(聖衣)를 다시 여미고, 중앙 통로를 지나서 나가 버렸다.

"모든 것을 다시 시작해야 하나요?" 하고 타루가 카스텔에게 물어 보았다.

늙은 의사는 고개를 끄덕거렸다.

"아마도 그럴 겁니다." 하고 그는 일그리진 미소를 띠면서 말했다.

"어쨌든 오래 지탱하기는 했어요."

그러나 리외는 이미 방을 나가고 있었는데, 그 걸음걸이가 이상하게 빠르고, 판느루를 앞질러 가려 했을 때 판느루가 그를 붙잡으려고 팔을 내밀었을 정도로 심상치 않은 태도였다.

"잠깐 기다리세요, 리외." 하고 그가 말했다.

리외는 여전히 흥분한 태도로 몸을 돌리더니 격렬한 어조로 내뱉었다.

"정말 그 아이만은, 적어도 아무 죄가 없었습니다. 당신도 그것은 알고 계실 거예요!"

그러더니 그는 몸을 돌려, 판느루보다 먼저 방문을 지나 교정의 안쪽으로 갔다. 그는 나무 숲 가운데 있는 먼지투성이의 벤치 위에 앉아서 벌써 눈 속에까지 흘러 들어온 땀을 닦았다. 그는 가슴을 짓이겨 놓은 매듭을 풀어 버리기 위해서 아직도 큰소리로 떠들고 싶었다. 더위가 무화과나무 가지 사이로 서서히 쏟아져 내리고 있었다. 아침나절의 푸른 하늘에는 이내 허여멀건 각막 백반과 같은 구름이 덮여 대기를 더 숨막히게 만들어 놓고 있었다. 리외는 벤치 등받이에 몸을 깊숙이 기댔다. 그는 나뭇가지들과 하늘을 바라보며 서서히 호흡을 가다듬고, 조금씩 피로를 풀었다.

"왜 나한테 그렇게 화를 내며 말씀하셨죠?" 하는 소리가 뒤에 들렸다. "나 역시 그 광경은 차마 볼 수 없는 것이었어요."

리외가 판느루를 돌아다보았다.

"정말 그렇습니다." 그가 말했다. "나쁘게 생각지 말아 주세요. 피곤해서 그만 어리석은 짓을 했군요. 그리고 이 도시에서 나는 분노를 느낄 때가 이따금 있습니다."

"이해합니다." 판느루가 중얼거렸다. "정말 우리 힘에 넘치는 일이니 분노가 생길 만합니다. 그러나 아마도 우리는 우리가 이해할 수 없는 것을 사랑해야 할지도 모릅니다."

리외가 벌떡 몸을 일으켰다. 그는 그때 몸 속에 느낄 수 있는 모든 힘과 정열을 기울여서 판느루의 얼굴을 빤히 바라보고는 고개를 흔들었다.

"그런 일은 있을 수 없습니다." 하고 그가 말했다. "나는 사랑이라는 것을 달리 생각하고 있어요. 어린아이들까지도 고통을 주는 이 세상을 사랑하기란 죽어도 싫습니다."

판느루의 얼굴에는 곤혹스런 그림자가 스쳤다.

"아! 선생님." 하고 그는 서글프게 말했다. "이제야 나는 은총이라고 부르는 것이 과연 무엇인가를 알게 되었어요."

그러나 리외는 다시 벤치에 힘없이 몸을 내던졌다. 그는 다시 엄습해 오는 피로 속에서, 좀더 부드럽게 말했다.

"그건 확실히 나에겐 없는 것입니다. 잘 알고 있어요. 그러나 그런 문제를 당신하고 토론하고 싶지는 않아요. 우리는 모독이니 기도니 하는 것을 초월해서, 우리를 맺어 주고 있는 그 무엇을 위해서 함께 일하고 있어요. 그것만이 중요합니다."

판느루가 리외의 곁에 와서 앉았다. 그는 감동한 기색이었다.

"그럼요." 하고 그가 말했다. "그럼요, 당신도 역시 인류의 구제를 위해서 일하고 계시고 말고요."

리외는 미소를 지어 보려고 노력했다.

"인류의 구원이란 나에게는 너무나 거창합니다. 나는 그렇게까지 엄청난 포부는 갖지 않았습니다. 내게 관심이 있는 것은 인류의 건강입니다. 다른 무엇보다도 건강이지요."

판느루는 잠깐 망설였다.

"선생님." 하고 그가 말했다.

그러나 그는 입을 다물었다. 그의 이마에도 땀이 흘러내리기 시작하고있었다. 그가 "실례하겠습니다." 하고 중얼거리고 일어났을 때, 그의 눈은 반짝거리고 있었다. 그가 가려고 했을 때, 생각에 잠겨 있던 리외도 일어서서 그에게로 한걸음 다가섰다.

"다시 사과합니다."라고 그는 말했다. "다시는 그렇게 화내는 일은 없을 겁니다."

판느루는 손을 내밀고 서글프게 말했다.

"그렇지만 나는 당신을 설득하지 못했지요."

"그게 어떻다는 겁니까?" 하고 리외가 말했다. "내가 증오하는 것은 죽음과 불행입니다. 그것은 당신도 잘 알고 계십니다. 그리고 당신이 원하시든 원하시지 않든 간에 우리는 다같이 참으며 그것들과 싸우고 있습니다."

리외는 판느루의 손을 잡고 있었다.

"보시는 바와 같이 이렇게." 그는 판느루를 보지 않으려고 애쓰면서 말했다. "하느님조차도 이제는 우리를 떼어 놓지 못하는 겁니다."

* * *

판느루는 보건대에 들어온 이후로, 병원과 페스트가 들끓는 장소를 떠나 본 일이 없었다. 그는 보건 대원들 틈에서 마땅히 자신이 차지해야 한다고 생각되는 자리, 즉 최전선에 몸을 두고 있었던 것이다. 죽음의 장면을 목격하는 경우도 드물지는 않았다. 그런데, 비록 원칙적으로는 혈청에 의해서 안전이 보장되어 있기는 했지만, 자기 자신이 죽을 우려도 아주 없는 것은 아니었다. 겉으로 보기에 그는 언제나 냉정을 유지하고 있었다. 그러나 그는 한 어린아이가 죽어 가는 것을 오랫동안 지켜보고 있었던 그날부터 변한 것 같았다. 그의 얼굴에서 긴장을 엿볼 수 있게 되었다. 그리고 그가 리외에게 미소를 지으면서, 자기는 지금 '사제가 의사의 진찰을 요구할 수 있는가?'라는 논제에 대해 짧은 논문을 쓰고 있노라고 말한 날, 의사는 그것이 단순히 판느루가 하는 말 같지가 않고, 좀더 심각한 그 무엇을 의미하는 것 같은 느낌을 받았다. 의사가 논문의 내용을 알고 싶다고 말했을 때 판느루는, 자기가 남자들을 위한 미사에서 설교를 하게 되었는데, 그 기회에 적어도 몇 가지의 자기 견해를 말할 작정이라고 말했다.

"선생님도 오셨으면 좋겠습니다. 논제는 아마 당신에게도 흥미가 있을 거예요."

신부는 바람이 거세게 부는 어느 날 그의 두 번째 설교를 했다. 사실을 말하자면, 청중은 첫 번째 설교 때보다는 적었다. 그것은, 그런 종류의 모임이 우리 시민들에게는 더 이상 신기한 매력이 아니었기 때문이었다. 도시 전체가 겪고 있는 여러 가지 어려운 상황 속에서는 신기함이라는 단어 자체가 이미 의미를 잃고 있었다. 게다가 대부분의 사람들은 그들이 종교상의 의무를 완전히 저버리거나, 또는 그런 것을 어떤 철저한 비도덕적인 생활에다 아주 걸맞은 것으로 만들어 버리고 있지 않았더라도, 일상적인 종교적 의무를 도저히 말도 안 될 미신으로 대치해 버렸던 것이다. 그들은 미사에 참석하기보다는 차라리 마스코트가 되는 메달이라든가, 성(聖) 로크의 부적 같은 것을 즐겨 몸에 지니고 다녔다.

그러한 예로써, 시민들이 예언을 함부로 믿고 들먹이고 있던 사실을 들 수 있다. 봄이 되자, 사실 사람들은 이제나저제나 하고 병이 끝나기를 기다렸다. 그런데 아무도 다른 사람에게 질병이 얼마나 더 계속될 지 물어 보려고 하지 않았다. 왜냐 하면 모든 사람들은 병이 언제까지나 계속되지 않으리라고 생각하고 있었기 때문이었다. 그러나 시간이 지남에 따라서, 그 불행에는 정말 끝이 없는 것이 아닌가 걱정하기 시작했고, 그래서 동시에 페스트의 종말이라는 것이 모든 희망의 대상이 되었던 것이다. 그래서 고대의 마술사들이나 카톨릭 교회의 성자들에 의한 여러 가지 예언이 이 사람 저 사람에게로 전해지게 되었다. 시중의 인쇄업자들은 이 열중을 미끼로 해서 한바탕 돈벌이를 할 수 있다는 것을 재빠르게 판단하고, 유통중인 책들을 대량으로 찍어 내어 뿌렸다. 그들은 공중의 흥미가 식을 줄 모르는 것을 보고, 시립 도서관 등을 이용해서 야사(野史) 중에서 발췌할 수 있는 그런 종류의 모든 증언을 찾아내게 해서 그것들을 시중에 퍼뜨려 놓았다. 역사 자체가 예언에 대해서 충분히 씌어 있지 않을 때는 기자들에게 주문을 했는데, 그들 역시 그 점에 관한 한 과거 몇 세기 동안에 있었던 예에 못지 않게 유능한 솜씨를 발휘했다.

그러한 예언들 중의 어떤 것들은 심지어 신문지상에 연재되기까지 했고, 그것들은 건강했던 시기에 거기에 실렸던 달콤한 이야기들보다 더 열심히 읽혀졌다. 그러한 예언들 중의 몇 가지를 그 해의 연도나 사망자 수, 페스트가 계속된 달 수 같은 것들이 곁들여진 기묘한 계산에 근거를 두고 있었다. 또, 어떤 것은 역사상 대규모로 발생한 페스트와 비교를 시도하고, 거기에서 유사한 점(예언에서는 그것을 불변의 사실이라 불렀다.)을 끄집어내어, 그것들 역시 전자에 못지 않은 기묘한 계산을 해 거기서 현재의 시련에 관한 교훈을 끌어내려는 것이었다. 그러나 제일 일반적으로 귀중하게 여겨진 것은 두말할 나위도 없이 묵시록의 말로써 알려주는 일련의 사건들이었는데, 그 하나 하나를 현재 이 순간에 겪고 있는 사건으로 볼 수도 있었고, 또 그 복잡성에서 여러 가지 해석이 허용되는 것들이었다. 노스트라다무스와 성 오딜이 매일같이 인용되고, 더구나 항상 그럴 듯한 수확이 있었다. 그런데 모든 예언에서 공통되는 것은, 결국에 가서는 사람들을 안심시켜 주는 점이었다. 다만 페스트만은 그렇지가 않았다.

그러므로 그러한 미신이 우리 시민들에게는 종교의 자리를 대신 차지하고 있었으며, 바로 그런 이유로 판느루의 설교도 4분의 3밖에는 청중이 차지 않은 성당에서 행해졌다. 설교가 있던 날 저녁에 리외가 갔을 때, 성당 입구의 문틈으로 들어오는 바람이 청중들 사이를 제멋대로 휩쓸고 있었다. 그는 춥고 고요한 성당의 남자들만으로 한정된 청중들 속에 자리를 잡고 앉아서, 신부가 단상으로 올라가는 모습을 보았던 것이다. 신부는 첫 번째보다 부드럽고 생각이 깊은 말투로 이야기를 했고, 또 몇 번씩이나 청중들은 그의 말투에서 모종의 망설이는 빛을 발견했다. 더 이상한 것은 그가, 이제는 '여러분'이라고 하지 않고, '우리들'이라고 말하는 것이었다.

그러나 그의 목소리는 차츰차츰 또렷해졌다. 그는 먼저, 몇 달 동안이나 페스트가 우리들 사이에 존재해 왔으며, 지금 그것이 우리들의 식탁 또는 사랑하는 사람들의 머리맡에 도사리고, 우리들의 곁을 따라다니며 일터에서 우리가 오는 것을 기다리고 있는 것을 그렇게도 자주 보게 되었는데, 지금이야말로 그것이 쉴 새 없이 우리들에게 말해 주고 있는, 처음에는 놀라서 우리가 잘 알아듣지 못했을 가능성도 있지만 아마도 한층 더 잘 받아들일 수 있게 되었을 것이라는 말로써 설교를 시작했다. 저번에 이어 판느루 신부가 같은 자리에서 이미 설교한 것은 진실이었다—아니, 적어도 그는 그렇게 확신하고 있다. 그러나 우리들 모두가 그저 인정하기만 한 면이 있었고, 그는 그로 인해 가슴을 치기까지 했는데, 아무 자비심도 없이 설교를 했던 것이다. 그래도 무슨 일에 있어서든 언제나 진실한 것은 취할 점이 있는 법이다. 가장 잔혹한 시련조차도 기독교인에게는 역시 이득이 되는 법이다. 그러니 기독교가 당면한 문제에서 정말로 추구해야 할 것은 바로 그 이득이며, 그 이득은 어떤 점에 있고, 어떻게 그것을 찾아낼 수 있는지 아는 데 있다는 것이었다.

그때 리외의 주위에서는, 사람들이 자기가 앉은 의자의 팔걸이에다 팔을 멋대로 걸치고 앉아 될 수 있는 대로 기분 좋게 고쳐 앉으려는 눈치였다. 입구의 가죽을 입힌 문 한 짝이 가볍게 덜거덕거렸다. 누군가가 일어나서 그것을 붙잡았다. 리외는 이러한 소동에 정신이 팔려 다시 설교를 계속한 판느루의 말을 거의 듣지 않고 있었다. 그는, 페스트가 가져다 준 상황을 해석하려고 노력해야 한다는 것이었다. 리외가 막연하게나마 이해한 바로는, 페스트에 대해 신부로서는 아무것도 설명할 수 없다는 것이다. 그의 관심이 끌린 것은, 판느루가 세상에는 하느님과 비교해서 설명할 수 있는 것과 그렇잖은 것이 있다고 힘차게 말했을 때였다. 확실히 세상에는 선과 악이 있고, 또 대체로 양자의 구별은 쉽사리 된다. 그러나 악의 내부 세계에서 문제가 발생한다. 예를 들어서, 명백히 필요한 악이 있고 또 명백히 불필요한 악이 있다. 지옥에 빠진 돈 환과 어린아이의 죽음을 생각해 보면, 탕아가 벼락을 맞아 죽는 것은 정당한 일이겠지만, 어린아이가 고통에 시달린다는 것은 이해할 수 없으니 말이다. 그리고 실로 이 지상의 어떤 것도, 어린아이의 고통과 그 고통에 따르는 잔혹함, 그리고 거기에서 찾아내야 할 여러 가지 이유보다 더 중요한 것은 이 땅 위에 아무것도 없다. 그 밖의 인간 생활에서, 신은 우리들을 위해 모든 것을 용이하게 해 주시며, 따라서 거기까지는 종교의 공덕은 별로 없다. 거기서 신은 반대로 우리를 고통의 벽으로 몰아붙인다. 이를테면 우리는 그런 상태에서 페스트의 벽에 싸여 있는 셈이며, 그 속에서 우리의 이익을 찾아 낼 필요가 있다. 판느루 신부는, 그런데도 우리는 손쉽게 그 담을 넘을 수 있게 해 주는 우선권조차 거부하고 있다는 것이었다. 그로서는 그 어린아이를 기다리고 있는 구원의 환희가 능히 그 고통을 보상해 줄 수 있다고 말하는 것은 쉬운 일이겠으나, 실상 거기에 대해서 자기는 아무것도 모른다는 것이었다. 사실, 영원의 기쁨이 순간적인 인간의 고통을 보상할 수 있다는 것을 누가 감히 단언할 수 있단 말이냐? 그런 말을 하는 자는, 몸소 육체와 영혼의 고통을 맛본 주님을 섬기고 있는 기독교인이라고는 결코 말할 수 없으리라. 아니다. 신부, 그는 고통의 벽에 몰아 붙여진 채 십자가가 상징하고 있는 그 육신의 처참함을 충실하게 본받아서 어린아이의 죽음을 마주 보고 있을 작정이라는 것이었다. 그리고 그는 오늘 자기의 설교를 듣고 있는 사람들에게 조금도 꺼리지 않고 이렇게 말하는 것이었다. "여러분, 드디어 때는 왔습니다. 모든 것을 믿느냐, 모든 것을 믿지 않느냐, 이것입니다. 그러니, 대체 우리들 중의 누가 감히 모든 것을 부정할 수 있겠습니까?"

리외가, 신부는 이제 이단자가 되어 가고 있구나 하고 생각하는 순간, 신부는 여전히 힘차게 말을 이어서 그 명령, 그 무조건의 요구야말로 기독교인이 은총을 입은 것이라고 단언하는 것이었다. 그것은 또 기독교인의덕목이기도 하다는 것이었다. 신부는, 자기가 말하는 덕의 어떤 점은 과격한 것이어서, 그것이 가장 너그럽고 제일 전통적인 도덕에 익숙해져 있는 많은 사람들에게 충격을 줄 것을 알고 있다는 것이었다. 그러나 페스트 시대의 종교는 평소의 종교와 같은 것일 수 없으며, 비록 신도 행복의 시대에서는 인간의 영혼이 안식하고 향락하기를 용납하고 심지어는 바라기까지 하시겠지만, 극도의 불행 속에서는 그 영혼이 과격하기를 원하고 계신다는 것이었다. 신은 오늘날 스스로 창조하신 인간에게 은총을 주시고, 우리가 부득불 '전체' 또는 '무'라는 가장 위대한 덕목을 기어코 찾아내어 실천해야 할 만큼 큰 불행 속에 우리를 빠뜨려 놓았다는 것이다.

어떤 불경한 저술가가 이미 수세기 전에, 연옥이라는 것은 존재하지 않는다고 단언함으로써 교회의 비밀을 폭로한다고 주장한 일이 있었다. 그는 그렇게 말함으로써, 어중간한 정도라는 것은 존재하지 않고 '천당'과 '지옥' 밖에는 존재하지 않으며, 사람은 자기가 선택한 것에 의해서 구원을 받거나 저주를 받는 길밖에 없다는 것을 암시한 것이다. 판느루가 말하는 바를 믿는다면 그것은 방종한 영혼만이 생각해 낼 수 있는 엄청난 이단이라는 것이었다. 왜냐 하면 연옥은 엄연히 존재하는 것이기 때문이다. 그러나 연옥이라는 것을 너무 기대해서는 안 되는 시대, 곧 하찮은 죄로 소란을 피울 수 없는 특수한 시대가 있다. 모든 죄가 죽음을 의미하며 모든 무관심이 죄가 되는 시대, 즉 전부가 아니면 무인 시대가 있다는 것이었다.

판느루는 말을 멈췄다. 그래서 리외는 그때 밖에서 더욱 거세진 듯한 바람이 문짝을 흔들어 대는 소리를 더 잘 들을 수 있었다. 그런데 그때, 신부는 말을 계속하는 것이었다. 즉, 자기가 말하는 무조건 복종이라는 덕목은, 보통 생각하듯 좁은 의미로 이해되어야 할 것은 아니며, 그것은 속된 체념도 아니고 곤란한 자기 비하도 아니라는 것이었다. 그것은 복종이지만, 복종하는 사람 스스로가 동의하는 복종이다. 확실히 어린아이의 고통은 정신적으로나 감정적으로나 굴욕적인 일이다. 그러나 바로 그런 이유로 고통을 감수하고 그 속에 몰입되어야 한다. 바로 그런 이유로, 판느루는 자기가 지금 말하려고 하는 것을 표현하기가 쉬운 일은 아니라고 청중들에게 양해를 구하면서, 어쨌든 신이 원하기 때문에 그것을 받아들여야 한다고 말하는 것이었다. 그렇게 함으로써 기독교인은 어떤 것도 간과하는 일없이, 출구가 보이지 않는 암담한 상황에서도 본질적인 선택의 자리로 돌아갈 수 있을 것이다. 그는 모든 것을 부정하는 비극의 수렁에 빠지지 않으려고 모든 것을 믿는 길을 택할 것이다. 그리고 이 순간에도 여러 교회에서 씩씩한 부인네들이, 환부에 생기는 멍울이 바로 페스트를 물리치는 자연 요법임을 깨닫고, "주여, 우리 자식에게도 그 멍울을 정지해 주시기 바랍니다!"라고 기도하고 있듯이, 기독교인은 신의 성스러운 의지에, 비록 그것이 이해할 수 없는 것일지라도 자신을 내맡길 줄 알아야 할 것이다. "나는 그것을 이해하지만 그러나 그것을 받아들일 수는 없다."는 말을 할 수는 없다. 우리에게 제시된 받아들일 수 없는 고통의 핵심을 향해서 바로 우리의 선택을 하기 위하여 뛰어들어야만 한다. 어린아이들이 겪는 고통은 우리들 입에 맞지 않는 빵과 같다. 그러나 빵 없이는 우리들의 영혼은 정신적인 굶주림으로 사라질 것이다.

이때 판느루 신부가 말을 쉴 때마다 조금씩 술렁거리는 나지막한 소음이

다시 일기 시작했는데, 다음 순간 설교자는 청중들을 대신해서 묻는 형식으로, 그러면 우리는 어떻게 처신해야 하는가, 하고 힘차게 말을 이었다. 그도 충분히 예상하고 있는 바이지만, 사람들은 숙명론이라는 무서운 말을 입에 담으려 할 것이다. 좋다, 다만 자기에게 '능동적' 이라는 형용사를 붙이는 것을 허용해 준다면 그 말에 양보할 수도 있다. 다시 말하지만, 확실히 그가 전에 말한 아비시니아의 기독교인들의 흉내를 내서는 안 될 것이다. 뿐만 아니라, 기독교인들의 보건대를 향해서 입었던 옷가지를 던지며, 신이 내리신 그 재앙에 대항하려는 비신자들에게 페스트를 내려 주십사 기도하기 위해서 하늘을 우러러보며 고함치던 페르시아의 페스트 환자들을 본받으려고는 생각조차 하지 말아야 한다. 이와 반대로, 지난 세기의 질병 중에 어떤 것이 잠복하고 있을 수도 있다는 이유로 축축하고 따뜻한 입과 입의 접촉을 피하게 하기 위하여 핀셋으로 성체 빵을 집어서 영성체를 시켜 주던 카이로의 수도자들 역시 모방해서는 안 된다. 페르시아의 페스트 환자들이나 그 수도자들은 다같이 죄를 짓고 있는 것이다. 왜냐 하면, 전자의 경우는 어린 아이들의 고통 같은 것을 전혀 고려하지 않았기 때문이고, 후자로 말하면 그와 반대로 고통에 대한 매우 인간적인 공포가 모든 것을 압도하고 있는 것이다. 두 경우 문제의 핵심을 벗어난 것이다. 모두들 하느님의 목소리를 알아듣지 못했던 것이다. 이외에도 판느루가 상기시키고자 한 또 다른 예들이 있었다. 만약 마르세이유에 유행했다는 대대적인 페스트의 기록을 믿는다면, 메르시 수도원의 81명의 수도승들 중에서 4명만이 겨우 살아남았는데, 그 4명 중에서 3명은 도망을 쳤다. 기록자는 이렇게 적어 놓았다. 그 이상을 적는 것은 그들의 직분에 어긋나는 일이었다. 그러나 판느루 신부는 그것을 읽으면서, 77구의 시체를 목격했으며, 특히 3명의 동료들의 선례가 있는데도 혼자 머물러 있던 한 명의 수도승에게 매료되었다는 것이다. 그리고 신부는 설교대의 모서리를 주먹으로 치면서, "여러분, 우리는 마지막까지 남아 있는 한 사람이 되어야 합니다."라고 소리쳤다.

그렇다고 해서 결코 재화의 혼란 속에서 세워지는 사회의 질서를 거부하라는 것은 아니었다. 다만 무릎을 꿇어 앉아서 모든 것을 포기해야 한다고 하는 저 모랄리스트의 말에 귀를 기울여서는 안 된다. 어둠 속을 다소 저돌적으로 전진하기 시작하여, 선을 행하도록 노력해야 한다. 그러나 그 밖의 것들에 대해서는 모두 어린아이의 죽음까지도 신의 뜻에 맡기고, 행여 개인의 힘에 의지하지 않도록 해야 한다.

여기서 판느루 신부는, 마르세이유에 페스트가 유행하고 있는 동안 보여주었던 지체 높은 벨룅스 주교의 얘기를 꺼냈다. 주교는 페스트가 종식될 무렵에, 자기의 할 일을 다했으므로 이제는 더 이상 어떻게 해 볼 도리가 없다고 생각하고, 식량을 비축하여 벽을 높이 쌓고 집에 틀어박혀 있었다. 그런데 그를 우상화하고 있었던 주민들은, 극도의 슬픔에서 볼 수 있는 감정의 반발로 주교에 대해 분개했다. 주교에게도 전염을 시키기 위해서 그의 집 둘레에 시체를 쌓아 올렸고, 담 안으로 시체들을 던져 넣기까지 했다. 이처럼 주교는 최후의 약한 마음에서, 자기는 죽음의 세계와 격리되어 있다고 믿고 있었으나, 실상 그의 죽음은 하늘로부터 그의 머리 위로 떨어져 내리고 있었던 것이다. 우리의 경우도 마찬가지여서, 페스트와 완전히 격리된 섬이라고는 없다는 것을 명심해야 할 것이다. 아니다, 중간이라는 것은 존재하지 않는다. 스탕달도 용서해야 한다. 왜냐 하면 우리는 신을 미워하든가, 그렇지 않으면 사랑하든가 둘 중에 하나를 선택해야 하기 때문이다. 그런데 대체 누가 감히 신에 대한 증오를 선택할 수 있단 말인가?

"여러분," 하고 마침내 판느루는 결론을 내릴 단계가 되었다는 어조로 말했다. "신을 사랑하는 것은 몹시 어려운 것입니다. 그것은 자신의 전면적인 포기와 자기 인격의 멸시를 전제로 합니다. 그러나 그 사랑만이 어린아이의 고통과 죽음을 지워 버릴 수 있으며, 어쨌든 사랑만이 그것을 필요한 것으로 만들어 줄 수 있습니다. 왜냐 하면 그것은 이해할 수 없고, 그저 바라는 길밖에는 없기 때문입니다. 바로 이것이 여러분과 함께 나누고자 하는 교훈인 것입니다. 이것이야말로, 인간의 눈에는 잔인하지만 신이 보기에는 결정적인 신앙인데, 우리는 거기에 접근해 가야만 합니다. 우리는 그 무서운 이미지를 뒤따라가야 합니다. 그 가운데서 모든 게 서로 융합하고 모든 것이 동등하게 되어, 정의가 아닌 것에서 진리가 솟구쳐 나올 것입니다. 이처럼 프랑스 남부 지방의 수많은 성당에서는 페스트로 쓰러진 사람들이 벌써 수 세기 동안 내진(內陣)에 깔아 놓은 돌 밑에 잠들어 있습니다. 그리고 사제들은 그들의 무덤 위에서 이야기를 하는데, 그들이 선포하는 정신은 어린아이들의 재도 한몫 낀 그 죽음의 재로부터 분출하고 있는 것입니다."

리외가 밖으로 나왔을 때, 반쯤 열린 문틈으로 모진 바람이 새어 들어와 신자들의 얼굴을 정면으로 후려쳤다. 그 바람은 비 냄새와 축축한 도로의 향기를 실어다가 성당 안에 불어넣었다. 그래서 신자들은 밖으로 나가기도 전에 거리의 모습을 짐작할 수 있었다. 의사 리외의 앞에서는 그때 막 나온 어떤 늙은 신부와 젊은 부제가 모자를 날릴까 봐 애를 먹고 있었다. 늙은 신부는 쉬지 않고 설교에 주석을 다는 일을 계속 했다. 그는 판느루의 웅변에 경의를 표했지만, 그래도 판느루가 표명한 몇몇 가지의 대담한 생각에 대해서는 우려를 품고 있었다. 그는 설교에는 힘보다 불안이 엿보이고 있다고 평가했다. 그 젊은 부제는 바람을 피하기 위해 고개를 숙이면서, 자기는 늘 판느루 신부 집을 드나들고 있는 터라 신부의 사상적인 발전을 잘 알고 있다면서 그의 논문은 또 그 이상으로 훨씬 더 대담한 것이 될 것이며, 아마도 출판 허가를 얻지 못하게 되리라고 단언했다.

"대체 그의 사상은 어떤 것이란 말인가?"

그들은 성당 앞뜰에 서 있었는데, 바람이 거세게 불어서 젊은 부제는 말을 할 수가 없었다. 말을 할 수 있게 되었을 때, 그는 다만 이렇게 말했다.

"신부가 의사의 진찰을 받는다면 거기엔 모순이 있다고 하는 겁니다."

타루는 리외로부터 판느루의 연설 내용을 듣자, 자기는 전쟁통에 시력을 잃은 어떤 청년의 얼굴을 보고 전쟁 중에 신앙을 잃은 한 신부를 안다고 말했다.

"판느루의 생각은 옳아요."라고 타루가 말했다. "죄 없는 사람이 눈을 다쳐 장님이 될 때, 한 기독교인들로서는 의당 신앙을 잃거나 눈알이 빠지거나 받아들여야지요. 판느루는 신앙을 잃기를 원치 않습니다. 그러니 그는 끝까지 소신대로 밀어 붙일 거예요. 그가 말하고 싶었던 것이 바로 그겁니다." 이러한 타루의 관찰이 그 뒤에 일어난, 그리고 그때의 판느루의 행동이 주위 사람들에게 이해하기 어렵다는 인상을 준 불행한 사건들을 밝혀 주는 데 얼마간의 도움이 될 수 있는지는 앞으로 각자가 판단해 보기 바란다.

설교가 있은 지 며칠 후, 판느루는 마침 이사하게 되었다. 그 당시 시내에는 전염병의 진전에 따라 끊임없이 이사가 성행했었다. 그리고 타루가 호텔을 떠나서 리외의 집에 와야만 했듯이, 신부도 역시 교구에서 마련해 준 아파트를 놔 두고, 아직 페스트에 걸리지 않고 성당에도 잘나오고 있는 늙은 부인 집에 기숙을 하지 않을 수 없게 되었다. 신부는 이사를 하는 동안에 자기의 피로와 불안이 커 가는 것을 느꼈다. 그래서 마침내 그는 자기가 묵는 집 여주인의 존경을 잃게 되었다. 왜냐 하면, 그 부인이 그에게 성 오딜의 예언의 공덕을 열렬하게 찬양한 데 대해, 신부는 아마도 피로의 탓이었겠지만, 거의 눈에 띄지 않을 정도긴 하나 짜증이 나는 기색을 보였던 것이다. 그는 그후 온갖 애를 써 가면서, 하다 못해 호의적인 중립이라도 얻어 볼까 애썼으나 성공하지 못했다. 그는 나쁜 인상을 주고 말았던 것이다. 그래서 저녁마다, 코바늘로 뜬 레이스 커튼이 치렁치렁 늘어진 자기 방으로 돌아가기 전에, 그는 거실에 앉아 있는 여주인의 등을 물끄러미 바라보고 있어야만 했다. 그래도 그 부인이 쌀쌀하게 쳐다보지도 않으면, 예전에 그녀가 해주었던 "안녕히 주무세요, 신부님."이라고 하는 밤 인사를 떠올리며 자기 방으로 돌아가는 것이었다. 바로 그런 어느 날 저녁, 신부가 잠자리에 들려고 하는 순간 머리가 쑤셔 대고, 벌써 며칠 전부터 있었던 미열이 손목과 관자놀이로 밀려오는 것을 느꼈다.

그후에 일어난 일은, 그 집 여주인의 입을 통해 겨우 알 수 있었다. 아침에, 그 여자는 습관대로 매우 일찍 일어났다. 그런데 한참이 지나도 신부가 기척이 없자, 두려워하면서도 생각한 끝에 그의 방문을 두드려 보기로 결심했다. 그녀는 밤새 뜬 눈으로 지새우고 아직도 자리에 누워 있는 신부를 보았다. 그는 가슴이 몹시 답답한 듯싶었고, 눈은 몹시 충혈이 되어 있었다. 부인의 말로는, 자기가 간곡하게 의사를 부르자고 제안했다가 어찌나 맹렬하게 핀잔을 받았는지 몹시 섭섭했다고 했다. 결국 그 부인은 물러나올 수밖에 없었다. 신부는 잠시 후에 벨을 눌러서 부인을 청했다. 그는 자기가 아까 신경질 낸 것을 사과하고, 자기는 페스트 같은 것은 아니며, 그런 증세는 조금도 없고, 일시적인 피로에서 온 것일 뿐이라고 말했다. 늙은 부인은 위엄 있게, 자기가 그런 제안을 한 것은 그런 종류의 불안에서 나온 것이 아니고, 자기는 하느님의 뜻으로 좌우되는 내 몸의 안전 같은 것은 안중에도 없으나, 나만 자기에게도 일부 책임이 있다고 볼 수 있는 신부님의 건강을 생각했을 뿐이라고 대답했다. 그러나 신부는 더 이상 아무말도 하지 않았다. 부인은, 물론 부인의 말을 전적으로 믿는다면, 자신의 의무만은 다하기를 원하고 있는 여자 주인은 거듭 의사를 부르는 게 어떠냐고 그에게 제안을 했던 것이다. 신부는 또 한 번 거절을 했다. 그러나 이번에는 뭐라고 열심히 변명을 하는 것이었는데, 그 늙은 부인은 그것이 아주 두서없는 말이라고 생각했다. 다만 알아들을 수 있었다고 생각되는 것은, 그리고 그것이 바로 이해할 수 없는 일이지만, 신부는 진찰이라는 것이 자신의 사상과 일치하지 않기 때문이라는 사실이었다. 그래서 그 부인은 신부가 너무 열이 심하게 나서 생각이 어지러운 탓이라고 결론을 짓고, 약을 지어다 주는 것으로 자신의 의무를 끝내고 말았다.

이러한 사태에서 생겨나는 여러 가지 의무를 아주 정확하게 완수하겠다고 늘 마음먹고 있었던 그녀는, 두 시간마다 규칙적으로 환자의 방에 들어가 보았다. 부인에게 가장 충격을 준 것은, 끊임없는 흥분 속에서 신부가 그 날 온종일을 보낸 사실이었다. 그는 이불을 걷어찼다가 끌어 당겼다가 하면서, 손은 줄곧 땀이 솟은 이마를 만지면서, 가끔 몸을 일으키고는 마치 쥐어짜듯 목이 죄어 드는 것 같은 기침을 하곤 했다. 그럴 때면 그의 몰골은 마치 목구멍 속에 막힌 솜방망이를 끄집어 내지 못해 질식해 버릴 것 같았다. 그러한 발작을 몇 번 되풀이하고 나면, 그는 완전히 기진맥진해져 축 늘어져서 뒤로 나자빠지는 것이었다. 그는 마침내 몸을 다시 반쯤 일으키고, 잠시 동안 조금 전보다 더 꼿꼿한 자세로 유심히 앞쪽을 바라보는 것이었다. 그래도 늙은 부인은 의사를 부름으로써 그 환자의 비위를 거스를까 봐 망설이고 있었다. 겉으로는 심상찮아 보이지만, 어쩌면 그저 단순한 열병의 순간적인 발작 증세에 지나지 않을는지도 모른다고 생각했다.

그래도 부인은 오후에 신부에게 말해 보려 했으나, 몇 마디 횡설수설하는 소리밖에는 들을 수가 없었다. 부인은 또 한 번 말을 꺼내 보았다. 그러나 그때 신부는 몸을 일으키고, 숨이 막혀 간신히 애를 쓰면서도 자기는 의사에게 진찰을 받기 싫다고 분명히 말했다. 그때서야 부인은 이튿날 아침까지 기다려 봐서, 그때도 신부의 병세가 좋아지지 않으면 랑스독크 통신사에서 라디오를 통해 하루에 여남은 번씩 되풀이하고 있는 전화번호로 전화를 걸어 보겠다고 생각했다. 언제나 자기의 의무를 게을리 하지 않는 그 부인은, 밤중에도 자기 집 환자를 지켜 보며 밤을 새고 돌봐 줄 생각이었다. 그런데 저녁때 신부에게 약을 한 차례 새로 먹이고 나니 피곤해져 눕고 싶어졌다. 그런 것이 이튿날 새벽에야 겨우 눈을 떴다. 그 부인은 그의 방으로 달려갔다.

신부는 꼼짝도 않고 누워 있었다. 지난 밤에는 그토록 벌겋게 열이 나더니 지금은 납빛 같은 창백함이 나타나 얼굴 모양이 아직도 말짱한 만큼 그것이 더욱 눈에 띄었다. 신부는 침대 위에 걸려 있는 여러 가지 빛깔의 구슬 장식이 달린 샹들리에를 바라보고 있었다. 그 여주인의 말에 의하면, 그때 그의 모습은 밤새도록 고통에 시달려 온몸의 기운이 빠져 움직일 수가 없는 것같이 보였다는 것이다. 그녀는 그에게 좀 어떠냐고 물어 보았다. 그러자, 부인의 주의를 끌만큼 이상하게도 무관심한 투로, 병세는 심해졌으나 의사를 부를 필요는 없고, 다만 모든 것을 규칙대로 해 나가기 위해서 자기를 병원으로 옮겨다 주기만 하면 된다고 말했다. 노부인은 질겁을 하고 전화통으로 달려갔다.

정오에 리외가 왔다. 여주인의 이야기를 듣고 나서 그는, 판느루의 말 그대로 손을 써 봐야 소용없을 거라고 대답했다. 신부는 여전히 무관심한 태도로 그를 맞았다. 리외가 진찰을 하고 놀란 것은, 다만 목이 부었고 호흡이 곤란할 뿐, 선(腺) 페스트 또는 폐(肺) 페스트의 중요한 증세는 하나도 나타나지 않았다는 점이었다. 어쨌든 맥이 몹시 약했고, 전반적인 증세도 극히 위험해서 거의 소생할 가망은 없었다.

"페스트의 주요한 증세는 하나도 없습니다."라고 그는 판느루에게 말했다. "하지만 뭔가 석연치 않은 점들이 있으므로 역시 격리하는 게 좋을 듯합니다." 신부는 예의상 조금 웃어 보였을 뿐 이내 침묵을 지켰다. 리외는 전화를 걸러 나갔다가 다시 들어와, 물끄러미 신부를 내려다보았다.

"제가 곁에 있겠습니다." 하고 그는 부드럽게 말했다.

신부는 약간 생기를 되찾은 듯이 보였고, 일종의 삶의 정열이 되살아나는 듯한 눈초리를 의사에게로 돌렸다. 그리고는 힘겨운 듯이 한마디 한마디 이어가면서, 슬픈 기색이 잔뜩 담긴 목소리로 말했다.

"감사합니다."라고 그는 말했다. "그러나 성직자에겐 친구가 없습니다. 모든 것을 하느님께 바친 몸이니까요."

그는 침대 머리맡에 걸어 두었던 십자가를 집어 달라고 부탁하고 그것을 보려고 고개를 돌렸다.

판느루는 병원에서도 전혀 말하지 않았다. 그는 자기 몸에 시행되는 치료에 대해서 마치 물건처럼 자기를 내맡기고 있었지만, 십자가는 끝내 놓지 않았다. 그래도 신부의 증세는 여전히 애매했다. 의혹은 여전히 리외의 마음에서 가시지 않고 있었다. 페스트 같기도 했고, 아닌 것 같기도 했다. 그런데 얼마 전부터 페스트는 진단을 어렵게 만드는 것을 재미로 여기고 있는 듯싶었다. 그러나 판느루의 경우, 그러한 불확실성도 이렇다할 의미가 없었다는 것은 그후의 경과에서 드러났다.

열이 높아졌다. 기침 소리는 점점 더 세졌고, 온종일 환자는 고통으로 괴로워했다. 신부는 마침내 저녁에 그의 호흡을 틀어막고 있던 그 솜방망이를 토해 냈다. 그것은 새빨간 것이었다. 그런 발열 상태에서도 여전히 판느루는 무관심한 눈초리를 유지했다. 그런데 이튿날 아침, 침대 밖으로 몸을 반쯤 내밀고 숨져 있는 그의 눈에서는 아무 표정도 찾아볼 수 없었다. 그의 카드에는 이렇게 적혀졌다. '병명 미상'

* * *

그 해의 만성절은 여느 때의 그날과는 달랐다. 날씨는 물론 시기에 적절했다. 날씨가 갑자기 변해서, 늦더위가 별안간 선선한 날씨에 자리를 양보하고 사라져 버렸다. 예년과 마찬가지로 찬바람이 불기 시작했다. 큼직한 구름들이, 이 지평선에서 저 지평선으로 달리고, 집들을 그림자로 덮고, 그것들이 지나가자 11월의 싸늘하고 노란 햇빛이 다시 그 집들 위를 비추는 것이었다. 그 해 처음으로 레인 코트가 모습을 나타내고 있었다. 그런데 고무를 입혀서 번들거리는 것들이 놀랄 만큼 많이 눈에 띄었다. 사실 신문들은, 이백 년 전 남프랑스에 대규모의 페스트가 유행했을 때, 의사들이 자신들을 보호하고자 기름을 먹인 옷을 걸쳤다는 것을 보도한 일이 있었다. 상인들은 그것을 이용해서 유행에 뒤떨어진 팔다 남은 재고품들을 방출했는데, 시민들은 그것으로라도 면역성을 얻게 되기를 원하고 있었던 것이다.

그러나 그 모든 계절적인 변화도 묘지들이 내버려진 것을 잊게 할 수는 없었다. 예년 같으면 전차들은 국화꽃의 은근한 향기로 가득 찼고, 부인네들은 떼를 지어 그들의 친척이 묻혀 있는 무덤에 꽃을 놓으러 가곤 했었다. 그날은 사람들이 고인에 대해 그 동안 잊고 지냈던 것에 대한 용서를 받으려고 했다. 그러나 이 해에는 아무도 죽은 이를 생각하려고 하는 사람이 없었다. 확실히, 이미 지나치리만큼 그들은 죽은 사람들 생각을 해왔던 것이다. 그러므로 이 이상 더 회한과 감상에 넘치는 우울한 심정으로 그들을 찾아볼 필요는 없었다. 죽은 사람들은 이미 1년에 한 번씩 사람들의 변명을 들을 권리가 있는 존재가 아니었다. 누구를 막론하고 잊어버리고 싶어하는 존재들이었다. 이렇게 해서, 그 해의 초혼제(招魂祭)도 이를테면 슬쩍 넘어가고 말았다. 코타르에 의하면, 타루의 언사가 점점 짓궂어 가는 것을 알아차렸는데, 그의 말에 의하면 매일매일이 초혼제였다.

그런데 실상 페스트의 기세 등등한 불길은, 화장터의 화덕에서 매일같이 더 신바람이 나서 타오르고 있었다. 날마다 사망자 수가 더 이상 증가하지 않는 것은 사실이다. 그러나 페스트는 이제 최정상에 태연히 버티고 앉아서, 자기의 살인 일과를 착실히 관리하는 정확성과 규칙성을 보이기 시작했다. 원칙적으로는, 그리고 당국의 견해로는, 그것은 좋은 징조라는 것이었다. 페스트 진행의 그래프는 부단한 상승에 이어서 긴 평형 상태를 보여 줌으로써, 예를 들어 의사 리외 같은 이에겐 바람직한 현상으로 보였던 것이다. "좋아, 양호한 그래프야." 그는 이렇게 말하는 것이었다. 그는 병세가 소위 평형선에 도달한 것이라 간주하고 있었다. 앞으로 병세는 쇠퇴 일로밖에 남지 않았다. 그는 그 실적을 카스텔의 혈청의 힘으로 돌리고 있었는데, 사실 새로운 그 혈청은 예기치 않았던 성공을 몇 건 거뒀던 것이다. 늙은 카스텔도 이를 부인하지는 않았지만, 페스트는 역사적으로 볼 때 예기치 못했던 여러 가지 일들을 내포하고 있었으므로 앞날을 예상할 수는 없다고 생각했다. 오래 전부터 민심이 안정되기를 바라고 있던 현청이었는데, 페스트는 좀처럼 그 요구를 들어 주지 않았다. 현청은 그 문제에 대한 의사들의 의견을 듣기 위해서 의사들의 회합을 열기로 제안했는데, 그때 의사 리샤르가 역시 페스트로, 더구나 병세가 평형 상태를 유지하고 있을 때 목숨을 잃고 말았던 것이다.

행정 당국은 그 충격적인, 그러나 정말 어쩔 수 없는 엄연한 사실 앞에서, 지금까지의 낙관적인 자세에서부터 이제는 모순적인 비관론으로 돌아섰다. 카스텔로 말하면, 그는 자기의 혈청을 더욱 더 정성 들여서 만들기로 했다. 어쨌든 이제는 병원이나 검역소로 개조되지 않은 공공 장소란 한 군데도 없었는데, 그래도 아직 현청만은 삼가고 있었다. 그것은 사람들이 모일 장소가 필요했기 때문이다. 그러나 총체적으로 말해서, 그리고 그 당시에는 페스트가 비교적 안정된 상태에 있었는데도, 리외가 계획했던 조직은 조금도 늦은 것은 아니었다. 혼신의 노력을 퍼붓고 있던 의사들이나 조수들은 그 이상의 노력을 생각해 볼 필요가 없었다. 그들은 규칙적으로, 이렇게 말해도 괜찮다면, 그 초인적인 일들을 계속해야만 했었다. 이미 나타난 폐장성 페스트는 마치 바람이 사람들의 가슴속에 불을 붙여 놓고 타오르게 하듯, 시내 도처에 만연되고 있었다. 피를 토하며 환자들은 훨씬 더 빨리 죽어갔다. 전염병은 새로운 증세와 더불어 더 확산될 위기에 처해 있었다. 사실 그 점에 관해서 전문가들의 의견은 항상 대립하고 있었다. 그래도 더욱 안전을 기하기 위해서 보건 관계자들은 여전히 소독된 가제 마스크를 착용하고 호흡을 하는 것이었다. 언뜻 보면 병세는 확산될 것 같기도 했다. 그러나 선(腺) 페스트의 증례가 감소되어 가고 있었기 때문에, 통계 곡선은 그대로 균형을 유지하고 있었다.

그래도 시간이 감에 따라 자연적으로 식량 보급이 곤란한 지경에 이르게 되었고, 이외에도 여러 가지 불안한 요인들이 있었다. 게다가 투기가 성행해서, 여느 시장에 없는 가장 긴요한 생활 필수품들이 거짓말 같은 가격으로 팔렸다. 그래서 빈곤한 가정은 무척 어려운 처지에 빠져 있었지만, 반면에 부유한 가정들은 구입 못하는 것이라곤 없을 지경이었다. 페스트가 그 역할에서 보여 준 것 같은 효과적 공평성으로 말미암아 시민들의 평등이 강화될 수도 있었을 텐데, 페스트는 오히려 인간의 마음속에다 에고이즘을 확고하게 심어 줌으로써 불공평을 심화시킨 것이었다. 물론 완전무결한 평등만은 남아 있었지만, 그런 평등은 누구도 바라지 않았다. 그리하여 굶주림에 시달리는 가난한 사람들은, 한결 깊은 향수에 젖어 생활이 자유롭고 풍요로운 이웃 시골을 그리워하는 것이었다. 물론 이치에 맞지 않는 이야기지만, 자기들에게 식량을 충분히 공급해 주지 못할 바엔 차라리 자기들을 떠날 수 있게 해 주어야 할 것이 아니냐는 것이 그들의 심정이었다. 그래서 마침내 하나의 구호가 생기고 퍼져서, 그것이 어떤 때는 지사가 지나가는 길에서 외쳐지기도 했다. '빵을 달라, 그렇지 않으면 공기를 달라.' 이 짓궂은 문구는 몇몇 시위의 도화선이 되었는데, 데모는 곧 진압되었지만 그 중대성은 누가 보기에도 명백했다.

물론 신문들은, 그들이 받아들인 바 있는 절대적인 낙관론을 표방했다. 신문에서 볼 때 정세의 두드러진 특징은 시민들이 보여 준 '냉철과 침착의 감동적인 실례'였다. 하지만 그 자체 속에 갇혀진 한 도시에서, 그리고 거기에서는 무엇이고 비밀이 될 수 없는 그 도시에서는 아무도 당국이 제시하는 '실례' 따위에 속는 사람은 없었다. 그리고 문제가 된 그 냉철이나 침착이라는 것에 대해서 올바른 개념을 얻자면, 당국에 의해서 마련된 예방 격리소나 격리 수용소 중의 한 군데에 들어가 보는 것으로 충분했다. 마침 필자는 다른 일에 동원되어 그러한 곳들을 알아보지 못했다. 그 때문에 이제부터 여기에 타루의 목격담을 인용할 수밖에 없다.

사실 타루는, 그의 수첩에 시립 운동장에 설치된 수용소에 랑베르와 더불어 찾아갔을 때의 일을 기술하고 있다. 운동장은 시의 입구에 있었으며, 한쪽은 전차가 다니는 거리로, 또 한쪽은 장터가 마련되어 있는 언덕 기슭까지 펼쳐진 공터에 면하고 있었다. 그곳은 원래 콘크리트로 높은 담이 둘러쳐져 있었다. 그래서 탈주를 막기 위해서는, 네 군데의 출입구에 보초병을 배치하는 것으로 충분했다. 동시에 그 담은 격리 당하고 있는 사람들을 외부 사람들의 부질없는 호기심으로부터 보호해 주기도 했다. 그 대신 수용된 사람들은 하루 종일 보이지도 않는 전차가 지나가는 소리를 들어야 했고, 전차 소리와 더불어 더욱 커지는 술렁거리는 소리를 듣고 그때가 관공서의 출퇴근 시간이라는 것을 짐작하기도 했다. 그들은 이와 같이 자기들이 추방된 생활이, 그들과 불과 몇 미터 떨어진 저편에서 계속되고 있는데도, 콘크리트 담을 경계로 자기들이 얼마나 다른 세상에서 살고 있는가를 느끼게 되었다.

타루와 랑베르가 운동장으로 간 날은 어느 일요일 오후였다. 그들은 축구선수인 곤잘레스와 같이 갔는데, 랑베르가 그를 찾아내서 마침내 수용소의 교대 감시를 승낙시켰던 것이다. 랑베르는 수용소의 관리인에게 그를 소개하기로 되어 있었다. 곤잘레스는 그 두 사람과 만났을 때, 페스트가 발생하기 전 같으면 시합을 시작하려고 유니폼을 입고 있을 시간이라는 말을 했다. 경기장이 징발되고 난 지금에 와서 그것은 이미 있을 수 없는 일이었다.

그래서 곤잘레스는 완전히 무료하게 지내고 있으며, 스스로도 그런 기색을 보이고 있었다. 바로 그런 이유도 있고 해서 그는 감시를 주말에만 맡기로 한다는 조건으로 받아들였던 것이다. 하늘은 반쯤 구름에 덮여 있어 곤잘레스는 코를 벌름거리면서, 시합에는 비도 안 오고 덥지도 않은 날씨가 제격이라고 아쉬운 듯 말했다. 그는 탈의실에 바르는 약 냄새며, 무너질 듯 가득 찬 관람석이며, 엷은 황갈색 땅 위를 누비는 선명한 빛깔의 유니폼과, 바싹 마른 목구멍을 수천 개의 바늘로 콕콕 찌르는 듯한, 쉬는 시간에 마시는 시트롱이나 레몬 주스 같은 것들, 아무튼 모든 것을 나름대로 묘사해 보였다. 그 밖에 타루의 기록에 의하면, 교외의 울퉁불퉁한 길을 걸어 가는 동안에도 선수는 돌만 보면 발길로 차곤 했다. 그는 돌멩이를 똑바로 하수구에 집어넣으려고 애썼는데, 성공하면 "일 대 영." 하고 외치기도 했다. 그는 담배를 피우고 나면 으레 꽁초를 앞으로 탁 내뱉고, 떨어지는 것을 발길로 찼다. 운동장 근처에서 놀고 있던 아이들이 지나가는 사람들을 향해서 공을 보내자, 곤잘레스는 공을 향해 달려가서, 정확하게 겨냥하여 찬 뒤 돌려보냈다. 마침내 그들은 운동장에 들어갔다. 관람석은 사람들로 가득 차 있었다. 그러나 운동장은 수백의 붉은 천막으로 뒤덮여 있었고, 그 속에 있는 침구라든지 보따리 같은 것이 멀리서도 보였다. 관람석은, 몹시 덥거나 비가 오는 날에 수용자들이 피신할 수 있도록 그대로 두었다. 다만 해가 지면 그들은 천막 속으로 복귀해야만 했다. 관람석 아래에는 새로 마련된 샤워실이나, 예전의 선수용 탈의실을 개조한 사무실, 그리고 병실들이 있었다. 수용자의 대부분은 관람석에 진을 치고 있었다. 다른 사람들은 터치라인 언저리에서 빈둥거리고 있었다. 몇몇 사람들은 저희들 천막 입구에 쭈그리고 앉아 여기저기 퀭한 눈으로 두리번거리고 있었다. 관람석에는 많은 사람들이 무언가를 기다리듯 털썩 주저앉아 있었다.

"저 사람들은 낮에는 무엇을 하나요?" 하고 타루는 랑베르에게 물어 보았다.

"아무것도 하고 있지 않아요."

사실, 거의 전부가 두 팔을 축 늘어뜨리고 앉아 빈손을 흔들고 있었다. 그 인간의 거대한 집단은 신기하리만큼 조용했다.

"처음 며칠 동안은 글쎄, 이 속에 들어가면 서로의 말소리도 안 들릴 지경이었지요."라고 랑베르가 말했다. "그런데 날이 갈수록 점점 말수가 적어지더군요."

타루의 기록을 그대로 믿는다면, 타루는 그들의 심정을 이해할 수 있었으며, 초기에 그들은 빽빽이 둘러쳐진 천막 속에서 파리가 날아다니는 소리를 듣거나, 그렇지 않으면 몸을 긁적거리는 짓만 일삼고, 혹 상냥하게 자기 얘기를 들어 줄 사람을 만날 때는 자기들의 분노나 공포에 대해 떠들어 대는 모습을 볼 수 있었다. 그러나 수용소가 초만원을 이루게 된 후부터는, 상냥하게 말을 들어 줄 사람이 점점 적어졌다. 그래서 이제는 침묵을 지키면서 서로 경계를 할 수밖에 없게 되었다. 사실 거기에는 경계심 같은 것이 잿빛으로 빛나는 하늘로부터 붉은 천막 위로 쏟아져 내리고 있었다.

그렇다, 그들은 모두가 경계를 게을리 하지 않는 기색이 있었다. 타인과 격리된 사람들이기 때문에, 그럴 만한 이유가 없는 것도 아니었다. 그래서 그들은 저마다 자신을 위한 이유를 찾고, 두려워하고 있는 듯한 얼굴을 하고 있었다. 타루가 관찰한 사람들은 하나같이 공허하고 삭막한 눈초리였고, 모두 자기들의 생활을 이루고 있었던 것들에서 격리된 이별의 슬픔 때문에 번민하고 있었다. 그렇다고 해서 항상 죽음만을 생각하고 있을 수는 없었기 때문에, 그들은 아무런 생각도 안 하는 것이었다. 그들은 휴가 기간에 접어들었다. '그러나 가장 나쁜 것은,' 타루는 이렇게 쓰고 있다. '그것은 그들이 잊혀진 사람들이라는 사실과 그들 역시 그것을 알고 있다는 사실이다. 그들을 아는 사람들도 다른 일을 생각하고 있기 때문에 이들 생각을 잊고 있는 바, 그것은 충분히 이해할 수 있는 일이다. 그들을 사랑하고 있는 사람들도 역시 그들을 거기서 나오게 하기 위한 운동이나 계획에 몰두하고 있었기 때문에, 그들 생각을 잊어버렸던 것이다. 나오게 해야 한다는 것만 생각하고 있어서, 끌어내야 할 사람에 대해서는 잊고마는 것이다. 그것도 역시 당연한 일이다. 그래서 결국에 가서는, 누구든지 최악의 불행 속에 있어서조차 어떤 사람을 정말로 생각한다는 것은 불가능하다는 것을 깨닫게 되었다. 왜냐 하면, 어떤 사람을 진실로 생각한다는 것, 그것은 어느 순간에도 결코 다른 것에 마음을 빼앗기지 않고, 집안 걱정도 안 하고, 날아다니는 파리도 안 보이고, 밥도 안 먹고, 가려움도 안 느끼는 것이기 때문이다. 그러나, 파리라든가 가려움이라든가 하는 것은 항상 존재한다. 그래서 인생은 살기가 어려운 것이다. 그런데 그들은 그 사실을 너무나 잘 알고 있었다.'

그들에게 돌아온 소장이, 오통 씨가 그들을 만나잔다고 전했다. 소장은 곤잘레스를 그의 사무실로 안내해 주고 나서, 그들을 관람석 한구석으로 데려가자, 홀로 앉아 있던 오통 씨가 관람석에서 일어나 그들을 맞았다. 그는 평소와 같은 옷차림을 하고 있었고, 하이칼라도 여전했다. 타루는 다만 관자놀이에 난 머리털이 예전보다 훨씬 흐트러지고, 한쪽 구두끈이 풀려 있는 것을 보았다. 판사는 지친 기색이었고, 말하는 동안에 단 한번도 상대방을 보지 않았다. 그는 그들에게 만나게 되어서 대단히 기쁘며, 의사 리외에게 여러 가지로 보살펴 준 데 대해 감사하다고 전해 달라고 말했다.

두 사람은 잠자코 있었다.

"바라건대," 잠시 후에 판사는 이렇게 말했다. "우리 자크가 그다지 괴로워하지는 않았겠지요."

타루로서는 그가 자기 아들의 이름을 입 밖에 내는 것을 들어 본 것이 이번이 처음이었다. 그래서 그는 판사가 변했다는 것을 알 수 있었다. 해가 지평선으로 기울었는데, 구름 사이로 햇빛이 비스듬히 관람석을 비추며, 그 세 사람의 얼굴을 금빛으로 물들이고 있었다.

"아닙니다." 하고 타루가 말했다. "그렇지 않습니다. 정말 괴로워하지는 않았습니다."

그들이 가고 난 뒤에도 판사는 여전히 햇빛이 비치는 쪽을 마냥 물끄러미 바라보고 있었다.

그들은 곤잘레스에게 작별 인사를 하러 갔다. 그는 잠시 교대표를 들여다보고 있었다. 축구 선수는 그들의 손을 잡으면서 웃었다.

"적어도 탈의실만은 볼 수 있었어요." 하고 그는 말하는 것이었다.

"그것만이라도 있으니 다행이지요."

잠시 후, 소장이 타루와 랑베르를 배웅해 줄 때, 관람석에서 크게 술렁이는 소리가 들려왔다. 그러더니, 좋았던 시절에는 시합 결과를 알린다든가 팀을 소개하는 데 사용됐던 확성기가 코먹은 소리로, 수용자들은 각자의 천막으로 돌아가서 저녁 식사 배급을 받으라고 알리는 것이었다. 사람들은 천천히 관람석을 떠나서, 발을 끌면서 천막 안으로 들어갔다. 모두가 천막 안으로 돌아갔을 때, 조그만 전기 자동차 두 대가 천막 사이로 커다란 냄비를 싣고 다녔다. 사람들은 팔을 내밀어서 두 개의 국자가 그 두 냄비에 들어갔다 나오면 두 개의 주발 속에 저녁 식사가 담겨지는 것이었다. 차는 다시 움직인다. 다음 천막에서도 같은 일이 되풀이되는 것이었다.

"과학적이군요." 라고 타루가 소장에게 말했다.

"그렇습니다." 하고 소장은 그들의 손을 잡으면서, 흡족한 듯 대답했다. "과학적입니다."

황혼이 깃들고, 하늘 가득 저녁 빛이 번졌다. 부드럽고 상쾌한 햇빛이 수용소를 적시고 있었다. 황혼의 평화 속에서 스푼과 접시 부딪치는 소리가 도처에서 들렸다. 박쥐들이 몇 마리 천막 위에서 푸드덕거리더니 돌연 자취를 감춰 버렸다. 전차 한 대가 담장 너머에서 전철기(轉轍器) 위를 지나가느라 삐걱거리고 있었다.

"판사가 가엾군." 입구를 나서며 타루가 중얼거렸다. "뭐 좀 도와줘야겠는데. 그러나 판사를 어떻게 돕는다?"

시중에는 이 같은 수용소가 몇 군데 더 있었는데, 필자는 신중도 기해야겠거니와 직접적인 정보가 없음으로 해서 더 이상 언급할 수가 없다. 그러나 확실히 말할 수 있는 것은, 그러한 수용소의 존재라든가 거기서 풍겨 오는 인간의 체취며, 황혼 속에서 들리는 확성기의 시끄러운 소리라든가 담장의 은밀함이며, 누구나가 혐오를 느낄 장소에 대한 공포 같은 것들이 우리 시민들의 사기를 무겁게 누르고 있으며, 모든 사람의 마음속에 혼란과 불안감을 증폭시키고 있는 것이다. 행정 당국과의 분규와 알력은 더욱 심해졌다.

12월 하순이 되자 아침나절은 몹시 차가웠다. 억수 같은 비가 몇 차례 퍼부어서 아스팔트 길을 깨끗이 씻어 내리고 하늘을 맑게 만들어, 반짝이는 거리 위로 구름 한 점 없는 하늘이 남아 있게 되었다. 힘을 잃은 태양이 매일 아침, 거리 위에 반짝이면서 한껏 냉랭한 햇살을 퍼뜨리고 있었다. 저녁이 되면 반대로 공기는 오히려 훈훈해지곤 했다. 바로 그런 때를 택해, 타루는 의사 리외에게 자기의 내력을 조금씩 이야기해 주었다. 타루는 어느 날 10시경에, 지리하고 고달픈 하루를 보내고 나서 그 해수장이 영감 집에 저녁 왕진을 가는 리외를 따라 나섰다. 낡은 집들 위에 하늘이 희미하게 빛나고 있었다. 산들바람이 어두운 골목길에서 소리 없이 불고 있었다. 고요한 거리에서 벗어나자마자 두 남자는 노인의 수다 속에 붙잡혀 버렸다. 노인은 그들에게 이런 일을 알려 주었다. 즉, 못마땅한 것이 있는데, 수지 맞는 것은 언제나 그놈이 그놈이고, 이런 일이 계속되면 결국에 가서는 망하고 마는 법이므로, 아마도—이 대목에서 그는 손을 비비적거렸다—무슨 소동이 일어나고 말 거라는 얘기였다. 의사가 진찰을 하고 있는 동안에도, 노인은 여러 가지 일에 대해서 설명을 늘어놓는 것을 멈추지 않았다.

위층에서 누군가 걸어다니는 소리가 들려오고 있었다. 늙은 마누라가 흥미를 느낀 듯한 타루의 기색을 눈치채고는 이웃집 여자들이 테라스에 나와 있는 것이라고 설명했다. 그들은 동시에, 그 위에서 보면 전망이 좋고 집들의 테라스가 서로 한쪽이 통해 있어서, 그 동네 여자들은 제 집에서 나올 필요도 없이 쉽사리 남의 집을 찾아다닐 수 있다는 것이었다.

"그렇습니다." 하고 노인이 말했다. "올라가 보십시오. 거기는 바람이 좋답니다."

테라스에는 아무도 없었고, 의자만 세 개 놓여 있었다. 한쪽으로는 테라스가 줄지어 보였으며, 그 끝에는 어둡고 울룩불룩한 덩어리가 드러나 있었는데, 그것이 첫 번째 언덕임을 알아볼 수 있었다. 다른, 한쪽은 몇 군데 거리와 보이지 않는 항구 너머로, 하늘과 바다가 함께 숨 쉬며 뒤섞여있는 수평선이 내다보였다. 그것은 몹시 가슴 설레게 만드는 것이었다. 그들이 낭

떠러지라고 알고 있는 그 너머에는, 어디서 비치는지도 모를 불빛 한 줄기가 규칙적으로 깜박이고 있었다. 지난 봄부터 해변에 있는 등대가, 다른 항구로 항로를 돌리는 선박들을 위해서 여전히 회전을 계속하고 있었다. 바람에 씻기고 닦인 하늘에서는 많은 별들이 반짝이고, 등대의 머나먼 불빛이 이따금 별빛과 부딪쳐 순간적으로 회색 빛을 섞어 주곤 하는 것이었다. 미풍이 향료와 돌의 냄새를 실어 왔다. 주위는 완전한 정적에 잠겨 있었다.

"좋군요." 리외가 앉으면서 말했다. "페스트가 미처 여기까지 오지 못한 것 같군요."

타루는 그에게 등을 보이고 바다를 보고 있었다.

"네." 잠시 후에 그가 말했다. "좋군요."

그는 의사 곁에 와 앉아서 물끄러미 그를 보았다. 불빛이 하늘에서 세 번 깜박거렸다. 길의 안쪽 깊숙한 곳으로부터 접시 부딪치는 소리가 그들에게까지 들려왔다. 집안에서 문이 삐걱거렸다.

"리외!" 하고 타루는 자못 자연스러운 어조로 말했다. "당신은 내가 어떤 사람인지 한번도 알려고 하지 않으셨지요? 나한테 우정을 갖고 계십니까?"

"네." 하고 리외가 말했다. "당신에게 우정을 가지고 있지요. 그러나 지금까지 그런 것을 표현할 시간이 없었죠."

"그렇군요, 그렇다면 안심입니다. 그럼 이 시간을 우정을 나누는 시간으로 삼아 줄 수 있겠어요?"

대답 대신, 리외가 그에게 미소를 지어 보였다.

"자, 그럼……."

멀리 저편 길에서 자동차 한 대가 축축한 아스팔트 위를 달리고 있는 모양이었다. 자동차가 멀어지자, 그 뒤로 알 수 없는 고함 소리들이 멀리서 터져 나와 정적을 깨뜨렸다. 그 다음에 정적은 하늘과 별의 온 무게를 가지고, 그 두 사람을 다시금 내리눌렀다. 타루는 일어서서, 여전히 의자에 몸을 깊이 묻고 있는 리외의 맞은편 난간에 걸터앉았다. 그의 모습은 하늘에 뚜렷이 떠오른 육중한 몸의 윤곽이 보일 뿐이었다. 그는 아주 오랫동안 이야기를 했다. 그가 한 이야기를 적어 보면 대략 다음과 같다.

"간단히 말하자면 리외, 나는 이 도시와 전염병을 만나기 훨씬 전부터 페스트로 시달린 사람입니다. 그것은 말하자면, 나도 이곳의 모든 사람과 마찬가지란 얘기죠. 그러나 세상에는 그런 것을 모르는 사람들도 있고, 그런 상태에서 좋다고 살고 있는 사람들도 있고, 또 그런 것을 알면서 될 수 있으면 거기서 어떻게 빠져나가 보려고 애쓰는 사람들이 있어요. 나는 항상 빠져나가려고 했어요.

젊었을 때, 나는 결백하다는 생각을 갖고 살았어요. 말하자면, 전혀 생각이라고는 하지 않았던 거나 마찬가지죠. 나는 고민하는 성질도 아니었고, 사회의 진출도 순조로웠지요. 머리도 괜찮았고, 여자들한테도 인기가 있었고, 모든 것이 순조로웠죠. 간혹 가다 불안감을 느끼기도 했지만 이내 잊고 말았어요. 그런데, 어느 날 나는 반성하기 시작했어요. 이제는…….

미리 말해 두지만, 나는 당신처럼 가난하지는 않았죠. 우리 아버지는 검찰 차장으로 계셨는데, 이건 사회적으로 상당한 지위예요. 그러나 아버지는 본시가 호인이어서, 그런 티도 볼 수 없었어요. 어머니는 조심스럽고 겸손했어요. 나는 변함없이 어머니를 사랑해 왔지요. 그러나 그런 얘기는 그만 둡시다. 아버지는 나를 애지중지하셨고, 나를 이해하려고 애쓰셨다고까지 나는 생각하고 있어요. 이제는 다 이해하지만, 밖에서는 여러 가지로 여성 관계도 있었던 모양이지만, 그렇다고 해서 그것을 조금도 분개하거나 하지는 않습니다. 아버지는 의당 함직한 일이나 하시지 남 못할 일은 안 하셨으니까요. 간단히 말하면, 그렇게 특출한 인물도 아니었고 성인처럼 살지도 않았지만, 그렇다고 악인이셨던 것도 아닌, 뭐 그저 그런 분이셨습니다. 그 분은 중용을 지켰어요. 그저 그뿐이에요. 그리고 그런 타입의 사람에게서 사람들은 적당한 애정, 오래 유지해 갈 수 있는 애정을 느끼죠.

그래도 아버지는 한 가지 특별한 면을 갖고 있었죠. 그는 늘 『철도여행 안내』란 책을 그의 머리맡에 두고 읽곤 했습니다. 그렇다고 별로 여행을 자주 가시는 것도 아니고 다만 휴가 때, 땅을 조금 갖고 있는 브르타뉴에나 가 보실 정도였어요. 그러나 그는 파리에서 베를린선의 열차시간이라든가, 리옹에서 바르샤바까지 가려면 언제 어디서 갈아타야 되는가, 이 수도에서 저 수도까지는 몇 킬로라든가, 이런 것들을 정확하게 가르쳐 줄 수가 있었죠. 브리앙송에서 샤모닉스까지 어떻게 가면 좋을지 말하실 수 있으세요? 역장이라도 그런 물음에는 쩔쩔맬 것입니다. 하지만 아버지는 달랐어요. 거의 매일 저녁 그 점에 대한 지식을 풍부히 하려고 공부를 하셨고, 그것을 아주 자랑으로 여기고 계셨어요. 나도 무척 재미 있어서 자주 아버지에게 질문을 해 보곤 했어요. 그리고는 아버지의 대답을 책에서 조사해 보고, 그것이 틀림없다는 것을 확인하고는 기뻐했지요. 그런 하찮은 재미로 우리 부자간의 정은 매우 두터워졌습니다. 왜냐 하면, 나는 아버지를 위해서 아주 성의 있게 얘기를 들어 주는 사람이 되어 드렸고, 그렇게 하는 건 아버지로서도 기뻤던 거지요. 나로서는 철도에 관해서 해박한 것도, 다른 어떤 것에 해박한 것과 마찬가지로 가치가 있다고 생각했었습니다.

그러나 이러다가는 그 정직한 사람을 너무나 중요한 인물로 생각하게될 것 같군요. 왜냐 하면, 결국 아버지는 내 결심에 대해서 간접적인 영향을 준

데 지나지 않거든요. 기껏해야 내게 어떤 기회를 만들어 주신 것뿐입니다.

내가 17살 때, 아버지는 나더러 자신의 논고를 들으러 오라고 하셨어요. 그 사건은 중죄 재판소에서 공판을 받는 어느 중대 사건이었는데, 아버지는 필시 그때 자기가 제일 훌륭하게 보일 거라고 생각했을 겁니다. 또한 젊은 사람의 상상력을 자극시키기에 적합한 그러한 의식을 통해, 나도 자신이 택한 생애로 들어가게 하는데 자극제가 되리라는 것도 기대하고 있었을 테지요. 나는 가기로 했어요. 아버지가 바라는 것이기도 했고, 또 가족들에게 하시던 것과 다른 역할을 하시는 것을 보고 싶기도 했거든요. 그 이상은 아무 생각도 없었어요. 그전까지만 해도 나는 법정에서 일어나는 일은 7월 14일의 사열식이라든가, 어떤 수상식 같은 것과 마찬가지로 자연스럽고도 불가피한 것으로 늘 생각했었지요. 극히 추상적인 관념이었는데도 별로 꺼림칙하게 느끼는 일은 없었지요.

그러나 그날, 내 마음에 남게 된 유일한 이미지, 그것은 죄인의 이미지뿐이었습니다. 나는 그 사람이 사실 죄가 있다고 생각했지만, 그것이 무엇이었는가는 별로 문제가 아니었어요. 그러나 그 빨간 머리털을 한 가엾은 남자는 자기가 한 일을 모두 인정하기로 결심을 했고, 자기가 한 일과 이제 자기에게 가해질 일에 대단히 겁을 먹고 있는 눈치여서, 얼마 후에 나는 그 사람만 뚫어지게 살펴보고 있었지요. 그는 마치 너무 강한 햇빛에 겁이 난 올빼미 같은 몰골이더군요. 넥타이의 매듭도 와이셔츠의 칼라가 여며진 곳에 반듯하게 매어져 있지 않았어요. 그는 오른손의 손톱을 깨물고 있었어요……. 요는, 내가 더 이상 말하지 않더라도 그가 살아 있었다는 것을 아셨겠지요.

그러나 나는 그때까지 '용의자'라는 편리한 개념을 통해서밖에는 그를 생각지 않았다는 것을 문득 깨달았어요. 그때 내가 아버지 존재를 잊고 있었다고는 말할 수 없지만, 무엇인지 내 배를 꽉 졸라매고 있는 통에 그 형사 피고인 외에는 아무것에도 주의를 기울일 수가 없었습니다. 거의 아무말도 들리지 않았어요. 나는 그 사람들이 살아 있는 사람을 죽이려 한다는 것을 느끼고, 큰 물결 같은 건잡을 수 없는 본능이 일종의 완고한 맹목적인 힘으로 그 남자 편을 들고 있었습니다. 내가 정신을 다시 차린 것은 아버지의 논고가 시작되었을 때입니다.

붉은 옷을 입은, 호인도 못되고 상냥한 사람도 못되는 아버지의 입에서는 거창한 말들이 끊임없이 마치 뱀 새끼들처럼 튀어나오는 것이었습니다. 그리고 그때 나는, 아버지가 사회의 이름 아래 그 남자의 죽음을 요구하는 것, 그리고 심지어는 그 남자의 목을 베라고까지 요구하는 것을 알았어요. 사실 아버지는 이렇게 말했을 뿐이었어요. '그 머리는 마땅히 떨어져야 합니다.' 그러나 결국 그게 그거 아니겠어요? 결국 아버지는 그 남자의 목을 손에 넣으셨으니까요. 다만 그때 실제로 일하는 사람은 아버지가 아니었을 뿐이지요. 그리고 그후, 나는 특히 이 사건만은 마지막까지 계속해서 방청을 했는데, 나는 그 불행한 남자에 관해서, 아버지는 도저히 느껴 보지도 못하실 아찔할 만큼의 친밀감을 느꼈어요. 그래도 아버지는 관례에 따라, 사람들이 정중하게 소위 최후의 순간이라고 부르는 것에 참석했을 것입니다. 그 임종이야말로 가장 비열한 살인이라고 불러야 할 것입니다.

그때부터 나는 『철도 여행 안내』만 봐도 역겨워져서 보기조차 싫었지요. 그때부터 나는 법이니 사형 선고니 형의 집행이니 하는 것에 대해 혐오감과 관심을 같이 갖게 됐습니다. 그리고 얼마 후 내가 아찔했던 것은, 아버지가 이미 수없이 그러한 살인 현장에 입회했었고, 그리고 그가 아침 일찍 일어나는 날이 바로 그런 날이었다는 것을 알았을 때였습니다. 그렇습니다. 그는 그런 경우엔 자명종을 이용하고 있으니까요. 나는 감히 그런 말을 어머니에게 하지는 못했지만, 어머니를 더 주의해서 관찰했어요. 그리고 내가 알아낸 것은, 그 부부 사이에 이제는 아무것도 남아 있지 않고, 어머니는 그저 체념의 생활을 하고 계신다는 것이었습니다. 그 점을 염두에 두어 어머니는 용서해 줄 수 있었습니다. 그때는 내가 그런 말을 사용했었죠. 후에 안 일이지만, 어머니에겐 용서받아야 할 것이 하나도 없었습니다. 왜냐 하면 이 세상에 태어나서 결혼할 때까지 내내 가난에 시달렸고, 가난 덕택에 체념을 배우게 된 여자니까요.

아마 선생은 내가 곧 집에서 뛰쳐나왔다고 말할 것을 기대하고 계실 것입니다. 그렇지는 않습니다. 나는 그대로 여러 달, 아마 거의 1년은 더 집에 머물러 있었죠. 그러나 내 마음은 병이 들었습니다. 어느 날 저녁, 아버지가 일찍 일어나야겠으니 자명종을 가져오라고 말했어요. 나는 그날 밤, 한 잠도 못 잤습니다. 그 이튿날 아버지가 돌아왔을 때, 나는 이미 집을 나가 버린 후였지요. 바로 말씀드리자면, 아버지는 나를 찾게 하셨죠. 그래서 나는 아버지를 보러 갔어요. 가서 아무런 설명도 곁들이지 않고 냉정하게, 만약 나를 강제로 돌아오게 하면 자살해 버리겠다고 했어요. 결국 아버지가 승복하더군요. 왜냐 하면 본래 성격이 온순한 편이셨으니까요. 그리고 제 손으로 벌어 먹는다는 어리석은 짓에 대해(아버지는 나의 행동을 그렇게 해석하고 있었는데, 나는 그 오해를 굳이 풀어 드리려 하지 않았지요.) 여러 가지로도 주의를 주고, 진정에서 우러나오는 눈물을 눌러 참더군요. 그후, 아주 오랜 시간이 흐른 후의 일이지만, 나는 정기적으로 어머니를 만나러 집에 들르곤 했는데, 그런 때면 아버지도 만났지요. 그런 관계라도 그는 만족했던가 봐요. 나로서는 아버지에게 별로 원한을 품고 있지도 않았고, 다만 약간 마음에 슬픔을 간직하고 있었을 뿐이에요. 아버지가 돌아가시자 나는 어머니를 내 집에 모셔 왔고, 어머니도 돌아가시지 않으셨다면 지금도 모시고 있었을 것입니다.

지금까지 사건의 발단에 대해 장황하게 얘기했지만, 그것이 모든 것의 첫 출발이었기 때문입니다. 이제부터는 좀더 빨리 하겠어요. 나는 18살에 그 안락한 생활에서 뛰쳐나오자, 이내 가난의 맛을 알았습니다. 나는 먹고 살기 위해서 별별 짓을 다 했으나 그것도 잘 되지 않을 때가 많았어요. 그러나 나의 관심을 끄는 것은 사형 선고였습니다. 나는 그 붉은 머리털을 한 올빼미 씨 하고 명확하게 결말을 지어 보고 싶었죠. 그래서 결과적으로 나는 세상 사람들이 흔히 얘기하는 소위 정치 운동을 하게 됐어요. 나는 결코 페스트 환자가 되고 싶지 않았어요. 그뿐이에요. 내가 살고 있는 사회는 사형 선고라는 기반 위에 서 있으니, 그것과 투쟁함으로써 살인 행위와 싸울 수 있다고 생각했어요. 나는 그렇게 믿었고, 다른 사람들도 그렇게 말했으며, 또 대부분 그것은 진실이었습니다. 그래서 나는 내가 사랑하는 사람들, 내가 변함없이 사랑하는 사람들하고 함께 일을 시작했어요. 나는 그 속에 오래 머물러 있었고, 유럽의 각 나라 중에서 내가 활동하지 않은 곳이라곤 없을 정돕니다. 하지만 그런 얘기는 대수롭지 않은 것이에요.

물론 우리들도 역시 때에 따라서는 사형 선고를 하고 있다는 것을 나는 알고 있었어요. 그러나 그런 몇몇 사람의 죽음은, 더 이상 아무도 사람을 죽이지 않는 세계로 이끌어 가기 위해 필요한 일이라고 말하는 사람들이 있었어요. 어떤 의미에서는 그것도 진실이었으나, 어쨌든 나로서는 그런 종류의 진실을 끝까지 믿을 수 없었던 것 같습니다. 확실한 것은, 내가 주저하고 있었다는 사실입니다. 그러나 나는 그 올빼미 씨 생각을 했었고, 언제나 계속 할 것 같았어요. 내가 사형 집행을 목격한 그날까지 '그것은 헝가리에서의 일이었어요.' 소년 시절에 나를 휘어잡은 그 현기증이 어른이 된 나의 눈을 캄캄하게 흐려 놓았습니다.

혹 사람을 총살하는 것을 보신 일이 있으신가요? 못 보셨겠죠. 물론. 그것은 대개가 입회인을 초대해 놓고 행해지는데, 입회인은 미리 선정돼있으니까요. 그런 이유로 선생님 같은 분들의 지식은 그림이나 책에 국한되어 있습니다. 눈가리개, 말뚝, 조금 떨어져 서 있는 병사들. 그런데 실제로는 그렇지 않죠. 수형자가 두 걸음만 앞으로 나가면 가슴에 총부리가 부딪치는 것을 아시나요? 그렇게 가까운 거리에서 사격수들이 심장을 향해 집중 사격하면, 저마다 굵직한 탄환들이 한데 뭉쳐서 주먹이라도 들어갈 만한 구멍을 뚫어 놓는 걸 아시나요? 인간의 잠이라는 것은, 페스트 환자들이 생각하는 생명 이상으로 신성한 것입니다. 선량한 사람들이 잠자는 것을 방해해서는 안 됩니다. 그러려면 어느 정도의 악취미가 필요한 것인데, 좋은 취미란 강조하지 않는 것으로 되어 있다는 것은 누구나 다 아는 일입니다. 그러나 나는 그 무렵부터 잠을 잘 자지 못했습니다. 악취미를 버릴 수가 없었고, 여전히 고집을 부리고 있었습니다. 다시 말하면, 늘 그 생각만 하고 지냈단 말입니다.

그때, 나는 그야말로 내가 최선을 다해 정신을 기울여 페스트와 싸우고 있다고 믿고 있었던 그 오랜 세월 동안 내가 페스트에 걸리지 않았던 적은 결코 없다는 것을 깨달았습니다. 나는 내가 간접적으로 수천 명의 인간의 죽음에 동의했다는 것, 불가피하게 그러한 죽음을 가져오게 했던 그런 행위나 원리들을 선(善)이라고 인정함으로써 그러한 죽음을 야기하기조차 했다는 것을 알았습니다. 다른 사람들은 그런 것으로 괴로워하고 있지 않는 기색이었고, 적어도 자발적으로 그런 이야기를 꺼내는 일은 결코 없었습니다. 그러나 나는 목구멍이 막혀 버린 것 같은 기분이었지요. 나는 그들과 같이 있으면서도 외로웠어요. 내가 나의 불안감을 표시할라치면, 그들은 나에게 지금 무엇 때문에 싸우고 있는가를 잘 생각해야 한다고 말하는 것이었고, 흔히 감동적인 이유들을 내세워 아무리 해도 납득되지 않는 것을 나로 하여금 억지로 납득하게 하는 것이었습니다.

그러나 나는 저 거대한 페스트 환자들, 붉은 제복을 입은 사람들 역시 나름대로의 그럴 듯한 이유가 있는 것이고, 만약 내가 불가항력이라는 이유로 하찮은 페스트 환자들이 주장하는 요구를 용인한다면, 거대한 환자들의 요구도 부인할 수 없게 될 것이라고 대답하는 것이었습니다. 그들은 나에게, 붉은 제복을 입은 자들에게만 형의 선고를 독점하게 한다는 건 그야말로 그들을 옳다고 인정하는 거나 다름없다고 말하는 거예요. 그러나 그때 나는 이렇게 생각했습니다. 한번만 양보한다면 도중에 멈출 필요가 없다고요. 아마 역사는 내 생각을 뒷받침해 준 것 같아요. 오늘날에 있어서는 많이 죽이는 자가 승리하는 모양이니 말이에요. 그들은 모두가 살인에 들떠 있지만 어쩔 도리가 없는 일이지요. 어쨌든 내가할 일은 이치를 따지는 문제가 아니었습니다. 그것은 그 붉은 머리털을 한 올빼미, 페스트균이 전염된 더러운 입이 쇠사슬에 묶여 있는 어떤 남자를 보고 너는 죽는다고 선고를 내리고, 그 남자로 하여금 여러 날밤을 고뇌 속에 두 눈을 뜬 채로 보내며 살해당할 그날을 기다리게 해 놓은 다음에, 결국 그가 죽는 절차를 갖춰 놓는 그러한 역겨운 일이었습니다. 내가 할 일은 가슴에 구멍을 뚫는 것이었습니다. 그래서 나는 이렇게 생각하곤 했어요. 적어도 내가 아는 한은 악랄한 도

살 행위에 대해 단 하나라도, 오직 하나라도 논리를 부여하는 것은 절대로 거부하겠다고요.

그렇습니다. 나는 더 확실한 것을 판단할 수 있을 때까지는 그 완강한 맹목적인 태도를 지켜 나갈 것입니다. 그 이후로 내 생각은 변하지 않았습니다. 그때부터 오랜 시일, 나는 부끄러워했습니다. 아무리 간접적이라 하더라도, 또 아무리 선의에서 나온 것이었다 하더라도 나 자신이 살인자 측에 끼여 들었다는 것이 죽고 싶을 만큼 부끄러웠죠. 세월이 흘러감에 따라서 내가 알게 된 것은, 다른 사람들보다 나은 사람들조차도, 오늘날의 모든 논리 자체가 잘못 되어 있기 때문에, 사람들을 죽게 하는 두려움 없이 우리는 이 세상에서 몸 한번 마음대로 움직일 수 없다는 것이었습니다. 그렇습니다. 나는 여전히 부끄러웠으며, 우리들은 모두가 페스트 속에 있다는 것을 분명히 알게 되었습니다. 그래서 나는 마음의 평화를 잃어버리고 말았습니다. 나는 오늘날도 그것을 추구하면서, 모든 사람을 이해하고 누구에게나 불구대천의 원수가 되지 않으려고 애쓰고 있습니다.

나는 다만, 이제 다시는 페스트 환자가 되지 않고, 마땅히 해야 할 일을 꼭 해 나가며, 살아감으로써 마음의 평화를 되찾고 부끄럽지 않게 죽음을 바랄 수 있는 그런 인간이 되고 싶습니다. 그것이야말로 인간을 위로할 수 있는 것이며, 비록 인간을 구원해 줄 수까지는 없더라도 최소한 그들에게 해롭지 않도록 하여, 때로는 다소의 선을 행하도록 해 줄 수 있는 것입니다. 그래서 나는 직접적이건 간접적이건, 좋은 이유에서건 나쁜 이유에서건 사람을 죽게 만들거나 또는 죽게 하는 것을 정당화시키는 모든 걸 거부하기로 결심했습니다.

또한 바로 같은 이유로, 나는 이번 이 전염병을 통해서 배운 것이라고는 하나도 없고, 있다면 여러분 틈에 끼어 그 병과 싸워야 한다는 것을 배웠을 뿐입니다. 내가 확실히 알고 있는 것은(그렇습니다, 리외. 아시다시피 나는 인생에 대해 죄다 알고 있지요.), 사람은 저마다 자신 속에 페스트를 지니고 있다는 것입니다. 왜냐 하면, 세상에서 그 누구도 병들을 면하고 있는 사람은 없기 때문입니다. 그리고 늘 스스로를 경계하고 있어야지, 자칫 방심하다가는 남의 얼굴에 입김을 뿜어서 병독을 옮겨 버리게 되기도 하지요. 자연스러운 것, 그게 바로 병균입니다. 그 외의 것들, 즉 건강, 완전함, 순결성 등은 결코 늦춰서는 안 될 소지의 소산입니다. 훌륭한 사람, 즉 거의 누구에게도 병독을 감염시키지 않는 사람이란, 될 수 있는 대로 마음의 긴장을 풀지 않는 사람을 말하는 것입니다. 그런데, 절대로 마음이 해이해지지 않기 위해서는 그만한 의지와 긴장이 필요하단 말입니다.

그렇습니다, 리외. 실제로 페스트 환자가 된다는 것은 피곤한 일입니다. 그러나 페스트 환자가 되지 않으려고 발버둥치는 것은 더욱 더 고달픈 일입니다. 그렇기 때문에 너나 없이 모두 피곤해 하지요. 왜냐 하면 오늘날에는 누구나가 다소는 페스트 환자이니까요. 그러나 페스트 환자가 안 되려고 기대하는 몇몇 사람들이, 죽음 이외에는 그들을 해방시켜 주지 않는 격심한 피로를 체험하고 있는 것도 바로 그 때문입니다. 그러다 보니 나는 내가 이 세상에 대해서 아무 가치가 없다는 것, 죽이는 것을 단념한 그 순간부터 나는 결정적으로 추방된 신세가 되었다는 것을 알게 되었습니다. 역사를 만드는 것은 다른 사람들입니다. 나는 또한 내가 그 사람들을 노골적으로 비판할 수 없다는 것도 알고 있습니다. 나에게는 정당한 살인자가 될 자격이 없으니까요. 그러므로 그것은 우월성의 문제가 아닙니다. 그러나 지금의 나는, 본래 있는 그대로의 내가 되는 것을 감수하고 겸손이라는 것을 배웠습니다.

지상에도 재화와 희생자들이 있고, 그리고 될 수 있는 대로 재화의 편을 들기를 거부해야 한다고 말하렵니다. 아마 좀 단순한 생각같이 여겨질지 모릅니다. 단순한지 어떤지 나는 잘 모르지만, 아무튼 그것이 진실이라는 것을 알고 있습니다. 나는 너무 여러 가지 이론을 들어서 머리가 돌아 버릴 뻔했는데, 그 이론들은 다른 사람들의 머리를 혼잡스럽게 하여, 그들로 하여금 살인 행위에 동의하도록 만들어 버렸어요. 덕분에 나는 인간의 모든 불행은 그들이 명료한 얘기를 하지 않는 데서 온다는 것을 알았습니다. 그래서 나는 정확하게 말하고 행동함으로써 정도를 택하기로 결정했습니다. 따라서 나는 재화와 희생자가 있다고 말할 뿐, 그 이상은 더 말하지 않았습니다. 그렇게 함으로써 비록 내 자신이 재화가 되는 일이 있다 할지라도 나는 그곳에 동조하지 않을 겁니다. 나는 차라리 죄 없는 살인자가 되길 바랍니다. 보시다시피 그리 큰 야심은 못됩니다.

물론 제3의 카테고리, 즉 진정한 의사로서의 카테고리가 필요하겠지만, 그러나 이런 것은 그리 쉽게 찾을 수 있는 것이 아니고, 더구나 그것은 상당히 어려운 일일 것입니다. 그래서 나는 언제나 희생자들 무리에 끼어서 그 피해를 되도록 줄이는 것입니다. 희생자들의 틈에서, 적어도 나는 어떻게 하면 제3의 카테고리, 즉 마음의 평화에 도달할 수 있는가를 생각해 보기도 하죠."

타루는 이야기를 맺으면서, 다리 한쪽을 흔들거리면서 발로 테라스 바닥을 탁탁 치는 것이었다. 잠시 침묵한 뒤에 리외는 약간 몸을 일으키고, 타루에게 마음의 평화에 도달하기 위해서 취해야 할 길에 대해서 어떤 생각을 가지고 있느냐고 물었다.

"물론 그건 공감이죠."

멀리서 구급차의 사이렌이 두 번 울렸다. 조금 전만 해도 희미했던 그 아우성 소리가, 시의 경계선 근처의 바위투성이의 언덕 위로 응집하고 있었다. 동시에 무슨 발포하는 소리 같은 것이 들려왔다. 그러다가 다시 정적이 돌아왔다. 리외는 등대불이 깜빡거리는 것을 보았다. 산들바람이 강해지는 것 같더니, 이와 때를 같이 해서 소금 냄새를 실은 바람이 바다로부터 훅 불어왔다. 벼랑에 부딪치는 둔탁한 파도의 숨결 소리가 은밀히 들리고 있었다.

"결국," 하고 담담한 어투로 타루가 말했다. "내 마음이 끌리는 건 어떻게 하면 성자가 될 수 있을까 하는 문제지요."

"그러나 당신은 안 믿으시면서?"

"암요. 오늘날 내가 알고 싶은 단 하나의 구체적인 문제는 신을 의지하지 않고 사람은 성인이 될 수 있는가 하는 것입니다."

갑자기 아까부터 소란스럽던 곳에서 환한 섬광이 줄달음치더니, 바람결에 실려 어렴풋한 고함 소리가 그 두 사람에게까지 들려왔다. 섬광은 이내 어두워지고, 멀리 테라스 끝의 불그스레한 빛만이 남았다. 바람이 잠깐 멎었을 때도 사람들의 고함 소리가 뚜렷하게 들려오다가, 이어서 사격 소리와 군중이 떠들어 대는 소리가 났다. 타루는 일어서서 귀를 기울였다. 아무것도 들리지 않았다. "또 시의 문에서 싸움이 붙었군요."

"이제는 끝난 모양입니다." 하고 리외가 말했다.

타루는 절대로 아직 끝나지 않았으며, 아직도 희생자가 더 나올 거라면서, 순서가 그렇게 되어 있기 때문이라고 중얼거렸다.

"그럴지도 모르죠." 하고 리외가 대답했다. "그러나 어쨌든 나는 성인들보다는 패배자들에게 더 연대 의식을 느낍니다. 아마 나는 영웅주의라든가 덕행 같은 것을 바라는 마음은 없다고 생각해요. 내가 관심을 두고있는 것은 그저 인간이라는 존재인 거예요."

"그럼요, 우리는 같은 것을 추구하고 있어요. 다만 내가 좀더 야심가가 못될 뿐이죠."

리외는 타루가 농담을 하는 줄 알고 그의 얼굴을 보았다. 그러나 하늘에서 내려오는 어렴풋한 별빛을 받은 그의 얼굴은 오히려 더 진지하고 엄숙해 보였다. 바람이 다시 일기 시작해서 리외는 피부에 미지근한 바람의 감촉을 느꼈다. 타루는 몸을 흔들었다.

"우리들의 우정을 기념하기 위해서 좋은 일을 해 볼까요?" 하고 그가 물었다.

"뭐든지 좋아요. 해 봅시다." 리외가 말했다.

"해수욕을 하는 거죠. 미래의 성인일지라도 그것은 훌륭한 쾌락입니다."

리외는 히죽 웃었다.

"우리의 통행증을 가지고 방파제까지 갈 수 있어요. 페스트 속에서만 살아야 한다니, 과히 현명한 일은 못되요. 물론 인간은 다른 희생자를 위해서 싸워야 하죠. 그러나 다른 편에서 아무것도 사랑하지 않게 되고 만다면 투쟁은 아무런 의미도 없는 거죠."

"좋아요." 리외가 말했다. "자, 갑시다."

잠시 후 자동차는 항구의 철망 앞에 와서 멎었다. 달이 떠오르고 있었다. 우유 빛깔의 하늘이 도처에 엷은 그늘을 던지고 있었다. 그들 뒤에서는 시가지가 층계를 이루고 있었고, 거기서 불어오는 불결하고 뜨거운 바람이 그들을 점점 더 해안 쪽으로 밀어내고 있었다. 그들이 신분증을 보초에게 보였더니, 보초는 오랫동안 그것을 살펴 보았다. 그들은 거기를 통과해서 큰 통들을 여기저기 쌓아 올린 둑 너머로, 포도주와 생선 비린내가 나는 속을 뚫고 방파제를 향해서 갔다. 거기에 이르기도 전에 해초 냄새가 바다가 가까운 것을 알려 주었다. 곧 이어 파도 소리가 들려왔다.

바다는 방파제의 커다란 축대 밑에서 부드럽게 철썩거리고 있었는데, 그들이 둑에 올라가자, 빌로도처럼 짙은 색의, 등불처럼 부드럽고 매끄러운 바다가 모습을 드러냈다. 그들은 바다를 향해서 바윗돌 위에 자리를 잡고 앉았다. 물이 부풀어 올랐다가 다시 완만히 주저앉곤 했다. 바다의 고요한 숨결이, 기름을 바른 것 같은 반사가 수면에 명멸하게 있었다. 그들 앞에, 밤의 어둠이 무한히 가로놓여 있었다. 손바닥 밑에 바윗돌의 울퉁불퉁한 감촉을 느끼고 있던 리외는, 이상한 행복감에 넘쳐 있었다. 타루를 바라보면서, 자기 친구의 조용하고 신중한 얼굴에서 그는 아무것도 잊지 않고 사는, 심지어는 그 살인 행위조차도 잊지 않고 있는 여일한 행복감이 느껴졌다.

그들은 옷을 벗었다. 리외가 먼저 물 속으로 뛰어들었다. 처음에는 차갑던 물이, 다시 떠올랐을 때는 미지근하게 느껴졌다. 두세 번 손발을 놀리고 나니, 그날 저녁 바다는 여러 달을 두고 쌓이고 쌓였던 대지의 열기에 휩싸여서 아직도 가을 바다의 온도를 가지고 있는 것을 알 수 있었다. 그는 규칙적으로 헤엄을 쳤다. 발을 풍덩거릴 때마다 그의 뒤에는 하얀 물거품이 남고, 두 팔에서 흘러내린 물이 다리로 흘렀다. 무겁게 풍덩하는 소리로, 타루가 뛰어든 것을 알았다. 리외는 물위에 반듯하게 누워서 움직이지 않고, 달과 별들로 가득 찬 하늘을 바라보았다. 그는 천천히 숨을 쉬었다. 그러자 신기하게도 점점 뚜렷하게, 밤의 정적과 적막 속에서 물 때리는 소리가 들려왔다. 타루가 가까이 오자, 이윽고 그의 숨소리까지 들리게 되었다. 리외는 그에게 몸을 돌려서, 자기 친구와 나란히 같은 리듬으로 헤엄을 쳤다. 타루는 그보다 더 힘차게 나아가고 있었다. 그래서 그는 좀더 속력을 내야 했다. 몇 분 동안, 그들은 같은 리듬, 같은 힘으로 단둘이서 세상에서 멀리 떨어져, 마침내 시와 페스트에게서도 해방되어서 전진했다. 리외가 먼저 멈췄다. 그리고 그들은 천천히 되돌아왔다. 다만 도중에 한 번, 그들은 얼음처럼 찬 물결을 만났다. 그들은 둘이서 아무말도 없이 바다의 불의의 습격에 쫓겨 몸놀림을 잽싸게 했다.

그들은 다시 옷을 주워 입고, 한마디도 입 밖에 내지 않고 돌아가기 시작했다. 그러나 그들은 똑같은 심정이었고, 그날 밤의 추억은 흐뭇한 것이었다. 멀리 페스트의 보초병을 보았을 때 리외는, 타루도 역시 자기처럼, 페스트는 조금 전에는 우리들을 잊었을 텐데 이제 또다시 시작이겠군, 하고 속으로 중얼거리고 있는 것을 알아차렸다.

* * *

아닌게 아니라 다시 생각해야만 했다. 페스트는 누구든지 그리 오랫동안 잊어버리는 법이 없었다. 12월 내내, 페스트는 우리 시민들의 애간장을 태우고, 화장터의 화덕에 불붙게 하고, 수수방관하는 허깨비 같은 사람들로 수용소를 가득 차게 만드는 등, 어쨌든 정지하는 일없이 그 끈기 있는 팔팔한 걸음으로 전진했다. 당국은 날씨가 차가워지면서 병세가 수그러들 것으로 예상하고 있었는데, 반대로 페스트는 며칠 동안 계속된 겨울의 첫추위에도 물러감이 없이 기승을 떨었다. 더 기다려야만 했다. 그러나 사람들은 기다림에 지치면 아예 기다리지 않게 되는 법이다. 모든 사람들은 아예 미래가 없는 생활을 하고 있었다.

의사로 말하면, 그 역시 평화와 우정의 덧없는 한때도 그뿐, 병원이 또 하나 개설되었으므로, 이제 리외는 사람이라고는 환자밖에는 대할 수가 없게 되었다. 그런 중에도 페스트는 점점 폐장성의 양상을 띠게 되고, 또 환자들도 어느 정도 의사에게 협조하는 경향을 보이게 되었다.

그들은 초기의 허탈과 광란에서 벗어나 자기들의 이익에 관해서 좀더 올바른 관념을 갖게 된 듯싶었으며, 자기들을 위해서 최상의 방법일 수 있는 것을 스스로 요구하게 되었다. 그들은 줄곧 마실 것을 요구했으며, 모두들 따뜻하게 지내고 싶어했다. 의사로서는 피곤하기는 예나 마찬가지였지만, 그래도 이러는 편이 덜 고독했으므로 나았다.

12월 말경, 리외는 아직도 수용소에 있던 예심 판사 오통 씨로부터 편지를 한 통 받았는데, 그의 격리 기간은 끝났는데도 불구하고 당국은 자기의 입소 날짜를 확인하고 있지 않아 부당하게 자기를 아직도 수용소에 억류해 두고 있는데, 그것은 사무 착오에서 나온 것이라는 사연이었다. 얼마 전에 수용소에서 나온 그의 아내가 현청에 항의를 하러 갔는데, 거기서는 절대로 착오란 있을 수 없다고 오히려 큰소리 치더라는 것이었다. 리외는 곧 랑베르에게 중재를 부탁했다. 그랬더니 며칠 후에 오통 씨가 찾아왔다. 실제로 착오가 있었던 것이다. 그래서 리외도 적이 분개했다. 그러나 오통 씨는 그동안에 수척한 얼굴로 힘없이 손을 들고는 한마디 한마디에 힘을 줘 가면서, 누구에게나 실수는 있을 수 있다고 말했다. 의사는 그가 어딘지 예전과 다르다고 생각했다.

"어떻게 하시겠어요, 판사님? 아마 틀림없이 많은 서류가 기다리고 있겠지요?" 하고 리외가 말했다.

"글쎄요, 휴가를 얻을까 합니다만." 하고 판사가 말했다.

"아닌게 아니라 휴식을 취할 필요가 있지요."

"그것이 아닙니다. 나는 다시 수용소로 돌아갈까 합니다."

리외는 깜짝 놀랐다.

"아니, 거기서는 금세 나오셨잖아요!'

"제 말뜻을 이해하지 못하시는군요. 수용소에는 자원 사무원 자리가 있다고 들었습니다."

판사는 그의 둥근 눈을 이리저리 굴리며, 손으로 한쪽 머리카락을 쓸어 넘기고 있었다.

"말하자면, 나도 일을 하려는 것입니다. 게다가 어리석은 이야기 같지만, 내 자식놈 하고도 그리 멀리 떨어지지 않은 것같이 여겨질 테니까요."

리외는 그를 바라보고 있었다. 그 딱딱하고 단조로운 눈에 갑자기 부드러운 빛이 깃든 것처럼 느껴졌다. 그러나 그의 두 눈은 곧 더욱 흐려졌으며, 그 금속과 같은 맑은 빛은 말끔히 사라져 버렸다.

"물론이죠." 하고 리외가 말했다. "원하시는 거니, 제가 알선해 드리겠습니다."

의사는 정말 알선을 해 주었다. 그리고 페스트에 짓눌린 이 도시의 생활은 크리스마스까지도 여전히 변함없는 나날이 계속되었다. 타루는 여전히 그 효과적인 침착성을 가는 곳마다 발휘했다. 랑베르는 리외에게 그 두 젊은 보초 덕분으로 자기 아내와의 비밀 서신 왕래의 길이 생겼다는 이야기를 했다. 가끔 가다가 아내의 편지를 받는다는 것이었다. 그는 리외에게도 그 방법을 이용하라고 권했다. 그래서 리외는 그것을 승낙했다. 그는 처음으로 여러 달 만에 편지를 썼는데, 쓰는 데 무척 애를 먹었다. 그 동안에 아주 잊어버린 말도 있었다. 편지는 발송됐으나 답장은 좀처럼 오지 않았다. 한편 코타르는 장사가 잘 되었고, 그가 벌인 소규모의 투기들이 그를 부자로 만들었다. 그랑만이 그 잔치 기간이 아무래도 달갑지 않았다.

그 해의 크리스마스는 보금의 축제라기보다는 차라리 지옥의 명절이었다. 텅 비고 불이 꺼진 가게들, 진열장 속에 있는 모형 초콜릿이나 빈 상자들, 음울한 얼굴들을 태운 전차들, 어느 것 하나 과거의 크리스마스를 연상시키는 것이라곤 없었다. 전 같으면 부자건 가난한 사람이건 모두 함께 어울리던 그 명절도, 이제는 때가 지저분한 술집 내실에서 일부 특권층이 금력으로 장만하는 고독하고도 부끄러운 몇 가지 즐거움 이외에는 존재할 여지가 없었다. 성당들은 감사의 기도보다는 차라리 애원으로 가득 찼다. 음침하고 얼어 붙은 시내에서는 몇몇 아이들이 아직 어떤 위험에 위협받고 있는지도 모르고 뛰어 놀고 있었다. 그러나 아무도 감히 그 아이들에게, 인류의 고통만큼이나 오래 되었으면서도 젊은 날의 희망만큼 신선한, 선물을 가져다 주는 그 옛날의 신의 이야기를 해 주지 못했다. 모든 사람의 마음속에는 이제는 늙고 지친 아주 음울한 희망, 심지어는 사람들이 죽음을 감수하는 것을 방해하는, 단순히 삶에 대한 애착에 불과한 그런 희망밖에는 남아 있지 않았다.

그 전날 밤, 그랑은 약속 시간에 나타나지 않았다. 불안해진 리외는 새벽에 일찍 그의 집에 갔으나 그는 없었다. 모두 그 소식을 듣고 경계심이 생겼다. 랑베르가 11시경에 병원에 와서, 자기는 그랑이 초췌한 얼굴로 거리를 헤매고 있는 것을 보았는데 이내 놓치고 말았다는 것을 리외에게 알려 주었다. 의사와 타루는 자동차로 그를 찾으러 나갔다.

정오의 쌀쌀한 시각에 그랑이 나무를 깎아서 만든 괴상한 모양의 장난감들로 가득 찬 진열장 앞에 바싹 달라붙어 있는 것을 멀리서 보았다. 그 늙은 서기의 얼굴에는 하염없이 눈물이 흘러내리고 있었다. 그 눈물은 리외의 마음을 흔들어 놓았다. 왜냐 하면 그는 눈물의 이유를 알고 있었고, 자기도 역시 그것을 느끼고 있었기 때문이었다. 리외도 역시 크리스마스 날, 어느 가게 앞에서의 불행한 사나이의 약혼과, 그 남자의 품에 기대면서 자기는 행복하다고 말하던 잔느의 모습이 머리에 떠올랐다. 미칠 듯한 그랑의 가슴에, 머나먼 세월로부터 잔느의 생기 발랄한 목소리가 되살아났음이 분명했다. 리외는 울고 있는 노인이 무슨 생각을 하고 있는지를 알고 있었다. 그리고 자기도 그 노인과 마찬가지로, 사랑이 없는 이 세계는 마치 죽은 세계와 다를 바 없으며, 언제고 반드시 감옥이며 일이며 용기 같은 것들에 진저리가 나서 한 인간의 모습과 황홀한 사랑을 요구할 때가 오고야 말 거라는 생각을 하고 있었던 것이다.

그러나 그랑은 유리에 비친 리외를 알아보았다. 여전히 울면서 돌아서서 유리에 등을 기대고 리외가 다가오는 것을 보고 있었다.

"아! 선생님, 아! 선생님." 하고 그는 중얼거리는 것이었다.

리외는 말문이 열리지 않아 대답 대신 고개를 끄덕거렸다. 그 슬픔은 리외 자신의 슬픔이었고, 그때 그의 마음을 사로잡고 있는 것은 모든 인간이 함께 하고 있는 고통과 마음을 사로잡고 있는 것처럼 그러한 고통과 마주섰을 때 생기는 견딜 수 없는 분노였다.

"그렇습니다, 그랑." 하고 그가 말했다.

"그녀에게 편지를 쓸 시간을 갖고 싶습니다. 그녀가 잘 이해할 수 있도록……. 그래서 후회 없이 행복하게 살도록……."

리외는 억지로 밀어내듯 그랑을 앞세우고 걸었다. 그랑은 끌려가듯이 걸어가면서 여전히 이렇게 중얼거리는 것이었다.

"너무 오래 계속돼요. 이젠 차라리 될 대로 되라는 생각이 들어요. 할 수 없죠. 아! 선생님! 나는 언뜻 보기엔 태평한 것같이 보이지만 그러기 위해선 힘겨운 노력이 필요합니다. 이제는 그것조차 견딜 수가 없어요."

그는 사지를 부들부들 떨면서, 미친 사람 같은 눈을 하고 말을 멈추었다. 리외가 그의 손을 잡았다. 손은 불타는 것같이 뜨거웠다.

"돌아가야지요."

그러나 그랑은 그의 손을 뿌리치고 몇 발자국을 뛰어가더니, 멈춰 서서 두 팔을 벌리고 앞뒤로 휘청거리기 시작했다. 그는 제자리에서 빙그르르 돌더니 차디찬 도로 위에 쓰러졌다. 얼굴은 여전히 흘러내리는 눈물로 뒤범벅이 되었다. 지나가던 사람들이 멀리서 바라보고 그 자리에 멈춰 선 채 감히 다가오지 못하고 있었다. 리외는 그 노인을 두 팔로 안아 일으켜 줘야 했다.

침대에 눕혀진 그랑은 호흡조차 곤란했다. 이미 폐가 감염되었다. 리외는 생각에 잠겨 있었다. 그랑에게는 가족이 없었다. 그렇다면 그를 병원으로 보내서 무엇하랴? 타루하고 둘이 간호해 주는 게 낫겠지…….

그랑은 살빛이 파리해지고 눈에서는 광채가 사라진 채, 베개에 머리를 푹 파묻고 있었다. 그는 타루가 궤짝 부스러기로 벽난로에 지펴 놓은 빈약한 불길을 바라보고 있었다. "영 나빠 가는 걸요."라고 그는 말하는 것이었다. 그리고 상해 버린 그의 폐 속으로부터, 그가 말을 할 때마다 빠지직거리고 이상한 소리가 새어 나왔다. 리외는 그에게 잠자코 있으라고 타이르고, 자기는 이내 돌아오겠다고 말했다. 야릇한 미소가 환자의 얼굴에 떠오르더니, 미소와 함께 일종의 온화한 기색이 드러나 보였다. 그는 가까스로 눈을 깜박거렸다. "만약 내가 이 지경에서 벗어나면, 경의를 표해야지요, 선생님!"

그러나 그는 곧 의식을 잃고 말았다.

리외와 타루가 서너 시간 후에 다시 와 보니, 환자는 침대에서 반쯤 몸을 일으키고 있었다. 리외는 그의 얼굴에서 드러난 병세의 진전을 보고 덜컥 겁이 났다. 그러나 환자는 훨씬 정신이 또렷해져서 그에게 이상스럽게도 공허한 목소리로, 서랍에 넣어 둔 원고를 갖다 달라고 부탁했다. 타루가 그 종이 뭉치를 건네 주자, 그는 그것들을 보지도 않고 꼭 껴안았다가, 다음에는 그것들을 의사에게 내밀면서 자기에게 그것들을 읽어 달라는 몸짓을 했다. 그것은 오십여 페이지 남짓한 짧은 원고였다. 리외는 그것을 뒤적거려 보았는데, 그 종이 뭉치는 전부 동일한 문장을 수없이 다시 쓰고, 고치고, 가필, 또는 삭제한 것들이 적혀 있는 데 불과하다는 것을 깨달았다. 끊임없이 5월달이니 승마의 여인이니 숲의 오솔길이니 하는 말들이 쏟아져 나와서 여러 가지 형태로 배열되어 있었다. 거기에는 또한 여러 가지 설명이 붙어 있었다. 어떤 때는 엄청나게 긴 것이 있는가 하면, 정정문(訂正文)도 들어 있었다. 그러나 마지막 페이지 끝에는 단정한 필체로 아직 잉크 빛도 새롭게 '나의 사랑스런 잔느, 오늘은 크리스마스요…….' 라는 말이 씌어 있고, 그 밑에 공들여서 정서를 한, 앞의 그 문장의 최종적인 것이 적혀 있었다. "읽어 주십시오." 라고 그랑이 말했다. 그래서 리외가 읽었다.

"5월의 어느 아름다운 아침에, 어떤 나긋나긋한 여인이 눈부신 밤색 말에 몸을 싣고, 꽃이 만발한 사이를 지나 숲의 지름길을 달리고 있었다……."

"그게 틀림없지요?" 하고 열기를 띤 목소리로 노인은 말했다.

리외는 노인에게로 시선을 돌리지 않았다.

"아!" 하고 노인은 흥분해서 말했다. "알겠어. 아름다운, 아무래도 그건 정확한 표현이 아니야."

리외는 이불 위에 놓은 그의 손을 잡았다.

"놔 두십시오, 선생님. 이제 시간이 없을 겁니다……."

그의 가슴이 괴로운 듯 부풀어 오르더니 그는 느닷없이 소리를 질렀다.

"그것을 태워 버리십시오!"

의사는 망설였다. 그러나 그랑이 하도 강한 말투로, 그리고 하도 고통스러운 목소리로 그 말을 되풀이하는 바람에, 리외는 거의 꺼져 가는 불 속에 그 종잇장들을 던졌다. 방안은 밝아졌고, 잠시나마 그 열이 방을 따뜻하게 만들었다. 의사가 환자에게 돌아왔을 때, 환자는 등을 돌리고 누워 있었는데, 그의 얼굴은 거의 벽에 닿을 지경이었다. 타루는 그런 광경과는 아무 상관도 없는 사람처럼 창 밖을 내다보고 있었다. 리외는 혈청 주사를 놓은 다음 타루에게, 그랑이 밤을 못 넘기겠다고 말하자, 타루는 자기가 남아 있겠다고 자청했다. 리외는 그러라고 했다.

밤새도록, 그랑이 죽어 가고 있다는 생각이 리외의 마음에 달라붙어 떨어지지 않았다. 그러나 그 이튿날 아침에, 리외는 그랑이 침대 위에 일어나 앉아서 타루와 이야기하고 있는 것을 보았다. 열은 없어져 있었다. 그는 다만 전반적인 쇠약 증세를 보일 뿐이었다.

"아! 선생님." 하고 그는 말하는 것이었다. "정말 큰 실수를 했어요. 하지만 다시 시작해야지요. 다 기억하고 있거든요. 두고 보세요."

"여하튼 증세를 살펴봅시다." 하고 리외가 타루에게 말했다.

그러나 정오가 되어도 아무런 변화가 없었다. 저녁때 그랑은 살아났다고 간주할 수 있었다. 리외는 그 회생을 이해할 수가 없었다.

그러나 거의 같은 시기에 리외에게 환자가 한 사람 인도되어 왔는데, 리외는 그 환자의 병세는 절망적이라고 보고 오자마자 병원으로 격리를 시켜 버렸다. 그 처녀는 완전히 착란 상태에 빠졌고, 폐장 페스트의 온갖 증세를 다 나타내고 있었다. 그러나 이튿날 아침 열은 내려 있었다. 의사는 그때도 역시 그랑의 경우나 마찬가지로, 아침나절의 일시적인 병세 이완 현상이라고 생각했다. 경험에 의하면 그것은 나쁜 조짐이라고 생각할 수도 있었다. 그런데 낮이 되어도 열은 올라가지 않았다. 저녁 때 겨우 이삼 부 올라갔을 뿐이고, 다음날 아침에는 열이 말끔히 가셔 있었다. 처녀는 쇠약하긴 했지만, 침대에 누워서 편하게 호흡을 하고 있었다. 리외는 타루에게, 그 여자는 모든 법칙을 깨뜨리고 살아난 것이라고 말했다. 그러나 일주일 동안에 리외의 관할 구역에서 그와 같은 일이 무려 네 건이나 나온 것이다.

같은 주말에 그 늙은 해수병 환자는, 몹시 흥분한 기색을 드러내면서, 리외와 타루를 맞이했다.

"됐어요." 하고 그는 말하는 것이었다. "그놈들이 또 나타났으니까요."

"누가요?"

"쥐 말이에요, 쥐!"

지난 4월 이후로 죽은 쥐는 단 한 마리도 발견되지 않고 있었다.

"그러면 다시 시작된다는 것인가요?" 하고 타루는 리외에게 물었다.

노인은 손을 자꾸 비비적거리고 있었다.

"놈들이 뛰어다니는 것을 보세요. 참 볼만하다니까요."

그는 산 쥐 두 마리가 거리로 난 문으로부터 자기 집으로 들어오는 것을 보았던 것이다. 이웃 사람들의 말로는, 그들 집에서도 쥐들이 다시 나타났다는 것이었다. 여기저기 대들보 언저리에서 몇 달을 두고 잊고 살았던 바스락 소리가 다시 들려오고 있었다. 리외는 매주 초에 실시되는 총괄적 통계의 발표를 기다렸다. 통계는 병세의 후퇴를 분명히 표시하고 있었다.

5

비록 그렇게 갑작스러운 병세의 후퇴가 뜻밖의 일이기는 했지만, 우리시민들은 성급히 기뻐하지를 않았다. 오늘날까지 지나간 몇 달 동안이, 해방에 대한 그들의 소망을 증가시켜 준 만큼 그들에게 조심성이라는 것을 가르쳐 주었고, 이 전염병이 불원간 끝난다는 예측은 더욱 믿지 않도록 되어 있었던 것이다. 그러나 그 새로운 사실은 모두 사람들의 입에 오르내렸고, 따라서 입 밖에 내지는 않아도 사람들의 마음속에는 커다란 희망이 물결치고 있었다. 그 나머지 모든 일은 제2차적인 면으로 되고 말았다. 새로운 페스트 환자들도 그 엄청난 사실 앞에서는 아무것도 아니었다. 통계 숫자가 내려가고 있었던 것이다. 공공연하게 떠들어 대지는 않았지만 누구나 건강의 시대를 기다리고 있음이 은연중에 드러났다. 우리 시민들이 그때부터는 비록 무관심한 표정으로 즐겨 페스트가 퇴치되고 난 후의 생활 계획에 대해서 이야기했으니 말이다.

모든 사람들은, 과거의 생활의 온갖 편의는 대번에 회복될 수는 없으며, 파괴하기란 건설보다 훨씬 용이하다는 생각에 거의 일치하고 있었다. 다만 사람들은 식량 보급만은 좀 개선될 것이며, 또 그렇게 되면 가장 절실한 걱정은 덜 수 있으리라고 보고 있었다. 그러나 사실은, 그러한 미온적인 고찰 밑바닥에는 어리석은 희망이 날뛰고 있었으며, 시민들도 이런 사실을 깨달을 때가 있어, 그럴 때면 그들은 서둘러 무절제한 희망을 지워 버리고, 아무래도 해방은 오늘 내일에 이루어질 수는 없다고 자신을 타이르는 것이었다.

사실상, 페스트는 오늘 내일 사이에 끝나지는 않았다. 그러나 표면적으로는 사람들이 생각했던 것보다 더 빨리 쇠퇴해 가는 듯싶었다. 정월 초순에는 추위가 예년에 없이 완강하게 도사리고 있어서, 도시의 하늘은 그대로 얼어붙은 성싶었다. 그러면서도 그때만큼 하늘이 푸르렀던 적은 없었다. 며칠 동안을 두고 내내 싸늘하게 활짝 갠 하늘이 계속해서 찬란한 광선을 온 시에 내리 비치고 있었다. 페스트는 그 맑아진 대기 속에서 3주일 동안, 계속적인 하강 상태에 있었다. 연신 늘어나던 시체의 수가 점점 줄어들면서, 페스트는 쇠퇴해 가는 듯싶었다. 페스트는 단시일 안에 수개월 동안 축적해 놓았던 힘을 대부분 잃고 있었다. 그랑이나 리외가 돌보았던 그 처녀처럼 다 잡아놓은 미끼를 놓쳐 버린다든지, 또 어떤 동네에서는 2,3일 간 병세가 격화하다가 완전히 사라진다든지, 월요일에는 희생자의 수를 부쩍 늘려 놓았다가 수요일에는 대부분의 환자를 다시 살려 준다든지 하는 식으로 헐떡이기도 하고 돌진하기도 하는 모양을 보고 있으면, 마치 페스트는 피로 권태에 의해 기승이 마비되어, 자기 자신에 대한 자제력과 동시에, 힘의 바탕이었던 그 수학적이며 절대적인 유효성 마저 상실하고 말았다고 할 수 있을 듯싶었다. 카스텔의 혈청은 그때까지 거둘 수 없었던 성공을 갑자기 여러 차례 경험하게 되었다. 전에는 아무런 결과도 얻지 못했던 의사들의 몇몇 가지 조치가 갑자기 확실한 효과를 올리는 듯도 했다. 이번에는 페스트가 몰리게 되었고, 그것의 갑작스러운 쇠퇴가 여태껏 그것에 대해서 겨누어졌던 무딘 칼날에 위력이 생기게 한 것 같았다. 가끔 가다가 병세가 완강해져서 일종의 맹목적인 반항으로 완쾌하리라고 기대되었던 환자를 서너 명 죽음으로 끌고 가는 것이 고작이었다. 그들은 페스트의 악운에 걸려든 사람, 희망에 가득 찼을 때 페스트에 살해당한 사람들이다. 격리 수용소에서 나온 오통 판사가 나빴다고 말한 것이 사실이지만, 그 말이 판사의 죽음을 생각해서 하는 말인지, 판사의 살았을 때를 생각해서 하는 말인지 알 길이 없었다.

그러나 총체적으로 말해서, 감염은 각 방면에서 쇠퇴하고, 현청의 발표도 처음에는 조심스레 은연중에 희망이나 줄 따름이었으나, 마침내 일반의 머릿속에 승리가 확보되고, 병은 그의 진지를 포기하고 말았다는 확신을 굳히게 하기에 이르렀다. 사실 그것이 승리인지 무엇인지는 단정하기가 어려웠다. 사람들은 다만, 페스트가 들이닥쳤을 때처럼 스스로 물러가고 있는 것 같다는 사실을 확인하고 싶어했다. 병에 대한 전략을 바꾼 것은 아니었다. 어제까지는 효과가 없었던 것이 오늘은 썩 좋은 효과를 나타냈다. 다만 병이 제풀에 쇠퇴해 버렸거나 혹은 제 목적을 달성했으니까 물러가는 것이거니 하는 인상을 받았을 뿐이다. 말하자면 제 역할이 끝나 버리고 있었던 것이다.

그럼에도 불구하고 시내에서는 아무런 변화도 보이지 않았다. 낮에는 언제나 조용한 거리뿐이었고, 저녁때가 되면 늘 같은 군중—이제는 다만 대부분이 외투와 숄을 걸친 군중—에 의해 점령되었다. 영화관과 카페는 여전히 돈벌이가 잘 되고 있었다. 그러나 좀더 자세히 살펴보면, 사람들의 얼굴에는 긴장이 풀리고, 간혹 미소가 떠오르는 것을 볼 수 있었다. 그리고 그럴 때에는 지금까지 누구 한 사람 거리에서 웃는 이가 없었던 것을 확인하는 기회였다. 사실 몇 달 전부터, 이 도시를 둘러싸고 있던 불투명한 장막에 조그마한 구멍이 생겨서, 사람들은 제각기 월요일마다 라디오 보도를 통해서 그 구멍이 자꾸 커져 가고 있으며, 결국에 가서는 숨을 쉴 수 있게 되 가고 있다는 것을 확인할 수가 있었던 것이다. 이것은 아직 극히 불분명한 안도감이어서 명백하게 표현되지는 않고 있었다. 이전 같으면 기차가 떠났다든지, 배가 들어왔다든지, 또는 자동차의 운행이 다시 허가될 것 같다는 소식을, 어딘지 의혹없이는 들을 수 없었을 것이다. 그런데, 정월 중순경에 이르러서는 그러한 발표도 아무런 놀라움을 일으키지 않았다. 그러한 사소한 변화는 사실상 시민들의 희망의 노정에서 굉장한 진전이 있었음을 나타내는 것이었다. 그 외에도 가장 사소한 희망이나마, 주민들에게 희망이란 것이 가능하게 된 그때부터는 페스트의 실제적인 지배는 끝났다고 말해도 좋을 것이다.

정월 내내, 우리 시민들이 모순된 움직임을 보이고 있었다는 것도 거짓 아닌 사실이다. 정확히 말해서, 그들은 흥분과 침체가 번갈아 오는 상태를 경험했던 것이다. 그처럼 통계가 가장 유망한 결과를 보여 주고 있는 바로 그 무렵에도 새로운 몇 건의 탈주 계획이 기록되는 일까지 생겼다. 그것은 당국을 크게 놀라게 했거니와, 감시소들까지도 놀라게 했다. 탈주의 대부분이 성공했으니 말이다. 그러나 사실은 그 시기에 탈주를 하는 사람들은 자연스런 감정을 따랐던 것이다. 어떤 사람들은 페스트에서 벗어날 수 없다는 심각한 회의에 빠져 있기도 했다. 희망이라는 것이 그들의 마음에 달라붙을 여지가 없었다. 페스트의 시대가 끝난 그때에도, 그들은 여전히 페스트를 기준으로 삼아 살고 있었다. 말하자면, 그들은 시대에 뒤떨어져 있었던 것이다. 반대로 어떤 사람들, 특히 그때까지 자기네가 사랑하는 사람과 생이별을 당한 채 살아왔던 사람들 중에서 발견되었던 것이지만, 그들은 오랜 세월에 걸친 감금과 실망을 겪어 온 끝에 솟아오른 희망의 바람이 어떤 열망과 초조에 불을 질러 놓은 나머지, 그것이 그들에게서 모든 자제력을 빼어 버렸던 것이다. 목표물을 그렇게 가까이에 두고, 또다시 누군가가 죽거나 사랑하는 사람과 다시 못 만나게 되어, 그 오랜 고통도 아무 보람도 얻지 못하게 될지도 모른다는 생각을 하며 일종의 발작적인 공포에 사로잡히고 마는 것이었다. 그들은 몇 달 동안을 암담한 심정을 안고 감금과 추방에도 꺾이지 않은 채, 최초의 희망은 공포나 절망이 무너뜨릴 수 없었던 것을 능히 파괴해 놓기에 충분했다. 그들은 페스트의 걸음걸이를 끝까지 따라갈 수가 없어, 그것보다 앞서려고 미친 사람들처럼 돌진한 것이다.

그런데 바로 같은 시기에 낙관주의의 자연 발생적인 징후가 몇 가지 나타났다. 그로 인해서 물가의 현저한 하락이 기록된 것 등이 그것이다. 순수하게 경제적 견지에서 보면, 이런 움직임은 설명할 길이 없었다. 어려운 사정은 여전히 그대로이고, 검역 절차는 시문(市門)에서 계속되고 있었으며, 식량 보급이 개선되려면 부지 하세월이었다. 그러한 동향은, 페스트의 쇠퇴가 도처에 반향을 일으키고 있는 듯한 순전히 정신적인 현상이었던 것이다. 그와 동시에 전에는 집단 생활을 하다가 질병 때문에 떨어져 살지 않으면 안 되게 되었던 사람들 사이에 낙관주의가 분산되기 시작하고 있었다. 시내 두 개의 수도원들은 복구되기 시작했고, 공동 생활도 다시 할 수 있었다. 군대의 경우도 마찬가지로, 텅 비어 있던 병사(兵舍)로 다시 집합되었다. 그들은 정상적인 주둔 상태로 복귀된 것이다. 그러한 사소한 일들이 그나마 대단한 조짐이었다.

주민들은 그렇게 은근한 흥분 속에서 1월 25일까지 살았다. 그 주일에 통계는 매우 낮은 선으로 떨어지고, 현 당국은 의사회 자문을 거쳐서 질병은 퇴치된 것으로 간주할 수 있다고 선언했다. 발표문에서 덧붙여 말하기를, 반드시 시민의 지지를 얻을 수 있어야 한다는 신중한 취지에서 시문은 향후 2주일 간 폐쇄 상태를 유지할 것이며, 예방 조치는 1개월 간 더 계속 취해질 것이고, 그 기간 중에 위험이 재발할 듯한 징후가 조금이라도 보일 경우에는 현재와 같은 상태는 계속될 것이며, 조치들은 소급해서 강화될 것이라고 했다. 그러나 모든 사람들은 그 추가 발표문을 형식적인 항목으로 간주하는 데 의견들이 일치했다. 그래서 1월 25일 저녁에는 희색이 넘치는 흥분이 시중에 넘쳤다. 지사는 시민의 기쁨에 동조하기 위해서 건강 지대에 등화 관제를 해제하라는 지시를 내렸다. 우리 시민들은 춥고 맑은 하늘 아래, 불이 켜진 거리에 떼를 지어 요란스럽게 웃으면서 쏟아져 나왔다.

물론 많은 집들은 아직 덧문을 닫은 채로 있었으며, 다른 사람들의 환성으로 가득 찬 온 밤의 소란 속에서도 고요히 지낸 가족들도 있었다. 그러나 그네들처럼 상중에 있는 사람들로 말하더라도, 다른 살붙이를 더 잃게 되는 것을 보는 두려움은 마침내 가셨다는 점으로 보건, 자기 자신의 몸 보전이라는 감정이 이제 위기를 면하게 되었다는 것이건 간에, 안도감으로 인해 마음속 깊은 평화를 느낄 수 있었다. 그러나 일반적인 기쁨과 전혀 무관한 가족들도 있었는데, 그것은 논의할 여지도 없이, 바로 그 순간에 병원에서 페스트와 싸우고 있는 가족, 또 예방 격리소나 자기 집에서 재앙이 다른 사람들에게서 손을 뗀 것과 같이 자기들에게서도 손을 떼고 멀리 떠나 버리기를 바라고 있는 가정이었다. 이런 가정도 희망을 품고 있었던 것은 확실한 사실이지만, 그래도 그들은 그것을 비축하여 따로 치워 두고 정말 그 권리가 생기기까지는 그것을 끌어내기를 스스로 금지하고 있었다. 그리고 고뇌와 기쁨의 중간 지점에서 그러한 기대를 품고 그렇게 묵묵히 밤을 지샘으로써, 모두들 기뻐하는 그 속에서 더욱 안타까운 심정이 되었다.

그러나 그런 자들로 인해, 다른 사람들의 만족에 그 어떤 손상이 있었던 건 아니다. 물론 페스트는 아직 끝난 것은 아니었다. 페스트가 끝났다는 증거가 나타나야만 했었다. 그럼에도 불구하고 이미 사람들의 머릿속에서는 이미 몇 주일 전에, 끝없이 긴 철로 위에 기적 소리를 내면서 기차가 출발하고, 햇빛으로 빛나는 바다 위를 배가 출렁거리며 전진하고 있었다. 이튿날이 되어 사람들의 마음이 진정되면 다시 의혹도 되살아날 것이다. 그러나 지금 이 순간엔 도시 전체가 이제까지 뿌리를 내리고 서 있던 그 어둡고 움직이지 않는 곳에서 흔들리기 시작하여 마침내는 생존자를 싣고 전진하기 시작했던 것이다. 그날 저녁, 타루와 리외도 랑베르나 다른 사람들처럼 군중 틈에 섞여 걷고 있었는데, 그들 역시 땅에 발이 닿지 않는 것 같은 기분이었다. 신작로에서 벗어난 지 오래 되었는데 타루와 리외는 아직도 그 기쁨의 소리가 그들 뒤를 따라오고 있는 것을 들었고, 심지어는 그들이 쓸쓸한 거리에서 덧문이 닫힌 창문들을 따라 걸어가고 있을 때에도 그 소리는 들려오고 있었다. 그리고 그들은 몹시 지쳐 있던 탓으로, 그 덧문들 뒤에서 아직도 계속되고 있는 고통을, 좀 멀기는 하나 거리거리를 메우고 있는 기쁨과 분리시켜 생각할 여유는 없었다. 다가오고 있는 해방은 웃음과 눈물이 뒤섞인 얼굴을 가지고 있었던 것이다.

웅성대는 소리가 한층 격렬하고 더 즐겁게 울려 퍼지자, 타루는 문득 멈춰 섰다. 어두운 보도 위에 어떤 그림자 하나가 가볍게 달음질을 쳤다. 고양이였다. 지난 봄 이후로 처음 보는 것이었다. 고양이는 잠시 동안 도로 한가운데 서서 한쪽 발을 핥고 그 발을 재빨리 제 오른쪽 귀에 문지르고는 또 소리도 없이 어둠 속으로 사라져 버렸다. 타루는 미소를 지었다. 그 작달막한 노인도 역시 기뻤을 것이다.

그러나 페스트가 물러나서, 말없이 자신이 나왔던 어딘지도 모를 어떤 야수의 등지로 다시 기어 들어갈 무렵, 시내에 적어도 한 사람만은 이 철수로 인해 당황해 하는 사람이 있었다. 타루의 수첩에 적힌 바에 따르면, 그것은 코타르였다.

사실 말이지, 그 수첩은 통계 숫자가 하강하기 시작했을 무렵부터 자못 이상하게 되어 가고 있다. 피로의 탓인지는 몰라도, 그 필적은 쉽게 알아보기가 어렵게 되고, 화제가 너무 빈번히 이리저리 비약되고 있다. 게다가, 처음 있는 일이지만 그 수첩은 객관성을 잃고 개인적인 고찰에 그 자리를 양보하고 있다. 그래서 코타르의 경우에 관한 상당히 긴 글의 한 구절 도중에, 그 고양이와 희롱하는 늙은이에 대한 간략한 보고가 섞여 있다. 타루의 말을 믿는다면, 페스트는 그 늙은이에 대한 그의 평가를 조금도 저하시키지 못했으며, 전염병이 생긴 후에도 그 이전에 그의 흥미를 끌었던 것이나 마찬가지로 흥미를 끌고 있던 인물이며, 또 타루 자신의 호의, 그것이 그 원인은 아니었으나, 어쨌든 불행하게도 앞으로는 흥미를 끌 수 없게 된 그런 인물이었다. 그는 다시 노인을 보려고 했었으니 말이다. 1월 25일 저녁이 지난 며칠 후에 그는 좁은 골목의 한 모퉁이에 대기하고 서 있었다. 고양이들은 서로 만나는 시각을 충실히 지켜 그곳에 모여서 따뜻한 양지에 몸을 녹이고 있었다. 그러나 예전과 같은 그 시간이 되어도 덧문들은 완강히 닫힌 채로 있었다. 타루는 그후 며칠이 지났는데도 결코 그것이 열린 것을 보지 못했다. 그는 거기에서 기묘한 결론을 내렸는데, 그 노인이 화가 났거나 죽었거나 한 것이며, 만약 화가 났다면 그것은 노인이 자기가 옳은데 페스트가 못된 짓을 한 것이라고 생각한 것이겠으나, 만약 죽었다면 그 노인에 관해서도 해수장이 노인의 경우와 마찬가지로 그가 과연 성인이었던가 아니었던가를 생각해 볼 필요가 있다고 적어 놓았다. 타루는 그 노인을 성인이라고는 생각하고 있지 않지만, 그는 노인의 실례 속에 그 어떤 '깨우침'이라는 것이 있다고 평가하고 있었다. 이렇게 그 수첩에는 관찰한 바가 적혀 있었다. '아마도 우리는 성덕(聖德)의 근사한 경지에는 도달하지 못할 것이다. 그렇다면 겸손하고 자비스러운 어떤 악마주의로 만족해야만 할 것이다.'

여전히 코타르에 관한 관찰 속에 뒤섞이어, 수첩에는 자주 분산되어 있는 수많은 고찰을 찾아볼 수 있는데, 그 중의 어떤 것들은 지금 회복기에 접어들어 아무일도 없었다는 듯이 다시 일을 시작한 그랑에 관한 것이었다. 또 어떤 것들은 의사 리외의 모친을 묘사한 것들이었다. 한집에 살게된 결과 그 여인과 타루 사이에 있었던 약간의 대화와 그 늙은 부인의 태도, 미소, 페스트에 대한 관찰 같은 것들이 세밀하게 기술되어 있었다. 타루는 특히 리외 부인의 조심스러움, 모든 것을 단순한 말로 표현하는 그 솜씨, 고요한 거리로 난 창문을 특히 좋아해서 저녁때가 되면 그 창 앞에 상체를 펴고 일손을 멈춘 채, 주의 깊은 시선으로, 황혼이 방안으로 기어 들어 부인의 자태를 회색의 햇빛 속에 하나의 검은 실루엣이 되게 하고, 그 잿빛의 광선이 차차 짙어져서 그 움직이지 않는 그림자를 용해해 버릴 때까지 가만히 앉아 있는 모습, 방에서 방으로 갈 때의 경쾌한 움직임, 타루 앞에서는 한번도 분명하게 드러내 보인 적이 없기는 하나 부인의 행동이나 언사에서 광채가 돋 보이는 선량한 심성, 끝으로 타루의 견해에 따르면 부인은 언제나 생각하지 않고서도 모든 것을 다 알고 있으며, 그처럼 고요하게 어둠 속에 묻혀 있으면서도 그 어떤 광선, 심지어는 그것이 페스트의 광선이었을 경우에라도 훌륭하게 견딜 수 있다는 사실 같은 것을 특히 강조하고 있었다. 그런데 여기서 타루의 글씨에는 묘하게 흔들리는 것 같은 조짐을 보여 주고 있다. 그 뒤에 계속되는 몇몇 줄은 읽기가 어려웠고, 또 흔들리는 듯한 사실의 새로운 증거를 제시하기 위해서, 마지막 말들은 매우 개인적인 것들이었다. '나의 어머니가 역시 그러했다. 나는 바로 그 같은 어머니의 조심성을 사랑했었고, 어머니야말로 내가 항상 그런 경지에 도달하고 싶어했던 그런 인간이다. 8년 전에 어머니가 돌아가셨다고 할 수는 없다. 그저 어머니가 내 눈에 안 띄게 되셨을 뿐이다. 그래서 내가 문득 뒤를 돌아다보았을 때, 어머니는 이미 거기에 안 계셨던 것뿐이다.'

그런데 이젠 코타르에게로 돌아가야겠다. 코타르는 통계 숫자가 하강하기 시작한 후로, 여러 가지 구실을 대가며 리외를 여러 차례 방문했다. 그러나 사실은 그럴 적마다 리외에게 질병 진행의 상황을 알아보는 것이었다. "그래 이렇게 갑자기 아무 예고도 없이 질병이 끝날 것 같으세요?" 그는 그 점에 대해서 회의적이었다. 혹은 적어도 그는 회의적이라고 공인하고 있었을 뿐인지도 모른다. 그러나 자꾸 되풀이해서 물어보는 것이 과히 확신이 굳지 못하다는 것을 말하는 듯싶었다. 정월 중순에 리외는 상당히 낙관적인 말투로 대답을 했다. 그런데 그때마다 대답들이 코타르를 기쁘게 해 주기는 커녕 여러 가지 반응을 일으켰는데, 그것은 불쾌한 것이거나 차라리 절망적인 것이었다. 그래서 그후부터 의사는 그에게 통계상으로 나타난 희망적인 징조에도 불구하고 아직은 섣불리 승리를 외치거나 할 단계는 못된다고 무심코 말하지 않을 수 없게 되었다.

"다시 말하면," 하고 코타르가 지적했다. "알 수 없다는 것인가요? 언제 어느 때 또다시 터질 수도 있단 말씀이군요?"

"그렇죠. 퇴치될 전망이 보이는 것과 마찬가지로 반대의 경우도 예상할 수 있죠."

모든 사람이 불안해 하고 있는 그 불확실성이 분명히 코타르를 안심시킨 모양이었다. 그래서 타루는 그가 보는 앞에서 자기 동네의 상인들에게 리외의 의견을 널리 선전하려고 애썼다. 사실 그런 짓은 어렵지 않게 할 수 있었다는 것도 사실이다. 왜냐 하면 초기 승리의 열광이 사라지자 많은 사람들의 가슴엔 의혹이 되살아나서, 현청의 발표로 인해 흥분된 마음에 그늘이 지고 있었기 때문이다. 코타르는 그러한 불안을 보고서 안심하곤 하는 것이었다. 그리고 전처럼 기가 죽어 있기도 했다. "그럼요." 라고 그는 타루에게 말하는 것이었다. "결국 시문은 열리게 될 겁니다. 그러면 두고 보세요. 나 같은 건 모두들 본체만체할 테지요."

1월 25일까지, 모든 사람들은 그의 정신 상태가 불안정하다는 것을 알았다. 여러 날을 두고 그렇게 오랫동안 동네 사람들이며 친지들로부터 인심을 얻으려고 애써오던 그가 완전히 그들과 사이가 틀어지고 말았다. 적어도 표면적으로는 그 당시 그는 이 세상과 아주 결연된 듯싶었다. 그러더니 이윽고 미개인 같은 생활을 하기 시작했다. 다시는 그를 식당에서도 극장에서도 그가 좋아했던 카페에서도 모습을 나타내지 않게 되었다. 그러면서도 그는 질병이 시작되기 전의 절도 있고 오붓한 생활로 되돌아갈 수 없는 모양이었다. 그는 자기 아파트 속에 완전히 틀어박혀 살고 있었는데, 식사는 근처 식당에서 배달시켜 먹고 있었다. 다만 저녁때면 그는 숨어 다니듯이 외출을 해서, 필요한 물건들을 사 가지고는 가게에서 나와 인기척 없는 뒷길로 달려가는 것이었다. 타루가 그를 만났지만, 그에게 한두 마디 정도밖에 들을 수 없었다. 그러다가는 이내 돌변해서, 사교적이 되어 페스트에 관해서 거침없이 얘기하거나 남의 의견에 장단을 맞추고, 밤마다 상냥스럽게 군중 틈에 끼어서 휩쓸려 다니는 그를 볼 수 있었다.

현청의 발표가 있었던 날, 코타르는 완전히 행방을 감추었다.

타루는 이틀 후에 거리를 헤매고 있는 그를 만났다. 코타르는 그에게 변두리에까지 같이 가 달라고 부탁을 했다. 특별히 그날 낮에 피로했던 타루는 지친 듯싶어 망설였다. 그러나 코타르는 끈질기게 부탁했다. 그는 몹시 흥분한 모양이어서 허둥지둥 몸짓을 해 가며 큰소리로 빠르게 지껄였다. 그는 타루에게 현청의 발표대로 정말 페스트가 물러갔다고 생각하느냐고 물었다. 타루는 물론 행정적인 발표 그 자체가 재화를 멈추게 할 수는 없지만, 예측하건대 전염병은 예상 밖의 일이 일어나지 않는 한 질병이 끝나 간다고 생각하는 것이 당연한 일이라고 대답했다.

"그렇죠." 하고 코타르가 말했다. "불의의 경우를 제외하고 그렇죠. 그런데 예상 밖의 일은 언제나 있는 법이죠."

타루는 그뿐 아니라 시문(市門) 개방까지 2주일 간의 기간을 설정함으로써 현에서도 어느 정도 불의의 경우에 대비하고 있다는 점을 일깨워 주었다.

"참 잘했어요."라고 여전히 우울하고 흥분된 어조로 코타르가 말했다. "일이 잘되어 가는 걸 보면 헛수고로 그칠 것 같으니 말입니다."

타루는 그럴 수도 있다고 간주하기는 했지만, 역시 머지않아 시문이 열리면 정상적인 생활로의 복귀를 고려해 두는 것이 좋다고 말했다.

"그건 그렇다고 칩시다." 하고 코타르가 말했다. "그러나 정상적인 생활로의 복귀란 무엇을 의미하는지요?"

"영화관에 새 필름이 들어오는 것입니다." 웃으면서 타루가 말했다.

그러나 코타르는 웃지 않고 있었다. 그는 페스트가 그 도시 속의 어떤 것도 달라지게 하는 일없이 모든 것이 예전대로, 즉 아무일도 없었던 것처럼 다시 시작될 수 있을지를 알고 싶어했다. 타루는 페스트가 그 도시를 변화시킬 수도 있고 변화시키지 않을 수도 있으며, 시민들의 제일 간절한 소망은 현재도 또 앞으로도 마치 아무일도 없었던 것처럼 행하려는 것이라고 말했다. 따라서 어떤 의미에선 아무런 변화도 생기지 않을 테지만, 다른 의미에서는 설사 충분한 의지를 갖고 있더라도 모든 것을 잊을 수는 없으며, 페스트는 적어도 사람들의 마음속에라도 그 흔적을 남길 것이라고 생각한다고 말했다. 키가 작은 연금 생활자는 분명히 잘라 말하기를, 자기 마음 같은 것에는 흥미가 없으며 근심거리가 많아 그런 것에 신경을 쓸 수도 없다고 말했다. 그의 관심을 끄는 일은, 혹 조직 자체가 개혁되지 않을는지, 혹은 예를 들어서 모든 기관이 과거와 같이 운영이 되는지 어떤지 하는 문제라고 했다. 이런 말을 들으니 타루로서는 거기에 대해서 아는 바 없다는 것을 인정하지 않을 수가 없었다. 그의 생각에 의하면, 질병 기간 중에 엉망이 된 그러한 기관들이 다시 움직이려면 다소 어려움이 있을 것이라는 것이었다. 새로운 문제들이 수없이 생김으로써 적어도 종전의 기관들의 재편성이 필요해질 것을 믿는다고 말했다.

"아!" 하고 코타르가 말했다. "그렇겠군요. 실제로 모두들 모든 일을 다시 시작해야 되겠죠."

두 산책객은 코타르의 집 앞에 다다랐다. 코타르는 생기가 돌아 낙관적인 생각을 하려 애쓰는 것이었다. 그는 무(無)에서 시작하기 위해서 과거를 말끔히 씻어 내어 다시 살아 보려는 도시를 상상하고 있었다.

"그럼요." 하고 타루가 말했다. "어쨌든 당신도 아마 형편이 좀 나아질 거예요. 어떤 의미로는 새 생활이 시작되는 것이니까요."

그들은 문 앞까지 와서 악수를 했다.

"옳은 말씀이에요." 코타르는 점점 더 흥분한 기색으로 그렇게 말하는 것이었다. "뭐든지 무에서 출발한다는 것은 무척 즐거운 일일 테지요."

그런데 복도의 어둠 속에서 두 남자가 나타났다. 타루는 코타르가 저 사내들이 뭣 때문에 왔는지 모르겠다고 말하는 것을 들을 겨를도 없었다. 말단 공무원처럼 보이는 그 사내들은, 코타르에게 틀림없이 당신 이름이 코타르냐고 물어 보는 것이었다. 그러자 코타르는 일종의 무딘 고함을 지르면서 몸을 휘 돌려, 그 사내들이나 타루가 그야말로 몸 한번 움직일 사이도 없이 어둠 속으로 사라져 버렸다. 놀라움이 좀 가시자 타루는 두 남자에게 무슨 용무로 찾아왔느냐고 물었다. 그들은 공손하고 친절한 태도를 취하면서, 조사할 일이 있어서 그런다고 말하고, 침착하게 코타르가 간 방향으로 걸어갔다.

집에 돌아와서, 타루는 그 당시의 장면을 적어 놓고는 곧 자기의 피로감(글씨가 그것을 증명하고 있었다.)에 대해 기록해 놓았다. 그는 덧붙여서, 자기는 아직도 할 일이 많은데 이렇게 아무런 마음의 준비도 없이 지내는 것은 옳지 못하다고 적은 다음, 과연 자기는 마음의 준비가 되어 있는가를 스스로 묻고 있었다. 맨 끝으로 그는, 인간이 무기력해지는 것 같은 시각이 낮이거나 밤이거나 반드시 있게 마련이며, 자기가 두려워하는 것은 바로 그 시각이라고 적어 놓고는 그것으로써 타루의 수첩은 끝나 있었다.

* * *

그 다음 다음날, 시의 문들이 열리기 며칠 전에, 의사 리외는 기다리는 전보가 이젠 왔을까 해서, 정오에 집으로 돌아왔다. 그의 나날은 그 무렵도 역시 페스트가 맹위를 떨치던 때와 마찬가지로 지칠 대로 지쳐 버렸지만, 결정적인 해방의 벅찬 기대가 그의 피로감을 풀어 주고 있었다. 이제 그는 분명한 희망을 갖고 있었고, 또 희망을 갖는 것을 즐기고 있었다. 항상 의지력을 긴장시키고 절박한 심정에만 사로잡혀 있을 수는 없는 노릇이다. 투쟁을 위해서 모아 둔 힘을 피어나는 감정 속에서 하나하나 풀어간다는 것은 참으로 즐거운 일이다. 만약 고대하던 전보가 역시 반가운 것이라면 리외는 즐겁게 새 출발을 할 수 있을 것이다. 그리고 그는 모두가 새 출발을 해야 된다는 의견이었다. 그는 수위실 앞을 지나갔다. 새로 온 수위가 유리창에 얼굴을 눌러 대고 그에게 미소를 던졌다. 리외는 계단을 걸어 올라가면서, 피로와 결핍으로 창백해진 그의 얼굴을 머릿속에 그려 보았다.

그렇다, 추상이 끝나는 대로 새 출발을 해야만 하리라. 그리고 좀 운이 좋기만 하면……. 그런데 마침 그때 그는 자기 방문을 열고 있었는데, 모친이 그를 나와 맞으며, 타루 씨가 몸이 좋지 않다고 말했다. 그는 아침에 일어났으나 외출할 기력이 없어 이제 막 잠자리에 누웠다는 것이었다. 리외 대부인은 불안해 했다.

"아마 대단한 것은 아니겠죠." 하고 아들이 말했다.

타루는 다리를 쭉 뻗고 누워 있었다. 그의 머리는 베개 속에 푹 파묻혔고, 다부진 가슴의 선이 두꺼운 이불 밑으로 드러나 보였다. 열이 있었고, 두통이 심해서 괴로워하고 있었다. 그는 리외에게 확실하진 않지만 페스트의 증상인지도 모른다고 말했다.

"아니, 아직 속단할 만큼 뚜렷한 증세는 없어요." 그를 진찰하고 나서 리외가 말했다.

그러나 타루는 심한 갈증에 시달리고 있었다. 복도에서 의사는 자기 모친에게, 아마도 페스트의 시초인 것 같다고 말했다.

"오!" 하고 어머니는 말했다. "이제 와서 그럴 리가 있냐."

그리고 곧 이어서 말했다.

"그냥 집에서 치료하자."

리외는 생각에 잠겨 있었다.

"저에게는 그럴 권리가 없어요."라고 그가 말했다. "그렇지만 시문(市門)도 곧 열리게 됩니다. 아마 이것이 처음으로 제가 저를 위해서 행사하는 권리일 거예요, 어머니만 안 계시다면요."

"베르나르야." 하고 어머니는 말했다. "여기에 그냥 있게 해 줘. 나는 예방 주사를 맞은 지 얼마 안 되지 않았느냐?"

의사는 타루도 예방 주사는 맞았지만, 아마 너무 피곤했기 때문에 마지막 혈청 주사 맞기를 빼 먹었고, 또 몇 가지 주의 사항을 잊은 게 틀림없다고 말했다.

리외는 이미 자기의 진료실에 가 있었다. 방으로 돌아왔을 때, 타루는 그가 커다란 혈청 앰풀을 들고 있는 것을 보았다.

"아, 역시 그렇군요." 하고 그가 말했다.

"아니오, 그저 만일에 대비하려는 것뿐이에요."

타루는 대답 대신에 말없이 팔을 내밀고, 자기 자신이 다른 환자들에게 놓아 준 일이 있던, 그 기다란 주사를 맞았다.

"밤이 되면 알게 될 거예요." 하고 리외는 말하고 타루를 정면으로 보았다.

"격리는 어떻게 되는 거죠, 리외?"

"페스트인지 아닌지도 전혀 확실치 않은 걸요."

타루는 억지로 웃어 보였다.

"혈청 주사를 놓아 주면서 격리를 명령하지 않는 것은 처음 보는데요."

리외는 얼굴을 돌렸다.

"어머니와 내가 간호하겠어요. 여기가 더 나을 겁니다."

타루가 입을 다물었다. 앰풀을 치우면서 의사는 그가 무슨 말을 하면 곧장 돌아서려고 기다리고 있었다. 마침내 그는 침대 쪽으로 돌아섰다.

환자는 그를 보고 있었다. 환자의 얼굴은 지쳐 있었지만, 잿빛의 두 눈은 조용했다. 리외가 그에게 미소를 지었다.

"될 수 있는 대로 푹 잠을 자 둬요. 곧 돌아올 테니."

의사가 문 앞까지 갔을 때, 타루가 그를 불렀다. 그 소리에 그는 타루 쪽을 보았다.

그러나 타루는 무슨 말을 하려는지 망설이고 있는 것 같았다.

"리외," 하고 마침내 그는 또박또박 말을 꺼냈다. "사실대로 말해 주세요. 그럴 필요가 있어요."

"네, 약속하지요."

타루는 그 두툼한 얼굴을 일그러뜨리며 웃었다.

"감사합니다. 나는 죽고 싶지 않아요. 그러니 잘 싸워 보겠어요. 그러나 싸움에 지더라도 깨끗하게 최후를 장식하고 싶습니다."

리외는 머리를 숙이고 그의 어깨를 잡았다.

“안 돼요.”라고 리외는 말했다. “승자가 되려면 살아야 하죠. 힘껏 싸우십시오.”

낮의 혹독했던 추위는 좀 풀렸지만, 그 대신 오후에는 우박이 섞인 장대 같은 소나기가 억세게 쏟아졌다. 저녁에는 하늘이 좀 개는 듯하더니, 추위는 한층 더 몸에 스며들었다. 리외는 어두워서야 집에 돌아왔다.

그는 외투도 벗지 않고 친구의 방으로 들어갔다. 리외의 모친은 뜨개질을 하고 있었다. 타루는 그대로 꼼짝도 하지 않은 모양이었다. 그러나 열 때문에 허옇게 된 그의 입술은 그가 지금도 계속 투쟁하고 있음을 얘기해 주고 있었다.

“좀 어때요?” 하고 리외가 물었다.

타루는 침대 밖으로 그 두툼한 어깨를 약간 드러냈다.

“그런데…….” 그는 말했다. “아무래도 내가 질 것 같아요.”

리외는 그에게로 몸을 굽혔다. 불타는 듯한 살갗 밑에서 임파선들이 단단해져 있었고, 그의 가슴은 보이지 않는 대장간에서 들려오듯 온갖 소음을 내고 있었다. 타루는 이상하게도 두 가지 증세를 나타내고 있었다. 리외는 몸을 일으키면서, 혈청이 아직 효력을 나타낼 겨를이 없었다고 말했다. 그러나 그의 목구멍에 소용돌이치기 시작한 열의 물결이 타루가 하려고 애쓰는 몇 마디 말을 삼켜 버렸다.

리외와 그의 모친은 저녁을 먹고 나서 환자 곁에 와서 앉았다. 밤 시간은 환자에겐 투쟁의 시각이며, 리외는 페스트와의 괴로운 싸움이 새벽녘까지 계속될 것이라는 것을 알고 있었다. 타루의 건강한 두 어깨와 넓은 가슴은 그의 최선의 무기는 아니었다. 그보다는 차라리 아까 리외가 바늘 끝으로 뽑아 내었던 그 피, 그리고 그 피 속의 영혼보다도 더 속이 깊은 어떤 것, 과학의 힘으로도 밝힐 수 없는 그것이야말로 최선의 무기였다. 그리고 그로서는 자기 친구가 싸우고 있는 것을 그저 바라볼 수밖에 없는 것이다. 그가 해보려고 하는 일, 가령 화농을 촉진시켜야 한다든지 강심제를 주사해야 한다든지 하는 일은 몇 달을 두고 되풀이 된 실패의 경험에 의해, 그 효과가 어느 정도인지 그는 알고 있었다. 사실상 그의 유일한 임무란, 너무나도 흔하지만 결코 용이하지 않은 요행이라는 것에 기회를 주는 일뿐이었다. 그런데 그 요행이라는 것이 반드시 필요했다. 왜냐 하면 리외는 자기를 당황하게 만드는 페스트의 모습에 부딪치고 있었기 때문이다. 다시 한 번 페스트는 자신에게 대항해서 세워진 전략들의 의혹을 찌르기 위해서 열중하고 있었다. 페스트는 전혀 예기치 않았던 곳에 나타나는가 하면, 이미 정착했다고 생각된 장소에서 홀연히 사라져 버리기도 하는 것이었다. 한번 더 페스트는 사람들을 놀라게 하려고 열중하고 있는 것이었다.

타루는 꼼짝 하지 않고 페스트와 싸우고 있었다. 밤새도록 단 한 번도 고통의 엄습에 동요하지 않고 다만 최대한의 중후함과 철저한 침묵으로 싸우고 있었다. 그는 단 한번도 입을 열지 않았고, 말하자면 그 나름의 방식으로 더 이상 방심할 수 없다는 사실을 고백하고 있었다. 리외는 싸움의 추이를, 다만 친구의 눈에서밖에는 달리 더듬어 볼 길이 없었다. 떴다 감았다 하는 그 눈, 눈망울에 찰싹 달라붙는가 하면 반대로 느슨해지는 눈꺼풀, 그 무언가를 막연히 바라보다가 리외와 그 모친에게로 던져지는 시선 같은 것으로 말이다. 리외의 눈길과 마주칠 때마다 타루는 몹시 애를 써서 미소를 짓는 것이다.

한번은 거리에서 황급한 발소리가 들려왔다. 발소리는 마치 멀리서 들려오는 윙윙거리는 소리에 쫓기는 것 같더니, 그 윙윙거리는 소리는 차츰 가까워져 마침내 씩씩한 가락의 흔들림이 길 위를 채웠다. 또 비가 오기 시작하더니, 마침내 그 씩씩한 가락의 흔들림이 또다시 길 위를 채웠다. 또 비가 오기 시작하더니, 이내 우박이 섞여서 도로 위에 철써덕거리는 것이었다. 창문 앞에서 거대한 장막이 물결치듯 휘날렸다. 방안의 옅은 어둠 속에서 비에 잠시 정신이 팔렸던 리외는 머리맡 책상의 불빛에 비치는 타루를 다시 살펴보는 것이었다. 리외의 모친은 뜨개질을 하면서, 이따금 고개를 들어 주의 깊게 환자를 보는 것이었다. 의사는, 이제 할 수 있는 일은 다 해 보았다. 비가 멎자 방안의 정적은 한결 깊어지고, 어딘지 눈에 보이지 않는 투쟁의 소리 없는 술렁거림만이 충만하고 있었다. 수면부족으로 신경이 날카로워진 리외는, 그 정적 끝에 질병이 기승을 떨 때 내내 그를 따라 다녔던, 조용하고도, 색색거리는 소리를 듣고 있는 것 같은 착각에 빠졌다. 그는 모친에게 손짓을 해 눕도록 권했다. 어머니는 고갯짓으로 거절했다. 어머니는 눈을 빛내며 바늘 끝으로 뜨개질하던 것의 코를 조심스럽게 헤아려 보는 것이었다. 리외는 일어서서 환자에게 물을 먹이고, 다시 제자리에 돌아와서 앉았다.

행인들은 비가 뜸한 틈을 타서 느린 걸음으로 보도를 걸어가고 있었다. 이내 그들의 발소리가 줄어들더니 멀어져 갔다. 의사는 이때 비로소 밤늦게까지 산책객들이 가득하고 앰뷸런스의 사이렌 소리가 안 들리는 그 밤이, 지난날의 밤과 비슷하다는 것을 느꼈다. 그것은 페스트에서 해방된 밤이었다. 그리고 추위와 등불과 그리고 군중에게 쫓긴 질병이, 시내의 어둡고 습기 찬 곳에서 빠져 나와 그 따뜻한 방에 몸을 숨기고는 타루의 맥없는 몸을 향해 최후의 맹공격을 가하려는 듯싶었다. 재화는 더 이상 이 도시의 하늘을 휘젓고 있지는 않았다. 그것은 이제 방안의 무겁고 탁한 공기 속에서 조용히 색색거리고 있었다. 리외가 몇 시간 전부터 듣고 있던 것이 바로 그 소리였다. 그는 그곳에서 페스트가 멎고, 그곳에서 페스트가 패배를 선언하기를 기다려야만 했다.

리외는 동이 트기 조금 전에 모친에게 몸을 굽히고 말했다.

"8시에 저하고 교대하시게 어머님은 주무시는 게 좋을 것 같아요. 주무시기 전에 소독을 하세요."

리외 대부인은 일어나서 뜨개질을 하던 것을 챙기고 침대 쪽으로 갔다. 타루는 벌써 얼마 전부터 눈을 감고 있었다. 그 단단한 이마 위에는 머리카락이 땀으로 뒤엉켜 있었다. 부인이 한숨을 쉬었다. 그랬더니 환자는 눈을 떴다. 부드러운 얼굴이 자기를 굽어 보고 있는 것을 보자, 들끓는 열에도 불구하고 억지로 미소를 지었다. 그러나 눈은 이내 감기고 말았다. 리외는 혼자 남게 되자 방금까지 모친이 앉았던 안락 의자에 가서 앉았다. 거리는 조용했고, 캄캄한 침묵만이 가득 차 있었다. 아침의 싸늘한 기운이 방안에 감돌기 시작하고 있었다.

리외는 깜박 잠이 들었다. 그러나 새벽의 첫 자동차 소리가 그를 잠에서 끌어냈다. 그는 몸을 떨고서는, 타루를 보았다. 병세가 좀 가라앉아서 환자도 잠들어 있었다. 나무와 쇠로 된 마차의 바퀴 소리가 아직 멀리서 울리고 있었다. 창문에는 아직도 밤의 어둠이 남아 있었다. 타루는 리외가 침대 쪽으로 다가서자, 무표정한 눈으로 마치 잠에서 깨어나지 않았다는 듯이 그를 보고 있었다.

"잠이 들었죠? 그렇죠?" 하고 리외가 물었다.

"네, 좀 잔 것 같아요."

"숨 쉬기는 좀 편하세요?"

"네, 좀. 그게 무슨 의미가 있나요?"

리외는 입을 다물었다. 그리고는 잠시 후에 말했다.

"아뇨, 타루, 별로 의미가 있는 건 아니에요. 병세의 진전에 대해 나만큼이나 잘 알고 계시잖아요."

타루가 고개를 끄덕였다.

"고맙습니다."라고 그는 말했다. "그래도 정확히 말해 주세요."

리외는 침대 발치에 걸터앉았다. 그는 바로 곁에, 이미 죽은 사람처럼 굳어진 환자의 양쪽 다리를 느낄 수 있었다. 타루의 호흡이 거칠어져 있었다.

"열이 또 나는 모양이에요. 그렇죠, 리외?" 그는 숨가쁜 목소리로 말했다.

"네. 그러나 정오가 되면 결말이 나겠죠."

타루는 눈을 감았다. 자신의 힘을 가다듬는 듯싶었다. 그의 얼굴에 피로의 표정이 보이고 있었다. 그의 몸 속의 어디선가 이미 꿈틀거리기 시작한 열이어서 온몸에 퍼지기를 그는 기다리고 있었다. 그가 눈을 떴을 때, 그의 시선은 흐릿해져 있었다. 자기 곁에 구부리고 서 있는 리외를 보고서야 겨우 눈에 생기가 돌았다.

"물을 마셔요."라고 리외는 말했다.

그는 물을 마시고, 고개를 축 떨어뜨렸다.

"너무 오래 걸리는군요." 하고 그가 말했다.

리외가 그의 팔을 잡았다. 그러나 타루는 시선을 돌리고 더 이상 반응을 나타내지 않았다. 그러나 갑자기 내부에 있는 무슨 둑이라도 무너진 듯이 그의 이마에까지 열기가 벌겋게 퍼지기 시작했다. 타루의 시선이 의사에게로 던져졌을 때, 의사는 긴장한 얼굴로 그를 격려하고 있었다. 타루는 또 미소를 지어 보이려고 노력했으나, 미소는 굳어진 턱과 뿌연 거품으로 시멘트

칠을 한 듯한 입술 사이로 사라지고 말았다. 그러나 그 굳어진 얼굴에서도 두 눈만은 최대한의 기력의 광채로 아직도 빛나고 있었다.

리외 대부인이 7시에 방안에 들어왔다. 의사는 서재에 돌아가 병원에 전화를 걸고 자기의 대리 근무자를 부탁했다. 그는 또 진료를 뒤로 미루기로 작정하고, 진찰실의 긴 의자 위에 잠시 드러누웠다. 그러나 이내 그는 일어나서, 그 방으로 돌아왔다. 타루는 리외 대부인 쪽으로 고개를 돌리고 있었다. 그는 자기 옆의 의자에 앉아서 두 손을 무릎에 얹고 있는 그 조그마한 그림자를 보고 있었다. 그가 하도 강렬하게 바라보고 있었기 때문에 부인은 그의 뜻을 알아채고는 일어나서 머리맡 전등을 줬다. 그러나 커튼 저편에는 햇살이 강하게 침투하기 시작했고, 그리고 잠시 후에 환자의 얼굴 윤곽이 어둠 속에서 떠올랐을 때, 부인은 환자가 여전히 자기를 바라보고 있는 것을 알아볼 수 있었다. 그녀는 그에게로 몸을 굽혀서 베개를 바로 잡아 주고, 그리고 일어나서 축축하게 젖은 곱슬 거리는 머리카락 위에 잠시 손을 얹었다. 그때 부인은 멀리서 들려오는 듯한 목소리가 자기에게 고맙다고 하면서, 이제 모든 것이 좋다고 말하는 소리를 들었다. 다시 부인이 앉았을 때, 타루는 눈을 감고 있었다. 입술을 굳게 다물고 있으면서도 수척해진 얼굴은 다소 미소를 띤 것처럼 보였다.

정오가 되자 열은 절정에 달했다. 일종의 내장성 기침이 환자의 몸을 흔들어, 환자는 이때 처음으로 피를 토하기 시작했다. 임파선은 더 이상 부어오르지 않았다. 여전히 관절 사이에 나사처럼 박혀서, 리외는 그것을 절제하는 것이 불가능하다고 단정했다. 타루는 열과 기침이 잠시 멈추는 사이에, 아직도 간간이 자기의 벗들을 바라보는 것이었다. 그러나 마침내 그 눈길도 횟수가 드문드문해졌다. 그리고 햇빛 속에 드러나 변해 버린 그의 얼굴은 그때마다 더욱 더 창백해졌다. 격렬한 경련으로 그의 몸을 뒤흔들어 놓은 폭풍은 그 불꽃이 점점 사그라져 가고, 타루는 그 폭풍 속으로 서서히 표류하고 있었다. 리외 앞에는 이미 미소를 잃은, 벌써 무기력한 하나의 가면밖에는 없었다. 그에게 그렇게도 친근했던 인간의 모습이, 지금 창 끝에 꿰뚫리고 인력을 초월한 고통에 불태워지고, 하늘이 내리는 증오에 찬 온갖 저주에 뒤틀려져 자기 눈앞에서 페스트의 검은 물결 속에 함몰해 가고 있었지만, 그로서는 어떻게 할 바가 없었다. 그는 다시 한 번 빈손과 뒤틀리는 마음으로, 무기도 의지할 데도 없이 강가에 머물러 있어야만 했다. 그리고 마침내는 자신의 무력함을 한탄하는 눈물에 젖어, 리외에게는 타루가 갑자기 벽 쪽으로 돌아누워서 마치 몸 속의 어디선가 가장 긴요한 어떤 줄 하나가 끊어지기나 한 것처럼 공허한 신음 소리를 울리며 숨진 것도 보지 못했던 것이다.

그후의 밤은 투쟁의 밤이 아니라 침묵의 밤이었다. 세계로부터 동떨어진 그 방에서, 이제는 옷을 단정하게 입은 시체 위에서, 리외는 벌써 여러 날 전에, 페스트를 내려다보던 테라스 위에서, 시의 문이 습격 당한 후에 생겼던 그 정적이 감돌고 있음을 느꼈다. 그는 그때에도 자기가 사람들을 죽은 채로 두고 온 침대에서 감돌고 있던 침묵을 생각했었다. 그것은 어디서나 똑같은 정지, 똑같이 엄숙한 한 순간, 전투가 끝난 뒤에 언제나 찾아오는 똑같은 진정 상태였다. 그것은 패배의 침묵이었다. 그러나 지금 자기 친구를 둘러싸고 있는 침묵에 이르러서 그것은 농도가 진하고, 페스트에서 해방된 시기와 거리의 침묵과 너무나도 긴밀하게 합치하고 있었기 때문에 리외는, 이번에 정말 결정적인 패배, 전쟁을 종결시키고 또한 평화 그 자체를 돌이킬 수 없는 고통으로 만드는 패배라는 것을 절감하고 있었다. 결국에는 타루가 평화를 다시 발견했는지 어떤지는 의사로서 알 수 없었다. 적어도 그 때, 그는 자신에게 결코 평화는 있을 수 없으리라는 것과, 또 아들을 잃은 어머니라든지 친구의 시체를 묻어 본 적이 있는 사람에게는 휴전이라는 것이 존재하지 않는다는 것을 알게 되었다.

밖은 여전히 을씨년스러운 밤이었고, 맑고 찬 하늘에는 별들이 꽁꽁 얼어붙어 있었다. 어둑어둑한 방에서도 유리에 덮쳐 오는 한기와 북극의 밤으로부터 불어오는 매서운 바람을 느낄 수 있었다. 침대 곁에는 리외 대부인이 늘 낯익은 자세로 오른쪽 머리맡의 전등 불빛을 받으면서 앉아 있었다. 리외는 불빛에서 멀리 떨어져 방 한가운데 놓인 안락 의자에 묵묵히 앉아 있었다. 아내 생각이 문득 떠올랐다. 그럴 때마다 그는 그 생각을 떨쳐 버리곤 하는 것이었다. 저녁이 되자 통행인들의 발소리가 추운 밤공기를 타고 뚜렷이 울려오고 있었다.

"모든 준비는 잘 해 두었느냐?" 라고 어머니가 말했다.

"네, 전화를 걸었어요."

그래서 두 사람은 다시 침묵의 밤샘을 계속했다. 리외 대부인은 이따금 자기 아들을 바라보고 있었다. 어머니의 시선과 부딪치면, 그는 미소를 지어 보이는 것이었다. 밤의 정다운 소음이 거리에서 연신 이어지고 있었다. 비록 허가는 아직 나지 않았지만, 많은 차량들이 다시 운행되기 시작했다. 차들은 전속력으로 도로를 핥고 사라졌다가 다시 나타나곤 하는 것이었다. 소리를 내어 부르는 소리, 다시 돌아온 정적, 말굽 소리, 커브를 도는 두 대의 전차가 삐걱거리는 소리, 분명치는 않지만 술렁거리는 소리, 그리고 다시 밤의 숨결.

"베르나르야."

"네?"

"피곤하지 않으냐?"

"아뇨."

그는 지금 이 순간 어머니가 무슨 생각을 하고 있는지를 알았고, 또 자기를 사랑하고 있다는 것도 알았다. 한편, 한 인간을 사랑한다는 것은 대수로운 일이 아님을, 적어도 사랑이라는 것이 자신의 표현을 찾아내는 데 충분히 강력한 것이 못된다는 것을 그는 알고 있었다. 그래서 그의 어머니와 그는 언제까지고 침묵 속에서 서로를 사랑할 것이다. 그리고는 어머니는—혹은 그는—일생 동안 자기네들의 애정을 고백하지도 못한 채 죽어갈 것이다. 마찬가지로 그는 타루 옆에서 살아 있었고, 그날 저녁에 자신들의 우정을 정말 우정답게 표현도 못한 채 타루는 죽어 버린 것이다. 타루는 자기 말마따나 싸움에 졌던 것이다. 그러나 자기, 리외도 이긴 것이 무엇이었던가? 단지 페스트에 대한 지식과 그리고 그것에 대한 추억을 가졌다는 것, 우정을 알게 되었으며 언젠가는 그것에 대한 추억이 되살아날 것이라는 것만이 그가 승리한 점이었다. 인간이 페스트나 그 외의 인생의 도박에서 얻을 수 있는 것이라고는 그것에 관한 경험과 추억뿐이다. 타루도 모름지기 그런 생각에서 내기에 이기는 것이라고 말했던 모양이다.

또다시 자동차가 한 대 지나갔고, 리외 대부인은 의자 위에서 몸을 약간 움직였다. 리외가 어머니를 보고 미소를 지었다. 그녀는 아들에게 자기는 피곤하지 않다고 말했다. 그리고는 말을 이었다.

"너, 산에라도 가서 쉬어야겠구나. 거기로 말이다."

"그래야 할까 봐요, 어머니."

그렇지, 그는 휴양을 갈 예정이었다. 가고 말고. 그것은 또 회상을 위한 구실로도 되는 셈이다. 그러나 내기에 이긴다는 것, 그것이 결국 이런 것을 말하는 것이라면, 단지 자기가 알고 있는 것, 회상하는 일만을 가슴에 안고 살아갈 뿐, 희망하는 것은 다 잃어야 되니, 그 얼마나 괴로운 일이랴. 타루는 아마 그렇게 살아왔던 모양이라 환영이 없는 생활이란 얼마나 메마른 생활인가를 명확하게 의식하고 있었던 것이다. 희망 없이 마음의 평화는 있을 수 없는 법이다. 그런데 아무도 단죄할 권리를 인간에게 인정하지 않았던 타루, 그러면서도 누구나 단죄하지 않을 수는 없고, 심지어는 희생자조차 때로는 사형 집행인 노릇을 하게 됨을 알고 있던 타루는 분열과 모순 속에서 살아왔던 것이며, 희망이라곤 끝내 알지 못했던 것이다. 그 때문에, 성덕을 소원하고, 인간에 대한 봉사에서 마음의 평화를 추구했던 것일까? 사실 리외는 아무것도 몰랐고, 그런 것은 아무래도 좋았다. 그의 마음에 남을 타루의 이미지는, 자기 자동차의 핸들을 힘껏 틀어 쥐고 운전하고 있는 한 남자의 모습이거나, 이제는 움직이지 못하고 누워 있는 그 육중한 육체에 대한 모습이리라. 삶의 체온과 죽음의 이미지, 그것이 바로 체험이었던 것이다.

그 다음날 아침, 의사 리외가 조용한 마음으로 자기 아내의 부고를 받은 것도 아마 그런 이유에서였으리라. 그는 자기 서재에 있었다. 그의 모친이 뛰다시피 들어와 그에게 전보 한 장을 건네 주고는 집배원에게 팁을 주려고 도로 나갔다. 어머니가 돌아왔을 때, 아들은 전보를 펼쳐 들고 있었다. 어머니는 그를 보았다. 그러나 그는 창 너머로, 항구 위에 밝아 오는 웅장한 아침 경치를 지켜보고 있었다.

"베르나르야!" 하고 어머니가 말했다.

의사는 물끄러미 어머니를 바라보았다.

"무슨 전보냐?" 하고 어머니가 물었다.

"결국 그렇게 됐군요." 하며 리외는 끄덕였다. "일 주일 전이군요."

리외 대부인은 창으로 얼굴을 돌렸다. 리외는 잠자코 있었다. 그리고 그는 자기 어머니에게 울지 말라고 하고, 자기는 각오하고 있었지만 그래도 몹시 괴로운 일이라고 말했다. 그런 말을 하면서도 자신의 고통이 새삼스러운 것은 아니라는 것을 그는 알고 있었다. 이것은 몇 달 전부터, 그리고 이틀 전부터 계속되어 왔던 똑같은 고통이었다.

* * *

시의 문들은, 2월의 어느 아름다운 날 아침에, 시민들과 라디오와 현청의 발표문의 축복을 받으면서 마침내 열렸다. 그러므로 필자에게 남겨진 의무는 시의 문이 개방되던 기쁜 순간의 기록자가 되는 일이다. 사실 필자 자신은 거기에 완전히 동화될 자유가 없었던 사람들 중의 한 사람이긴 하지만 말이다.

밤낮으로 성대한 축하 행사가 개최되었다. 동시에 기차는 역에서 연기를 뿜어 내기 시작했고, 머나먼 바다로부터 항해해 온 선박들은 어느새 도시의 항구로 뱃머리를 돌렸다. 제각기 그날이 이별을 애달파하던 모든 사람들의 역사적인 재회의 날이라는 것을 여실히 보여 주고 있었다.

이로써 우리 시민들 중의 수많은 사람들에게 만성이 되어 버린 이별의 감정이 어떻게 변했는가 하는 것은 쉽게 상상할 수 있을 것이다. 이날 낮에 우리 시에 들어온 열차도, 시에서 나간 열차들에 못지 않게 많은 승객을 싣고 있었다. 모두들 2주일 간의 유예 기간 중에 그날을 위해서 좌석을 예약해 놓고는 마지막 순간에 가서 현청의 결정이 취소되지 않을까 겁을 내고 있었던 것이다. 시로 들어오는 여객들 중에는 그러한 우려에서 완전히 해방되지 못하고 있는 사람도 있었다. 왜냐 하면, 그들은 대개가 자기와 가까운 친지들의 소식은 알고 있었지만 다른 사람들이나 시 자체가 어떻게 되었는가는 일체 알지 못했고, 시는 아마도 무서운 꼴이 되었으리라고 상상하고 있었던 것이다. 그러나 그러한 경향은 그 기간의 고통 중에 정열이 모두 불타 버리지 않은 사람들의 경우에나 해당되는 이야기였다.

정열에 불타고 있던 사람들은 사실 말이지 고정 관념에 사로잡혀 있는 것이다. 그들에게 있어서는 단 한 가지만 변해 있었던 것이다. 즉, 추방되어 있던 몇 달 동안 될 수 있으면 밀어서라도 재촉해 보고 싶었던 그 시간, 이미 그들의 눈에 시내가 보이기 시작했던 그 순간에도 더 빨리 가게 하려고 안간힘을 쓰고 있었던 그 시간이, 기차가 멈추기 위해 브레이크를 걸기 시작하자 이번에는 반대로 속도를 늦추고 그대로 정지하기를 원했다. 그들의 사랑을 잃어버린 그 여러 달 동안의 막연하면서도 동시에 격렬한 그들의 감정이, 기쁨의 시간은 기다리는 시간보다 곱절은 더디게 흘러가야 한다는 일종의 보상 같은 것을 요구하도록 만들어 주었던 것이다. 그리고 랑베르의 아내는 벌써 몇 주일 전부터 그 소식을 듣고 필요한 절차를 밟아 오늘 이 도시에 도착하는데, 그러한 랑베르처럼 방안에서나 플랫폼에서 기다리는 사람들도 똑같은 초조감과 똑같은 혼란에 빠져 있었다. 왜냐 하면 페스트가 몇 달 동안이나 설쳐 대므로 추상되었던 사랑이나 연정이 한때 그것의 의지가 되어 주었던 육체적인 존재와 대립하는 장면을, 랑베르처럼 가슴 떨리는 심정으로 기다리고 있었기 때문이다.

그는 페스트가 발생했던 초기의 자기 자신, 단숨에 이 도시를 탈출해서 사랑하는 사람을 만나러 달려가려 했던 자신으로 돌아가고 싶었을지도 모른다. 그러나 그것이 불가능하다는 것을 그도 알고 있었다. 그는 변했다. 페스트는 그의 마음속에 하나의 다른 마음을 심어 주었던 것이다. 그는 그 다른 마음을 전력을 다해서 지워 버리려 했지만, 그것은 마치 무딘 근심과 같이 그의 내부에 계속 존재했던 것이다. 어떤 의미에서는 페스트가 너무나 별안간 끝난 것같이 느껴져서 그는 얼떨떨했다. 행복은 전속력으로 다가오고 있었고, 일들은 기대하고 있던 것보다 더 빨리 진행되고 있었다. 랑베르는 모든 일이 대번에 복구될 것이고, 기쁨은 즐겨 볼 겨를도 없는 일종의 불길같이 지나갈 것이라는 사실을 알고 있었다.

게다가 모든 사람들은, 정도의 차이는 있었지만 결국 랑베르와 비슷한 생각을 가지고 있었으며, 그 모든 사람들에 대해서 이야기하지 않을 수가 없다. 제각기 각자의 생활을 다시 시작하고 있는 플랫폼에서, 그들은 아직 자기들 모두의 연대감을 느끼면서 서로 눈짓과 미소를 주고받고 있었다. 그러나 기차의 연기를 보자마자, 그들 귀양살이의 감정은 극도의 혼란과 떠들썩한 기쁨에 가려 갑자기 말끔히 씻겨 버렸다. 기차가 멈춰 섰을 때, 서로의 팔이 이제는 그 모습조차 아물아물하게 되어 있던 몸과 몸 위로 미칠 듯한 기쁨에 넘쳐 탐욕스럽게 휘감길 때, 대개는 같은 플랫폼에서 시작되었던 그 무한히 길었던 이별은 눈 깜빡할 사이에 종말을 고했다. 랑베르, 그가 그 생생한 모습이 자기에게로 향해서 달려오는 것을 볼 겨를도 없이, 어느새 상대방은 그의 품안에 뛰어들어 있었다. 그래서 힘껏 껴안은 채, 정다운 머리카락밖에 안 보이는 그 머리를 꼭 껴안고, 현재의 행복에서 오는 것인지 아니면 너무도 오랫동안 억압되어 있던 고통에서 오는 것인지 알 수 없는 눈물을 줄줄 흘렸다. 그 눈물 덕분에 지금 자기의 어깨에 파묻혀 있는 그 얼굴이 과연 자기가 그토록 꿈에도 잊지 못하던 얼굴인지, 아니면 전혀 알지 못하는 타인의 얼굴인지를 확인해 볼 수 없다는 데에 적이 안도를 느끼고 있었다. 좀 있으면 자기의 의혹이 옳았는지 어떤지를 알게 될 것이다. 당장에는 그도 자기 주위의 사람들처럼, 페스트가 오든지 가든지 사람의 마음은 조금도 변할 것이 없다고 믿고 싶었다.

그들 모두는 서로를 꼭 껴안고 마치 다른 이 세상의 일은 전혀 관계가 없다는 듯이, 표면상으로는 페스트에 승리한 듯한 얼굴로, 모든 비참한 일들도 잃어버린 것처럼, 그리고 역시 한 기차를 타고 왔지만 아무도 마중 나온 사람이 없어서 그 동안의 무소식이 그들 마음속에 일으키고 있는 불안과 두려움의 확증을, 집에 가서 확인해야만 하는 그런 사람들을 잊어버린 채 집으로 돌아갔다. 그 잊혀진 사람들, 이제 상대할 것이라고는 아주 새로운 고통밖에는 없게 된 사람들, 또 이 순간 사라져 간 사람의 추억에 몸을 바치고 있는 사람들에게 있어서는 사정이 전혀 달라서, 이별의 슬픔은 절정에 달했다. 무명의 표현 속에 허망하게 묻혀 버렸거나, 또는 잿더미 속에 녹아 없어진 사람과 더불어 모든 기쁨을 잃어버린 어머니들, 배우자들, 애인들에게 있어서는 여전히 페스트는 계속되고 있었다.

그러나 누가 그 고독한 모습을 생각해 주겠는가? 정오가 되자, 태양은 아침부터 대기 속에서 싸우고 있던 찬바람을 이겨 내어 끊임없이 강렬한 햇볕의 물결을 온 시가에 퍼붓고 있었다. 낮은 정지한 것 같았다. 언덕 꼭대기에 있는 성채의 대포들은 움직이지 않는 하늘에 끊임없이 강렬한 햇볕의 물결을 온 시가에 퍼붓고 있었다. 밤도 정지한 것 같았다. 성채의 대포들은 하늘에 대고 끊임없이 포성을 울리고 있었다. 도시 전체가 밖으로 나와서, 고통의 시간은 종말을 고했지만, 망각의 시간은 아직 시작도 되지 않고 있는 그

숨막히는 순간을 축복하고 있었다.

사람들은 광장마다 모여서 춤을 추고 있었다. 이내 교통량은 현저하게 증가되어 자동차들은 점점 수가 늘어서, 사람들이 넘쳐 나온 도로를 애를 먹으며 운행하고 있었다. 시내의 모든 종들이 오후 내내 요란스럽게 울려 퍼졌다. 종들은, 푸르른 황금빛의 하늘을 그들의 여운으로 가득 채워 놓았다. 사실 교회에서는 감사의 기도를 올리고 있었다. 그러나 동시에 오락 장소마다 초만원이었으며, 카페들은 앞으로의 걱정도 없어져서 마지막 남은 술을 선선히 제공하는 것이었다. 그 카페들의 카운터 앞에는 한결같이 흥분한 사람들의 무리가 북적거리고 있었다. 그리고 그들 중에는, 구경거리가 되는 것도 아랑곳하지 않고 부둥켜안고 있는 쌍들도 있었다. 모두들 떠들어 대거나 웃고 있었다. 그들은 저마다 자기의 영혼을 위축시키며 살았던 지난 몇 달 동안에 쌓인 생명감을, 마치 그날이 자기들의 생존 기념일인 양 즐기고 있었다. 이튿날이 되면 다시금 본래의 생활이 그 자체의 조심스러움과 더불어 시작될 것이다. 그러나 그날 그 순간에는 근본이 서로 다른 사람들끼리 서로의 팔꿈치를 맞대고 동료가 되어 있었다. 죽음에 직면해서도 사실상 실현되지 못했던 평등이, 해방의 기쁨 속에서 적어도 몇 시간 동안은 실현되고 있었다.

그러나 그 평범한 행복감이 모든 것을 말해 주지는 않았고, 늦은 오후에 랑베르와 어깨를 나란히 하고 거리거리를 메우고 있는 사람들 중에는, 속으로 더 섬세한 행복을 감춘 채 침착한 태도를 잃지 않은 사람들이 적지 않았다. 수많은 연인들과 수많은 가족들이 사실은 외관적으로는 그저 평화스러운 산책객으로밖에 보이지 않았다. 사실 대부분은 그들이 고통을 겪었던 장소를 찾아다니며 미묘한 순례를 하고 있는 것이었다. 그것은 새로 온 사람들에게, 페스트의 현저한 또는 숨어 있는 흔적, 그 역사의 발자취를 보여 주기 위해서였다. 어떤 사람들은 안내자의 역할을 하고, 많은 일을 목격한 사람, 페스트와 함께 지낸 사람의 역할을 하는 데 만족했고, 별로 공포심도 품지 않은 채 위험에 관해 얘기했다. 그러한 즐거움은 해롭지 않은 것이었다. 그러나 어떤 사람들에게 그것은 더 소름이 끼치는 행위여서 어떤 애인은 추억의 달콤한 불안에 빠져서 동반자에게 이렇게 말하는 것이었다. "바로 여기였어. 당신이 보고 싶었는데 당신은 없었지." 그 열정의 편력자들은 곧 알아볼 수 있었다. 그들은 요란한 군중들 속을 걸어가면서, 그 속에서 속삭임과 비밀 이야기의 작은 섬을 만들고 있었다. 네거리의 오케스트라보다도 더 뚜렷이 행방을 알리는 것은 바로 그들이었다. 말도 없이 서로 꼭 껴안은 채 황홀한 얼굴로 걸어가는 그들에게서 우리는 정말로 페스트는 끝나고 행복이 돌아왔으며, 공포가 지배하던 시기는 이미 지나갔다는 것을 확인할 수 있었다. 그들은 우리가 한때 경험했던 저 어처구니없는 세계, 사람 하나 죽이는 것쯤은 파리 한 마리의 죽음 정도로 여겼던 그 무지한 세계, 저 뚜렷이 규정받은 야만성, 계량된 광란, 현재의 일이 아닌 모든 것에 대해 가졌던 참혹한 자유의 감금 상태, 제풀에 죽어 넘어지지 않는 모든 자를 소스라치게 놀라게 하던 저 죽음의 냄새, 이런 것들을 유연하게 부정하고 있었다. 그리고 그들은 마침내, 매일매일 어떤 사람들은 화장터의 아궁이에 겹겹이 쌓여서 이글거리는 연기가 되어서 사라져 버리고, 한편 남은 사람들은 무력함과 공포의 쇠사슬에 묶이어 자기 차례를 기다리고 있던 그 멍청한 민중이었다는 것을 부정하고 있었다.

어쨌든 그것이, 그날 오후가 다 지날 무렵, 교외 쪽으로 가 보려고 교회당의 종소리와 음악 소리와 귀가 멍멍해질 정도의 외침 소리 속을 혼자 걸어

가고 있던 리외의 눈에 띈 정경이었다. 그의 임무는 아직도 계속되고 있었다. 환자에게는 휴일이라는 것이 없으니 말이다. 도시 위로 내리쬐는 화창한 햇볕 속에, 옛날과 다름없이 불고기 냄새와 아니스 주(酒)의 냄새가 피어오르고 있었다. 그의 주위에서는 웃으며 떠들어 대는 얼굴들이 하늘을 향해 고개를 젖히는 것이었다. 남자들과 여자들이 서로서로 불타는 듯이 화끈 달은 얼굴을 하고, 욕정의 모든 흥분과 긴장을 드러내며 부둥켜안고 있었다. 그렇다, 이제 페스트는 공포와 때를 같이 하여 끝났으며, 이렇게 얽힌 팔들은 사실상 페스트가 귀양살이와 이별의 동의어였음을 말해 주는 것이었다.

리외는 처음으로 몇 달 동안을 두고 행인들의 얼굴에서 엿볼 수 있었던 그 가족적인 분위기에 이름을 부여할 수가 있었다. 이제 그는 주위를 바라보는 것만으로 족했다. 비참과 곤궁을 겪으면서 페스트의 종말에 당도하자, 그 모든 사람들은 그들이 이미 오래 전부터 맡고 있었던 역할, 망명객으로서의 역할을 처음에는 그 얼굴에, 그리고 그 복장에 저마다 두르게끔 되었던 것이다. 그들은 페스트가 시문(市門)을 폐쇄시킨 그 순간부터 오직 이별의 상태 속에서 살아왔으며, 모든 것을 잊게 해 주는 인간적인 따스함을 빼앗겨 버리고 있었던 것이다. 정도는 다르나 도시의 도처에서, 그 남자들과 여자들은 모든 사람들에게 있어서 성질이 다르고, 그러면서도 모든 사람에게 있어서 마찬가지로 불가능한 결합을 동경하고 있었다. 그들의 대부분은 곁에 있지 않은 사람을 향해서 뜨거운 체온과 애정을, 혹은 혼신의 힘을 다해서 외치고 있었다. 어떤 사람들은 흔히 자기도 모르는 사이에 사람들과의 우정이 끊어진 상태에 살고 있음을, 편지라든지 기차라든지 배라든지 하는 통상적인 우정의 수단에 의해 남들과 맺어질 수 있는 상태에 있지 않음을 괴롭게 여기고 있었다. 그 밖의 얼마 되지 않은 몇몇 사람들, 가령 타루 같은 사람들은 스스로 뚜렷하게 정의를 내릴 수는 없지만 그들에게 유일하게 바람직한 선으로 보이는 그 어떤 것과의 결합을 간절히 바라고 있었다. 그리고 그것을 달리 부를 말을 찾지 못해, 그들은 그것을 평화라고 부르기도 했다.

리외는 계속해서 걸어가고 있었다. 그가 앞으로 감에 따라서 군중의 수가 점점 많아지고 소동은 더 심해져서, 그가 가고자 하는 교외가 자꾸 그 만큼씩 후퇴하는 것 같았다. 그도 차츰차츰 소란스러운 커다란 집단 속으로 용해되어 들어가, 적어도 그 중의 일부는 자신의 고함 소리인 양 더 잘 이해되기도 했다. 그렇다, 모든 사람들이 육체적으로나 정신적으로나 하나같이 괴로운 휴가, 도리 없는 귀양살이, 영원히 충족되지 않는 목마름에 더불어 고생을 했던 것이다. 사망자의 누적과 앰뷸런스의 사이렌 소리, 흔히 운명이라고 불리고 있는 예고, 악착같이 발버둥치던 공포에 대한 반항, 이러한 모든 것들 틈에서도 하나의 커다란 움직임이 항상 그치지 않고 뛰어다녔고, 그것이 공포에 싸여 있는 사람들에게 경고를 내려, 그들의 참된 조국을 다시 찾아야 한다고 알려 주고 있었던 것이다. 그들 모두에게 있어서, 참된 조국은 질식해 있는 도시의 담 저 너머에 있었다. 언덕들 위의 향기로운 숲 속에, 자유로운 나라와 따뜻한 사랑 속에 있었다. 그리고 그들은 조국을 향해서, 행복을 향해서 돌아가고 싶었으며, 그 밖의 모든 것들에 대해서는 등을 돌리고 싶어했다.

리외는 귀양살이와 결합에 대한 욕구 속에 내포되어 있을 수 있는 그 의미를 전혀 몰랐다. 그는 사방에서 밀리고 부딪치는 가운데 여전히 걸음을 계속해서 차츰차츰 덜 복잡한 거리에 다다랐으며, 그런 것들이 의미가 있다거나 없다거나 하는 것은 과히 중요한 일은 아니며, 차라리 사람들의 희망에 대하여 어떠한 대답이 주어졌는지에 대해 확인할 필요가 있다고 생각하는 것이었다.

그는 이제 어떠한 대답이 나올는지를 알고 있었으며, 그가 거의 인기척도 없는 교외의 입구에 들어섰을 때, 더욱 명확하게 그것을 깨달았다. 자기 자신이라는 보잘것없는 존재에 집착해서, 다만 자신들의 사랑의 보금자리로 돌아가기만을 원하고 있던 사람들은, 간혹 보람을 찾았다.

물론 그 중의 몇몇은 기다리고 있던 사람을 빼앗기고 쓸쓸하게 시가를 돌아다니고 있었다. 그러나 그들조차도 이중의 이별을 당하지 않게 된 것만으로도 다행이라고 여겨야 될 형편이었던 것이, 가령 어떤 사람들은 그 질병이 발생하기 이전에 자기네의 사랑을 견고하게 쌓아 올리지 못하고 서로 다투는 애인들 사이를 마침내는 물샐틈없게 만들려는 어려운 결합을 벌써 몇 해를 두고 맹목적으로 추구해 왔던 것이다. 그런 사람들은 리외 자신과 마찬가지로 경솔하게도 시간을 의지한 것이다. 그러나 그들은 영원히 결별한 것이다. 리외가 바로 그날 아침에 헤어질 때 "용기를 내시오. 지금이야말로 똑바로 분별을 해야 할 때인 거예요."라고 말해 주었던 랑베르, 그 랑베르 같은 사람들은 이제 잃어버렸다고 생각하고 있던 사람을 망설이지 않고 다시 찾았던 것이다. 그로써 그들은 적어도 당분간은 행복할 것이다. 이제 그들은 인간이 언제나 욕구를 느끼며 가끔씩 차지할 수 있는 것이 있다면, 그것은 바로 인간에 대한 애정이라는 것을 알게 되었다.

반대로, 인간을 초월하고 스스로는 상상조차도 할 수 없는 그 어떤 것에 눈을 돌리고 있던 사람들은, 결국엔 어떤 대답도 얻지 못했다. 타루는 그가 말하던 소위 마음의 평화라는 것에 도달한 듯싶었지만, 그는 그것을 죽음 속에서, 그것이 이미 그에게는 아무런 쓸모도 없게 되었을 때에 가서야 겨우 찾아냈던 것이다. 반대로 다른 사람들, 즉 집집의 문턱에서 기울어 가는 햇볕을 쬐며, 서로를 힘껏 껴안은 채 열렬하게 서로 바라보고 있는 사람들이 그들의 원하던 바를 손에 넣었다면, 그것은 그들이 자기 힘으로 얻을 수 있는 것만을 추구했기 때문이었던 것이다. 리외는 그랑과 코타르가 사는 거리로 접어들면서, 가끔씩은 기쁨이라는 게 찾아와서 인간과 인간의 무서운 사랑만으로 만족을 느끼는 사람들에게 보상을 해야 옳을 거라고 생각하고 있었다.

* * *

이 기록도 이젠 종말이 가까워졌다. 베르나르 리외는 자기가 이 기록의 필자라는 것을 고백해도 무방할 것이다. 그러나 이 기록의 마지막 사건을 서술하기 전에 그는 최소한 자기의 당돌한 짓을 변명하고, 또 그가 객관적인 중인의 어조를 취하려고 애썼다는 것을 알리고 싶으리라. 페스트가 설치던 동안 내내, 그는 직책상 우리 시민의 대부분을 만나 봤고, 따라서 그들의 감정을 파악할 수 있는 처지에 있었다. 그야말로 자기가 보고 들은 바를 보고하기에는 적절한 위치에 있었던 것이다. 그러나 그는 되도록 그것을 신중한 태도로 실행하려고 했다. 그는 대체로 어디까지나 자기가 볼 수 있었던 것 이상의 일들은 보고하지 않도록, 그리고 페스트와 함께 지내온 사람에게 어설픈 사상을 그들에게 부여하지 않도록, 또 요행인지 불행인지는 몰라도 일단 자기의 손에 들어온 자료만을 이용하도록 애썼던 것이다.

일종의 범죄 사건이 생겼을 때, 그는 중인으로 불려갔던 일이 있었는데, 그때에도 그는 선의의 중인다운 조심성 있는 태도를 지켰다. 그러면서도 동시에 공명한 마음의 양심에 따라 그는 단호하게 희생자의 편을 들어서, 시민과 더불어 그들이 공통으로 갖고 있는 유일하게 확실성 있는 것, 즉 사랑과 고통과 추방을 그들과 더불어서 맛보려고 했다. 그처럼 시민들의 불안이라면 그 어떤 것도 그가 함께 하지 않은 것이라고는 없고, 어떠한 상황도 동시에 그의 상황이 아닌 것이라고는 없었다.

그는 성실한 증언자가 되기 위해서, 특히 조서와 자료, 풍문 같은 것들을 보고해야만 했다. 그러나 그가 개인적으로 말하고 싶었던 것, 즉 자신의 기대라든지 자신의 시련이라든지 하는 것에는 침묵을 지켜야 했다. 혹 그런 것을 이용하는 일이 있었다면, 그것은 다만 시민들을 이해하고 또 이해시켜 보려는 의도에서 그랬던 것이고, 대개의 경우, 그것은 그들이 어렴풋이 느끼고 있던 것에다 명확한 형체를 주기 위해서였다. 사실 말이지, 이러한 이성적인 노력이 그에게는 전혀 힘들지 않았다. 수천 명의 페스트 환자의 목소리에 자기의 고백을 직접 섞어 보려는 유혹을 느꼈을 때, 그는 자기의 괴로움 중에서 어느 하나도 동시에 다른 사람들의 괴로움이 아닌 것이 없으며, 슬픔이 너무 커서 고독한 그런 세계에 있어서는 그런 고백은 안 하는 것이 더 낫다는 생각에서 참았던 것이다. 단연코 그는 모든 사람에 관한 이야기를 해야만 했다.

그러나 시민들 중 적어도 한 사람만은, 의사 리외로서도 두둔할 수 없었다. 그것은 전에 타루가 리외에게 이렇게 말한 일이 있는 사람이었다.

"그 사람의 유일하고도 진정한 죄악은, 어린아이들과 사람들을 죽여 버리는 것에 대해서 속으로 옳다고 긍정한 점입니다. 그 외의 것은 나도 이해가 가요. 그러니 그 외의 것은 용서하지 않을 수가 없어요." 이 기록이 그 무지한 마음을 가졌던 사람, 즉 고독한 마음을 가졌던 사람에 대한 이야기로 끝난다는 것은 그야말로 타당한 일이라고 할 만하다.

축하 행사로 요란한 큰 거리에서 나와, 그랑과 코타르가 살고 있는 거리로 들어섰을 때, 의사 리외는 마침 경찰관들이 쳐 놓은 바리케이드에 부딪쳤다. 예기치 못했던 일이다. 축하하는 요란한 술렁거림이 멀리서 들려오는 까닭에 이 지역은 더욱 더 조용한 것 같았고, 그래서 인기척도 없으리라고 생각했었다. 그는 신분증을 내보였다.

"안 됩니다, 선생님." 하고 경관이 말했다. "미친놈이 시민들을 향해 발포하고 있습니다. 잠깐만 여기에 계십시오. 혹시 도움이 필요해 질지도 모르니까요."

그때 리외는 그랑이 자기 쪽으로 오는 것을 보았다. 그랑도 아무것도 모르고 있었다. 사람들이 가지 못하게 해서 보니까, 그의 아파트에서 누가 총을 쏘라는 것이었다. 멀리, 과연 아파트의 정면이, 싸늘해진 태양의마지막 광선을 받아 금빛으로 물든 것이 눈에 띄었다. 그 주위에는 커다란 텅 빈 공간이 생겨, 맞은편 도로까지 펼쳐져 있었다. 길 한가운데에는 모자 하나와 지저분한 헝겊 조각이 뚜렷하게 보였다. 리외와 그랑은 아주 저 멀리, 길 저편에 자기들을 막고 있는 선과 나란히 다른 한 개의 경찰의 차단선과 그 뒤로 황급히 오가는 몇몇 동네 사람들을 볼 수 있었다. 자세히 살펴보니까, 아파트 맞은편 건물의 문안에 찰싹 달라붙어서 권총을 겨누고 있는 경찰관도 볼 수 있었다. 아파트의 덧문은 모두 닫혀 있었다. 그러나 3층의 덧문 하나가 반쯤 떨어져서 가까스로 매달려 있었다. 거리는 완전히 정적에 휩싸여 있었다. 시내 중심지에서 음악 소리가 간헐적으로 들려올 뿐이었다.

그때 그 집 맞은편의 어떤 건물에서 권총 소리가 두 번 울리더니, 아까 떨어진 듯한 덧문에서 파편이 몇 개 떨어져 튀었다. 그러더니 사방은 다시 조용해졌다. 멀리 떨어진 곳에서 일어나고 있었고, 한낮의 소란스러움이 끝난 다음이어서, 리외에게는 좀 비현실적인 것으로 느껴졌다.

"코타르의 방 창문이에요." 갑자기 몹시 흥분해서 그랑이 말했다. "아니, 코타르는 달아났는데."

"왜 총을 쏘나요?" 하고 리외는 경관에게 물었다.

"그를 꾀어 내는 것입니다. 우리는 필요한 도구를 가져올 자동차를 기다리고 있는 중이에요. 저 집 문으로 들어가려고만 하면 쏘아 대니 말입니다. 경관이 한 명 총에 맞았습니다."

"그는 왜 총을 쏘는 걸까요?"

"모르겠어요. 모두 거리에서 즐기고 있었어요. 최초의 총소리는 뭐가 뭔지 알 수가 없었어요. 두 번째 총성에는 아우성이 일어났고, 부상자가 생기고, 그래서 모두들 도망쳤죠. 필경 미친놈이겠죠, 뭐."

다시 조용해지자, 1분 1분이 지루하게 느껴졌다. 문득 거리의 저편에서 개 한 마리, 리외로서는 정말로 오래간 만에 보는 개 한 마리가 달려오는 것이 보였다. 더러운 스파니엘 종으로 아마도 그 동안 주인이 숨겨 두었던 놈일 텐데, 그놈이 벽을 따라서 쪼르르 달려왔다. 개는 문안에까지 와서 멈칫거리다가 엉덩이를 땅에 대고 앉더니, 뒤로 벌렁 나자빠져 벼룩을 물어뜯는 것이었다. 경관들이 휘파람으로 개를 불렀다. 개는 고개를 들더니, 천천히 발을 옮겨서 길을 가로질러 떨어져 있는 모자의 냄새를 맡기 시작했다. 바로 그때 총소리가 또 3층에서 울렸다. 그러자 개는 얇은 헝겊 조각처럼 뒤집혀 맹렬히 네 발을 버둥거리다가 한동안 바들바들 떨고 나서 마침내 옆으로 쓰러지고 말았다. 그에 호응해서 맞은편 문에서 대여섯 발의 총성이 울리며 그 덧문을 산산조각으로 부수어 놓았다. 다시 정적이 깃들었다. 태양이 약간 기울어져서, 그늘이 코타르의 창으로 가까워지고 있었다. 의사 뒤에서, 브레이크 소리가 나직이 울렸다.

"왔군." 하고 경관이 말했다.

경관들이 그 자동차의 뒷문에서 밧줄과 사다리 한 개, 기름 먹인 천으로 싼 길쭉한 꾸러미 두 개를 가지고 나타났다. 그들은 그랑의 집 맞은편 집들 옆으로 난 길로 들어갔다. 잠시 후에 그 집들의 문안에서 술렁거리는 것을 보았다기보다는 느꼈다. 그리고 사람들은 기다리고 있었다. 개는 더 이상 움직이지 않았다. 그러나 지금 그 개는 검붉게 괸 액체 속에 잠겨 있었다.

갑자기 경관들이 점령한 집들의 창으로부터 기관총 사격이 시작되었다. 사격이 계속됨에 따라서, 지금까지 과녁이었던 그 덧문은 문자 그대로 산산이 부서지고, 그 뒤로 검은 표면이 노출되었지만 리외와 그랑이 서있는 곳에서는 그 속을 아무것도 볼 수가 없었다. 그 총성이 멎자, 또 다른 기관총이 좀더 떨어진 집, 다른 각도에서 총성을 울렸다. 탄환은 아마창의 어느 쪽으로 뚫고 들어가는 모양으로, 그 중 한 방에 벽돌 파편이 날았다. 바로 그 때, 경관 3명이 달리며 길을 건너가서, 아파트 문으로 빨려들 듯이 들어갔다. 뒤이어 또 3명이 급히 뛰어들어갔다. 드디어 기관총 사격은 멎었다. 아득히 총성이 두 번 집안에서 울렸다. 그러나 한바탕 떠들썩해지더니, 집안으로부터 셔츠 바람의 작달만한 남자가 연방 고함을 지르면서 끌려 나왔다기보다는 안겨서 나오는 것이 보였다. 기적이라도 일어난 듯 거리의 덧문들은 모두 열리고 창문마다 호기심에 찬 구경꾼들로 넘쳤다. 한편 수많은 사람들이 집집에서 몰려나와 바리케이드 뒤에서 붐비고 있었다. 잠시 길 복판에 그제야 발을 땅에 붙인, 두 팔을 뒤로 비틀린 채 경관에게 잡혀 있는 그 작달막한 사나이 모습이 보였다. 그는 고함을 치고 있었다. 경관 하나가 유유히 그에게로 다가가서 주먹으로 힘껏 두 번 때렸다.

"코타르로군요." 하고 그랑이 중얼거렸다. "실성을 한 모양이군요."

코타르는 쓰러졌다. 경관이 땅 위에 누워 있는 사내에게 힘껏 발길질을 했다. 그러자 사람들이 웅성거리기 시작했고, 의사와 그의 늙은 친구에게로 몰려들었다.

"길을 비키시오!" 라고 경관이 말했다.

리외는 사람들의 떼가 몰려가는 쪽으로 시선을 돌렸다.

그랑과 리외는 해가 저물기 시작하는 황혼 속에서 자리를 떴다. 방금 벌어진 사건이 동네의 잠자고 있는 마비 상태를 흔들어 깨우기나 한 것처럼, 외진 거리에도 다시 기쁨에 찬 군중의 술렁거림이 넘치고 있었다. 그랑은 집 앞에서 리외에게 작별 인사를 했다. 그는 이제부터 일을 시작할 참이었다. 그러나 막 집으로 올라가려던 순간 그는 리외에게, 자기는 잔느에게 편지를 썼으며, 지금은 만족하고 있노라고 말했다. 그리고 그는 사연을 다시 외었다. "전부 없앴죠, 형용사들은요." 라고 그는 말했다. 그리고 장난스러운 웃음을 띠며 그는 모자를 벗어들고 식에서 행하는 큰절을 했다. 그러나 리외는 코타르 생각을 하고 있었다. 코타르의 얼굴을 후려갈기던 그 소리가, 해수장이 영감 집을 향해 가는 도중 내내 귓전에 달라붙어서 떨어지지 않았다. 아마도 죄인에 대해 생각하는 것이 죽은 사람을 생각하는 것보다 더 괴로운 일이었던 모양이다.

리외가 늙은 병자의 집에 도착했을 때, 밤이 이미 하늘 전체를 뒤덮고 있었다. 방안에는 어렴풋이 해방의 웅성거리는 소리가 들려오고, 노인은 여전히 기분이 좋아서 콩 옮겨 담는 일을 계속하고 있었다.

"저렇게 들떠 있는 것도 당연하지." 라고 그는 말하는 것이었다. "세상을 살아가려면 그런 것들도 다 필요하지요. 그런데 선생님의 친구 분은 어떻게 되셨어요?"

폭발 소리가 몇 번 그들의 귀에까지 들려왔다. 그러나 그것은 평화로운 소리였다. 아이들이 폭죽을 터뜨리고 있는 것이었다.

"죽었습니다." 리외는 영감의 콜록거리는 가슴에 청진기를 대면서 그렇게 말했다.

"뭐요!" 하고 노인은 얼떨떨한 기색으로 소리를 냈다.

"페스트로 죽었지요."라고 리외가 덧붙였다.

"그랬군요." 잠시 후에 노인이 말했다. "언제나 제일 좋은 사람들이 가버리는군요. 그게 인생이죠. 하지만 그는 자기가 무엇을 원하는지 다 알고 있는 분이었죠."

"왜 그런 말씀을 하세요?" 청진기를 접어 넣으면서 리외가 말했다.

"특별한 의미는 없지만 그분은 그저 무의미한 말은 하지 않으셨어요. 어쨌든 나는 그분이 좋았어요. 그런데 이제 이 모양이 되었죠. 다른 사람들은 '페스트입니다. 페스트를 이겨냈습니다.' 하고 난리를 치죠. 좀더 봐주다간 훈장이라도 달라고 할 판이죠. 그러나 페스트가 대체 무엇입니까? 인생이에요. 그게 전부예요."

"찜질을 규칙적으로 해야 합니다."

"오! 염려 마세요. 나는 아직 충분히 여유가 있으니까요. 나는 다른 사람들이 다 죽는 것을 보고 죽을 거요. 나는 살아남는 방법을 알고 있단 말입니다."

멀리서 기쁨의 외침 소리가 그의 말에 대답하는 듯이 들려왔다. 의사는 방 한복판에 우뚝 섰다.

"테라스로 나가 봐도 괜찮을까요?"

"왜 안 되겠어요. 거기서 그들을 좀 보시겠다는 거죠. 그렇죠? 그 위에서 실컷 구경해 주세요. 하지만 그들은 늘 그게 그건 걸요."

리외는 계단 쪽으로 발길을 돌렸다.

"그런데 선생님, 페스트로 죽은 사람들을 위해서 기념비를 세운다는 게 사실인가요?"

"신문에 그렇게 났더군요. 돌기둥 아니면 동판으로 세울 거라고요."

"내 생각이 맞았어. 그리고 연설들을 하겠죠."

노인은 목구멍에 걸린 듯한 소리로 웃어 댔다.

"여기 앉아서도 훤히 들리죠. '우리들의 희생자는……' 그 다음에는 모두 먹고 마시는 거죠."

리외는 벌써 계단을 올라가고 있었다. 넓고 싸늘한 하늘이 집들 위에 펼쳐지고, 언덕 기슭에는 별들이 부싯돌처럼 딱딱한 빛을 던지고 있었다. 그날 밤은 그가 타루와 더불어 페스트를 잊어 보려고 테라스 위에 왔을 때와 별로 다를 게 없었다. 그러나 오늘은 파도 소리가 그때보다 훨씬 시끄럽게 벼랑 아래에서 들려오고 있었다. 공기는 가을의 미지근한 바람이 날아오던 찝찔한 맛이 없어지고, 더욱 가볍고 상큼했다. 그 동안에도 시내에서 들려오는 술렁거리는 소리가, 여전히 무딘 소리로 테라스 아래에 밀려오고 있었다. 그러나 그 밤은 해방의 밤이지 반항의 밤은 아니었다. 멀리서 검붉은 불빛이, 그곳에 찬란한 신작로와 광장이 있다는 것을 말해 주고 있었다. 이제 이렇게 해방된 밤에 욕망은 그 어떤 것에도 저지되는 일없이, 그 욕망이 으르렁거리는 소리가 리외에게까지 들려오고 있었다.

어두운 항구로부터, 공식적인 축하의 첫 불꽃이 올랐다. 온 도시는 온통

은근한 환호로 그것을 찬양했다. 코타르나 타루도 잊혀졌고, 리외가 사랑했으나 잃고 만 남자들과 여자들도, 사자(死者)도, 범죄자도 모두가 잊혀졌다. 노인이 말한 그대로다. 인간들은 여전히 마찬가지였다. 그러나 그것이 그들의 힘이고 장점이기도 하다는 걸, 그리고 그렇기 때문에 모든 고뇌를 초월하여 그들과 하나가 되는 걸 리외는 느끼고 있는 터였다. 여러 가지 빛깔의 불꽃들이 점점 많이 하늘로 솟아오름에 따라서 더욱 거리의 힘이 뻗치어 테라스 바로 밑까지 길게 울려 오는 고함 소리 속에서, 의사 리외는 지금까지의 일들을 글로 쓸 결심을 했던 것이다. 이러쿵저러쿵 말하는 사람들의 틈에 끼지 않기 위해서, 페스트의 습격을 받은 사람들에게 유리한 증언을 하기 위해서, 그들에게 가해진 비리와 폭행에 대해 최소한 추억만이라도 남겨 놓기 위해서, 그리고 재화의 도가니 속에서 배운 것, 즉 인간에게는 경멸해야 할 것들보다도 찬미해야 할 것들이 훨씬 더 많다는 것을 있는 그대로 말해 두기 위해서 말이다.

그러나, 그는 이 기록이 결정적인 승리의 기록일 수 없다는 것을 알고 있었다. 이 기록은 다만 공포와 그 공포가 가지고 있는 악착 같은 무기에 대해서 수행해 나가야 했던 것, 그리고 성인이 될 수도 없고 재화를 받아들이기는 거부하면서도 역시 의사가 되려고 애쓰는 모든 사람들이, 그들의 개인적인 고통에도 불구하고 아직도 수행해 나가야 할 것에 대한 증언이 될 수는 있으리라.

시내에서 올라오는 경쾌한 환호성에 귀 기울이며, 리외는 그러한 기쁨이 항상 위협을 받고 있다는 사실을 상기하고 있었다. 왜냐 하면 그는 환희에 찬 군중이 모르고 있는 사실, 즉 페스트균은 결코 죽거나 소멸하지도 않으며, 그 균은 수십 년 간 가구나 속옷들 사이에서 자면서 생존할 수 있다. 또

한 방이나 지하실 트렁크나 손수건, 또는 휴지 같은 것들 틈에서 참을성 있게 살아남아 아마도 언젠가는 인간들에게 불행과 교훈을 주기 위해서 또다시 저 쥐들을 흔들어 깨워 가지고 어떤 행복한 도시로 그것들을 몰아 넣어 거기서 죽게 할 날이 온다는 것을 알고 있었기 때문이다.

작가와 작품해설

알베르 카뮈의 생애 및 작품세계

카뮈는 알사스 출신의 광산 노동자인 아버지와 전혀 교육을 받지 못한 스페인 계통 출신인 어머니 사이에서 1913년 11월 7일에 출생했다. 그가 태어나고 얼마 안 있어 제1차 세계대전 마른 전투에서 그의 아버지는 전사한다. 세계대전의 소용돌이 속에서 유년시절을 보낸 카뮈는 오메라가에 있는 초등학교를 마칠 무렵 루이 제르망을 만나게 된다. 그에게 교육을 받아 중학교 장학생 시험을 치르게 되면서 그는 가난 속에서 새로운 희망을 싹틔운다. 이후 대학교에 진학한 그는 평생의 스승이며 이해자인 장 그르니에를 만나지만, 17세에는 심한 폐결핵 때문에 요양차 집을 나오게 된다. 이렇게 해서 그의 독립생활은 시작된다.

카뮈는 1934년 프랑스 공산당에 입당해서 회교도를 대상으로 한 선전공작을 하지만, 1935년에 피에르 라발의 모스크바 방문을 계기로 탈당한다.

그리고 그 이듬해에 『기독교와 신플라톤주의의 형이상학』이라는 졸업논문으로 학사학위를 취득한다.

1938년에 그는 희곡 『칼리귤라』를 썼고, 1939년에는 앙드레 말로를 만나게 된다. 1933년에 결혼을 하지만 1년 후에 파경을 맞는다. 그런 후 1940년에 다시 결혼하여 두 아들을 두게 된다. 그는 여러 신문사 기자로 활약했는데 그때 프랑스의 총독부의 북아프리카 정책에 대해 비난한 것이 계기가 돼 군부와 불편한 관계에 놓이게 되고 그로 인해 아프리카를 떠나오게 된다.

『이방인』을 탈고한 1940년 5월에 독일군이 침입하여 파리가 점령되자 《파리 스와르》 지의 간부들과 클레르몽으로 피난하게 된다. 이후로 그는 신문과 모든 관계를 끊고 집필에 전념한다. 그리하여 『시지프의 신화』의 제1부에 착수하게 되고, 1941년 1월에는 알제리의 항구도시 오랑으로 돌아와 그곳 사립고교에서 교편을 잡으면서 『시지프의 신화』를 탈고한다. 또한 오랑시는 『페스트』의 무대가 되기도 한다.

이후에 그는 M.L.N(북부해방운동)의 기관지 《콩바》 지에 합류하게 되는데, 거기서 다시 그르니에와 말로를 만나게 된다. 1942년에 발간된 『이방인』 『시지프의 신화』에 이어 1943년에 희곡 「오해」, 『독일인 친구에게 보내는 편지』가 출간되자 그는 부조리의 작가로 명성을 얻게 된다.

1944년에 그는 사르트르를 만나게 되며 1944년에는 조국 해방을 맞아 정치활동을 활발하게 시작한다. 알제리의 세티프의 학살, 8월 6일과 9일의 히로시마와 나가사끼를 향한 원자탄 투하 등은 그에게 인도주의적인 반항과 의분으로 동분서주하게 만들었고, 9일에는 쌍둥이 남매를 얻는다. 실존주의 철학의 형이상학적 세계로의 비약도, 그리스도교의 신의 구제도 거부함과 동시에, 또한 코뮤니즘의 철저한 합리주의와도 날카롭게 대립하는 그의

'제3의 입장' 은 젊은 지식층에게 커다란 신뢰와 공감을 불러일으킨다. 1951년에 발표된 『반항적 인간』은 그의 이런 입장을 더욱 공고히 한 것으로 사르트르와의 격렬한 논쟁을 보여 주기도 했다.

1947년에는 프랑스의 연립내각에서 공산당이 빠져 나가고 R.P.F(프랑스 인민연합)가 형성되자 레이몽 알랭 · 파스칼 피아 등은 합류하나 카뮈는 불참한다. 그리고 그는 문학과 예술 분야에 전념하게 된다. 6월에는 『페스트』가 출간되고, 1956년에는 『전락』, 다음 해에는 『적지와 왕국』이 나오게 된다. 그리고 같은 해, 그러니까 1957년 10월에 그는 프랑스인으로서는 아홉 번째, 최연소자로서 노벨문학상을 수상하게 된다.

작가로서 사회 · 정치적인 것에 무관하지 않았던 그는 1960년 1월 4일, 미셸 갈리마르와 함께 탄 자동차 사고로 일생을 마감하게 된다.

카뮈는 빈곤과 병고를 철저히 체험한 소년시절부터 끊임없이 죽음의 관념에 위협당하며 삶과 죽음, 자신과 세계와의 모순 그리고 대립에 괴로워했다. 이러한 모순된 인생에 대한 명철한 자기 사색을 거친 후에 절망 속에서도 종교에 의지하지 않고 이 세상의 행복을 추구하는 '부조리 의식' 을 지니게 된다. 어둡고 괴로운 현실과 극을 이루고 있는 또 다른 세계, 즉 삶이 지닌 희열을 느끼는 현실을 깨달았던 것이다. 따라서 부조리의 세계에 대하여 인간은 피할 수 없는 숙명을 맞이하게 되므로 좌절을 각오하고라도 인간적인 노력을 거듭하여 가치를 회복하는 것이 카뮈의 주장이다. 이러한 카뮈의 부조리에 대한 인식은 전쟁 · 점령 · 수용소 · 저항 운동 등 극한 상황 속에서의 체험을 통해 더욱 다듬어진다. 따라서 인간성을 빼앗고, 인간의 존엄성을 더럽히는 일체의 비인성에 과감히 나서 적극적인 태도를 보이게 된다. 그의 작품 세계는 '부조리' 의 문학이라 할 수 있었던 것이다.

작품 줄거리와 작품해설

『페스트』는 카뮈의 소설로는 두 번째의 작품이다. '페스트' 라는 제목은 인생의 모든 종류의 악을 상징하고 있다. 즉 죽음과 질병과 고통, 인생의 근원적인 부조리로 볼 수도 있고, 인간 내부의 악덕과 취약함. 혹은 빈곤, 전쟁, 전체주의 등의 정치악의 상징으로 볼 수도 있다.

성실한 인간 리외를 중심으로 신을 믿는 파늘루 신부에서부터 이성을 믿는 타루에 이르기까지 될 수 있는 한 광범위한 사람들의 입장을 규합하여, '인간' 을 위한 강력한 공동전선을 결성해 보이고자 했던 『페스트』는 결국 공산주의와 기독교와의 사이에 보다 인간적인 제3의 길을 추구하려고 했던 카뮈의 입장을 가장 잘 표현해 주고 있는 대작이라 할 수 있다.

주인공은 의사 리외지만 상황이 벌어지자 우연히 오랑 시에 와서 머물고 있었던 미스테리의 인물 타루 또한 그에 못지 않은 주목을 요하는 인물로 보인다. 왜냐 하면 그가 리외의 또 하나의 분신처럼 행동하기 때문이다. 모순과 부조리 속에서 이들 인물들은 상황을 직시하고 사태에 환상이나 낙관적 기대를 걸지 않고 묵묵히 그 부조리와 맞서 대결하는 인간상들이다. 따라서 『페스트』는 『이방인』의 연장선에서 이해할 수 있을 것이다. 죄를 범했건 범하지 않았건 모든 사람이 사형 선고를 받고 그 차례를 기다리고 있는 세계, 즉 인간 조건에 얽매인 세계에서 사람은 결코 남의 도움을 기대할 수 없고, 자기라는 내적인 고독 속에 갇히게 된다.

알제리의 오랑 시에 갑자기 죽은 쥐가 출현함으로써 페스트의 만연을 예고하는 것에서부터 이 작품은 시작되고 있다. 누구나 페스트가 만연하고 있음을 알고 있으나 그것을 인정하려 들지 않을 때, 의사 리외는 과감히 현실을 올바르게 지적하고 나서며 그것을 없애고자 노력한다. 시외로 통하는 모든 문이 닫히고, 외부와의 모든 연락이 두절된다. 오랑 시가 거대한 감옥으로 변신한 것이다. 시민들은 불안에 싸이고, 여기저기서 혼란과 이기주의와 자포자기와 허탈이 난무하게 된다. 그러한 와중에 의사 리외를 중심으로 의료자원봉사대가 발대한다. 그리고 그랑 영감과 타루가 그를 돕는다. 그랑 영감은 멀리 지나간 연인의 추억 속에서 사는 호인이고, 장 타루는 사태가 나기 수주일 전에 오랑 시에 나타난 인물이다. 이 기록은 대부분이 타루의 수첩을 참고하고 있다.

의사 리외와 타루는 질병과 싸우는 도중에 회의와 무기력에 빠지기도 한다. 병의 위력이 너무나 압도적이기 때문이다. 그러나 그들은 싸워야 한다. 다만 '죽기 싫은 사람이 죽는 것을 보고만 있을 수 없어서' 그리고 '세계가 죽음으로 규정되는 이상, 힘 있는 한까지 죽음과 싸우기 위해서', '끝없는 패배가 싸움을 중단시키는 이유가 되지 못하기' 때문에 싸우려는 것이다. 이 질병의 최후의 희생자로 타루가 쓰러진다. 그리고 페스트는 언제 그랬냐 싶게 갑자기 물러간다. 오랑 시의 문이 크게 열리고, 시민들이 환호하고 삶의 기쁨을 만끽하는 속에서 의사 리외는 "페스트 병균은 결코 죽지 않는다. 수십 년 간 가구나 내복 속에서 잠자다가 다시 쥐들을 쑤셔 대고, 어떤 행복한 도시를 겨냥하는 날을 끈질기게 기다리고 있다."고 독백한다.

이 이야기의 서술자는 의사 리외인데, 그의 서술과 병행하여 또 하나, 타루의 메모식 관찰이 있다. 리외는 처음에는 엄정한 역사가를 자처하려 하지만, 사건이 점차 외적인 것에서 내적인 것으로, 또 개인적인 것에서 집단적인 것으로 진전해 감에 따라, 그의 서술에는 무언의 공감과 애정이 감돌기 시작한다. 하지만 타루의 메모는 이와는 현저히 다르다. 사소한 일만을 열거하기로 한 방침을 따르는 것처럼 보인다. 사람들이 페스트 및 부조리와 싸우는 데 정신이 팔려 페스트에 대한, 부조리에 대한 경계를 잊고 있을 때, 타루의 메모는 끊임없이 그것을 각성시킨다.

이 두 흐름 외에, 거기에는 세 개의 단편들이 있다. 리외가 들은, 늙은 관리 그랑의 생애와 타루의 생애, 그리고 타루가 적어 놓은 천식을 앓는 영감의 생활. 한 사람은 아내의 가출에 의해, 한 사람은 사형 집행을 목격함으로써, 또 한 사람은 노년에 이름으로써, 모두 다 '부조리' 에 눈 뜬 '부조리인' 의 생애다.

소설 『페스트』는 해피엔드로 끝나고 있지만 우리가 살고 있는 부조리의 세계는 언제 평화를 되찾게 될 지 알 수 없다. 카뮈에 의하면 사회의 악은 결코 사라지지 않는다. 단지 인간이 여기에 대항하며 끊임없는 반항을 통해 극복하려 할 뿐이다. 악의 형태는 변화되거나 잠정적으로 잠자고 있는 것일 뿐이다. 따라서 세계의 무너지지 않는 악과 여기에 대해 끊임없이 대항하고자 하는 인간의 의지는 부조리를 이룰 수박에 없다. 이렇게 작품에서 일관되게 인간 세계를 둘러싸고 있는 부조리를 탐구하고자 한 그의 노력은 그의 작품을 읽는 독자에게 인간은 무엇으로 사는가를 다시 한 번 묻게 한다.

작가연보

1913년 11월 7일 프랑스령 알제리의 지중해 연안 몽도비에서 태어남.

1914년(1세) 제1차 세계 대전이 발발하여, 아버지가 전선에서 전사함. 알제시 벨쿠르가에 정착함.

1918년(5세) 벨쿠르 공립 초등학교에 입학.

1923년(10세) 루이 제르맹 교사의 추천으로 장학생 선발 시험을 치르게 됨. 10월에 알제 중학교 장학생으로 입학.

1930년(17세) 대학 입학 자격 시험에 합격. 첫 번째의 폐결핵을 앓음.

1931년(18세) 철학자 장 그르니에 교수를 만남.

1933년(20세) 첫 번째 결혼을 함.

1934년(21세) 이혼 함. 아라비아 인 회교도 해방 표방. 알제 지구당에 입당.

1935년(22세) 공산당 탈당. 에세인 『표리』를 쓰기 시작. 그단 '노동극장'을 창립 주재하고, 정치극 『아스튀리의 반란』을 공동 집필.

1936년(23세) 졸업논문 『플로티노스와 성 아우구스티누스를 통해서의 헬레니즘과 그리스도 교』 통과. 알제의 샤를로 출판사에서 희곡 『아스튀리의 반란』을 출판.

1937년(24세) 『표리』를 알제의 샤를로 출판사에서 간행. 극단 '동지' 를 창립, 주재.

1938년(25세) 파스칼 피아의 《알제 레퓌블리캥》 지의 기자로 입사. 에세이 『여름』을 알제의 샤를로 출판사에서 출간.

1939년(26세) 전쟁이 발발하여, 의용군으로 지원.

1940년(27세) 재혼. 꾸준한 식민지 정책의 비판으로 알제리에서 추방. 파리의 석간지 《파리 수아르》 지에서 기자로 활동. 오랑시의 사립 학교에서 교사 생활을 함.

1942년(29세) 7월 갈리마르사에서 『이방인』 출판. 레지스탕스 조직인 '투쟁' 에 참여. 『시지프의 신화』 출간.

1943년(30세) 갈리마르사 교열위원이 됨. 지하 신문 《콩바》 지가 발생됨. 『어느 독일인 친구에게 보내는 편지』의 첫부분 출판.

1944년(31세) 『어느 독일인 친구에게 보내는 편지』 마지막 부분 출간. 8월 21일 파리가 해방되어 《콩바》 지 주필로서 많은 논설을 씀.

1945년(32세) 에베로 극장에서 「칼리귤라」 공연.

1946년(33세) 뉴욕에서 강연.

1947년(34세) 『페스트』 출간. 비평가상을 받음.

1948년(35세) 마리니 극장에서 「계엄령」 공연.

1949년(36세) 남미 여행. 에르보 극장에서 「정의의 사람들」 공연.

1951년(38세) 10월 『반항적 인간』 출판. 《현대》 지의 격렬한 공격을 받고, 사르트르와 결별.

1953년(40세) 앙제 연극제에서 「십자가 신앙」, 「정령」 등을 연출 공연함.

1954년(41세) 에세이 『여름』 출판.

1956년(43세) 알제리 휴전을 호소. 5월 『전락』 발표.

1957년(44세) 3월 『추방과 왕국』 출간. 앙제 연극제에서 「칼리귤라」, 「올메도의기사」 공연. 스톡홀름에서 노벨상 수상.

1958년(45세) 소설 『최초의 사람들』의 집필을 준비.

1960년(47세) 1월 4일, 욘 근처에서 자동차 사고로 사망함.

BESTSELLERWORLDBOOK

1. **어린왕자**/쌩 떽쥐뻬리
2. **갈매기의 꿈**/리처드 바크
3. **탈무드**/마빈 토케어
4. **나의 라임오렌지나무**/바스콘셀로스
5. **크눌프,그삶의세이야기**/헤르만 헤세
6. **전원교향악**/앙드레 지드
7. **사람은 무엇으로 사는가**/톨스토이
8. **아낌없이 주는 나무**/쉘 실버스타인
9. **마지막 잎새**/O.헨리
10. **마지막 수업**/알퐁스 도데
11. **아홉가지 슬픔에관한 명상**/지브란
12. **노인과 바다**/어네스트 헤밍웨이
13. **슬픔이여 안녕**/프랑스와즈 사강
14. **비밀일기**/S.타운젠트
15. **포우 단편집**/E.A.포우
16. **독일인의 사랑**/막스 뮐러
17. **그리스 로마 신화**/토마스 불핀치
18. **데미안**/헤르만 헤세
19. **젊은 베르테르의 슬픔**/괴테
20. **꽃들에게 희망을**/트리나 포올러스
21. **빙점(상)**/미우라 아야꼬
22. **빙점(하)**/미우라 아야꼬
23. **안네의 일기**/안네 프랑크
24. **회색노트**/로제 마르탱 뒤 가르
25. **달과 6펜스**/서머셋 모옴
26. **작은 아씨들**/루이자 M. 올코트
27. **주홍글씨**/나다니엘 호오도온
28. **호밀밭의 파수꾼**/J.D.샐린저
29. **좁은문**/앙드레 지드
30. **동물농장**/조지 오웰
31. **이솝우화**/이솝
32. **키다리 아저씨**/지인 웹스터
33. **꼬마 니꼴라**/르네 고시니
34. **싯달타**/헤르만 헤세
35. **지와 사랑**/헤르만 헤세
36. **젊은 시인에게 보내는 편지**/릴케
37. **파리대왕**/윌리엄 제랄드 골딩
38. **이방인**/알베르 까뮈
39. **이상한 나라의 앨리스**/루이스 캐롤
40. **홍당무**/J. 르나르

41. **목걸이**/기 드 모파상
42. **수레바퀴 밑에서**/헤르만 헤세
43. **양치는 언덕**/미우라 아야꼬
44. **여자의 일생**/기 드 모파상
45. **대지**/펄 S.벅
46. **폭풍의 언덕**/에밀리 브론테
47. **테스**/토마스 하디
48. **페스트**/알베르 까뮈
49. **제인에어**/샬로트 브론테
50. **이반데니소비치의 하루**/솔제니친
51. **소녀와 죽음**/막심 고리끼
52. **다락이 있는 집**/안똔 체호프
53. **사랑의 문법**/이반 부닌
54. **첫사랑**/투르게네프
55. **위대한 개츠비**/피츠제럴드
56. **멋진 신세계**/올더스 헉슬리
57. **로미오와 줄리엣**/셰익스피어
58. **심판**/프란츠 카프카
59. **부활(上)**/톨스토이
60. **부활(下)**/톨스토이
61. **아쏠과 그레이**/알렉산드르 그린
62. **메아리**/유리 나기빈
63. **꼬마천사 안나**/펀
64. **야간비행**/쌩 떽쥐뻬리
65. **대위의 딸**/푸시킨
66. **까자끄 사람들**/톨스토이
67. **아Q정전**/노신
68. **러시아의 노래**/푸시킨 외
69. **오만과 편견**/제인 오스틴
70. **채근담**/홍자성

★베스트셀러 월드북은 계속 이어집니다.

베스트셀러 한국문학선

1. **무정** / 이광수
2. **배따라기** /김동인
3. **표본실의 청개구리** /염상섭
4. **사랑손님과 어머니** / 주요섭
5. **운수좋은 날** / 현진건
6. **물레방아** / 나도향
7. **화수분** / 전영택
8. **상록수** / 심훈
9. **메밀꽃 필 무렵** / 이효석
10. **동백꽃** / 김유정
11. **레디메이드 인생** / 채만식
12. **탈출기 (외)** / 최서해 외
13. **날개 (외)** /이상 외
14. **무녀도** / 김동리
15. **소나기 (외)** / 황순원 외
16. **흙(상)** / 이광수
17. **흙(하)** / 이광수
18. **무영탑(상)** / 현진건
19. **무영탑(하)** / 현진건
20. **탁류(상)** / 채만식
21. **탁류(하)** / 채만식
22. **환희** / 나도향
23. **인간문제** / 강경애
24. **사랑(상)** / 이광수
25. **사랑(하)** / 이광수
26. **삼대(상)** / 염상섭
27. **삼대(하)** / 염상섭
28. **진달래꽃** / 김소월
29. **하늘과 바람과 별과 시** / 윤동주
30. **님의 침묵** /한용운